불모지대

FUMO CHITAI (Vol ⑤) by TOYOKO YAMASAKI

Copyright ⓒ 1978 by TOYOKO YAMASAKI
Original Japanese edition published by Shincho-Sha Co., Ltd.
Korean translation rights arranged with Shincho-Sha Co., Ltd.
through Shinwon Agency Co.
Korean translaton copy rights ⓒ 2010 by CHUNGJOSA publishing Co.

불모지대

⑤ 완결

야마사키 도요코 / 박재희 옮김

청조사

국립중앙도서관 출판시도서목록(CIP)

불모지대 : 야마사키 도요코 대하소설. 5, 완결 / 야마사키 도요코 [지음]
 ; 박재희 옮김. -- 서울 : 청조사, 2010
   p. ;   cm

원표제: 不毛地帶
원저자명: 山崎豊子
일본어 원작을 한국어로 번역
ISBN 978-89-7322-317-6 04830 :₩12800

일본 현대소설[日本現代小說]
833.6-KDC5
895.635-DDC21   CIP2010004483

원작 _ **야마사키 도요코(山崎豊子)**
  일본 오사카 출생 / 교토여자전문학교 졸업
  마이니치(每日) 신문사 학예부 입사
  「상막」으로 문단에 데뷔 이후 「지참금」「꽃상막」등을 발표
  나오키상(直木賞) 받음
  주요 작품 : 「하얀거탑」「화려한 일족」「大地의 아들」등이 있음

번역 _ **박재희(朴在姬)**
  대구에서 출생
  경북여고, 만주 신경여자사범대학 일본문학과 수학
  주요 번역서 : 「하얀거탑」「화려한 일족」「大地의 아들」「설국」「대망」등이 있음

불모지대❺

초판 발행일 | 1983년 1월 10일
개정3판 2쇄 발행일 | 2013년 5월 10일

원작 | 야마사키 도요코
번역 | 박재희
펴낸이 | 송성헌
주소 | 서울 성북구 안암동 4가 41-3
등록 | 1976년 9월 27일 (제 1-419호)

전화 | 02.922.3931~5
팩스 | 02.926.7264
이메일 | chungjosa@hanmail.net
홈페이지 | www.chungjosa.co.kr

* 값은 커버에 표시되어 있습니다.
* 잘못 만들어진 책은 구입한 서점에서 바꾸어 드립니다.

이 작품은 국제 저작권법에 의해 보호받으므로
어떤 형태로든 전재 · 복제 · 표절할 수 없습니다.

차 례

유전 007
이란의 도박 052
포르지 박사 106
석유와 면화 196
공작어전 229
하늘의 소리 272
오로라 347

주요 등장인물

이키 다다시 전 대본영 작전참모. 시베리아 귀환 포로. 다이몬 이치조에게 픽업되어 깅키상사에 들어가 제2의 인생을 시작.

다이몬 이치조 깅키상사의 사장. 과감한 결단력과 투지의 소유자.

사토이 깅키상사의 부사장. 천부적인 상재(商才)를 지님.

효도 싱이치로 일본 육사 출신의 깅키상사 사원. 이키의 심복.

가이베 가나메 깅키상사 사원.

하나와 시로 깅키상사 사원.

다부치 석유 이권에 개입된 자유당 간사장.

우에스기 이쓰비시상사 테헤란 주재원. 깅키상사와 석유 개발권에 경합.

요시코 이키의 아내.

나오코 이키의 딸. 사메지마 아들과 결혼

마코토 이키의 아들.

아키츠 지사토 전 육군장성의 딸. 이키를 사모하는 여성 도예가.

아키츠 세이키 지사토의 오빠. 종전 후 군기를 불태우고 입산.

하마다 교코 전 대장의 딸. 클럽 르보아의 주인.

후아 베니코 교코의 딸. 인도네시아 화교 재벌의 둘째 부인.

사메지마 다쓰조 도쿄상사의 상무. 이키의 라이벌.

사메지마 도모아쓰 사메지마 상무의 아들. 나오코의 남편.

유전

새벽녘, 썰렁함을 느낀 이키는 잠에서 깨어나 담요를 끌어올렸다. 그때 마침 나이트테이블 위의 전화가 울렸다. 탁상시계 바늘은 5시 50분을 가리키고 있었다.

해외지사에서 온 국제전화인가 싶어 이키는 스탠드를 켜고 수화기를 들었다.

"깅키상사의 이키 전무님 댁인가요?"

정중하면서도 어딘지 무거운 느낌을 주는 낮은 목소리가 들려왔다. 잠이 덜 깬 상태였지만 이키는 보통 사람의 말투가 아니라고 순간적으로 직감하면서 조심스럽게 되물었다.

"여보세요, 어디에 거셨습니까?"

"당신이 이키 씨죠? 시치미 뗄 생각은 마십시오. 난 당신 목소리를 테이프로 들어서 이미 알고 있으니까."

상대방은 이키의 기선을 제압하듯 강경하게 말하더니 기분 나쁜 소리로 웃었다. 테이프가 어쩌니 하는 말에 이키는 등골이 오싹해져서 잠자코 있었다.

"이란석유개발의 입찰에 손을 떼는 게 신상에 좋을 거요. 그럴싸한

명분은 있는 모양이지만, 당신 같은 점잖은 우국지사가 할 짓은 못 되지. 진짜 우국의 정은 참기 힘든 걸 꾹 참고 공사에게 사과하고 원상태로 돌아가는 거요. 그렇지 않았다간 여론이 용납하지 않을걸. 뭣하면 공사와의 사이에 다리를 놔주겠다는 사람도 있으니까."

우국지사를 구실 삼은 설교 투의 말은 사뭇 위협적이었다.

"나는 아직 당신의 이름조차도 모릅니다. 도대체 누구요?"

"당신과 같은 우국지사요. 그래서 이번 일은 심히 유감스럽구려. 다이몬 사장과 상의해서 생각이 달라질 때쯤 다시 전화를 걸겠소. 그때 내 이름과 다리를 놓아주겠다는 분의 이름도 알려드리지요."

"호의는 고맙지만 그런 비열한 협박에는 귀를 기울일 수 없소. 앞으로 이런 전화는 받지 않을 테니, 나쁘게 생각진 마시오."

이키는 전화를 끊으려 했다.

"잠깐! 당신 그렇게 큰소리쳐도 될 것 같소? 양코배기와 손을 잡고 깅키상사만 석유 단맛을 보겠다는 속셈인 모양인데, 그렇게는 안 될 테니 잘 생각해 보시지."

상대방은 갑자기 이빨이라도 드러내듯 협박하고 나서 짤까 전화를 끊었다.

이키는 수화기를 내려놓은 뒤 침대에 걸터앉아 그 사나이의 위협에 대해 생각해 보았다. 자기의 목소리를 미리 익힌 다음 전화를 걸어오는 등 꽤 계획적이지만 깅키상사의 움직임을 알고 있는 사람은 다부치 간사장과 나카네 통산대신, 모로구치 차관, 담당관청의 몇 명에 지나지 않았다. 단순한 이해득실이 얽힌 협박전화 따위는 이키의 파란 많은 인생에서 대수로운 것은 아니었으나, 석유공사그룹을 이탈한 일이 복잡하게 이어질 것을 생각하니 앞길이 암담했다.

어젯밤에도 늦은 시각까지 석유담당 아카자와 상무와 효도, 재무부장 무사시 등과 회합이 있었고, 오늘도 꽉 찬 스케줄 후에, 겨우 자리에 누웠으나 좀처럼 잠이 오지 않았다.

이키가 몸을 뒤척여 전화기 건너편에 있는 재떨이를 끌어당길 때 다시 전화벨이 울렸다. 수화기를 들자 업무본부장 쓰노다의 흥분된 목소리가 들려왔다.

"전무님, 이런 시간에 전화를 드려서 매우 죄송스럽습니다만, 신문 읽어보셨습니까?"

"아니, 아직 못 읽었는데, 무슨 일인가?"

"우리 일이 1면 톱에 실렸습니다. 국가이익에 반하는 깅키상사의 처사는 용납할 수 없다는 격렬한 논조입니다."

쓰노다의 목소리는 떨리고 있었다. 이키는 아까의 협박전화를 떠올리며 얼른 몸을 일으켰다.

"대체 어느 신문이 그런 짓을?"

"한 신문이 아닙니다. 모든 신문이 같은 기사를 대대적으로 보도하고 있습니다. 이란 석유광구의 입찰에 관한 보도는 일본석유공사 그룹에서 설립하는 회사의 개요가 확정된 뒤에 나온다고 들었는데, 모든 신문이 한결같이 이런 보도를 해대니 도대체 이해할 수가 없습니다."

"알았네. 곧 신문을 읽고 난 뒤에 대책을 강구해보기로 하지. 다이몬 사장께 자네가 연락해드리도록 하게."

"네? 제가 먼저 말씀드려도 되겠습니까?"

쓰노다의 목소리가 한층 높아졌다.

"당연하잖나. 이미 각 신문의 기사를 읽어본 자네가 연락하는 편이 정확하겠지."

이키는 수화기를 놓자마자 가운을 걸치고 신문이 왔는지 보러 현관에 나갔다. 신문은 한 부도 와 있지 않았다. 6시 30분부터 7시 사이에 배달되는 신문 세 가지를 죄다 보는 만큼 판매점까지 사러 갈 필요는 없다고 생각하며 발길을 돌리려는데, 바스락거리는 소리와 함께 마이초신문이 배달되었고, 곧이어 요미니치신문도 배달되었다.

급히 마이초신문을 펼쳐들었다. 1면 톱에 다음과 같은 표제가 춤추고 있었다.

이란 원유개발, 일본그룹에 균열
깅키상사 독자개발로 석유정책에 파문

요미니치신문도 마찬가지로 1면에 '깅키상사, 국가이익을 무시한 단독투자로 미국 회사와 제휴'라고 마이초신문에 비해 한층 더 격렬하게 깅키상사를 지탄하고 있었다. 이키는 급히 기사를 읽었다.

금세기 최대의 지상 대유전인 이란 남서부 사르베스탄 유전의 국제입찰을 둘러싸고 일본, 미국, 유럽 각국의 석유그룹의 경쟁이 나날이 격화됨으로써 세계의 주목을 끌고 있다. 그런데 최근 이쓰비시상사를 중심으로 결성된 일본그룹에서 깅키상사가 이탈, 미국 독립계 석유자본인 오리온오일과 합자하여 독자적 개발에 임한다는 사실이 밝혀졌다.
이 유전의 면적은 약 6천 제곱킬로미터, 가채매장량약 2천만 킬로리터로 우리나라 원유 수입의 약 1할에 해당될 뿐만 아니라 유황분 1퍼센트 전후의 저유황으로 추정되어 공해대책면에서도 이 유전개발은 일본석유공사의 강력한 지원으로 일본그룹의 입찰이 진행되어 왔다. 그런 만큼 깅키상사의 움직임은 통산성의 3할 자주 원유 개발

및 국내 생산의 석유-정제-판매의 일본계 메이저 구상에 중대한 균열을 빚었으며 정부도 앞으로 석유정책에 대해 우리나라 경제적 국가안보의 관점에서 깅키상사에 어떻게 대응할지 주목되고 있다.

거기까지 읽은 이키는, 해설란은 생략하고 통산대신과 석유개발공사 총재의 담화로 눈을 돌렸다.

나카네 통산대신은 '자세한 내막은 듣지 못했기 때문에 곧 조사해 보도록 하겠다'면서 이키들의 '인사'를 일단은 받아들여 정치가다운 발언으로 그치고 있지만, 기라 총재는 '극히 유감으로 생각한다. 자유경제체제 하에서 무슨 짓을 하든 자유라고는 하지만, 산업의 백미인 석유를 국내기업들이 일치단결하여 확보하고자 노력하는 이때에 외국기업과 손잡고 경합한다는 것은 우리나라의 국정으로 보아 정도를 벗어난 행위라고 하겠다'라고 비난하고 있었다.

각오는 하고 있었지만, 한 군데가 아니라 각 신문사가 모두 이런 투로 깅키상사를 지탄하고 있다면 회사 안의 분위기도 동요되고, 다이몬 사장의 결심도 흔들릴지 모른다.

이키는 곧 쓰노다에게 전화를 걸어 조조회의를 열기 위한 지시를 내린 뒤 회사에 나갈 채비를 서둘렀다.

미나미히라다이의 한 모퉁이에 있는 8층 건물 맨션의 7층에는 이쓰비시상사 가미오 전무의 집이 있었다. 테헤란에서 출장 온 우에스기 다카시는 오전 7시 반 정각에 가미오 집의 초인종을 눌렀다.

문이 열리고 가미오 부인이 나왔다.

"안녕하십니까?"

우에스기가 인사를 하자 외국생활을 오래한 부인은 50대 후반에도 경쾌한 판탈롱 차림으로 맞았다.

"이른 아침에 오시라고 해서 죄송해요. 주인양반은 조금 전에 이와오 씨 댁에 가셨지만, 곧 오실 테니 올라와 기다리세요."

전 총리대신 이와오의 집은 미나미히라다이의 맨션에서 도보로 7, 8분 정도의 거리에 있었다. 우에스기는 가미오가 이른 아침부터 이와오 저택을 방문한 이유는, 오늘 아침 신문에 이란의 석유광구에 관한 기사가 실렸기 때문일 것이라고 직감했다.

"커피를 끓이죠. 블랙으로 들겠어요?"

"죄송합니다만, 홍차로 부탁드리겠습니다. 위가 좋지 않아서요."

홍차가 들어오자 우에스기는 창밖을 바라보았다.

"우에스기 씨도 이젠 완전히 이란 사람이 되셨군요. 수염이 아주 훌륭해요."

이목구비가 큼직하며 약간 그을린 얼굴에 살쩍을 길게 기른 데다 콧수염이 보기좋게 자란 우에스기를 올려다보며 가미오 부인이 말했다.

"일도 일이지만, 빨리 가족을 부르시는 게 어떻겠어요? 주인 양반도 걱정하고 계세요. 우리 나이가 되면 애들이 다 독립해 버려서 싫건 좋건 별 수 없이 쓸쓸해지는 법이랍니다."

1남 2녀가 각기 가정을 가져 독립해 버리자, 이케다야마에 있던 저택을 정리하여 이곳에서 맨션 살림을 하는 줄은 알고 있으나 38세의 우에스기로서는 가미오 부인이 말하는 그런 감정이 아직은 이해되지 않았다.

"사모님, 전화를 쓰고 싶습니다만."

"네, 어서 쓰세요."

우에스기는 거실 한구석으로 가더니 집으로 전화를 걸었다. 아내의 목소리가 나오자 그는 부탁하듯 말했다.

"오늘 저녁 비행기편으로 테헤란으로 돌아갈 테니 하네다까지 짐을 갖다 줘요. 뭐라구? 무슨 쓸데없는 소리. 지금 가미오 전무님 댁을 방문 중이오. 음, 미안해. 방금 부인께도 꾸중을 들은 뒤라 알고 있어요. 하지만 지금은 몹시 바쁘니까 아이들과 아버지, 어머니께는 당신이 알아서 말 좀 잘해줘요. 알았지, 부탁해요."

"아니, 어젯밤엔 집에 못 들어가셨나요?"

어이가 없다는 듯 가미오 부인이 말했다. 우에스기는 겸연쩍은 듯이 턱수염을 쓰다듬으며 말했다.

"네에, 요즘 한 이틀은 밤 1시, 2시에 일이 끝나고, 아침은 아침대로 줄곧 일찍 나와야만 해서, 그만……"

"어머나 그렇게 바빴어요? 그런데다가 우리 주인양반이 이렇게 아침 일찍부터 불러냈으니 정말 미안하군요."

"천만의 말씀이십니다. 저 같은 말단이야 전무님으로부터 직접 지시를 받는 것만으로도 영광이지요."

사실 회사라는 조직 속에서 전무가 담당중역이나 부장을 제쳐놓고 우에스기와 말한다는 것은 주위의 쓸데없는 오해를 받는 일이기 때문에 가미오는 우에스기를 집으로 불렀던 것이다. 그러한 배려가 테헤란에 주재하며 남모를 고생을 하고 있는 우에스기로서는 기쁘기 그지없었다.

현관의 초인종이 울리자, 부인이 나가 가미오를 맞았다.

"이제야 돌아오셨군요."

가미오는 늘 그렇듯이 은발을 깨끗이 빗어 넘긴 모습이었다.

"안녕하십니까."

우에스기가 일어나 인사를 하자, 가미오는 윗옷을 벗고 소파에 앉으며 말했다.

"이른 아침부터 미안하군. 하지만 요즘은 줄곧 바빠서 오늘 아침밖엔 자네와 이야기할 시간이 없었네."

이와오 저택 건에 대해선 아무 말 없이 산책이라도 다녀온 듯이 말하며 느릿하게 담배에 불을 댕겼다. 우에스기는 기다리기가 궁금하다는 듯이 말했다.

"전무님, 오늘 아침 신문에 난 깅키상사의 그 기사는 도대체 어떻게 된 일입니까? 하도 어처구니가 없어서 벌어진 입을 다물지도 못했습니다. 공사가 주도하는 일본그룹에 참가하여 함께 미팅도 하고 각 회사의 내막까지 안 터에 이제 와서 이탈하다니, 기업 윤리에 위배될 뿐만 아니라 그야말로 사기행각이라고 생각합니다."

그러나 가미오는 잠자코 담배만 뻐끔뻐끔 빨아들였다.

"그런 황당한 일을 해치우는 걸 보면 상당한 선과 연결된 것으로 여겨집니다만, 나카네 통산대신일까요?"

우에스기가 묻자 가미오는 고개를 저었다.

"아니, 시바시로가네의 '공작 어전' 일세."

"그렇다면 다부치 간사장입니까?"

"음, 그런 모양이야."

"하지만 그분은 단지 부동산 전문이 아닙니까?"

우에스기는 신국토개조론을 내세워 토지개발 붐을 조성하고 있는 다부치 간사장을 머릿속에 떠올리며 말했다.

"아니지. 시바시로가네는 정치가로 두기엔 아까울 만큼 사업적인 안목이 날카롭다네. 그의 눈은 이미 자원개발이며 기름 등으로 쏠리고 있거든. 그런 걸 보고 동물적 직감력 또는 후각이라고 할 테지. 요즘은 우리 일수회(一水會)에 대해서도 갑자기 부드러워졌어. 하긴 우리는 상대도 않네만."

일수회는 기업그룹들의 모임으로 이른바 그룹끼리의 정책이나 방향을 결정짓는 집회였다. 여당의 간사장에 대해 '우리는 상대도 않네만' 하고 대수롭지 않게 말하는 가미오에게서 우에스기는 새삼스럽게 메이지 이후의 재벌을 모태로 한 이쓰비시그룹의 정계에 대한 대단한 저력을 인식함과 동시에 가미오가 이와오 저택에 간 것도 이란 광구에 대한 국가적인 지원태세를 요청하기 위해서였음을 깨달았다.
  "그런데 오늘 제게 하실 말씀은 무엇입니까?"
  "음, 입찰서에 써넣을 숫자에 대한 걸세. 먼저 공사의 총재와 상의한 뒤에 이쓰이물산, 도쿄상사, 고쿠사이자원개발의 승인도 받은 건데, 일단 이 선을 머리에 넣어두게."
  가미오는 윗옷 안주머니에서 영문 서류를 꺼내 탁자 위에 놓았다.
  그것은 우에스기가 테헤란에서 갖고 온, 이란석유공사가 발행한 입찰양식이었다.

  우리는 입찰조건을 준수하고, 석유법이 정의하는 조업수행에 동의, 아래와 같이 입찰을 행한다.
  1. 현금 보너스
  (a) 계약 발효일로부터 30일 이내 (　)만 달러
  (b) 상업생산 개시일로부터 30일 이내 (　)만 달러
  2. 상업적으로 수출 가능한 양의 석유를 발견할 때까지의 탐광비로서 (　)만 달러를 준비한다.
  (a) 제1년~제3년째 (　)만 달러
  (b) 제4년~제6년째 (　)만 달러
  3. 첨부서류
  서약서류 = 기밀 준수에 관한 것.

스테이트먼트 = 경제협력에 관한 것.
보증금 =(   )만 달러 입찰보증금에 관한 이란국영은행의 보증서.

어제까지 공백이었던 괄호 안에 연필로 숫자가 적혀 있었다.
"전무님, 이중에서 문제가 되는 건 일시금 보너스의 액수와 탐광비를 얼마로 하느냐는 것, 경제협력에 관한 설명서, 즉 부대조건을 무엇으로 하느냐는 세 가지로 좁혀집니다만, 현금 보너스 (a)항의 이권료 2천 5백만 달러라는 액수는 절대적인 것입니까? 이미 2천만 달러란 값이 나와 있으니까, 좀 더 올려주실 수 없는지요?"
"그 점에 관해서는 총재에게 얘기해 봤지만, 공사의 입장으론 처음에 2천만 달러까지라고 하는 걸 여기까지 끌어올렸으니 이 이상은 안 된다는 거야. 국민의 세금으로 운영되는 공사가 터무니없이 높은 이권료를 내놓는다면 여론이 가만있지 않을 거라는 얘기야."
"하지만 전무님, 국제입찰에서 공사의 입장이나 여론 따위를 들고 나오면 뒤를 보고 달리는 거나 다름없습니다."
"알고 있네. 하지만 이권료는 이 정도로 하고 대신 탐광비와 부대조건에 책정된 그 액수로 생각할 테니까 일단은 이 선에서 정보를 모으게. 나도 런던으로 가서 메이저의 톱들을 만나 알아보도록 하지."
가미오는 근엄하게 명령조로 말했다.
우에스기는 이건 상당히 힘든 일이구나 하고 생각했으나 가미오의 명령을 받은 이상 전력으로 돌진해 나가는 도리밖에 없었다.
"연필로 적은 숫자를 원 즉시 지우도록 하게."
"알겠습니다. 그럼 오늘 저녁 비행기편으로 테헤란으로 돌아가겠습니다."
우에스기는 탁자 위의 입찰양식을 집어 서류가방에 넣었다.

*

　10월의 테헤란은 우에스기가 이쓰비시상사 도쿄 본사에 출장 간 사이 기온이 떨어져 지내기가 한결 편해졌다. 그러나 사무실 밖을 나서면 여전히 햇살이 눈부셨다.
　우에스기는 선글라스를 쓰고 미국 대사관의 석유담당관을 만나러 가기 위해 택시를 기다렸다. 그 앞으로 신형 시보레가 와서 멎었다.
　젊은 이란 여자가 차에서 내리더니 유창한 영어로 말을 걸었다.
　"어머, 미스터 우에스기 아니십니까?"
　짙은 선글라스에 수수한 복장을 한 그 여자가 누구인지 우에스기는 금방 알아볼 수가 없어 당황했다.
　"팔라메이느예요, 3주일 전, 쿠르프 회사가 주최한 파티에서 만나 뵈었잖아요."
　그렇게 말하며 그녀는 선글라스를 벗었다. 이란 미인 특유의 큰 눈과 콧날이 오똑한 얼굴. 3주일 전 서독 쿠르프 회사의 테헤란 지사장이 교체되는 걸 기념하는 파티에서 기계수입 총대리점을 경영하고 있는 부친의 비서로 일한다고 소개받아 춤도 춘 여자였다.
　"아아, 팔라메이느 양, 몰라보아 정말 죄송합니다."
　춤을 출 때, 풍만한 가슴과 날씬하게 죄어진 허리가 어지러울 만큼 매력적이었던 파티복 차림의 팔라메이느를 머리에 떠올렸다.
　"어디 가시는 길입니까?"
　"아버님 심부름으로 거래선의 사무실에 가요. 안 그래도 돌아가는 길에 선생님께 들러볼까 생각했어요."
　팔라메이느는 매력적인 눈길을 보냈다. 우에스기는 그답지 않게 당황했다.
　"그거 유감이군요. 저는 이란석유공사에 가려고 택시를 기다리고 있는 참입니다."
 미국 대사관에 간다는 사실은 말하고 싶지 않았다.
 "이란석유공사라면 이 차를 쓰도록 하세요. 내일은 금요일이고 휴일이니까 도로는 어디를 가나 붐벼서 좀처럼 택시를 잡을 수가 없을 거예요."
 팔라메이느는 운전사에게 우에스기를 태우도록 지시했다. 그러자 우에스기는 당황했다.
 "호의는 고맙습니다만, 이란석유공사에 가는데 당신 차는 사양하겠습니다. 내 주변에는 여러 가지로 뭔가를 캐내려는 인물들이 미행하고 있으니까요."
 "그러고 보니 당신네 회사에서도 이번 공개입찰에 응하셨더군요. 그렇다면 미행뿐만 아니라 사무실이나 자택의 도청도 조심하셔야 해요."
 "충고해 주셔서 감사합니다. 마침 택시가 왔으니 실례하겠습니다만 가까운 시일 안에 식사라도 나누면 어떻겠습니까?"
 우에스기는 택시를 세우며 말했다.
 "식사보다 테니스가 어떻겠어요? 저도 샤한샤 클럽의 멤버예요."
 "그랬던가요. 그럼 기다리겠습니다."
 단지 의례적으로 청한 것뿐인데 팔라메이느가 적극적으로 응해주자 우에스기는 설레는 마음으로 택시에 탔다.
 도로는 어디를 가나 몹시 붐벼 좀처럼 앞으로 나아갈 수가 없었다. 하지만 사무실에서 일찍 나왔기 때문에 석유담당 상무관인 로버트 에번즈와의 약속시간에 늦을 염려는 없었다. 손목시계를 들여다 볼 때도 우에스기는 한 번밖에 만난 적이 없는 팔라메이느가 어째서 그토록 호의적이었는지 마음이 쓰였다. 미모의 상류층 아가씨가 혹시 나한테 호감을 갖고 있는가 생각하니 기분이 좋으면서도 경계심이 생기기도 했다. 그리고 보니 테헤란의 상류계급이나 일류 외국기업가들만이 회원이 될 수 있는 샤한샤 테니스 클럽에 자기가 가입되어 있음은 얘기하지도 않았는데 어떻게 알고 있는 것일까? 혹시 사르베스탄 광구의 라이벌인 서독의 데미넥스가 일본그룹의 속셈을 알기 위해 팔라메이느를 자신에게 접근시키는 것일지도 모른다는 생각이 들었다.

그것도 아니라면 이권에 끼어들려는 이란 공작자(工作者)의 음모에 관련된 것일까…… 하지만, 설마 그런 스파이 영화 같은 일이, 하고 생각지 않으려 하면서도 그 시보레가 미행하는 것이나 아닌가 하여 연신 뒤를 살폈다.

타프테잠시드 거리에 있는 이란석유공사 앞을 그대로 지나쳐 다시 동쪽으로 가면 왼편에 오래된 붉은 벽돌의 담이 자그마치 3백 미터 가량이나 이어져 있는데, 그곳이 바로 미국 대사관이다. 우에스기는 대사관 정문에서 택시를 내려 한쪽만 열린 철문을 들어섰다.

초인종을 누르자 철컥하며 자동으로 문이 열렸다. 안으로 들어가자 문은 다시 철컥 소리를 내며 닫혔다. 안에는 총을 든 경비병 셋이 높은 대 위에서 소속회사와 성명, 그리고 무슨 목적으로 방문했는가를 물었다.

우에스기가 에번즈 상무관과의 면회 및 약속시간을 얘기하자 경비병은 전화를 걸어 확인한 다음 통과시켜 주었다.

대사관의 넓은 부지 안에는 곳곳에 나무가 우거져 있었다. 석유 정보를 얻기 위해 대여섯 차례나 찾아온 곳이지만, 어디에 어떤 건물이 있고 어떤 설비가 되어 있는지 파악하지는 못했다. 하지만 그곳 어딘가에는 비상사태가 발생했을 경우 이란에 체류 중인 미국 민간인 1만 명 전원이 도피할 수 있고, 어떤 대지진에도 끄떡없는 지하호가 구축

되어 있다는 얘기를 들은 터였다.

에번즈 상무관의 사무실은 집무책상과 손님용 의자 넷이 있을 뿐으로 겉치레라고는 전혀 없는 검소한 방이었으나, 미국 최고의 석유통인 국무성의 짐 에이킨즈나 백악관의 대통령 보좌관과 전화로 연락할 수 있는 곳이었다.

"일본 통산성의 30퍼센트 자주 원유개발은 잘 진행되고 있소?"

에번즈는 우에스기가 일본에서 얻어온 정보에 관해 재빨리 물었다.

"리비아 원유의 가격인상으로 정부 관계자도 준비를 서두르고 있습니다. 그 때문에 사르베스탄 광구에의 강력한 지원체제를 만들고 있던 참에 오리온오일과 협정, 손을 잡고 입찰하려는 이탈자가 생겨 난처하답니다."

"음, 깅키상사 말이로군. 오리온으로부터 보고받았소. 일본종합상사의 석유부가 미국의 인디펜던트급으로 움직이게 됐다는 건 주목할 만한 일이오."

그러면서 에번즈는 깅키상사가 일본그룹에서 이탈한 경위를 듣고 싶어 했다. 우에스기는 그 질문에 적당히 대답했다.

"국내의 협정 파기도 곤란하지만, 메이저인 모빌의 출현에도 놀랐습니다. 모빌은 정말 사르베스탄에 나설 작정인가요?"

"다시 말해서 당신은, 메이저가 인디펜던트나 일본, 이탈리아, 서독의 그룹들에게 단지 압력만 넣으려고 나선 것은 아니냐는 말이군. 다음주에 뉴욕의 모빌 회사 회장이 오니 직접 물어보는 게 어떻겠소?"

에번즈는 싱긋 웃었다. 그러나 우에스기는 회장이 직접 나섰다는 한 마디에 모빌이 정말 나설 작정임을 짐작하고 막강한 상대에 대한 두려움을 느꼈다.

"이란석유공사의 키아 박사는 우리 일본그룹에 '경제원조의 부대조건만 좋다면' 하고 기대를 갖게 하는 투로 말하던데, 진짜 속셈은 어디에 있는지 모르겠습니다. 그런데다 모빌 같은 강력한 라이벌이 잇따라 나오면 석유에 굶주린 일본은 꼴좋은 들러리밖엔 안 되지요."

키아 박사와 친밀한 에번즈에게 이란석유공사의 속셈을 알아보려는 말투였다.

"그야 석유를 확실히 찾아낸다는 점에서는 모빌이나 그 밖의 기술 좋은 응찰자를 택하겠지만, 이란은 어쩐지 일본에게 맡기고 싶어 하는 것 같소."

"어떤 점에서요?"

"이란석유공사는 지금 단계로는 이란 국내에서의 정유소 건설, 그리고 석유화학공장 건설밖에는 말하지 않지만 최종적으로는 가장 이익률이 큰 판매망을 장악하여 전 세계에 이란석유공사의 라이온 표시가 된 가솔린 스탠드의 확장을 생각하고 있는 거요. 국왕은 그 일의 첫 단계로 일본시장에 기대를 거는 모양이던데."

"그건 무리입니다. 정유소 건설도 업계의 반발을 두려워하여 통산성에서는 인정하려 들지 않는데, 이란석유공사의 가솔린 스탠드가 일본에 상륙하는 조건이라면 설사 광구와 바꾼다 해도 받아들이지 않을 겁니다."

우에스기는 욕심만 내는 페르시아 상법에 어처구니가 없었다.

"그 점에 관한 당신의 의견을 듣고 싶습니다. 흔히들 사르베스탄 광구는 이란에서의 마지막 이권방식이라고 하는데, 프랑스 석유회사가 취득한 해상광구는 당초 협정과는 달리 소유권은 전적으로 인정되지 않고 석유 생산의 하청만을 시키는 청부방식으로 변경되어 계약위반이라는 분규가 일고 있다고 들었습니다. 앞으로 메이저를 참가시켜 석유의 정제, 판매와 같은 순으로 영역을 확장하려는 이란이 정말 사르베스탄 광구의 이권방식계약을 지키겠습니까?"

"기름이 나올 때까지의 개발단계에서는 보증할 수 있으나, 기름이 나오면 접수해버릴지도 모르겠소. 최근 2, 3년의 산유국 정세는 매월 유동적이라서 키신저 박사라 해도 예측하기는 어려울 거요."

"아니, 그렇게 유동적인 상황으로 진행되고 있습니까?"

우에스기는 OPEC 자체의 움직임과 언제 발발할지 모르는 아랍·이스라엘 전쟁의 가능성을 생각하면 지구상의 전체 석유 중 70퍼센트나 되는 매장량을 가진 중동이야말로 세계의 화약고나 다름없다고 생각했다. 그런 곳에 막대한 시간과 돈을 들여 석유개발을 하고 석유 정제소를 세워도 이란이 접수해버린다면 그처럼 허망한 일도 없겠다는 생각이 들었다.

또한 그렇게라도 해야만 하는 자원부족국 일본이 마치 격랑에 떠도는 가랑잎처럼 여겨졌다.

효도 싱이치로는 레자샤 거리의 레스토랑에서 오리온오일의 리처드 제임스 부처와 만찬을 들고 있었다.

중동에서 오랫동안 일해 온 제임스는 단단한 체구를 가진 사람으로 와인을 물처럼 마시고, 부인은 미국인으로서는 몸집이 작은 편이었으나 금발 미인이었다.

"효도 씨, 당신 부인은 언제 이리로 오십니까?"

효도는 와인으로 불그레해진 얼굴에 웃음을 띠었다.

"아니, 와이프는 오지 않습니다."

"오지 않는다구요? 어머, 제가 실례되는 질문을 한 모양이군요."

효도의 가정에 무슨 일이라도 생긴 모양이라고 여겼는지 그녀는 말을 끊었다.

"아니, 와이프는 두 아이의 시중을 들어야 하기 때문에 쉽사리 오지 못한다는 뜻입니다."

"어떻게 일본 분들은 이런 오락도 없는 곳에 홀몸으로 부임해 와서 일을 해나가십니까? 저로서는 이해가 잘 안되는군요."

그녀가 고개를 갸우뚱하면서 말했을 때, 화려하게 차려입은 젊은 아가씨 하나가 들어섰다. 예약을 하지 않았던지 황급히 맞는 급사장에게 억지로 테이블을 준비시킨 다음 함께 온 사람들을 불러들이는 품이 안하무인격이었다.

"이란 여성은 극성맞군요."

효도가 혀가자미 꼬냐찜에 포크를 찌르면서 말하자 제임스는 그쪽을 곁눈질했다.

"저 여자는 전 왕비의 딸로 그 옆에 있는 젊은 프랑스인 카메라맨에게 홀딱 반해 결혼하겠다는 모양이오. 아무튼 이란에서는 프랑스어를 하는 것도 상류계층의 상징이라고 여겨질 만큼 프랑스적인 것에는 약하거든. 하지만 왕족의 결혼은 이란 사람이 아니면 국왕이 허락하지 않지. 그래서 저 아가씨가 밤낮 결혼문제로 극성을 떨어대는 바람에 국왕도 여간 애를 먹는 게 아니라오. 현 체제를 유지하기 위해서 저 아가씨는 아마 멀지 않아 국외로 추방될 거요."

"도대체 이란의 왕족은 어떻게 이루어져 있는 겁니까? 사우디아라비아에는 2천 명의 왕실 가족이 있다고 들었는데, 당신이라면 잘 알고 계시겠죠."

제임스는 40세까지 사우디아라비아의 아람코에서 일하다가 오리온 오일 회장에게 스카우트되어 5년 전에 오리온 회사에 입사한 인물로서 기술분야나 교섭에선 이름난 경영자였다.

"이란의 경우는 왕족이라 해도 현 국왕이 2대째인데, 실제는 현 국왕이 왕실을 세운 것이나 다름없소. 젊어서는 여기저기 망명도 다녔고, 혹은 추방도 당해 가면서 오늘날 왕실의 기반을 다졌지요. 미국 산하에 있으면서도 소련에 천연가스를 보낸다든지 프랑스의 핵무기를 넘보는 것 등은 정말 대단한 수완가 아니고는 하지 못 할 일이지. 그러나 샤아(왕)라고 해서 나라의 상징처럼 여겨지지는 않소. 7명의 누이와 동생들이 있어서 친척들을 응분의 이권을 가질 수 있는 자리에 앉히고 그 뒤에서 실무를 담당할 대리인이 보좌케 하고 있는데, 대리인과 왕족 사이에 또 몇 자리를 두는 바람에 미로처럼 돼 있어서 결재의 최종지점인 국왕에게 가기까지는 어느 경로를 거쳐야 틀림이 없는가가 베일에 싸여 있다오."

"국왕이 아무리 뛰어난 정치가이고 실업가라 해도 국왕의 결단에 큰 영향력을 갖는 측근은 반드시 있겠죠. 그건 왕궁장관입니까, 혹은 SAVAK의 장관입니까?"

효도는 낮은 목소리로 물었다.

"어느 쪽이건 우리가 직접 접근할 수는 없기 때문에 좀 더 가까이 접근할 수 있는 방법을 강구해야 하겠소. 왕궁장관이라면……"

제임스가 소리를 낮추어 말하려고 하자 제임스 부인이 푸아그라를 먹던 포크를 놓으면서 말했다.

"여보, 그런 위험한 얘기는 이런 데서 하지 마세요. 오늘 밤은 효도 씨를 제게 소개하기 위한 만찬의 약속이었잖아요."

부인이 이렇게 말한 것은 어디에 숨어 있을지 모를 비밀경찰의 이목이 두려워서였다.

"숙녀 앞에서 사업 얘기를 하다니, 큰 실례를 범했군요. 역시 저도 와이프를 이리로 불렀어야 했나봅니다. 하하하……"

효도가 웃자 제임스도 어깨를 들썩이며 따라 웃었다.

*

 효도는 제임스 부처와 헤어져 여장을 푼 로열힐튼호텔로 돌아오자마자 윗옷을 벗어던지고 침대 위에 벌렁 누웠다.
 같이 일할 제임스와 차분히 앉아 함께 식사할 수 있는 시간도 오늘뿐이었다. 내일부터는 제임스나 효도 자신도 눈에 불을 켜고 정보수집 차 분주히 뛰어야 한다. 그래서 오늘은 푹 쉬고 내일을 맞으려고 룸서비스 브랜디를 조금씩 마시면서 텔레비전 스위치를 틀었다.
 널따란 테니스 코트와 그것을 에워싼 군중들이 보이는가 싶더니 스포츠를 좋아한다는 국왕이 왕비를 거느리고 테니스 코트 옆 광장에 헬리콥터로 내리는 광경이 비쳤다.
 근위병들이 통로 양측에 줄지어 서고, 사복 차림의 눈이 날카로운 사나이들이 국왕 주변에서 경호하고 있었다. 국왕은 공항이나 관청, 민간기업의 사무실에 반드시 걸려 있는 사진에서처럼 군복차림은 아니었다. 사이드벤츠의 스포티한 복장으로 테니스 코트 중앙에 위치한 높은 자리에 왕비와 나란히 선 국왕은 위엄에 찬 목소리로 성명서를 읽기 시작했다.
 페르시아어로 방송되고 있는 이란의 국영방송이었으므로 효도는 그 내용을 이해할 수 없었으나, 국왕이 성명서를 모두 읽고 나자 '젠데 바드 샤아(국왕 만세)', '젠데 바드 샤파(여왕 만세)'의 소리가 노도처럼 일며 격렬한 박수소리가 울려퍼졌다.
 한 나라의 왕이며, 실업가이기도 한 그의 서명 하나를 얻기 위해 각국의 대기업들은 사르베스탄 국제입찰을 놓고 피땀을 흘려가며 다투고 있는 것이다. 그런 생각을 하며 효도는 화면에 달라붙듯 텔레비전을 보았다.

"준비!"

테니스 코트의 네트 옆에서 심판이 일곱 번째 게임이 시작되는 것을 알리자 우에스기는 팔라메이느의 서브를 받기 위해 자세를 가다듬었다. 네트 건너편에는 새하얀 스포츠 셔츠에 짧은 플레어스커트, 무릎까지 올라온 긴 양말을 신은 팔라메이느가 라켓을 들어 유연한 몸을 뒤로 젖히는가 싶더니 왼쪽 서브라인으로 아슬아슬하면서도 강한 서브를 보내왔다. 드라이브가 심해 받기는 어려웠으나 우에스기가 간신히 되치자 팔라메이느는 날렵하게 앞으로 나서면서 이번에는 무방비인 오른쪽으로 길게 쳐보냈다. 급히 오른쪽 뒤로 돌아서 높이 바운드된 공을 약간 상체를 뻗치듯이 하여 로빙으로 되받자 기다렸다는 듯이 멋진 폼으로 공을 위에서 세게 내리쳤다.

벤치에서 관전하고 있던 서너 명의 이란 사람들 사이에서 박수가 터져 나왔다. 그때 심판이 '1 대 0'이라고 소리쳤다. 그러자 팔라메이느는 이목구비가 오똑한 얼굴에 자신에 찬 미소를 머금고 몸을 우에스기 쪽으로 돌려 다음 서브 자세로 들어갔다. 여섯 번째 게임까지는 3 대 3으로 팽팽하게 맞서 이번 게임을 끝으로 승패를 결정짓게 되므로 우에스기는 초조했다.

"폴트"

팔라메이느도 긴장했는지 팔에 너무 힘을 준 탓으로 서브가 네트에 걸렸다. 우에스기는 속으로 안도의 숨을 쉬며 다시 서브공을 라켓의 한가운데로 받아 서너 차례 격렬하게 주고받았다. 그러다가 우에스기가 오른쪽 사이드라인을 노려 친 공이 약간 밖으로 빗나가자 열 살쯤 된 맨발의 볼보이가 그 공을 쫓아 재빨리 달려갔다.

"2 대 0"

우에스기는 심판의 소리를 들으며 눈으로 흘러드는 땀을 손등으로

닦은 뒤 다시 라켓을 단단히 고쳐 쥐었다. 테니스는 테헤란으로 부임해 처음으로 시작한 운동이었다. 혼자 몸으로 부임한 무료함을 없애기 위해 서라면 일본인들이 모여서 하는 실내 탁구라든가, 혹은 모래밭 코스의 골프도 있었지만 이란 인구의 5, 6퍼센트라는 상류계급, 고급관료, 대사, 공사, 메이저를 비롯한 국제적인 일류기업 간부들 사이에서 가장 성행하고 있는 것은 테니스임을 알았다.

그래서 정보망을 넓히기엔 가장 좋은 수단이라고 여겨 지사장의 양해로 주로 상류계층의 사람들로 구성된 샤한샤 클럽에 입회하여 전 데이비드컵 참가 선수였던 이란인 코치에게 특별훈련을 받았다.

그 특별훈련 결과는 상당히 좋은 편이어서 다른 사람들보다 빨리 익숙해질 수 있었다. 그러나 아리아메이르 토너먼트에 출전한 경험이 있다는 팔라메이느에게는 약간 눌리는 듯하더니 결국은 결승의 제7게임에서 4 대 2로 패하고 말았다.

"정말 손들었소. 이란 사람은 여자라 해도 만만치 않군."

"당신도 생각보다는 잘하셔서 즐거웠어요."

팔라메이느는 얼굴의 땀을 닦으면서 말했다. 3주일 전 서독 쿠르프 테헤란 지사가 주최한 파티에서 함께 춤을 출 때의 요염한 드레스 차림은 매력적이었다. 그러나 테니스로 땀을 흘린 뒤, 벤치에 앉아 콜라를 마시고 있는 팔라메이느는 야성적인 아름다움이 넘쳐흘렀다. 오늘은 무슨 일이 있어도 그녀의 정체를 밝혀내고야 말겠다고 다짐하면서도 자칫 잘못하면 빠져들 것만 같은 자신을 스스로 나무라며 시선을 코트로 옮겼다.

사람이 그다지 많은 편은 아니었으나 위쪽 코트에서 지금 막 게임을 마치고 돌아오는 두 사람에게 유독 눈길이 끌렸다.

"아니, 저 사람들은 이란석유공사의 압둘 개발부장과 데미넥스의 뒤셀도르프 본사에서 온 리히터가 아닌가."

일본그룹처럼 사르베스탄 광구를 얻어내기 위해 1주일 전부터 테헤란에 들어와 있는, 떡 벌어진 체격의 대단한 활동가 같은 라이벌이 벌써 이란석유공사의 개발담당 매니저와 함께 테니스를 즐기고 있는 데 대해 우에스기는 크게 놀라는 한편 불안마저 느꼈다.

"그러고 보니 저분은 데미넥스의 기획담당인 리히터 씨군요. 바로 1, 2년 전까지만 해도 유럽이나 미국 사람은 모두 여기보다 멋진 코트가 있는 아메리칸 클럽이나 저먼 클럽 혹은 프렌치 클럽에서 테니스를 치곤 했는데, 요즘은 이 클럽에 사업을 목적으로 하는 각국 엘리트 기업인들이 많이 출입하게 됐어요."

팔라메이느는 말을 마친 뒤 그들 쪽을 향해 손을 흔들었다. 압둘은 못 본 체하고 내려갔으나, 리히터는 상냥한 웃음을 띠며 우에스기들의 벤치로 다가왔다.

"여어, 안녕하셨소. 이런 미인과 플레이를 할 수 있다니 우에스기 씨, 당신이 부럽구려."

리히터는 독일식 발음이 섞인 영어로 말하며 악수를 청했다.

"하지만 리히터 씨, 그렇게 빨리 압둘 씨와 플레이를 할 수 있는 당신도 부럽군요. 이번에는 저도 좀 끼워주셨으면 좋겠습니다."

"그보다도 일본에 또 다른 팀 하나가 라이벌로 출현했다는 말을 듣고 놀랐소. 중심인물은 전 일본 육군참모를 지낸 사람이라던데 사실이오?"

"당신네 나라는 전략가인 크라우제비츠의 신봉자이니까 그들이 하는 식은 리히터 씨 쪽이 더 잘 아실 텐데요."

"그렇다면 일본·미국 합자그룹은 우에스기 씨에게나 내게 있어서도 라이벌이니까 이를 계기로 정보교환이나 활발하게 해봅시다."

"하지만 좀 부드럽게 대해 주시지요. 당신네가 부대조건으로 정유소를 만들겠다고 한 말을 듣고 전전긍긍하고 있던 참입니다."

"우리도 메이저와 친척처럼 사귀고 있는 이쓰비시상사의 실력에 탄복하고 있소. 오히려 우리야말로 좀 살살 다뤄주시구려"

리히터는 빈틈없이 말한 뒤 벗겨진 뒷머리를 보이며 아래쪽으로 내려갔다.

코트에서는 이란 사람끼리 복식 게임이 벌어지려 하고 있었다.

"팔라메이느, 클럽하우스에서 차를 마신 뒤 집까지 바래다주겠소."

우에스기는 자신과 리히터의 대화를 들은 팔라메이느의 표정에 무슨 변화가 생겼는지 탐색하며 물었다.

"바래다주시지 않아도 돼요. 아버지 회사 차가 3시 반에 이리로 오게 돼 있으니까요."

"아니, 그럼 다시 회사로? 힘들겠군요."

우에스기는 구실을 만들어 집까지 바래다주지 못하게 하려는 팔라메이느에게 의심을 품었다.

"저는 프랑스에서 회계학을 전공했는데 요즈음 하루에 한 번 아버지 회사의 장부를 봐드리고 있어요. 그건 그렇고, 당신은 이란석유공사의 닥터 키아와 친하시죠?"

우에스기가 의심하는 것을 눈치 챘는지 팔라메이느는 변명을 늘어놓더니 슬쩍 화제를 바꾸었다.

"잘 알고 있지. 하지만 그 사람의 무거운 입에는 정말 감탄했소. 그런데 아까 그 압둘은 데미넥스의 친구들과 아무렇지도 않게 골프를 칠 정도니까 상당히 친한 모양이죠?"

우에스기는 지금 진행되고 있는 이란 사람들의 게임을 관전하는 체하면서 소리를 낮추어 말했다.

"압둘은 키아 박사의 지시로 광구 값을 올리기 위한 솜씨 좋은 세일 즈맨에 불과해요. 우에스기 씨, 일본그룹의 입찰가격은 어느 정도인 가요?"

유연한 동작으로 다리를 바꾸어 꼬며 우에스기에게 몸을 기대듯이 하며 물어왔다. 우에스기는 드디어 올 것이 왔구나 싶었다.

"그걸 결정하는 건 도쿄에 있는 보스이니까 입찰 당일까지는 정보 수집을 맡은 내게도 알려주지 않아요."

"무척 조심스럽군요. 아까 화제에 오른 오리온오일과 손잡은 일본의 깅키상사는 설사 5천만 달러라도 낙찰하겠다면서 다니는 모양이에요."

"아니, 5천만 달러라구! 그건 미친 짓이야!"

우에스기의 목소리가 갑자기 거칠어졌다. 사무실로 돌아가는 대로 가미오 전무에게 보고하여 이권료를 올리고 있는 깅키상사에 대한 일본 국내에서의 적절한 조치가 강구되도록 부탁해야겠다면서 솟구치는 분을 억누르며 말했다.

"아무튼 당신은 왕족의 대리인이나 공작자 따위와는 비교도 안될 만큼 능력 있는 정보통 같군요. 당신은 도대체……"

"어머, 나를 의심하고 계시는 건가요? 당신, 그런 속셈으로 제게 테니스를 치자고 했나요? 나쁜 사람!"

팔라메이느는 갑자기 신경질적으로 소리치며 벤치에서 일어났다.

"진정해요. 그런 생각은 추호도 없었소. 다음 주일에 다시 만나고 싶소."

우에스기는 팔라메이느의 예기치 않은 날카로운 반응에 뭔가 미심쩍어 아쉽기는 하지만 이제 이 여자에게는 더 이상 접근을 않는 편이 좋겠다고 생각했다.

*

효도는 오리온오일의 리처드 제임스와 정보를 교환한 뒤 테헤란 사무실로 돌아왔다.

효도가 소파에 앉자마자 사무소장 소속의 현지 채용자인 클라크가 급히 다가왔다.

"어서 오십시오. 소장님은 아직 거래처에서 오시지 않았습니다. 기다리시면서 차라도 드시겠습니까?"

"아니, 됐네. 조금 전에 마셨으니까."

"그럼 달리 시키실 일은 없습니까?"

"없네."

사무실에는 4명의 주재원과 7명의 이란인이 섬유, 기계, 철강, 잡화 등의 업무에 관한 일을 하고 있었다. 4명의 주재원이 그날그날의 판매와 구매에 관한 보고를 본국으로 텔렉스하기 위해 일제히 텔레그래프를 쓰고, 이란인 사무원들은 그것들을 텔렉스룸으로 보내는 보조역할을 하고 있었다.

효도는 시계를 보았다. 앞으로 15분 후면 퇴근시간이다. 이란에서 일하는 외국기업에는 반드시 비밀경찰관이 한두 명 잠입하여 외국기업이 반체제적인 위험사상이나 인쇄물을 갖고 오는 일이 없도록 감시하는 것이 상식으로 되어 있는 만큼, 도쿄 본사의 이키 전무에게 보내는 극비 텔렉스는 현지 채용 이란인이 돌아간 뒤라야만 가능했다.

"효도 씨, 오늘은 일찍 오셨군요. 이란석유공사와의 교섭이며, 그 밖의 일들로 수고가 많으십니다."

밖에서 돌아온 히가시야마 사무소장이 피로한 기색이 역력한 효도에게 말했다.

"왕실 가족들과의 교제도 많으실 테고 또 몹시 피곤하실 텐데 자동차라도 내도록 해볼까요?"

"글쎄, 좋은 운전사만 있다면."

듣고 있던 클라크가 말을 받았다.

"좋으시다면 제가 운전사를 찾아보도록 할까요?"

"아니, 그건 내가 알아보기로 하지. 자네는 이만 돌아가도 좋아."

히가시야마의 말에 클라크는 책상 위의 서류들을 정리하더니 곧바로 퇴근했다.

"클라크는 성실하고 우수하긴 하지만 아무래도 비밀경찰의 첩자 냄새가 납니다."

히가시야마가 낮은 목소리로 말했다.

"어쩐지 이란인치고는 돋보이게 성실하다고 생각했지. 어째서 해고하지 않는가?"

"섣불리 해고하면 성가시게 되니까 그가 실수하기만을 기다리고 있지요. 하지만 그래봤자 어차피 또 다른 녀석이 들어올 텐데요."

"그렇겠군. 그런 데에 신경을 쓰다간 우리만 더 피곤해질 뿐이니까."

효도는 이란인이 모두 퇴근한 뒤에야 유리문으로 칸막이가 쳐진 텔렉스룸으로 들어가 이키와 사전에 약속된 암호로 국제입찰에 경합할 각국 회사의 현재 상황을 타전하기 시작했다.

사르베스탄 광구에 대한 타전을 할 때의 호출암호는 이란의 유적인 페르세폴리스였다.

'페르세폴리스' 오늘 아침의 로마는 추웠음. 온도 25도, 습도 30%, 북서풍 강함. 뉴욕 기후 맑음. 온도 30도, 습도 45%, 동북의 강풍……

*

　얼핏 보면 각국 도시의 기상을 알리는 내용이었으나, 실제로는 도시 이름들은 이탈리아의 아지프나 미국의 모빌, 독일의 데미넥스 등 입찰 라이벌의 기업체를 뜻한다. 그리고 기온은 이권료, 습도는 개발비, 숫자는 100만 달러 단위, 풍향은 부대조건의 암호로서, 북서풍은 액화천연가스, 남서풍은 정유소, 북동풍은 석유화학공장을 뜻하고 있었다.
　효도는 다시 미국의 인디펜던트와 일본석유공사들에 관한 정보를 타전했다.
　아직 익숙하지 못한 손가락으로, 로마자 타이프를 치고 마지막에 잠깐 손을 멈춘 뒤 아직도 이란 국왕의 측근을 찾아내지 못했음을 짜증스럽게 암호문으로 쳐댔다.

　이키는 테헤란의 효도가 보내온 극비 전문을 읽고 낙심했으나, 테헤란에서의 일본공사그룹도 변화의 조짐이 없음을 떠올리고 효도에게 보낼 격려전문을 심복부하인 통신과장에게 직접 전하도록 비서에게 지시했다.
　그때 직통전화의 벨이 울렸다.
　"이키 군인가, 요즘 신문 지상에 자주 오르더군."
　목소리만으로도 상대방이 일류기업의 주주총회를 지배하고 있는 거물 구보타임을 곧 알 수 있었다.
　"네, 정말이지 메이저를 능가하는 대상사 석유부 취급을 받아 조금은 곤혹스럽습니다."
　이키는 적당히 얼버무렸다.
　"허, 그럼 자네에게 유능한 인재를 소개할까? 전화를 바꿀 테니 잠시 기다리게."

구보타는 이키의 대답은 듣지도 않고 전화를 바꾼 모양이었다. 한 젊은 사나이의 음성이 들려왔다.

"갑자기 전화를 드려 죄송합니다. 저는 가마쿠라의……"

예의 바른 정중한 목소리가 들려왔는데도 이키는 흠칫 놀라 숨을 멈췄다. 전화를 하고 있는 그 사람은 일본의 정치, 경제의 흑막으로 불리는 '가마쿠라 사나이'의 대리인이었다.

"실은 우리 선생님께서 당신을 꼭 뵙고자 하시길래 전화했습니다. 당신이 원하는 날짜와 시간을 말씀해 주시면 차를 보내드리도록 하겠습니다."

이키는 직감적으로 이란의 석유광구 입찰권 때문이라고 생각했다.

하지만 저쪽은 피할 수 있는 상대가 못되었다. 그럴 바에야 차라리 만나는 것이 낫겠다고 판단했다.

"이틀 동안은 예정이 꽉 짜여 있습니다만, 내일 오후라면 그런대로 시간을 낼 수 있겠습니다. 제가 찾아뵙도록 하지요. 어디로 가면 됩니까?"

"그러시다면 오후 3시 가마쿠라의 자택에서 기다리도록 하겠습니다."

사나이는 끝까지 정중하게 말하고 나서 전화를 끊었다.

고쿠라쿠지다니에 있는 '가마쿠라 사나이'의 집은 옛 무사의 저택처럼 큼직한 대문이 달린 많은 저택들 중에서 겉보기가 간소한 편으로 우국지사를 자칭하는 사나이다운 거처였다.

대문의 벨을 누르자, 번쩍번쩍하는 것이 올려다보였다. 방문자의 모습을 비추는 텔레비전 카메라 렌즈였다.

잠시후 안에서 빗장을 벗기는 소리가 들리더니 검정 양복을 입은 젊은이가 나왔다.

"기다리고 계십니다. 안내하겠습니다."

안내받은 방은 다다미 열두 장 정도의 넓이로, 상석 도코노마에는 칼틀 위에 흰 칼집의 단도가 놓여 있고 '천조황대신궁'이라고 쓰인 족자가 걸려 무속적인 분위기가 실내에 감돌았다.

안내한 젊은 사나이는 도코노마 앞의 방석을 권했으나 이키는 아랫자리에 앉아 도코노마의 특이한 꾸밈을 보고 있었다. 그때 왼쪽 장지문이 열리며, 하카마를 입고 머리를 모두 뒤로 빗어 넘긴 사나이가 느릿한 걸음으로 들어왔다.

이키가 정좌하여 초대면 인사를 하자 사나이는 흰 칼집의 단도를 등 뒤로 하고 자리에 앉았다.

"이키 씨, 나는 당신을 알고 있소이다. 세상이 이 꼴만 아니었더라면 가까이 마주할 엄두도 못 낼 분이지만…… 아나미 대장 각하께서 직접 내리신 명령을 받들어 종전명령서를 갖고 관동군의 군사(軍使)로서 신경(新京)에 가, 일본으로 돌아오는 사령부 정찰기가 있으면서도 항공대의 부상병에게 단 하나밖에 없는 좌석을 양보하여 자신은 시베리아 억류신세가 되셨으니…… 그런 상황에서 목숨을 양보한다는 것은 아무나 할 수 있는 일이 아니지요."

그는 진정으로 탄복했다는 듯이 말했다.

"거기에 비해 현재 일본 정치가들의 꼬락서니라니, 전에 이와오 군이나 사바시 군들과 차기 총재선거에 대한 이야기를 하던 중에 느꼈소이다만, 아무런 경륜도 없이 정권에만 눈이 뒤집힌 자들이 우글거리고 있소이다. 이런 상태가 계속 이어지면 일본은 정치에 기대조차 가질 수 없는 나라가 되고 말거요."

처음부터 나라를 걱정하는 말을 늘어놓으며, 전 총리인 이와오와 현 총리인 사바시와 친분이 있는 사이임을 교묘하게 시사했다. 이키는 잠자코 듣기만 했다. 그때 젊은 사나이 둘이 각기 일본차가 놓인 굽이 있는 쟁반을 높이 들고 들어와 탁자 위에 놓더니 물러가기는커녕 이키의 등 뒤에 섰다.

"예절바른 여러분에게 아까부터 감탄하고 있습니다."

그렇게 말하면서도 이키는 심리적인 압박감을 느꼈다.

"아니오, 이 자들도 전에는 사회의 쓰레기 같은 자들이었소. 쓰레기는 한군데 모아두어야지, 그러지 못하면 세상의 착한 분들에게 폐나 끼치게 마련이라, 나는 뜻을 갖고 사회의 쓰레기들이 흩어지지 않도록 훈련시키며 다스리고 있소."

정계와의 연결을 암시하면서 은연중 폭력행사를 비치기도 했다.

"이키 씨, 당신처럼 남보다 몇 갑절이나 애국심이 강한 분이 이번 이란 석유광구의 국제입찰에서는 일본그룹에서 이탈하여 미국의 독립계 석유자본과 손을 잡다니, 정말 이해할 수가 없소이다. 국가의 적이라는 욕을 먹어도 하는 수 없는 일이외다."

말을 마치자 그는 눈을 두 번 끔뻑거렸다. 그러한 눈짓이 뒤에 서있는 사나이들에 대한 신호라는 말을 들은 적이 있지만, 이키는 겁내지 않고 말했다.

"딴 사람이라면 모르거니와 우국지사로서 이름을 떨치고 계시는 선생님께서 항간에 떠도는 무책임한 소문과 중상을 그대로 믿으시다니 섭섭하고 유감스럽습니다."

"뭐, 섭섭하고 유감스럽다……"

이번에는 눈을 세 번 끔뻑거렸다. 그러자 뒤쪽의 사나이가 성큼 이키 곁으로 다가왔다. 순간적으로 이키는 방어 자세를 취했다.

그러자 사나이는 담배를 꺼내기 위해 곁으로 왔다는 듯, 담뱃갑의 뚜껑을 열어 한 개비를 집어 들고 불을 댕기며,

"담배 좀 피우겠습니다."

하고 말했지만 눈으로는 날카롭게 이키를 노려보고 있었다.

이키는 등골이 오싹해짐을 느꼈다. 그 사나이의 동작이 큰 위협을 가하듯 느껴졌기 때문이다.

"허어, 이거 버릇들이 없어서 실례했소이다."

그는 이키의 반응을 살피면서 말했다.

"그럼, 어떻소이까? 기름 한 방울이 피 한 방울이라는 것을 누구보다 잘 아시는 당신이라서 노파심으로 한마디하는 것이오만, 공사그룹에 다시 들어가는 것이…… 뭣하면 총재인 기라 군을 여기에 부르겠소만."

"아니, 그 전에 우리 회사가 취한 행동은 국가의 적이 아닌 오히려 국익을 소중히 여겨 과감히 택한 길이었음을 부디 이해해 주시기 바랍니다."

이키는 이번 문제가 국제입찰인 만큼 군사적으로나 경제적으로도 이란과 긴밀한 구미계 기업이 강하기 때문에, 일본 기업은 국수적인 민족주의의 고정관념에만 사로잡힐 것이 아니라, 설사 미국에 반목을 넘기는 한이 있더라도 그 반목, 즉 일본이 취할 수 있는 미·일합작은 공사그룹이 낙찰하지 못할 경우의 '안전판'이 됨을 설명했다.

그는 팔짱을 끼고 잠시 생각에 잠겨 있더니 조용히 말했다.

"나는 국익을 위해 몸과 마음을 다 바치고 있는 자요. 요는 나라를 위한 길이면 되는 거요. 그런 의미에서 말한다면 미·일 안전판 얘기도 틀림없이 나라에 이익이 되는 셈이겠군. 그렇다면 내가 관계기관에다 당신과의 중개적 역할을 자청하겠소. 이와오 군도 오해하고 있

는 모양이니까."

그는 스스로 중개역을 맡고 나섰다. 이유는 일본그룹이 낙찰하거나 깅키상사와 오리온오일의 미·일 합자팀이 낙찰을 해도 어느 쪽에서든 중개료나 뜯어내겠다는 속셈이었다. 이키는 그의 뻔한 속셈에 환멸을 느꼈으나 현재 회사의 상황을 생각하며 꾸벅 절을 했다.

"고마우신 배려, 잘 부탁드립니다."

"아니, 아니오. 이렇게 먼 길을 오시게 해서 송구스럽소이다. 이것도 서로 나라를 위한 일이니……"

그는 돌아가는 이키를 전송하기 위해 현관까지 나와 봉당에 서서 자세를 바로하고 절을 했다.

"그럼 잘 가시오."

이키는 전송을 받고 나오면서 애국자를 자처하는 그 사나이 때문에 씁쓸한 기분이 되었다.

마루노우치의 사무실로 돌아오자 비서가 그동안의 연락사항을 보고했다.

"한국의 이석원 씨로부터 전화가 왔었습니다. 지금 교토 미야코호텔에 묵고 계시다고 전화해 달라십니다. 방 번호를 적어놓았는데 걸어볼까요?"

'가마쿠라 사나이'로 인해 신경이 날카로워진 이키에게 비서는 조심스럽게 물었다.

"아닐세, 그는 나의 소중한 친구니까 내가 직접 연락하지."

이키는 수화기를 들었다.

이틀 뒤 온 산을 불태우듯 단풍이 붉게 물든 히에이 산을 바라보며 이키는 산꼭대기에서 케이블카를 내리자, 망설이면서도 발걸음은 어느새 무도 사 골짜기로 향하고 있었다.

이석원과 오랜만에 전화로 이야기를 나눈 뒤 이키는 이석원과 교토에서 하룻저녁을 함께 보내기로 약속해 둔 터였다.

약속시간까지는 아직도 몇 시간이 남아 지사토와 옛 도읍의 사찰을 돌아보고 싶다고 생각했으나, 신칸센의 차창으로 본 가을빛 짙은 히에이 산의 경관이 인상 깊어 지사토에게는 연락도 않은 채, 그녀의 오라버니인 아키츠 세이키, 법명 다이센인 겐조의 암자에 홀린 듯이 올라와 버렸다.

빨강, 노랑 낙엽이 융단처럼 고르게 깔린 가파른 오솔길을 이키는 한 걸음, 두 걸음 낙엽을 밟으며 무도사 골짜기 쪽으로 내려갔다. 지사토와의 장래를 아직도 뚜렷이 결정짓지 못한 상태로 승적에 있는 그녀의 오라버니를 어떻게 마주할 수 있겠느냐는 생각을 하면서도 발길이 여전히 그 암자를 향하는 것은, 어쩌면 제멋대로 구는 자신의 행동에 대한 사과를 하고 싶어서였는지도 모를 일이다.

그러나 그 일만으로 히에이 산에 올라왔다면 거짓말이다. 엊그저께 '가마쿠라 사나이'에게 불려가서 우국의 정을 빙자하여 이란 광구의 입찰에서 일본그룹과의 경합을 포기하라는 협박을 받고 그 사나이에게 느낀 불쾌감과 민간 기업인으로서 보다 의연한 태도를 취할 수 없었던 자신의 나약함에 견딜 수 없을 만큼 혐오를 느꼈던 것이다.

신칸센 차창으로 히에이 산을 바라보다가, 문득 그 산속에서 12년에 걸친 농산비구의 고행을 쌓고 있는 겐조를 기억해 내고 그의 맑고 이성적인 성품을 접하고 싶은 생각이 들었던 것이다.

이윽고 낯익은 묘오도의 지붕이 보였다. 겐조의 암자는 그 뒤쪽 벼랑에 호젓하게 자리 잡고 있었다.

인기척을 내자 오래된 장지문 저편에 소리가 들려왔다.

"들어오십시오."

장지문을 여니 행의를 입고 경탁에 단정히 앉아 무엇인가를 쓰고 있는 뒷모습이 눈에 들어왔다.

"갑작스레 죄송합니다만, 도쿄의 이키입니다."

그 말에 겐조는 손을 멈추고 돌아보았다.

이키는 목례를 했다.

겐조는 조금의 동요도 없이 온화한 눈길을 이키에게 돌렸다.

"실례했습니다. 설마 이키 씨가 찾아오시리라고는 생각지 못했습니다. 방을 치우지 못했습니다만 어서 올라오시지요. 차를 준비하겠습니다."

"아니, 걱정 마십시오. 갑자기 찾아뵈어 죄송합니다."

이키는 황망하게 말렸으나 겐조는 경탁 주위에 펼쳐진 경전과 깨끗이 세탁된 행의와 각반 등을 한옆으로 정리하고, 다다미 2장 정도의 공간을 만들어 앉기를 권한 다음 풍로와 주전자가 있는 봉당으로 내려갔다.

풍로에 남아 있던 불씨로 불을 피우고 물을 끓여 차를 준비하자, 겐조는 이키 앞에 조용히 앉았다.

"그 뒤로 건강은 어떻습니까? 마음에 걸리면서도 뉴욕 지사에 전근을 가게 되는 바람에 4년 동안은 그만 소식도 전하지 못했습니다."

"덕분에 1년쯤 전부터는 저녁 무렵이면 생기던 미열도 없어지고 이젠 웬만큼 회복된 것 같습니다."

그 말을 듣고 보니 정말 비쩍 말랐던 양 볼에 살도 오르고 안색도 좋아 보였다.

이키는 권하는 차를 두세 모금 입에 대고, 벼랑을 마주한 장지문에 석양을 받아 희미하게 투영된 앙상한 나뭇가지를 보면서 시냇물 흐르는 소리에 귀를 기울이고 있었다.
"고요하군요. 이런 고요가 몇 해 만인지……"
저도 모르게 가슴속의 답답함을 털어놓듯이 중얼거렸다.
"이키 씨처럼 속세에 단련된 분들도 때로는 이러한 정적을 그리워하십니까?"
"아니, 천태의 숭엄한 수행을 하시는 분에게 그런 말씀을 들으니 부끄럽습니다. 격렬하다고 하면 듣기에는 그럴 듯하지만 때로는 인간성마저 배제해야만 하는 진창의 세계에 살고 있답니다."
이키는 그렇게 말하면서 지사토에 관한 얘기를 하고 싶은 충동에 사로잡혔다.
"지사토 씨는 간간이 찾아옵니까?"
"지난봄에 잠시 다녀갔습니다. 뉴욕에서는 여러 가지로 폐를 많이 끼쳤다더군요."
겐조는 가벼운 동작으로 식은 차를 바꾸어 따랐다.
"아닙니다. 충분한 대접도 하지 못해 미안했습니다. 부임하기 얼마 전에 교통사고로 아내를 잃어 단신으로 건너갔기 때문에……"
이키에게 있어서 그 말은 큰마음 먹고 한 고백이라 할 수 있었다.
암자 아래쪽으로부터 불어오는 바람이 장지문 틈새로 들어와 가만히 앉아 있으면 싸늘한 냉기가 돌아 추울 지경이었으나, 이키는 온몸에 땀이 배는 것만 같았다.
"지사토로부터 들었습니다. 그 심중은 헤아리고도 남음이 있습니다."
겐조는 조용히 말하고, 이키의 죽은 아내를 위해 명복을 빌듯이 합장했다. 이키는 고개를 숙이면서도 겐조는 자신과 지사토의 관계를 알고 있을지도 모른다는 생각이 들어 말문이 열리지 않았다.

마주 앉은 두 사람 사이에 침묵이 흘러 바위 사이를 졸졸 흐르는 물소리만이 들려왔다.
"이키 씨, 어느 고승이 읊은 노래가 있습니다."

바위 있고 나무뿌리 있건만
졸졸 그저 졸졸 물만 흐르누나

"바위나 나무뿌리 같은 번뇌와 속박의 세계에 있으면서도 그 속에 잠기지 않고 초연한 것도 아닌, 물이 흐르는 것과 같이 자연 그대로의 모습으로 산다는 의미입니다."
겐조는 조용히 일어나 벼랑과 마주한 장지문을 열었다. 냉기가 뺨에 닿자 소름이 끼쳤다. 이키는 골짜기를 느릿하게 치닫듯이 흐르는 계곡의 물과 그 계곡의 바위 사이에 뿌리 내리고 있는 나무를 바라보았다.
겐조는 그 이상 말하지 않았으나 남녀의 맺어짐에 비유한다면 바위나 나무뿌리는 사회적인 체면이나 결혼의 조건 같은 것이며, 물은 진실한 사랑을 비유하는 것 같았다. 그것을 방해하는 번뇌가 있어도 굴하지 않고 물이 높은 데서 낮은 곳으로 흘러가듯 자연스러운 흐름으로 결혼에 이르면 되지 않겠느냐는 의미로 해석되었다.
"졸졸 그저 졸졸 물만 흐르누나……"
이키는 계곡의 물을 응시하며 중얼거렸다.

이키는 기온(祇園 · 요정이 즐비한 교토의 중심가)거리 하나미의 찻집 한구석 자리에서 한국의 광성물산 회장인 이석원과 오랜만에 마주 앉아 옛 도읍의 황혼을 즐기고 있었다.

"이키 군, 교토에서 취하는 휴식은 세계 어느 곳보다도 마음을 편하게 해준다네. 더구나 몇 년을 소식 없이 지내도 늘 반겨주는 긴야도 있으니 말이야."

이석원은 쉰이 가까운 늙은 게이샤 긴야쪽으로 얼굴을 돌리며 웃었다.

긴야는 이석원이 젊었을 무렵부터 친한 예기였다. 전쟁 전에 일본의 육군사관학교를 졸업하고 교토의 사단으로 배속된 그는 휴일만 되면 한국의 자기 집에서 보내오는 돈으로 기온에서 놀며 기요모토 예기로 불리던 긴야를 열심히 쫓아다녔는데, 지금은 고담한 관계로 이키도 전부터 두 사람 사이를 잘 아는 터였다. 이석원은 긴야가 따라주는 술을 마시기 시작했다.

"음, 맛이 좋구나. 긴야, 자네도 한잔 들게나."

술병을 들어 긴야의 잔에 철철 넘치도록 따르자 긴야는 아직도 옛날의 색향이 남아 있는 옆얼굴을 보이며 다소곳이 받아 마셨다.

그러한 긴야를 보며 이석원이 말했다.

"서로 탈 없이 이 나이까지 살아왔군. 긴야, 자네가 먼저 죽으면 임종은 내가 봐주도록 하겠네."

"정말이신가요? 그런 가슴 벅찬 말씀은 마세요. 갑자기 눈물이 나려고 해요."

"이젠 서로 그럴 나이지, 임종이니 어쩌니 하는 말을 하게 됐으니. 그러나 우리 서로 무리하지 말고 오래오래 살도록 하자구."

이석원이 긴야에게 다시 한 잔 따르자 긴야는 기쁘게 받았다. 이키는 그런 두 사람을 보며 자신의 멋없는 생활에 허무함을 느꼈다.

이석원은 이키와 육군사관학교 동기생으로, 한국의 군사혁명에 주도적인 역할을 함으로써 육군 참모총장과 주미대사를 역임한 뒤 퇴역

하여, 현재 한국에서 으뜸가는 재벌그룹의 중추인 광성물산 회장으로 있는 실력자였다.
"이키, 이란 국제입찰문제로 얼마 전부터 신문에서 꽤 공격을 받는 모양이던데, 어때 괜찮겠나?"
이석원이 근심스러운 듯이 물었다. 서울의 지하철 부설공사 문제는 이미 낙착되었기 때문에 각별한 용건은 없이 다만 시간이 나면 하룻저녁을 함께 보내고 싶다던 이석원이었으나, 사실은 이키의 근황이 염려되었던 모양이다. 이키는 이석원의 배려가 고마웠다.
"이번 일은 내가 신념을 가지고 하는 일이기 때문에 국적으로 몰리는 한이 있더라도 끝까지 추진해보고 싶네. 그리고 이번 일이 아마 상사에서의 마지막 일이 될 것도 같군."
스스로 뜻한 바가 있는 이키는 차분히 가라앉은 목소리로 대답했다.
"하지만, 어째서 유독 자네만이 곤경에 처해야 하는 건가? 석유계라는 것은 복마전으로 성공을 해도 무조건 기뻐만 할 수는 없는 법인데, 만약 실패라도 한다면 그건 사직감이 아니겠나."
이석원은 벗의 진퇴를 우려하며 말했다.
"그런 각오는 돼 있네."
이키는 잔을 놓으며 조용히 말했다.
"자네는 조금도 달라진 데가 없군. 그런 식으로라면 돌아가신 부인에 대한 의리 때문에 후처도 맞지 않을 모양이군."
옛날 동기생 시절의 말투였다. 이키는 묵묵히 술만 따랐다. 아키츠 지사토에 대한 일을 생각하면 시치미를 떼는 것 같아 미안하기도 했으나 술자리가 끝나면 지사토를 찾아가야겠다는 생각이 들었다.
새 술병과 요리가 들어오자 그것을 기회로 긴야는 자리를 떴다.
"이키, 자네 생각은 너무 고루해. 하지만 사람 나이 쉰이 넘으면 또 하나의 인생관이 만들어지게 마련이지. 기업인의 인생만 아니라 여생을 어떻게 살다가 마무리할 것인가 하는 것 말일세."

"하지만 나처럼 14세에 자원해서 유년학교, 육사, 육대를 거쳐 단지 나라에 몸을 바치도록 교육받은 인간에게는 하나의 인생밖에 없다네. 하물며 나라를 패전으로 이끈 나에게는 나라를 위해 평생을 바쳐야 할 의무도 있지."

"의무인가? 사명보다도 준엄하군."

이석원은 한순간 말을 잇지 못했다.

"그렇게 생각하고 있다면 자네가 꼭 이란 국제입찰에서 이겨야겠는데, 그래 어느 정도까지 접근해 있나?"

"실은 효도가 테헤란에 주재하면서 길을 찾고 있다네."

"아, 효도. 그 친구라면 안심이군. 너무 재주를 부리지도 않고, 꽤 그릇이 큰 친구지. 어차피 언젠가는 깅키상사의 장래를 떠맡을 사람이니, 그 친구라면 해낼 수 있을 거야."

효도는 한국으로 출장 갔을 때 이키의 소개로 이석원과 상면한 적이 있었다.

"그런데, 중동이란 데는 사정이 특수하기 때문에 난다 긴다는 효도도 결정타가 될 만한 주요인물을 아직 찾지 못해 애를 먹고 있다네."

아직도 국왕과 연결되는 인맥을 찾아내지 못하고 있다던 효도의 텔렉스를 떠올리며 이키는 한숨을 내쉬었다.

"그 얘기를 들은 이상 무슨 도움이라도 됐으면 싶네만, 나도 중동의 일이라면 짐작하기가 어려워서……"

이석원은 생각에 잠긴 듯하더니 문득 입을 열었다.

"그래, 그래. 내가 주미 대사로 있을 때 이란 국왕을 만난 적이 있네."

이석원은 얼굴에 홍조를 띠며 말을 이었다.

"언제였더라. 소식도 없이 워싱턴에 와 있는 국왕을 봤지. 아마 비공식 방문이 틀림없었을 거야. 옆에서 들으니까 측근들 하는 말이 숙소의 경계태세가 필요하다면서 이란 대사관에 묵겠느니, 묵지 않겠느니 말들이 많았었어. 그때 국왕 옆에 계속 붙어 다니던 사람이 하나 있었는데……"

"샤한샤라고 불리는 국왕에게도 그런 시절이 있었군. 그래, 그 그림자 같던 사내는 SAVAK 장관이었겠지?"

"그게 그렇지가 않아."

"그래? 그럼 도대체……"

"처음에는 그런 계통의 경호원인 줄 알고 슬며시 관찰했었지. 그때 나도 국가기밀에 관한 군사상의 용건으로 서울에서 오는 손님들을 맞기 위해 줄곧 로비에 있었으니까. 그런데 경호원치고는 태도가 몹시 거만하더군. 극비리에 마중 나온 록히드사와 유나이티드 일렉트로닉스 회사 사장도 여간 쩔쩔매는 게 아니었어. 그래서 국왕이 떠난 뒤에 알고 지내던 록히드사의 사장에게 슬쩍 물어봤더니, 글쎄 그가 국왕의 주치의라지 않겠나."

"주치의라고? 어째서 사장들이 주치의에게까지 굽실거려야만 한단 말인가?"

이키는 고개를 갸웃했다.

"글쎄, 정확한 건 아니지만 내 직감으로는, 그가 정말 의사라면 보통 의사는 아니야. 그때 일을 생각하면 더 그렇다는 느낌이 드네."

"하긴 의사 앞에서는 국왕이라도 벌거벗어야 하지."

이키는 그렇게 말하며 이석원을 바라보았다.

예로부터 권력자가 자신의 권력을 유지하려면 금력과 무력을 우선 장악해야 한다. 돈의 관리는 대장대신, 신변의 경호는 친위대장, 그 밖에 또 한 사람이라면 자신의 목숨을 의탁한 주치의가 있다. 대장대신이나 친위대장은 권력이 강해지면 자가의 군사나 사병으로 반란을 일으킬 수 있지만 의사는 아무리 힘이 있어도 부하를 만들 수가 없다.

예로부터 의사가 사병을 길러 왕을 죽였다는 얘기는 들어보지 못했고, 의사가 왕을 죽일 수 있다면 단지 처방 하나에 달려 있을 테니 의사가 마치 왕의 분신처럼 여겨질 수도 있다.

그런 생각이 들자, 이키는 이석원이 들려준 주치의라는 자가 이란 국제입찰을 결정지을 수 있는 중요인물로 여겨졌다.

"여보게, 자네 그 의사와는 아는 사이인가?"

"아니, 전혀 몰라. 들리는 말로는 극히 중요한 극비의 정치외교를 협의하는 자리나 무기 구입 자리에는 반드시 동석한다는데, 여느 파티나 회합에는 일절 얼굴을 내보이지 않고 사람과의 만남도 허락하지 않는 모양이네."

"그럼, 이름은?"

"유감이지만 모르네. 아무튼 철저하게 자신을 드러내지 않는 모양이야."

이키는 곧 테헤란의 효도에게 주치의를 접촉해보도록 지시해야겠다고 생각했다.

이석원을 호텔로 전송하고, 라쿠호쿠의 다카기 거리에서 택시를 내린 이키는 지사토의 집을 찾아갔다.

"늦었소. 폐가 되는 것이나 아닌지."

기온에서 전화를 해두기는 했으나, 밤늦게 여자 혼자 사는 집에 찾아간다는 일이 왠지 떳떳치 못했다.

유전 47

"오늘은 녹로를 돌리는 기술자나 그림 넣기를 도와주는 조수도 일이 끝나 돌아갔어요."

스웨터와 바둑무늬 스커트를 입은 지사토는 이키를 거실로 안내했다. 그곳에는 뜻밖에도 텔레비전이 켜져 있었다. 공방에서 흙투성이가 되어 일하는 도예가와는 사뭇 다른 지사토의 여유 있는 일면을 본 셈이다. 화면에는 짙푸른 하늘을 찌를 듯한 다갈색 궁전의 원주와 사자를 부조한 벽면이 비치고 있었다.

"이건 중동의 유적 같군."

"그래요. 고대 페르시아 유적에 관한 특집방송인데, 마침 아는 분이 해설하기에 보고 있었어요. 지금 비추고 있는 곳이 페르세폴리스 다리우스 대왕의 대궁전이에요. 저기 가보신 적이 있나요?"

"아니, 우리 같은 기업인들은 해외출장을 가도, 사업에만 정신이 팔려 좀처럼 유적지에는 못 가지. 우리 상사의 테헤란 사무소장도 페르세폴리스가 있는 사라즈공항까지는 갔어도 유적은 보지 못했을 정도니까."

이키는 텔레비전에 비치고 있는 기원전의 유적이 불러일으키는 장대한 감동과 가혹할 정도로 격렬한 주재원들의 나날을 비교해 보았다.

"교토에서 일을 하시다니 좀처럼 드문 일이군요. 외국분을 접대하셨나요?"

"음, 한국 친구하고 저녁식사를 했소."

"어쩐지 술 냄새가 난다 싶었어요."

지사토는 콧등에 주름을 모으며 웃었다.

"당신한테서는 좋은 냄새가 나는군. 오데콜론인가?"

취기가 남아 있던 이키에게 감미로운 향기가 희미하게 전해왔다.

"제 것은 향료가 든 비누 냄새예요. 오늘 밤은 무척 즐거워 보이시네요."

"그렇게 보이나? 글쎄, 마음을 터놓는 친구와 얘기를 나눴기 때문인지도 모르지."

이석원과의 술자리를 구실삼아 대꾸했으나, 실은 그 전에 히에이 산에 올라가 겐조를 만난 탓이었다. 겐조를 만남으로 지사토와의 일로 생긴 고민에서 벗어날 수 있는 해결책을 찾은 것이나 다름없었기 때문이었다.

"요즈음 당신도 애를 많이 쓰고 있더군. 미술잡지에 니혼 도예전의 첫 출품자 논평이 나와 읽어봤더니 당신을 두고 스케일이 큰 여류 도예가로서의 자질을 볼 수 있다고 씌어 있더군."

"하지만 약간이라도 인정을 받으면 인터뷰라든가 파티 같은, 작업에 방해가 되는 일을 많이 해야 되기 때문에 무척 신경이 쓰여 좀 피곤해요."

"예술의 세계에도 그런 것이 있군. 하지만 부질없다고 생각되는 것은 하지 않는 편이 더 나아요."

여러모로 신경 쓸 일이 많을 것 같아 격려하듯 말했다.

"원래 그런 데는 서툰 성격이니까 지금까지 해오던 대로 할 수밖에요. 그런데 오늘 밤은……"

지사토는 말을 맺지 못했다. 특별한 용건이라도 있어 밤에 찾아온 것인지 뒷말을 잇기가 거북스러웠던 모양이다.

"음…… 지난번 도쿄에서 전화를 주던 날, 모처럼 만나려고 생각했는데 가스 가마의 고장인가 뭔가로 야간열차를 타고 그냥 가야만 했던 것이 몹시 아쉬웠지. 그래서 여기까지 왔던 길에……"

이키도 말을 계속할 수가 없었다.

"그렇군요. 그때는 속으로 몹시 불쾌하셨나 봐요. 가스 가마 따위는 기술자에게나 맡겨버리면 되지, 하고 말이에요. 제가 하는 일을 일단 인정하셨으면서도 남자분들은 너무 자기 멋대로만 생각하거든요."

"나중에 무신경한 소리를 해서 미안하다고 생각했어. 하지만 그날은 동남아시아 일대의 출장에서 돌아와 지쳐 있었을 뿐만 아니라, 저녁 무렵엔 뉴욕에서 오신 손님 때문에 몹시 피곤했고, 당신을 위해 손님을 빨리 돌려보냈는데도 그렇게 돼버렸으니 그만……"

그날 밤 일을 말해 주며 이키는 부드럽게 지사토의 어깨를 안았다. 지사토의 보드라운 귓밥에서 목덜미로 입술을 대자 지사토도 이키의 가슴에 몸을 기대왔다.

이윽고 잠자리에 누운 채 서로의 감성을 확인하는 듯한 조용한 시간이 흘렀다.

"……오늘 밤 주무시고 가세요."

이키는 이대로 지사토의 집에서 하룻밤을 지낸다는 데에 망설임을 가졌으나, 지사토의 청을 거절할 수는 없었다.

"원한다면 그렇게 하겠어."

"당신이 주무시고 가신다니까 이렇게 마음이 편해질 수가 없어요."

그 말에 이키는 가슴이 막히는 듯한 느낌이 들었다.

"실은 오늘 히에이 산에 다녀왔어."

지사토와의 사이를 승낙 받으러 간 것이라면 몰라도, 그렇지도 않은 것을 말하려니까 힘이 들었다. 순간 지사토의 몸이 굳어졌다.

"그랬군요. 오빠는 계시던가요?"

"음, 아무런 연락도 없이 찾아뵌 것인데 암자에서 글씨를 쓰고 계셨어. 몸은 전보다 훨씬 좋아지신 모양이야."

"당신이 그렇게 느끼셨다면 저도 안심이에요. 지난봄 오빠를 찾아갔더니 히에이 산의 맑은 공기를 마시면서 토해내는 대기요법을 계속 하시더군요. 몸이 좋아져서 아무 염려 없다고 말씀하셨지만 언제 재발할지 그때만 해도 걱정이었어요."

"오빠의 경우는 일종의 정신요법이란 생각이 들더군. 완치는 안 되겠지만 그래도 심했던 병을 극복하셨으니 이젠 안심해도 될 거야."

"하지만 오빠는 놀라셨겠지요?"

"글쎄, 그건 잘 모르겠군. 그리고 4년 전 함께 찾아갔을 때 내주신 것과 같은 맛좋은 차를 대접받았지. 전쟁 뒤 유사 이래의 경제성장에 들떠 있는데 그분처럼 그런 식으로 일관하실 수 있다는 것이 몹시 존경스러웠지."

이키는 나지막이 말했다. 지사토는 아무런 대답도 않고 단지 이키의 가슴에 얼굴을 묻고 있을 뿐이었다. 그런 침묵이 이키로서는 몹시 괴로웠다.

"당신에 대한 일, 있는 그대로 말하지 못한 채 은근히 비춰본 것뿐이지만 이해해 주신 것 같았어. 지사토, 잠시만 기다려요."

지금은 그렇게밖에 말할 수 없는 자신에 대해 용서를 비는 듯한 말이었다.

"당신이 지금 어려운 입장에 계시다는 건 신문을 통해 알고 있어요. 이란 일이 일단락되면……"

지사토는 목구멍을 타고 올라오는 뜨거운 감정을 억누르며 말했다.

"고마워……"

견디기 어려운 심정으로 그런 말을 하는 지사토를 생각하니 이키는 단지 고맙다는 말밖에 할 수 없었다.

이란의 도박

 이란석유공사의 수석이사 키아 박사의 방에서 사르베스탄 광구의 입찰설명회가 진행되고 있었다. 국제입찰이 얼마남지 않자, 응찰한 회사들을 개별적으로 불러 이권료와 탐광비, 부대조건에 관해 설명을 듣는 '속셈타진' 의 모임이었다.
 깅키상사의 효도와 오리온오일의 제임스는 9시부터 키아 박사와 개발부장 압둘이 동석한 가운데 설명회를 갖고 있었다.
 "당신들의 기본 생각은 대강 알았소. 이권료 3천만 달러, 탐광비 4천만 달러가 최대선이군요."
 "그렇습니다."
 제임스가 대답하자 키아 박사는 투명한 눈을 반짝였다.
 "6천 제곱킬로미터에 걸친 광구를 4천만 달러로 탐광한다는 것은 좀 곤란하지 않겠소?"
 키아 박사가 난색을 표하자 기술자 출신인 제임스가 답변했다.
 "당신네들한테서 구입한 광구도 자료에 의하면 사르베스탄 광구에는 배사구조가 10 내지 15가 있다고 생각되오. 이 광구는 항공사진에 의한 지형 조사가 효과적이라 생각되오. 우리는 미세한 항공사진으로 전체 구조를 해석할 수 있소. 우리의 우수한 스태프를 투입해 신속 정확하게 일할 수 있으므로 4천만 달러의 탐광비로 가능하다고 생각하는거요."

제임스의 답변에 개발부장인 압둘이 끼어들었다.

"재검토할 생각은 없소? 육상에서 우리나라에 남겨진 최대의 유전인 만큼 어느 회사에서나 대단히 열을 쏟고 있으니 말이오."

다른 응찰자들의 탐광비가 4천만 달러를 웃돈다는 투였으나, 사실 값을 올리기 위한 속임수인지도 몰랐다.

"이 시점에서 우리가 수정해야 한다면 이권료와 탐광비 가운데 어느 쪽을 수정해야 좋을지 당신네들의 의향을 알고 싶소."

효도가 물었다. 이란측이 어느 쪽에 더 비중을 두고 있는지를 안다는 것도 중요했기 때문이었다.

"미묘한 질문이군. 단지 이란은 이권료나 탐광비에 최대한의 성의와 열의를 보여줄 상대를 찾고 있는 것이오. 이 이상은 당신네들이 판단하여 수정할 것은 수정하면 되는 것이니까, 우리는 그 가운데서 최고의 것을 택할 뿐이오."

키아 박사는 결론을 내리듯이 말하고는 설명회를 마쳤다.

방에서 나오자, 비서들 방인 다음 방에 일본공사그룹의 일원인 이쓰비시상사의 우에스기와 일본에서 출장 온 고쿠사이자원개발의 개발본부장이 차례를 기다리고 있었다. 효도와 마주치자 자원개발 본부장은 마치 국적을 대하듯 힐난의 눈초리를 보냈으나 우에스기는 가볍게 인사했다.

"그 친구들, 함부로 까다로운 조건을 내세우며 볶아치지나 않던가요?"

설명회의 분위기를 미리 알아두려는 듯 슬며시 물었다.

"잘 알고 있군그래. 자네들이 센 값을 부르니 우리 같은 약소 자본은 체면이 말이 아닐세."

효도는 일본공사그룹의 넉넉한 자본공세를 비꼬듯 말했다.

"우리네 자본의 절반은 국민들의 혈세로 충당되는 거니까, 이처럼 경쟁이 세어지면 오히려 자유롭게 움직일 수 있는 쪽이 부러울 정도랍니다. 하지만 같은 일본인이라는 의리도 있으니 모쪼록 잘 부탁합니다."

우에스기도 만만치 않게 응수하고 나서 키아 박사의 방으로 들어갔다.

효도는 제임스와 함께 이란석유공사에서 나와 차로 5분 정도에 위치한 레자샤 거리의 오리온오일 사무실로 돌아왔다.

5층 건물의 한 층을 전부 세내어 미국식으로 꾸민 사무실은 대부분 개인 사무실로 파티션이 되어 있었다. 기획담당인 제임스의 방에는 오리온이 세계 각국에서 조업 혹은 시굴하고 있는 광구가 빨강이나 파란색으로 표시되어 있었고, 장식장에는 이란 유적의 출토품인 미니어처가 나란히 놓여 있었다.

"지금까지 중동에서 여러 가지 입찰에 손을 대왔지만, 이런 엉터리 가격은 처음이군. OPEC의 동정을 최대한으로 이용해 보자는 속셈으로 응찰자를 희롱하고 있는 거나 마찬가지야."

제임스는 분개하면서 클라크가 가지고 온 인스턴트커피를 벌컥 들이마셨다. 이란은 군사대국을 지향, 거국적인 공업화로 매진하기 위해 응찰자의 심리를 이용하여 값을 올리기에 혈안이 되어 있었다. 효도는 그런 이란의 태도에 분노를 느꼈으나 그렇다고 이 상태에서 물러설 수는 없었다.

"제임스, 국왕을 그림자처럼 따라다닌다는 주치의 말인데, 그를 만나볼 수는 없을까?"

효도는 3일 전 이키로부터 '국왕의 주치의에 대해 알아보라'는 텔렉스를 받았다. 그래서 제임스에게 10명이나 되는 국왕의 의사단에서 그럴 만한 주치의가 누구인가를 알아오도록 부탁해 그 의사가 포르지라는 것까지는 알아냈으나, 접근한다는 것은 왕궁장관 또는 SAVAK 장관 만큼이나 곤란하다는 대답이었다.

"자네의 상관인 이키는 정말 엄청난 정보를 알려왔지만 포르지 박사는 절대로 접근을 허락하지 않는 인물이야. 그러니까 그를 만난다는 것은 불가능한 일이야. 어쩔 도리가 없으니 단념해야겠네."

제임스는 피곤한 모양인지 혀짧은 소리로 말했다.

"아무래도 안 되겠나?"

"돈으로는 움직여지지 않아. 지위에도 관심이 없고. 그러니까 국왕의 신뢰가 그처럼 두터운 거지. 나도 포르지 박사의 존재는 이번에 처음으로 알게 됐지만 메이저에서도 만날 수 있는 사람은 BP의 전 회장뿐이라고 하더군."

"그 정도의 주치의에게 접근만 가능하다면 결과는 대단할 거야."

"그러나 포르지 박사의 신변은 수수께끼에 싸여 있다구. 처자며 형제 등 딸린 식구도 전혀 없기 때문에 그쪽으로 손을 쓰지도 못하네. 불가능한 일이야. 그런데 자네는 그런 일에 어쩌자고 끈질기게 집착하나!"

제임스는 화를 냈다. 제임스의 말에 따르면 포르지 박사는 현재의 왕비를 맞아들이는 데 상당한 역할을 했다고 한다. 세자를 낳지 못한 전 왕비와 국왕과의 이혼을 서둘러 현 왕비를 맞아들이게 했는데, 다행히 왕비는 임신을 했고 비록 난산으로 제왕절개수술을 하기는 했으나 바라던 황태자의 탄생을 가져온 장본인으로 인정받고 있는 것이다.
"포르지 박사는 전 왕비에게 원한을 사고 있는가?"
효도의 질문에 제임스는 어깨를 움츠렸다.
"효도, 자네한텐 손들었네. 포르지 박사는 비록 왕실을 위해 전 왕비와 국왕을 이혼하게는 했지만, 왕비전하란 명칭만은 남길 것을 국왕께 권하고, 또 왕실의 가족으로서 대우받도록 힘쓴 사람이라는군. 자애심이 많은 의사인 모양일세."
"그렇다면 전 왕비를 통해서 그에게 접근할 수 있을지도 모르겠군. 내게 그럴 만한 루트가 있긴 있지."
효도는 후앙 베니코를 염두에 두고 말했다.
효도는 베니코의 힘을 빌어야 한다는 데에 저항감을 느끼면서도 지금 사정으로는 그 길밖에 없다고 생각했다.

이쓰비시상사의 우에스기는 이란석유공사에서의 설명회를 끝내자, 고쿠사이자원개발의 개발본부장을 호텔로 보낸 뒤 혼자서 키아 박사의 집을 찾아갔다.
석유공사의 실력자인 키아 박사의 집에 택시로 갈 수는 없는 노릇이라 사무소장의 주선으로 빌린 벤츠를 타고 마바사바트 거리의 키아 저택으로 갔을 때, 정문 앞으로 우에스기의 차보다 더 큰 메르세데스 벤츠가 미끄러져 들어왔다.
우에스기는 순간적인 판단으로 운전사에게 지시했다.
"이대로 정문을 천천히 그냥 지나치도록 하게. 얼굴이 마주치면 곤란한 상대일지도 모르니까."
차가 그대로 정문 앞을 지날 때 우에스기는 그 대형 메르세데스 벤츠에서 내리는 사람을 주의 깊게 관찰했다. 그는 양복을 단정히 차려

입은 키아의 외아들 알게시르였다. 우에스기는 공연히 경계심을 가졌던 자신이 우스워졌다.

이곳 테헤란의 상류계급 자녀들은 등하교 시에 모두 자가용을 타고 다니는 것이다.

우에스기는 급히 차에서 내렸다.

"살라무 알게시르쟌(알게시르 군, 잘 있었나?)"

친숙하게 페르시아어로 말을 걸자, 이란의 상류계급 자녀들만이 다닐 수 있는 잔다르크 학교에 다니는 알게시르는 얼굴 가득히 정다운 미소를 띠었다.

"살라무 아라이콤 아가에 우에스기(안녕하십니까, 우에스기 씨)"

그때 마중 나온 하인이 우에스기에게 물었다.

"어머, 우에스기 나리, 부인과 약속이 있으셨나요?"

하인은 우에스기가 들고 있는 빨간 리본이 달린 커다란 꾸러미로 눈길을 돌렸다.

"오늘은 부인이 아니라 알게시르 군을 만나러 온 거야. 타바로테 모바라케(생일을 축하하네)."

우에스기는 알게시르에게 생일을 축하한다는 인사를 했다. 그리고는 들고 온 선물 꾸러미를 건네주었다.

"이건 전에 네가 원한 리모콘이 달린 열차세트야. 생일에 맞춰 올 수 있도록 특별히 일본에 주문한 거란다."

"정말! 근사한데."

알게시르는 눈을 반짝이며 선물 꾸러미를 받아들었다.

"알게시르, 거기서 뭘 하고 있는 거냐, 어서 들어오지 않고."

키아 부인이 포치에서 말을 하다가 옆에 서 있는 우에스기의 모습을 발견하고 반색했다.

"어머, 우에스기 씨. 언제 오셨나요? 전혀 몰랐군요."

"마침 문 앞에서 도련님을 만났답니다. 오늘이 도련님 생일이라 조그만 선물을 하나 준비했습니다. 전했으니 저는 이만 실례하겠습니다. 전기열차를 다루는 방법은 영어로 된 설명서가 상자 속에 들어 있으니 부인께서 읽어보시고 가르쳐주십시오."

말을 끝낸 우에스기는 곧 돌아가려 했다..

"어머나, 그런 걱정까지 끼쳐드려 죄송해요. 곧 차를 준비하겠으니 잠시 들어오세요."

부인은 고풍스러운 샹들리에가 장식된 홀로 우에스기를 안내했다.

"우에스기 씨! 나 당장에 이 열차를 움직이게 하고 싶어요. 엄마, 괜찮겠죠?"

초등학교에서 영어교육을 받고 있는 알게시르는 영어로 졸랐다.

"할 수 없구나. 나중에 아빠께 보여드려야 하니까 리본을 깨끗이 떼어낸 뒤 우에스기 씨한테서 움직이게 하는 방법을 배우도록 해요."

그렇게 말하면서 부인은 조심스럽게 꾸러미를 풀었다.

"어머, 멋진 열차!"

그것을 본 부인의 눈이 반짝였다. 우에스기는 키아 모자를 바라보며, 자신이 생각해도 용케 키아 가에 파고들었구나, 하고 생각했다.

이란은 다른 중동 여러 나라에 비하면 근대적이라고 하지만, 상류계급의 부인들도 부부동반의 파티 외에는 혼자 나다닐 수가 없었다. 그러므로 키아 박사처럼 바쁘기만 한 남편을 가진 아내는 쓸쓸함과 따분함을 느끼게 되고, 또한 아이들도 여느 아이들처럼 집 밖에서 노는 것이 용납되지 않아 학교에서 돌아오면 늘 정원에서만 놀아야 하기 때문에 외아들인 경우 특히 함께 놀아줄 상대를 원하는 것이다. 우에스기는 이쓰비시상사가 사르베스탄 광구를 취득해야 된다는 목적을 달성하고자, 키아의 가정을 방문했다. 공사에서는 키아 박사를 좀처럼 만날 수 없어서, 그럴 바에는 차라리 부인에게 접근해 볼 셈으로 키아 박사가 장미를 특히 좋아한다는 정보를 알아내어 네덜란드로부터 직접 들여온 진기한 품종의 장미 묘목을 갖다 주었던 것이다. 그때까지도 키아 부인과는 파티에서 두세 번 짤막한 인사만을 나누는 등, 별다른 교제는 없었으나 그 뒤로는 장미 재배를 구실삼아 자주 방문하는 바람에 외아들인 알게시르마저도 우에스기를 무척 따르게 되었다.

그런데도 사르베스탄 광구는 결국 장삿속이 능란한 이란 정부에 의해 국제입찰로 결정되어 전 세계의 석유업자들에게 공시되고 말았다. 그러자 우에스기는 전보다 더 열심히 키아 집안과의 교제에 힘쓰는 한편, 만일에 닥칠 유사시에는 중요하고 정확한 정보를 얻을 수 있도록 애써 왔다.

그때 알게시르가 흥분한 목소리로 외쳤다.

"부탁이니 빨리 움직여 봐요!"

알게시르는 우에스기의 어깨를 마구 흔들어댔다. 우에스기는 싱글벙글 웃으면서 페르시아 융단 위에 앉아 레일을 조립하고 신칸센의 히카리 호를 본떠 만든 미니어처 열차를 이은 뒤 신호기까지 붙였다.

"알게시르, 전기 스위치를 넣을 테니 잘 보려무나. 테헤란 역에서 국경을 지나 베이루트로 향하는 거다."

우에스기가 리모콘의 스위치를 누르자 히카리 호는 곧장 레일 위를 달리기 시작했다. 알게시르는 처음으로 대하는 자동조종장치의 전기 열차에 그만 환성을 올렸다. 이란의 어린이 장난감은 몹시 비싸 일본에서는 6백 엔 정도의 대수롭지 않은 인형도 그 값이 서너 배나 되었기 때문에 자동조종장치로 된 장난감 열차는 키아 부인도 처음 구경하는 모양이었다.

"이런 값비싼 것을 받아도 될는지요."

부인은 신이 나서 즐거워하는 아이를 보며 갑자기 조심스러운 표정을 지었다.

"그런 염려는 하지 마십시오. 저도 일본에 있는 제 아이들이 쓸쓸해한다는 소식을 들으면 견딜 수 없습니다. 특히 일이 잘 안되어 기분이 울적할 때면……"

"우에스기 씨도 아이들을 무척이나 아끼는 아빠로군요."

그러더니 부인은 무엇인가 짐작한 듯이 우에스기에게 물었다.

"남편도 오늘은 알게시르를 위해 다섯 시에 돌아오시기로 돼 있는데, 혹시 제가 전해드릴 말씀이라도?"

"네에, 실은…… 부인, 주인양반께 전화하실 일은 없으십니까? 만약 하실 일이 계시다면, 그때 제게 잠시 전화를 바꿔주셨으면 감사하겠습니다."

우에스기의 말에 부인은 어이가 없다는 듯이 피식 웃었다.

"그랬군요. 좋아요, 오늘은 바쁜 날이라고 하셨는데 정말 5시에 들어올 수 있는지 물어보겠어요. 따라오세요."

부인은 살롱 다음 방에 있는 수화기를 들어 이란석유공사의 다이얼을 돌렸다. 마침 키아 박사가 전화를 받은 모양이었다.

"여보, 저예요. 오늘 5시에 돌아오실 수 있으세요? 네에, 바쁘신 줄은 알고 있지만 오늘은 알게시르의 생일이니까, 작년처럼 갑자기 런던으로 가시는 일은 없는가 싶어 전화했어요. 그리고 우에스기 씨가 알게시르에게 멋진 선물을 가져오셨어요. 아뇨, 그런 것이 아니라 신칸센이라고 움직이는 자동조정장치가 달린 열차인데 알게시르가 여간 좋아하지 않아요. 네? 이제 와서 어떻게 돌려드려요. 아무튼 고맙다는 인사나 해주세요."

부인은 강요하듯 말하면서 수화기를 우에스기에게 넘겨주었다.

"여보세요, 우에스기입니다. 오늘 설명회의 결과를 알고 싶어서 실례를 무릅쓰고 전화를 바꿔주십사 했습니다."

우에스기는 키아 박사가 화를 내기 전에 재빨리 사과부터 했다.

"실례인 줄 알면 전화 끊으시오. 아이의 생일선물을 미끼로 전화를 걸게 하다니 불쾌하오!"

키아 박사는 몹시 언짢아하며 말했다.

"하지만 박사님, 그곳에서는 주변의 이목이 많아 오히려 폐를 끼칠까 싶어 말도 못 꺼냈습니다. 그러지 마시고 오늘 설명회에서 우리 일본공사그룹은 몇 번째나 되는지 알려주십시오."

"그런 건 일절 말할 수 없소. 이제 그만 끊겠소."

"박사님, 좀 기다려주십시오. 이미 순위는 알려져 있습니다. 우리쪽은 총점 2위더군요."

"어디서 들은 정보요? 내 부하들도 아직 모를 텐데."

키아 박사는 신경을 곤두세우며 물었다.

"그건 오늘 박사님께서 말씀하신 사람들 가운데 한 사람을 생각해 보시면 아시리라 생각합니다. 그건 그렇고 깅키와 오리온의 순위는 어찌 됐습니까? 3위인가요, 혹은 4위인가요?"

키아 박사는 잠시 침묵을 지키다가 말을 꺼냈다.

"알게시르가 홍역을 앓았을 때의 나이를 와이프에게 물어보구려. 그리고 오늘 저녁은 30분쯤 늦게 들어간다고 전해주시오."

말이 끝나기가 무섭게 전화는 끊어졌다. 우에스기는 수화기를 놓고 거실로 돌아와 키아 부인에게 물었다.

"부인, 알게시르 군이 홍역을 앓았던 것은 몇 살 때였습니까?"

"3살 때였어요. 그런데 그건 왜 물으시죠?"

"아니, 아무 일도 아닙니다. 그리고 박사님께서는 5시 30분쯤에 돌아오시겠다고 전하셨습니다. 그럼 저는 이만 돌아가 보겠습니다."

우에스기는 인사를 하고 키아 박사의 집을 나왔다.

1위가 독일의 데미넥스, 2위가 일본공사그룹임은 대사관의 석유 담당 상무관에게 전화로 알아낸 것인데 키아 박사에게 재확인을 한 것이었다.

깅키상사가 3위라니. 부대조건에서 불리한 LNG 계획을 내세우고도 3위를 차지한 예상 밖의 결과에 우에스기는 차츰 위협을 느꼈다.

'꽃 발견. 쿠바요란 발에게 들을 것'

이키는 테헤란의 효도에게서 온 암호문을 떠올리면서 자카르타로부터 건너와 현재 일본에 머물고 있는 후앙 베니코를 찾아 요쓰야의 맨션을 방문했다.

꽃을 발견했다는 뜻은 이키가 이석원에게 들고 국왕의 주치의를 알아내라는 명령에 대한 응답이었으며, 쿠바요란 발이란 것은 자카르타의 교외에 있는 지명을 딴 것으로 후앙 깐천의 둘째부인인 베니코를 가리키는 말이었다.

효도의 텔렉스를 받아든 이키는 곧 자카르타의 후앙 집에 전화를 했으나, 전화를 받은 후앙의 정부인이 베니코는 일본에 가 있다고 알려 주었던 것이다.

요쓰야의 맨션은 비록 오래되긴 했으나 넓은 부지에 세워진 고급 건물이었다.

엘리베이터 램프가 1층에서 멎고 문이 열리자, 이키는 순간 자신의 경솔함을 탓했다. 안에서 서류가방을 들고 내리는 사람이 다름 아닌 도쿄상사의 사메지마 다쓰조였기 때문이다. 사메지마도 이키를 보고 무척이나 놀란 모양으로 후욱 숨을 들이쉬었다. 하지만 곧 이키에게 말을 걸어왔다.

"아니, 이키 씨! 이런 대낮에 여기서 만나게 되다니, 어찌된 일입니까? 저를 찾아오신 건가요?"

이키는 어찌할 바를 몰라 망설였다.

"실은……"

말끝을 흐리자 사메지마는 영락없이 자기를 찾아온 것으로 지레짐작 한 모양이었다.

"소련에 갔다가 오늘 아침에야 모스크바에서 돌아와 한잠 푹 자고 이제 출근하는 길인데, 어떻게 그렇게 잘 아셔서 저를 찾으셨나요? 자, 우리 이런 곳에서 얘기하는 것도 뭐하니 우리 집으로 갑시다. 도모아쓰한테서 들은 댁의 맨션보다는 전망이 좋을 거외다."

이키는 사돈행세를 하는 사메지마의 태도가 상당히 불쾌했다.

"착각하시면 곤란합니다. 내가 댁을 찾을 까닭이 없지 않습니까?"

사메지마는 아직도 나오코에게 냉담한 상태였다. 이미 아이까지 낳았으나 며느리로 여기지도 않고 있었다.

"허어, 인사치고는 훌륭하십니다. 이곳에 오셔서 우리 집을 찾는 것이 아니라면 603호실이겠군요."

603호실은 긴자의 르보아클럽 마담인 교코가 사는 방 번호였다.

"아무데면 어떻소. 그럼, 나는 이만 실례하겠소."

그렇게 말하고 이키는 급히 엘리베이터에 올랐다. 그러자 사메지마도 따라 오르며 말했다.

"베니코 씨가 일본에 돌아와 있군요. 그렇다면 나도 오랫동안 만나지 못했으니, 잠시 인사나 하도록 하겠소이다. 눈치 없이 오래 있지는 않을 테니 염려는 마십시오."

엘리베이터가 움직이기 시작하자 사메지마는 곧 말을 이었다.

"이번 이란 건에서는 무척 대담한 행동을 취하셨더군요. 남들처럼 이키 집안과 친척 행세를 하고 다녔더라면 설사 라이벌이라 해도, 관청을 상대로 한바탕 해본다는 식은 이득은커녕 해만 돌아온다고 충고라도 했을 겁니다."

국제입찰의 공시가 있은 후, 사메지마는 나카네 통산대신의 도움으로 일본석유공사로 달려가 깅키상사보다 더 많은 출자비율을 따낸데 대해 우월감을 가지고 있는지 오만한 태도를 취했다. 이키는 대답하지 않고 가만히 듣고만 있었다.

"그건 그렇고 재벌상사와 손을 잡고 일을 할 건 정말 못되더군요. 어찌나 거드름을 피우는지 우리를 얕보는 투로 말하는데, 기실 따지고 보면 우리와 다른 건 또 뭐가 있습니까. 더구나 이쓰비시상사의 리더인 가미오 씨는 철저하게 비밀을 지키면서, 테헤란에서의 교섭에 관한 건은 한마디도 해주지 않으니 말입니다. 이 사메지마에게 맡겨만 준다면 왕실가족의 선을 뚫어 깜짝 놀랄 정도로 입찰을 통과시킬 텐데."

사메지마는 큰소리를 치고 있으나, 재벌상사에게 묶여서 자유자재로 활동할 수 없는 불만이 역력히 드러나 보였다.

엘리베이터가 6층에서 멎자 이키가 말했다.

"후앙 부인과는 개인적으로 조용히 상의할 일이 있으니 여기서 돌아가 주시오. 같은 맨션에 살고 계시니 인사야 내일 해도 되지 않겠습니까?"

이 말에 사메지마는 머쓱해 하며 투덜거렸다.

"개인적이라니 의미심장하구려. 그럼 천천히 말씀 나누시지요. 그러나 너무 기분이 좋아 밖으로 나가다 부인처럼 교통사고는 당하지 않도록 조심하시오. 그리고 이 점만은 알아두시오. 석유이권에서 오는 원한은 FX전보다 훨씬 지독한 법이라는 점을. 흐핫핫핫."

사메지마는 야릇한 웃음을 남기고 사라졌다. 하필이면 아내 요시코의 사고사를 들추다니, 그 비열한 언동에 이키는 뒷덜미를 낚아채어 두들겨주고 싶은 충동을 느꼈으나 꾹 눌러 참았다.

6층에서 내린 이키는 3호실 벨을 눌렀다.

"어서 오세요. 이키 씨더러 이렇게 직접 와주십사 부탁해서 죄송해요."

단발머리 스타일로 앞머리를 짧게 쳐서 가지런히 가다듬고, 검은 실크 스웨터에 금으로 된 표범 펜던트를 목에 건 베니코가 반가이 그를 맞았다.

"아니오. 이렇게 하는 편이 남의 눈에도 띄지 않아 좋을 것 같아 폐를 끼치려 했는데 운이 없는지 사메지마를 만나고 말았소."

"어머, 이런 시간에 사메지마 씨가 아직도 맨션에 있던가요?"

"해외출장에서 돌아와 늦게 출근하는 모양이더군. 자기도 와서 인사하겠다는 걸 개인적인 용무라고 해서 쫓아보냈으니 그렇게 알고 있어요."

이키는 말을 마친 뒤 넓은 거실의 소파에 앉았다.

"그런 건 염려 마세요. 엄마도 이키 씨를 만나 뵙고 싶다고 하셨지만, 어쩌다 실수라도 해서 가게 같은 곳에서 지껄이기라도 하면 안 좋을 것 같아 미장원에 다녀오시라고 했어요."

후앙 깐천의 사업에도 관여하고 있는 베니코는, 홍차를 가져온 가정부에게 시장에 다녀오라고 일렀다.

"이키 씨, 아침의 전화만으로는 잘 이해되지 않았는데, 제가 이란의 전 왕비를 알고 있느냐는 그런 말씀이었나요?"

"음, 만약 친분이 있는 사이라면 부탁할 일이 있어서."

이키는 홍차를 한 모금 마신 뒤 본론을 꺼냈다.

"그 일 같으면, 지난 6월에 제가 스위스로 여행 갔을 때 카지노에서 소개받은 것이 인연이 되어 그 여자 별장에 초대받기도 하고, 제가 하는 관광사업에 투자도 받는, 그런 사이라고 말씀드렸잖아요."

그렇게 말하는 그녀의 큰 눈은 금으로 만든 펜던트 표범의 눈을 닮아 반짝반짝 빛나고 있었다.

"그 전 왕비라는 사람은 믿을 만하던가요?"

"상당히 변덕스럽긴 하지만 마음씨는 착해요. 지금도 이란 왕실의 보호를 받고 있기 때문에 정상적인 대리인 외에는 복잡한 측근들도 없구요. 그 여자한테 뭘 부탁하고 싶은 거죠?"

베니코는 호기심에 가득 찬 목소리로 물었다.

"재밌는 얘기는 아니오. 지난번 자카르타의 당신 집에서 거론된 오리온오일 리건 회장과의 이란 유전 입찰 이야기는 알고 있겠지요? 그 일로 왕비의 힘을 빌어야 되겠기에. 이건 테헤란에서 라이벌 회사들과 정보전을 벌이고 있는 효도의 부탁이오."

"어머, 효도 씨라구요? 아직 테헤란에 계신가요? 지난번 그분과 만나 얘기했을 때는, 여자와 아이한테는 부탁하지 말아야 한다는 투로 깔보던데."

베니코는 한 옥타브 높은 목소리로 말했다.

"너무 그렇게 몰아붙이지 말아요. 전 왕비의 일은 갑작스런 일이오. 그러니 흥분할 일은 못돼요. 문제는 효도와 당신이 연락이 안 되는 데 있어요. 테헤란에서 당신에게 전화를 하려 해도, 그 나라에선 국제전화를 하루 2시간 정도밖에 취급하지 않으니 통화신청의 차례가 오려면 24시간 이상 기다려야 하거든. 뿐만 아니라 도청당할 위험도 있으니 효도가 베니코에게 전화를 하려면 베이루트까지 나와야 하는데, 뉴욕이나 싱가포르에 나가 있을지도 모르니 어디로 전화해야 좋을지 사전에 알아봐 달라고 텔렉스를 보냈던 거요."

이키는 대강대강 설명했다.

"그랬군요. 그럼 효도 씨에게 전화는 이리로 걸도록 말해 주세요."

"그렇다면 고맙겠는데 줄곧 여기 있어 주겠소?"

집에 가만히 들어앉아 있을 베니코가 아닌 만큼 이키는 다짐이라도 받듯이 물었다.

"그분에게 도움이 되는 일이라면 따분함은 참아야지요. 그러니 이키 씨, 오늘은 천천히 노시다 가세요. 지사토 씨는 어떻게 지내세요? 잘 계시나요?"

베니코는 흥미진진한 표정으로 말하며 위스키를 내오려 했다. 그러자 이키는 섬뜩하여 급히 말을 꺼냈다.

"용건만 마치고 가는 것 같아 미안하지만, 효도에게 연락해서 이리로 전화를 걸라고 알려야 하고, 또 회의가 있어 오늘은 이만 실례해야겠소."

"그럼, 말리지는 않겠어요. 그리고 효도 씨에게 전화가 올 때까지 저는 왕비가 지금 어디 계시는지 찾아보도록 하겠어요."

베니코도 사무적으로 말했다.

"그렇게 해주면 큰 도움이 되겠소, 고마워요."

이키는 친한 사이일수록 예절이 있어야 한다는 태도로 베니코에게 작별인사를 한 뒤 그곳을 나왔다.

이키가 사무실로 돌아오자 비서가 기다리고 있었다는 듯이 맞았다.

이란의 도박

"아까부터 사토이 부사장님께서 긴급한 용무가 있으니 곧장 방으로 와달라는 말씀이 계셨습니다."

"긴급히? 도대체 무슨 용건일까."

이키는 손목시계를 들여다보았다. 곧 이란 광구의 재무부장 무사시와 이케다가 오기로 되어 있었던 것이다.

"무슨 일이신지 아무튼 급하다고 하시면서 가신 곳으로 연락도 안 되느냐고 꾸중을 하셨습니다."

"그랬나, 그럼 효도 군에게 칠 텔렉스는 자네에게 맡기겠네."

이미 베이루트로 이동했을 효도 앞으로 전문을 써서 비서에 주고 이키는 곧 사토이 부사장의 방으로 갔다.

사토이는 이키를 보자마자 감정적인 말투로 쏘아붙였다.

"어디에 나갔었나! 간 곳을 알리지도 않았던 모양인데, 또 자네의 특기인 비밀행동인가?"

"특별한 곳에 간 것은 아닙니다만, 그만 깜박 잊고 비서에게 말을 않고 나가서 기다리시게 했습니다. 그 점 사과드리겠습니다. 그런데 긴급한 용건이란 무엇입니까?"

"허어, 자네 몰랐나, 아침부터 식량담당의 상무와 축산부장이 대장성의 관세국과 도쿄 세관의 호출을 받아 이리저리 뛰고 있는데 해외 통괄담당 중역인 자네가 전혀 모르고 있다면, 자네 직무태만이 아닌가!"

사토이는 무테안경을 번쩍이며 질책했다. 식량담당 상무와 축산부장이 대장성, 세관으로 뛰어다니고 있다면 분명 예삿일은 아니었다.

"아무런 보고도 받지 못했습니다만, 축산관계에서 무슨 잘못된 일이라도 있었습니까?"

"잘못 정도가 아니네. 오스트레일리아와 미국에서 수입하는 돼지고

기가 관세법 위반 혐의를 받고 수색당할 사태라네. 만약 전면감사라도 받게 되면 국세청에서도 가만있지는 않을 걸세."

"수입 돼지고기로 탈세라구요? 어째서 또 그런 일이 생겼습니까?"

"그런 식으로 말하는 법이 어디 있나. 자네 일은 석유개발뿐이고, 돼지고기 따위는 아는 바도 없다는 말인가?"

사토이는 이키를 흘겨보며 되물었다.

"그렇게 생각은 않고 있습니다만 솔직히 말씀드리면 수출입 품목에 대한 구체적인 거래는 파악하지 못하고 있습니다. 도대체 그 수입 돼지고기를 우리가 어떻게 했다는 것입니까? 작년에 돼지고기 수입자유화 때 생긴 차액관세제도에 대해서는 들었습니다만."

"아니, 아직……"

당시 아메리카 깅키상사의 사장이었던 이키로서는 일본 국내에 그런 제도가 생겼다는 말을 들은 적은 있으나, 구체적인 내용까지는 알지 못했다.

"허어, 아무리 사고파는 영업면에는 서투르다 해도 그럴 수가 있나. 그래 갖고서도 해외통괄담당의 중역이라니, 팔자 좋은 사람이군. 그 차액관세제도라는 것은 값싼 수입 돼지고기의 공세로부터 국내 축산업자를 보호하기 위해 농림성이 정한, 일정한 국내가격보다 더 값싼 돼지고기를 수입했을 경우 그 차액을 관세로 몽땅 징수하겠다는 제도인데 이번 우리 회사에의 혐의는 그 관세제도를 역이용하여 실제로는 면세가격보다 싸게 수입하면서도 장부상으로는 1킬로당 1백 엔 내지 2백 엔을 더 얹은 값에 수입한 양으로 꾸며 대장성에 신고, 차액에 과세되는 세금을 탈세하고 있다는 걸세."

"그래, 그 혐의를 입은 탈세액은 얼마나 됩니까?"

"자세히는 모르겠지만, 축산부장의 보고에 따르면 1천 5백만 엔에서 2천만 엔쯤 되는 모양이야."

이키는 이상한 느낌이 들었다.

"상무까지 대장성이며 도쿄 세관으로 뛰고 있는데도 회사가 조사받을지 모른다는 점은 뭔가 석연치 않군요."

이키는 여전히 이해할 수 없다는 표정을 짓고 있었다.

"자네도 그렇게 생각하나?"

그 말을 기다리고 있었다는 듯이 사토이가 말했다.

"우리 회사 하나만 한 짓이라면 모르거니와, 마루후지상사, 도쿄상사, 이쓰비시상사 등 수입상사의 대부분이 하고 있는 일로, 말하자면 공공연한 비밀 같은 것일세. 그런데 갑자기 우리만을 대상으로 삼는 것은 관청 쪽에 그럴 만한 의도가 있기 때문이 아닐까?"

사토이의 음흉한 얼굴이 이키를 쏘아보고 있었다.

"그럴 만한 의도라니오?"

"그야 뻔하지. 이란의 입찰로 석유공사그룹에서 빠져나와 경합상대가 된 우리 회사에게 일종의 압력을 가하는 셈이지."

"설마 그렇게까지 하겠습니까? 그것과 이번 문제는 질적으로 다른 만큼 대장성에서 압력을 넣는 거라곤 생각되지 않습니다."

"대장성뿐이 아닐세. 마닐라의 비료공장 건설만 해도 순풍에 돛 단 듯 잘 추진되더니 느닷없이 통산성의 인가가 떨어지지 않는 바람에 중단되었잖은가."

"그야 생산능력과 판매계획의 마무리가 철저하지 못한 듯해서 메이저 측의……"

이키의 지적에 사토이는 버럭 화를 냈다.

"이키 군, 자네는 돼지고기든 비료든간에 밤낮으로 피를 흘리고 흙탕물을 마셔가며 장사하는데 온힘을 기울이는 사람들의 고생 따위는 안중에도 없단 말인가. 종합상사란 그러한 것들이 쌓이고 커져서 몇 조 엔이라는 매상을 이루는 것일세. 자네는 국가이익이란 명분으로 성공할지 실패할지도 모르는 석유개발에 막대한 자금투입을 강행하여 국가대계를 논하고만 있어도 되겠지만, 그로 인하여 다른 부문은 자금면이나 관청과의 타협면에서 얼마나 고충이 심한지 영업부 친구들이 속으로는 자네 방식을 비난하고 있다네."

사토이는 딱 잘라 말한 뒤 돌아앉아 축산부의 다이얼을 돌렸다.

"부장이 돌아오면 곧 내게 연락하게. 걱정하고 있다고 말이야."

이키더러 들으라는 듯 큰 소리로 말했다.

자기 방으로 돌아온 이키는 창밖을 내다보았다. 은행, 상사, 철강, 중공업 등의 대기업 건물들이 우뚝우뚝 솟은 경관을 바라보면서 이란 석유의 국제입찰로 말미암아 영업부문이 관청의 압력을 받고, 그 때문에 제1선 영업사원들의 사기가 떨어져 회사 전체의 활력이 저하된다면 문제는 크게 확대될 것이라고 생각했다. 그러나 종합상사의 힘이 엄청난 에너지를 발산하며 세계를 향해 뻗어나가고 있는 이즈음에, 석유를 대상으로 공사그룹과 경합함으로써 약간의 압력이 있다 하여 쓰러지고 만다면 앞으로 닥칠 커다란 전략사업과도 맞설 수가 없는 것이다.

이키는 그처럼 스스로를 위로하면서도 매스컴이나 '가마쿠라 사나이' 등 외부로부터의 비난과 위협에는 동요되지 않았으나, 영업부문에 대한 압력처분에는 왠지 마음이 약해지는 자신을 발견했다.

"지시하신 시간보다 늦어서 죄송합니다."

재무부장인 무사시와 국제금융실장인 이케다가 들어왔다.

"여기서도 좀 번거로운 일이 있었다네. 그런데 런던에서의 신디케이트론은 잘 될 것 같은가?"

무사시는 이란석유개발의 자금조달을 위해 체이스맨해튼은행의 런던 지점으로 출장을 다녀오는 길이었다.

"아니, 그게 별로 신통치가 못합니다. 유러달러의 금리가 다시 오를 듯한 눈치입니다. 연초에는 10.6퍼센트의 높은 금리였는데, 6월에는 6.5퍼센트로 급격히 떨어지고, 그 뒤 다시 올라 지금은 8.8퍼센트로 한동안 내릴 것 같지 않습니다."

세계의 금융시장으로부터 싼 금리의 돈을 조달해 오는, 말하자면 지휘자격인 무사시는 그 사나운 이름과는 정반대로 외교관처럼 세련된 태도로 침울하게 말했다. 그러자 이케다가 옆에서 말을 꺼냈다.

"유러달러의 금리는 가을하늘 이상으로 변덕스러워 거기서 자금을 끌어내려고 생각하면 언제나 예상했던 금리와는 달라져서 애태우기로는 으뜸가는 돈이기 때문에 정말 재무담당자들이 골탕 먹는 것쯤은 흔히 있는 일이지요."

"그래, 체이스맨해튼은행은 간사은행을 맡아줄 것 같던가?"

이키가 담배를 물면서 묻자, 무사시는 이키의 담배에 불을 붙이고 자기도 한 대 피워 물며 말했다.

"실제로 신디케이트를 어레인지하는 것은 체이스맨해튼은행의 런던 지점이 아니라 자회사인 체이스맨해튼 리미티드라는 상업은행이기 때문에 그쪽 사장도 소개받아 우리 수뇌진과 교섭을 꾀했습니다. 유럽은 장차 닥쳐올 석유위기에 대해 일본처럼 팔짱이나 끼고 있지는 않고 금융기관도 이번 이란 국제입찰에 지대한 관심을 지니고 있으니 유망성 있는 광구로 인도네시아 자바 앞바다에서 성공한 오리온오일과 손만 잡는다면 신디케이트의 어레인지를 맡겠다고 적극적으로 나서고 있는 것 같습니다만……"

무사시는 여기서 말끝을 흐렸다.

"그래, 달리 미심쩍은 문제라도 있단 말인가?"

"좀전에 말씀드린 바와 같이 개발비를 차용하는 백그라운드는 좋습니다만, 문제는 차용하는 쪽인 깅키상사의 신용도가 안타깝게도 부족합니다. 체이스맨해튼 리미티드의 요구는 첫째로 우리 회사 주거래은행의 보증서를 받을 것, 둘째로 수수료는 커미트 차지, 매니징 차지 등을 합하여 1.5퍼센트로 해야지 그 이하는 안 된다는 것입니다."

"그럼 8.8퍼센트의 유러달러 금리에 1.5퍼센트의 수수료를 덧붙여 금리만 쳐도 10.3퍼센트가 되잖나. 차입액이 많은 만큼 10퍼센트를 넘는 금리는 상당히 부담스러워."

이키가 실망한 듯 말하자 무사시가 얼른 말을 받았다.

"더구나 국내 쪽에도 갖가지 장애가 있습니다."

"국제금융국의 반응이 안 좋은가?"

"그 건으로 오늘 아침에도 본부장의 허락을 받고 신청 창구인 국제금융국 외자과에 가서 슬며시 타진해 보았습니다만, 빌려 쓰는 돈의 이자는 도리 없다 치더라도 외국의 상업은행에 1퍼센트 이상의 수수료를 빼앗긴다는 것은 일본의 체면상 인가하기 곤란하다는 것입니다. 하지만 그런 구실로 인가가 늦어지는 까닭은 아무래도 대장성 아닌 다른 곳에서 막혀 있기 때문인 듯합니다."

이케다가 화난 투로 말했다.

"대장성이 아니라면 통산성일까?"

"글쎄, 아마 그렇겠죠. 공사그룹과 경합할 자금융자처이니 대장성이 통산 행정을 감안하여 통산성에 이관한 것 같아 통산성과 에너지청의 문턱이 닳도록 설명하러 다니지만, 담당과장보좌 정도에서 얘기가 보류되어 있는 이유는 이쪽에서 열심히 사전교섭을 벌여 놓으면 이쓰비시, 이쓰이, 도쿄상사가 몰려들어 훼방을 하고 다니는 것이라

할 수 있습니다."

"그렇다면…… 통산성이나 에너지청의 그런 담당관을 모조리 우리 회사로 스카우트하는 게 어떨까? 석유개발은 장래 우리 회사의 핵이 될 테니까."

"이미 시기가 늦었습니다. 위에서부터 아래에 이르기까지 다소 괜찮다 싶은 관리는 죄다 재벌들 콧김에 쐬었기 때문에 우리가 파고들 만한 여지가 전혀 없습니다."

이케다는 아주 단념하라는 듯이 손을 내저었다.

"이렇게 안팎으로 몰리기만 하니 공사의 5.5퍼센트라는 낮은 금리에, 더욱이 실패했을 경우 안 갚아도 좋은 돈이 얼마나 고마운가를 절실히 깨달았습니다. 그러나 주거래은행이 겁을 먹어 할 수 없는 일조차도, 세계의 금융시장을 쫓아다니며 자금을 조달해 온 지금까지의 지식과 경험을 발휘해서 일단 불가능에 도전하는 것이 상사원의 기개입니다. 입찰만 따내면 충신이 되는 것이니까요……"

무사시는 새로이 각오를 굳히는 듯한 표정으로 이키를 향해 단호하게 말했다.

이쓰비씨 상사의 가미오 전무가 탄 차는 나가타 거리 1번지 총리 관저에 도착했다. 본래 사장이 찾아가야 되지만, 공교롭게도 사장은 남아프리카 출장 중이었으므로 총리와 고등학교 선후배인 가미오가 방문하게 된 것이다.

당초무늬로 가장자리를 장식한 철대문 안으로 차가 미끄러져 들어가 현관 앞에 내리자 경비원 뒤에서 신문기자가 얼굴을 내밀었다.

"가미오 씨, 웬일이십니까?"

관저담당 기자다운 은근한 말투로 물었지만 먹이를 노리는 사냥개

와 같은 눈빛을 하고 있었다.

"부탁드려야 할 일 때문에……"

"이쓰비시상사가 대낮에 관저로 찾아오신 걸 보니 매우 중대한 일이라도 있는 모양이군요."

이쓰비시상사와 사바시 총리 사이라면 밤에 술자리를 빌어서라도 거래할 수 있을텐데 새삼스럽게 방문한 까닭이 뭐냐는, 노골적으로 비꼬는 투가 역력했다.

가미오는 눈썹 하나 깜박이지 않고 묵묵히 빨간 융단이 깔린 홀로 들어섰다. 관저담당 기자는 내각 개편 등의 특수한 경우가 아니고는 그 안으로 들어설 수 없게 되어 있는 터였다.

홀 중앙으로 발걸음을 옮기고 있을 때 젊은 비서관이 나타났다.

"가미오 씨, 안내하겠습니다."

계단이 몇 개씩이나 상하좌우로 통하는 어둠침침한 복도를 지나 2층으로 올라갔다. 그곳의 접수처에서 비서차장실로 안내를 받아 기다린 뒤 방으로 들어섰다. 대장성과 통산성 파견 비서관이 가미오를 힐끗 보았다.

"이쓰비시상사의 가미오입니다. 폐 좀 끼치겠습니다."

가미오는 각별히 정중한 태도를 취했다. 15분에 걸친 총리와의 면회가 끝나면 곧 그들 두 사람으로부터 자기 성 관계국에 가미오의 총리 방문 사실이 보고될 것임은 두말할 나위가 없는 일이었다. 오히려 총리에 대한 가미오의 진정은 진정 그 자체도 그렇거니와 대장성과 통산성 관료에 대한 데몬스트레이션 효과 또한 있었다.

이윽고 비서실과 총리집무실 사이의 커다란 문이 열리면서 가미오의 이름이 호명되었다.

방의 정면에는 국기가 걸려 있고, 그 바로 앞에 총리의 집무용 책상이 놓여 있었다. 방탄유리창 밖은 널따란 잔디 정원으로서, 안쪽에는 이착륙 준비가 갖추어진 헬리콥터가 대기 중이었다.

"바쁘실 텐데 이렇게 빨리 시간을 내주셔서 정말 황송합니다."

"이란 석유 광구의 국제입찰에 대한 것이란 대체 뭔가?"

사바시 총리는 유난히 큰 눈으로 책상 앞의 소파를 가리켰다. 밤의 밀실에서는 거침없이 웃음을 띠던 눈도 관저의 총리실에서 마주 보면 권좌에 앉은 사람으로서의 위압감을 띠게 된다.

"테헤란 발로 접수된 연락에 따르면 입찰에 앞서 행해진 이란석유공사의 설명회 결과는 1위가 독일의 데미넥스, 2위가 일본공사그룹이라 합니다. 입찰을 얻어내려면 이권료를 더 내놓아야 합니다만, 공사에서는 2천 5백만 달러 이상은 곤란하다고 합니다. 그래서 이 문제에 대해 총리께서 각별히 배려해 주셨으면 해서 찾아뵌 것입니다."

총리는 그 큰 눈을 이리저리 굴리며 말했다.

"그렇게 많이 드나? 처음 얘기와는 다르잖나."

"하지만 일정액 이상은 단념할 수밖에 없다는 의견이시라면 혹 모르겠습니다만, 온갖 수단을 다 동원해서라도 일본에서 끌어와야 한다는 지상명령이시라면 그룹의 리더인 우리 회사의 판단에 맡겨주시기 바랍니다."

"곤란한 문제군. 아무리 그렇다지만 너무 비싸게 들면 국회에서 야당이 성가시게 굴 텐데."

총리는 벌레라도 씹은 표정이었다.

"총리각하, 일본과 마찬가지로 국내 석유자본이 없는 독일은 거국적으로 이번 입찰에 손대고 있습니다. 소문에 따르면 브란트 수상이 친히 테헤란에 가서 국왕과 만난다고 합니다. 총리께서도 그 문제를 한 번 고려해 보시는 게 어떨까요?"

가미오는 강력하게 호소하듯 말했으나 총리는 망설였다.

"아니, 나야 원체 바쁜데다 독일하고는 달라서 일본과 테헤란 사이는 너무 멀어."

"물론 그렇습니다만, 머지않아 닥칠 석유위기에 대해 우리 일본으로서는 아무 대책도 없는 셈입니다. 국가적 대사업으로 석유를 개발하기 위하여 일본의 경제적, 인적 자원을 전력투구해야 한다고 봅니다. 석유위기감은 서독 등 유럽 전역에 두루 퍼져 있고 유사시에는 각국의 수상이 직접 테헤란을 방문할 용의까지 있다는 것입니다. 그러므로 총리 각하께서도 이 점을 고려해 주시기 바랍니다."

가미오는 거듭 촉구해 마지않았다.

"여보게, 그 사람들이야 무기나 비행기 따위의 선물이 있으니까 든든한 마음으로 갈 수 있겠지만, 우리는 아무것도 없잖은가? 그렇다고 빈손으로 찾아갈 수는 없는 노릇이고."

불쾌하다는 듯이 말했다.

그렇다고 쉽사리 물러설 가미오는 아니었다.

"그렇지 않습니다. 우리 일본에는 경제협력이란 훌륭한 선물이 있습니다. 그러므로 우선 경제사절단을 파견하여 이란의 석유개발과 그에 따른 공업화 계획안에 일본측이 전적으로 협력할 준비와 열의가 갖추어져 있음을 보여주었으면 합니다. 이대로 일본에 낙찰되기를 기대할 수 없는 형편입니다. 그래도 괜찮으시겠습니까?"

정중한 말이었으나 만일의 경우 낙찰이 안 되었을 때에는 사전에 대비책을 강구하지 못한 정부에 책임이 있다는 뜻을 은근히 암시하는 말이었다. 총리는 눈썹을 잔뜩 찌푸렸다.

"가미오 군, 자네의 말뜻은 알겠네만 당장은 어쩔 도리가 없는 일 아닌가?"

"그 문제라면 사실 우리 회사와 이쓰이물산에서 재계의 중진들에게 이미 설득해 두었기 때문에 차제에 총리께서 경제사절단 파견을 결정만 해주신다면 일본의 국가적인 석유개발계획안으로 이란에 크게 어필할 것입니다. 그러므로 한시바삐 채택하심이 유리합니다."

가미오는 이와 같은 국면에서도 사바시 총리가 여전히 석유를 단순한 이권으로만 간주할 뿐 생명선이라는 사실을 납득하지 못한다는 데에 답답증을 느끼면서 경제사절단 파견을 강력히 요청하고 나섰다.

이란석유공사의 국제입찰이 막바지에 이르렀을 때에야 효도는 간신히 국왕과 연결될 실마리를 잡았다.

전 이란 왕비가 국왕의 주치의 포르지 박사 앞으로 보내는 편지 한 통을 가슴에 품은 효도는, 전 왕비가 일러준 날짜와 시간이 되기만을 기다렸다가 어둠을 틈타 산기슭에 자리 잡은 로열호텔에서 북으로 북으로 차를 몰았다.

전 왕비로부터 알아낸 정보에 따르면, 가족이라고는 없는 포르지 박사는 니아바란 왕궁 안에서 기거하는데 회요일만은 데헤린 북부의 에르부르즈 산맥 기슭에 있는 거처로 가서 하룻밤을 보낸다 했다. 때문에 왕궁 관계자나 왕실 가족의 이목을 피하여 만날 수 있는 날은 화요일밖에 없는 셈이었다.

효도는 양복 안주머니에 들어 있는 친서를 눌러보았다. 전 왕비가 직접 국왕의 주치의 앞으로 쓴 친서는 후앙 베니코가 파리에 머물고 있는 전 왕비를 찾아가 얻어내어 사흘 전 베이루트에서 전달받은 것이었다. 그때 베니코는 그에 대한 사례로, 그녀가 스위스에서 시작하는 관광사업에 깅키상사의 해외지사가 적극 지원해 줄 것을 여느 때와 마찬가지로 분명히 요구했다. 세자를 낳지 못해 이혼당하긴 했지만 아직은 이란 왕실의 왕비 전하란 칭호와 대우를 받고 있는 전 왕비에게 그 정도의 일을 부탁하여 승낙을 받아낸다는 것은 결코 쉬운 일이 아니었던 만큼 베니코의 뜨거운 정이 효도의 가슴에 전해졌다.

"효도 씨, 아직 멀었습니까?"

양쪽으로 깎아지른 바위가 우뚝우뚝 서 있고, 나무 한 그루 풀 한 포기 없이 별빛만 의지가 되는 토막지대 한가운데서 테헤란 사무소 운전사는 겁이 나는 듯 뒤돌아보았다.

"오아시스가 보일 때까지 곧장 달리게, 10시까지 그 가까이에 닿지 못했다간 군대의 이동트럭을 만나게 돼."

운전사는 목을 움츠렸다. 그와 같은 사실 역시 베니코가 전 왕비로부터 듣고 자상하게 가르쳐주었던 것이다. 흙으로 된 구릉지대를 두 군데쯤 지나자 가까운 곳에 수원(水源)이 있는지 관목이 드문드문 눈에 띄었으며, 그 앞의 조그만 불빛이 갑자기 눈길을 끌었다.

"저겁니까? 틀림없겠죠?"

운전사는 무서운 생각이 들었던지 토막지대 가운데의 외딴집을 가리켰다. 방향이나 길목은 틀림없었지만 오아시스라고 일컬을 만큼 나무들이 우거진 것은 아니었다. 밤의 토막지대를 가로지르노라면 방향을 잃는 수가 허다해서 그 불빛이 주치의 집에서 새어나오는 것이라고는 단정할 수 없었다. 자칫했다간 가진 것을 송두리째 빼앗길 뿐더러 목숨마저 위험할지 모르는 일이었지만 효도는 마음을 굳게 먹고 고개를 끄덕였다.

"그래, 바로 거기야."

가까이 다가가 보니 흙담 안의 외딴집은 꽤 컸다.

효도는 차를 돌담 곁에 세워두고 혼자서 시골 농가 같은 넓은 마당으로 들어섰다.

단단한 문고리를 세차게 흔들어대자 잠시 후 문이 반쯤 열리면서 멋진 턱수염을 기른 품위 있는 50대 후반의 남자가 의아스럽다는 표정으로 얼굴을 내밀었다.

"누구시오? 이런 깊은 밤에……"

토막지대의 외딴집에는 어울리지 않을 만큼 정확한 표준 영어 발음이었다. 효도는 일본의 상사원임을 밝힌 뒤 차분한 목소리로 말했다.

"전 왕비로부터 소개를 받고 포르지 박사님을 뵈러 왔습니다. 깊은 밤에 갑작스레 찾아와 실례인 줄 압니다만 화요일 밤 10시가 아니고는 박사님을 뵐 수가 없다고 하시길래 이렇게 친서를 지니고 찾아왔으니 부디 말씀드려 주십시오."

에나멜 글자로 전 왕비의 서명이 인쇄된 봉투를 안주머니에서 꺼내 보이자 사나이는 비로소 문을 열고 맞아들였다.

사나이는 건장한 체구로 효도를 내려다보며 말했다.

"나는 포르지 박사님의 집사입니다. 박사님께서 만나실는지 모르겠지만, 아무튼 말씀을 드려보지요."

말을 마친 뒤 효도가 건네준 친서를 들고 안으로 사라졌다. 효도가 긴장된 자세로 기다리고 있자니 집사가 되돌아와 무뚝뚝하게 말했다.

"박사님께서 전 왕비의 친서를 읽으셨지만, 오늘 밤에는 만날 수 없다고 말씀하셨습니다."

효도는 양 어깨가 축 처지는 듯한 기분이었다.

"그럼 언제 만나주실 수 있겠습니까?"

"그야 알 수 없지요. 돌아가시기 바랍니다."

"그러나 한 번만 더 여쭤봐 주십시오. 언제 만나주실는지요. 내가 여기까지 오는 데는 오랜 세월이 걸렸습니다."

필사적으로 물고 늘어질 수밖에 없었다.

"박사님께서는 치근덕거리는 걸 싫어하십니다. 아무튼 오늘 밤은 아무도 만날 수 없다고 하셨습니다."

집사의 목소리에는 동정어린 빛이 조금도 없었다.

"그러시다면 내일까지 기다리기로 하겠습니다. 다음 주 화요일까지 기다릴 수는 없는 중대한 얘기가 있습니다."

"그야 알아서 하십시오. 그럼 문을 닫아야 하니까 밖으로 나가주십시오."

인정사정없이 효도를 밖으로 밀어냈다.

우울한 기분으로 밖으로 나가자 낮과의 기온 차 때문에 매우 추웠다. 효도는 곧장 차 안으로 들어갔다.

"오늘 밤은 차 안에서 지내야겠군. 히터를 넣게."

"히터는 아직 고치지 못했습니다. 이 집에 용무가 있으시다면 내일 다시 오시죠."

이런 데서 밤샘을 할 수야 있느냐는 투로 운전사가 반대했다.

"내일 사무소로 돌아가면 1주일분 급료를 특별 지급할 테니 오늘 밤은 여기서 새우세. 정말로 히터는 고장인가?"

효도는 운전석으로 옮겨 앉아 직접 시험해 보았다. 팬이 돌아가지 않았다. 10월이라곤 하지만 밤이 더욱 깊어지면 대륙성 기후에다 해발 약 1천 5백 미터의 고지대인 만큼 기온이 0도까지 내려갈 것이다.

"자네는 뒷좌석에서 잠이나 자게."

효도는 자기가 잠든 틈을 타서 운전사가 시동을 걸고 테헤란 시내로 차를 몰아갈지도 모른다고 생각되자 각별히 유의하면서 키를 빼고 핸들에 기댄 채 집안 동정을 살폈다.

이윽고 작은 창에서 새어나오던 불빛도 꺼졌다. 이런 토막지대의 외딴집에서 포르지 박사는 무엇 때문에 1주일마다 하루씩을 보내는 것일까.

 속살을 파고드는 추위에 떨며 효도는 코앞의 밤하늘에 가득한 별들을 바라보았다. 입찰까지는 앞으로 10일밖에 남지 않았다. 그 짧은 기간을 생각할 때 수수께끼 같은 정보에 휘말려 어리석은 짓이나 하고 있는 게 아닐까 하는 불안이 밀려왔다. 그렇다고 달리 대책이 없으니 끝까지 물고 늘어지는 게 상책이기도 했다. 효도는 추위 때문에 몸을 구부린 채 꾸벅꾸벅 졸기 시작했다.

 몇 번째 눈을 떳을 때였던가, 돌연 사방이 희끄무레하게 밝아왔다. 뒷좌석의 운전사는 새우처럼 등을 구부린 채 깊은 잠에 빠져 있었다. 유리창 너머로 7, 80마리의 양떼를 모는 유목민의 모습이 시야에 들어왔다. 효도는 양젖이나 얻어 볼까 하여 운전사를 깨웠다. 외국인인 자기가 다가갔다간 경계심을 품을 것이라 여겼기 때문이다.

 운전사는 약간의 돈을 지불한 뒤 알루미늄 컵 두 개에 양젖을 얻어와 그중 하나를 효도에게 건네주었다. 방금 짠 것이라서 비린내가 심했으나 지난밤부터 텅 비어 있던 식도를 타고 미적지근한 젖이 상쾌하게 흘러내렸다.

 이윽고 아침 해가 엷은 오렌지빛을 발하기 시작했다. 갑자기 남쪽 하늘에서 쾌적한 아침공기를 찢는 듯한 소리가 들려오자 양떼들 사이에서 술렁거림이 일었다. 헬리콥터가 날아온 것이다. 눈 깜짝할 순간 상공에서 날아온 헬리콥터는 토담 앞에 착륙했다. 그러자 간밤 이래로 굳게 닫혀 있던 문이 열리며 망토 같은 긴 외투로 몸을 감싼 작은 몸집의 사나이가 나타났다. 전 왕비에게서 전해들은 포르지 박사의 체격과 같아 보였다.

 효도는 헬리콥터에 오르려는 그 사나이에게 잽싸게 다가들었다.

 "박사님. 어젯밤부터 내내 기다렸습니다."

사나이는 우뚝 멈췄다. 그러나 얼굴도 들지 않은 채,

"국제입찰에 전 왕비를 끌어들인다는 것은 용납할 수 없는 일이야."

하고 작은 몸집에서 나오리라고는 상상조차 할 수 없을 만큼 우렁차고 준엄한 목소리로 말했다.

"당연한 질책입니다만, 박사님, 우리 일본인은 석유를 얻기 위해 일찍이 전쟁을 벌였고, 나 역시 육군의 사관으로 싸웠습니다. 그러나 지금은 평화의 사자로서 귀국을 찾아와 사르베스탄 광구를 개발하려는 열망에 빠져 있습니다."

포르지 박사 못지않은 기개로 단숨에 말했다. 그러나 포르지 박사는 아무 대꾸도 없이 헬리콥터에 올라탔고, 헬리콥터는 그야말로 눈 깜짝할 사이에 떠올라 남쪽 하늘로 사라져갔다.

그날 효도는 오후 늦게까지 호텔에서 잠을 잔 뒤 3시쯤 되어서야 사무실에 얼굴을 들이밀었다. 사무실에는 도쿄 본사의 석유담당 중역인 아카자와 상무로부터 긴 내용의 텔렉스가 들어와 있었다.

어젯밤부터 오늘 아침까지 히터도 없는 차 안에서 지낸 효도는 감기 때문에 그렇잖아도 지끈거리는 골치가 아카자와 상무에게서 온 텔렉스를 읽고 나니 더욱 심해졌다. 이쓰비시상사를 리더로 하는 석유공사그룹이 현재 독주태세인 서독의 데미넥스사를 떨쳐버리고자 급히 이란에 경제사절단을 파견하기로 공식 결정되었다는 것이었다. 거기에 참가하는 쟁쟁한 재벌급 기업체 이름과 재계 자원파로 불리는 재계 인사명단을 읽고 있을 때,

"여어, 효도 군."

하는 소리가 들렸다. 효도가 얼굴을 들자 오사카 본사의 섬유담당인 가네코 전무가 온화한 미소를 띤 채 다가오고 있었다.

"어서 오십시오. 히가시야마 사무소장으로부터 아프리카 출장에서 돌아오시는 길에 테헤란에 들르실 거란 말을 들었는데도 그만 어젯밤에 나가 있는 바람에 인사조차 드리지 못했군요. 정말 실례가 많았습니다."

"자네가 이곳 바프티 방적의 미수금을 받아줬다니 고맙네. 오늘 바프티 사장과 회식을 했는데, 자네가 우리 섬유부의 보스로 되어 있더군. 당신네 새 보스는 꽤 솜씨가 좋더라고 하질 않겠나."

"그만 주책없는 짓을 하고 말았습니다. 그런 술수에 호되게 당한 적이 있어서 얼떨결에……"

효도는 쓴웃음을 지었다.

"그건 그렇고, 자네는 태연자약하면서 은근히 남을 위압하는 기질이 있더군. 이키 전무가 어째서 자네한테 기대를 거는지 알 수 있겠어."

"그렇게 말씀하시니 정말 송구스럽습니다. 솔직히 말씀드려서 어젯밤은 이번 입찰에서 키를 쥐고 있는 사람을 붙들려고 밤새 그 인물의 집 앞에서 대기 중이었는데 끝내 무시당하고 말았습니다. 이 나이에 수치도 모른 채 밤도 새벽도 가리지 않고 파고들었습니다만 만나주지조차 않으니 저 자신이 한심스럽다는 생각이 들어 손을 떼고 싶은 심정입니다."

어느 정도 본심을 토로하자 가네코는 부드러운 눈길로 바라보며,

"사람이란 한두 번쯤 그런 경우를 당해 보는 것도 괜찮지. 나도 젊었을 때는 면사 투기전에서 주료방적의 기토 씨와 1 대 1로 싸움이 붙어 당시 돈으로 5억이나 손해를 끼치는 바람에 회사 옥상에서 뛰어내릴 생각까지 한 적이 있다네."

하고 담담한 목소리로 말을 계속했다.

"나는 방적회사를 두세 군데 더 돌아다닌 다음 오늘 밤 비행기로 뉴델리에 가겠네. 부디 건강 조심하게."

"고맙습니다. 전무님께서도 몸살 나지 않도록 유의하십시오."

효도는 가네코 전무를 엘리베이터 있는 데까지 전송하고 나서 이내 자리로 되돌아왔다.

"효도 씨, 우편입니다."

사무원이 이란석유공사며 가스공사 등의 관보와 베이루트의 석유전문지인 'MEES' 등을 책상 위에 놓았는데 그 속에 흰 봉투가 섞여 있었다. 오리온오일 회사의 마크가 들어 있었으며, 보낸 사람은 리처드 제임스였다. 날마다 한 번은 만나고 통화도 하는 제임스가 새삼스럽게 웬일일까 싶어 봉투를 뜯어보았더니 영화관 입장권 한 장이 들어 있을 뿐이었다. 팔레비 거리에 있는 시네마 디어몬드의 입장권으로 '하이눈'이라는 영화였다. 오락이 적은 이란에서는 미국의 서부극이 꽤 인기를 끄는 터였다.

아무리 그렇다지만 아까 사무실로 오는 도중에 오리온오일에 들러 제임스에게 어젯밤 이후의 일을 들려주지 않았던가. 효도는 즉시 제임스에게 전화를 걸었다.

"뭐? 내가 영화 입장권을 보내다니, 정말 우리 회사 봉투에 내 서명이 들어 있었소?"

믿을 수 없다는 듯이 되물었다.

"틀림없이 오리온오일의 봉투인데다 당신 서명이 들어 있소."

"그럼 누군가가 의도적으로 한 짓일 거요. 날짜는 언제요?"

"오늘이오. 상영시간은 5시부터라고 되어 있소."

"좌석 번호를 일러주구려. 나도 가까이에 있겠소."

"16-12. 아무튼 나는 곧바로 나가보겠소."

효도는 수화기를 놓자마자 상영시간에 늦지 않도록 서둘러 사무실을 나왔다.

팔레비 거리를 남쪽으로 약간 내려간 곳에 있는 시네마 디어몬드에는 게리 쿠퍼와 그레이스 켈리의 얼굴이 그려진 간판이 높이 걸려 있었으며, 영화 제목은 영어와 페르시아어로 씌어 있었다. 효도는 1층 한가운데에 있는 좌석에 앉았다. 상영시간이 몇 분 지났는데도 영화는 상영되지 않았다. 꽉 들어찬 손님들은 그런 일쯤 상관없다는 듯 해바라기씨를 질근질근 씹다가 거침없이 씨를 뱉어내곤 했다.

판매원이 효도에게 다가와 해바라기씨가 든 삼각형 봉지를 내밀었다. 먹고 싶지는 않았으나 귀찮을 정도로 졸라대는 바람에 하는 수 없이 한 봉지를 사서 손에 든 채 텅 빈 옆자리에 신경을 곤두세웠다.

2분쯤 지나서야 안내방송이 흘러나왔다. 효도는 제임스의 모습을 찾으려고 두리번거렸으나 가까운 곳에서는 눈에 띄지 않았다.

불이 꺼지면서 영화가 상영되었다.

할리우드 배우들이 지껄이는 페르시아어에 위화감을 느끼면서, 여전히 효도는 옆자리를 살펴보았다. 그러나 한 시간 가까이 지났는데도 자리에 앉는 사람은 없었다. 이쯤 되면 상대방이 접근해 오기를 기다리는 도리밖에 없었다.

자신도 모르게 스크린으로 눈길을 주었을 때 왼쪽 좌석에 한 사나이가 와 앉았다.

"오늘 아침 양젖 맛은 어땠소?"

영어로 말을 걸어왔다. 효도는 깜짝 놀라 자세를 바로잡고 사나이의 얼굴을 보았다. 간밤에 에르브르즈 산기슭의 외딴집에서 만났던 포르지 박사의 집사였다. 눈길은 스크린에 고정되어 있었으나 장내가 술렁이며 환성이 터져 나오자 슬그머니 몸을 기대왔다.

"박사님께서 모스크바에서라면 만나겠다고 하오. 일정은 그 해바라기씨의 종이봉지에 씌어 있소."

모스크바? 해바라기씨의 봉지? 효도는 생각지 못했던 집사의 이런 말들에 흠칫 놀라면서 해바라기씨가 든 봉지를 찢어 안에 든 씨는 바닥에 쏟아버리고 재빨리 펴보았다. 영자 신문으로 사방 10센티미터의 지면 거의 한복판에 붉은 줄이 쳐져 있었다.

이란 국왕 모스크바 방문

이런 제목 아래 10월 20일부터 3일간 국왕이 모스크바를 방문한다는 기사가 실려 있었다.

"이 신문 이름과 날짜는?"

효도는 작은 음성으로 물었다.

"파이낸셜타임스. 방금 런던에서 항공편으로 온 거요."

"그럼, 나중에 자세히 읽어보겠지만 박사님은 언제 만날 수 있소?"

"국왕께서 볼쇼이 발레를 관람하시는 날 밤, 박사님은 친구이신 소련 의학 아카데미의 국제부장인 이고르 페트로비치 페트로샨 박사의 만찬회에 초청받으셨소. 그곳에서 만나시겠다는 박사님의 전언이오."

"날짜 및 시간과 장소는?"

"그것은 모스크바에 가서 당신네 회사의 모스크바 지사에 알리겠소."

"구좌번호는?"

"그럴 것 없소. 그 대신 반드시 당신네 회사의 대표와 함께 와야 하오."

"석유의 실권자는 전무인 이키 씨요. 그래도 되겠소?"

"이키? 풀네임 스펠링은?"

효도가 스크린에 눈을 고정시킨 채 대답하자 집사는 담뱃갑 안쪽에 재빨리 받아 적고 이내 일어서려 했다.

"오리온오일사 쪽은 괜찮겠소?"

효도가 확인이라도 하듯 물었다.

"리건 회장에 관한 것은 죄다 알고 있소."

효도는 갑작스런 승낙이 믿겨지지 않는다는 듯이 재차 물었다.

"박사님이 어째서 만나주시기로 하신 거죠?"

"이유는 모르오. 나는 박사님의 뜻만 전달하면 그만이오."

집사는 말을 마치기가 무섭게 일어서더니 남의 눈에 띄지 않도록 슬금슬금 극장에서 빠져나갔다.

"전무님, 돌아왔습니다."

테헤란에서 돌아온 효도의 목소리가 이키의 등 뒤에서 들려왔다.

"여어, 하네다에서 곧장 이리로 오나?"

이키는 회전의자에서 일어나 테헤란의 냄새가 배어 있는 듯한 효도를 반가이 맞아들였다.

"암호문으로도 칠 수 없는 극비 긴급사항이란 뭔가?"

효도는 소파에 이키와 마주 앉았다.

"전무님의 대단한 정보력에는 오리온오일의 기획담당 매니저도 감탄해 마지않았습니다. 국왕의 주치의는 생각했던 것보다 훨씬 대단한 거물입니다."

"다행이군. 제대로 만났나?"

효도는 포르지 박사와 집사를 만난 얘기를 들려주었다.

"대단한 기인으로 전 왕비를 끌어들여서는 안 된다고 질책을 하는 바람에 직접 말할 수는 없었습니다만, 결국 모스크바에서라면 만나겠다는 것이었습니다."

"왜 하필 모스크바인가?"

"국왕이 10월 20일부터 3일간 모스크바를 방문하니까 그때 만나자는 것입니다. 회사대표와 동행하라기에 이키 전무님의 이름을 전해드렸습니다."

"아니, 내 이름을……"

순간 이키의 얼굴이 굳어졌다.

"효도 군, 전부터 나는 두 번 다시 소련에 가고 싶지 않아 유럽 출장 때조차 모스크바를 경유하는 비행기는 절대로 타지 않는 줄 잘 알면서 그러는가. 효도, 나의 이 고집만은 제발 받아주게."

"하지만 벌써 10여 년이나 지난 일인데 무엇 때문에 그토록 소련을 싫어하십니까?"

"그건 포로가 되어 갖은 수모를 다 겪으면서 전범이란 죄목으로 11년이나 억류생활을 해낸 경험을 가진 사람이 아니고는 아무도 이해할 수 없지."

이키는 더 이상 거론하기조차 싫다는 듯 외면해 버렸다.

"다시는 소련에 가고 싶지 않다는 전무님의 심정을 무시하고 싶지는 않습니다. 그러나 모스크바에 가서 소련의 기획안을 협의하는 것은 결코 아닙니다. 이란의 사르베스탄 광구를 우리 회사가 따내기 위해서는 전무님의 용단이 필요합니다."

효도는 그의 결심을 재촉했으나 이키는 입을 다문 채 아무 말도 하지 않았다.

"전무님, 지금에 와서까지 소련에 가시기를 꺼리시는 무슨 이유라도 있습니까?"

효도는 이키의 심정을 이해할 수 없다는 듯이 물었다.

"아니, 특별한 이유는 없네. 다만 시베리아에서 날마다 추위와 굶주림에 시달리며 강제노동을 하다가 뼈와 가죽만 남은 채 죽어간 동료, 시베리아 철도의 침목들 하나하나가 전우의 주검인 그곳 하늘만은 결코 날아가고 싶지 않네."

이키의 마음속 깊숙이 가라앉아 있던 시베리아 억류생활의 처참함이 다시금 꿈틀거리기 시작했다.

"정 그러시다면 유럽으로 돌아 모스크바에 들어가시든지, 아니면 일단 테헤란으로 갔다가 그곳에서 모스크바로 들어가시면 어떻겠습니까? 어떤 코스든 전무님 좋으실 대로 모시도록 하겠습니다."

효도는 집요하게 물고 늘어졌다. 그러나 이키는 관자놀이에 핏발을 세우며 그의 말을 묵살해 버렸다.

"전무님, 여기까지 와서 우리 석유부와 재무부의 적극적인 지원을 팽개쳐 버리시겠습니까?"

"무슨 소릴 하든 나는 모스크바에 안 가네. 그 대신 모스크바에 가지 않아도 될 만한 방법을 강구해 보겠네. 국왕의 주치의만 열쇠를 쥐고 있는 것은 아닐 테니까."

"국왕의 주치의에 대해 알아보라던 분이 바로 전무님이십니다. 그런데 이제 와서 또 다른 인물이 어디 있단 말씀이십니까? 무슨 일이 있어도 못 가시겠다면 저 혼자서라도 가는 도리밖에 없겠군요."

효도는 약간 화난 음성으로 말했다.

"음, 그렇게 하게나."

"그러지요. 하지만 전무님이 평소에 말씀하시는 국익이니 대의니 하는 것들은 무척이나 감정적이고 적당주의의 소산이군요."

"적당주의라니! 자네야말로 이와 같이 중대한 일을 아무 연락도 없이 제멋대로 정하다니 너무 비상식적이지 않나."

"도쿄 본사에 일일이 보고를 해야만 된다 이겁니까? 그런 일본식 감각으로 도저히 중동의 일들을 처리해 낼 수 없습니다."

"건방진 소리 말게!"

이키는 벌컥 화를 냈다.

"자네가 최북단 유형지에서 죄수번호 찍힌 옷을 입고 수십 미터 갱에서 곡괭이를 들고 사역당한 사람들의 고통을 어떻게 이해할 수 있단 말인가!"

자제심을 잃은 이키는 버럭버럭 소리 질렀다.

효도는 이키의 심상치 않은 얼굴을 물끄러미 바라보았다. 그때 비서가 얼굴을 들이밀며 당황한 목소리로 떠듬떠듬 일렀다.

"전무님, 말소리가 복도에까지…… 다른 중역실에서 기웃거리고 계십니다……"

이키는 흠칫 놀라더니 제정신이 든 듯,

"효도, 이 문제는 좀 더 생각해 보겠네."

하고 아직도 떨리는 관자놀이와 불같은 감정을 애써 억누르며 말했다.

이키는 히비야 공원 가까운 곳에 있는 삭풍회 사무실로 향하고 있었다. 회비 및 약간의 기부금을 우송하는 대신 직접 전달하기 위해서였지만, 다른 한편으로는 모스크바에 가는 문제를 상의하고 싶어서였다. 사무실 입구에 들어서니 다니카와 전 대좌가 낡아 반질반질해진 양복을 입고 등을 구부린 채, 잠바 차림의 사나이와 얘기를 주고받는 모습이 유리문 너머로 보였다.

문을 밀었을 때, 다니카와는 잠바를 입은 중년 남자에게 부탁하듯 말하고 있었다.

"아무튼 매달 1백 엔의 회비도 1천 5백 명 회원 가운데 절반도 못 내는 형편이지만 이 회보를 정신적인 지주로 삼고 지내는 사람들을 생각할 때, 역시 1천 5백 부를 인쇄해서 모두에게 보내주고 싶네."

사나이는 인쇄업자였다.

"물론 사정은 저도 잘 압니다. 그러니까 지금까지 1천 5백 부를 7만 엔에 인쇄해드린 것이지요. 하지만, 우리는 영세업자입니다. 하다못해 1만 엔이라도 올려주셔야지 이제는 어쩔 도리가 없습니다."

인쇄업자가 난색을 표명하자 다니카와는 등을 구부린 채로 말을 받았다.

"더 이상 무리한 부탁을 하고 싶지는 않네만, 여기서 인쇄비 1만 엔을 더 지불하게 되면 1부당 소요되는 발송비 12엔을 뽑을 때가 없으니 회비를 올릴 때까지 앞으로 3개월만 어떻게 참아주게."

책상 위에 주판과 장부를 놓고 인쇄비 인상을 연기해 달라고 애걸하다시피 하는 다니카와의 모습을 대하자 이키는 가슴이 아팠다.

"다니가와 씨처럼 자기 장사도 아닌데 헌신적으로 일에 종사하는 분이 이처럼 고개 숙여 간절히 부탁하시니 저도 더 이상 거절할 수가 없군요. 그럼 앞으로 3개월 뒤에는 꼭 올려주십시오."

인쇄업자는 단념한 듯 일어서더니 입구에 우두커니 서 있는 이키 옆을 지나 사라졌다.

이키의 모습을 본 다니카와는,

"부끄러운 꼴을 그만 들키고 말았군그래."

하면서 쓴웃음을 지었다. 한동안 못 만난 사이에 흰 머리가 눈에 띄게 많아졌으며, 바싹 마른 몸은 더 작아 보였다.

"부끄럽다니요. 삭풍회를 위해 한 푼도 받지 않고 운영을 맡아주시는데 그런 고난까지 감수해야만 하시다니…… 만약 회비 인상이 힘들 때에는 저희네 회사관계로 값싸게 의뢰할 수 있는 인쇄소를 물색해 보겠습니다."

"그래주면 고맙겠네."

다니카와는 한숨 놓인 듯한 얼굴이었다.

"지난번에는 마루초 군과 마이쓰루에 다녀와 줘서 고마우이."

"아닙니다. 관서지방에 출장 갔다가 시간 여유가 있어서 들렀던 것뿐입니다."

"그런데 자네가 고로가다케에 올라갔다 온것이 회보에 실리자 반응이 대단하여 위령비를 세울 후보지에 대한 의견들이 꽤 왔다네. 역시 귀환한 부두를 가까이서 볼 수 있는 곳이어야 한다는 것이 중론이네만, 대소련 무역항구로 탈바꿈한 곳에 세웠다간 죽은 전우에 대해 고개조차 들 수 없게 된다면서 반대하는 사람들도 있더군. 어떤 이는 기왕 비를 세울 바에야 매년 위령제를 지내야 할 테니, 그렇다면 한 사람이라도 더 참례할 수 있고 값싼 숙박시설이 갖추어진 교토의 절이 어떻겠느냐고 하더군."

"하지만 마이쓰루에서 떨어진 곳은 좀……"

"내 생각도 그렇다네. 신청한 단체가 너무 많아 시 당국에서도 좀처럼 허락해 줄 것 같지 않지만, 서두르지 않고 끈질기게 교섭해 보겠네. 그런데 자네 매우 바쁠 텐데 대낮에 이렇게 찾아오다니, 무슨 일이라도 있나?"

"네, 혹시 삭풍회 회원으로 소련에 간 사람이 있습니까?"

"일반 여행이라든가 관광 형태로 간 사람은 없네만, 일 관계로 어쩔 수 없이 간 사람은 두셋 되지."

"그래 어떻다고 합니까?"

"그 일이라면 마침 이전에 만주철도사원으로 있던 오바가 오늘 올 테니 들어보게. 그는 최근 1년쯤 회사의 기계 플랜트 수출 관계로 소련에 가 있다가 돌아온 지 얼마 안 되어서 그 일을 회보에 싣기 위해 원고를 써서 가져오기로 되어 있지."

"오바가 소련에서 일하고 있는 줄은 정말 몰랐습니다."

이키는 반가운 마음이 앞섰다. 오바는 시베리아 억류생활이 10년째 되던 해, 하바로프스크 제11분소에서 수용소 대우개선과 중환자, 고령장의 조기귀환 등을 소련측에 요구하면서 투쟁한 동지였다.

"오바도 기뻐할 거야. 귀환 이래 줄곧 요카이치 시에 사는 바람에 삭풍회에는 거의 나오지 못했거든."

다니카와는 책상 위에 놓인 회계장부를 치우며 말을 이었다.

"그건 그렇고, 이키 군. 요즘의 자네 회사 말이네만, 자네를 국가의 적으로 몰아대는 신문이며 잡지를 간간이 볼 때마다 걱정이 되는데, 괜찮은가?"

"네, 그런 비판은 이미 각오한 바였습니다. 그러나 모든 일은 석유자원 확보를 위해 할 뿐입니다."

그러고는 일본석유공사그룹에서 이탈하여 미국의 오리온오일과 손잡게 된 경위에 대해 간단히 설명해 주었다. 그러자 전 정보참모였던 다니카와는 이렇게 말했다.

"그러면 됐네. 섬나라인 우리는 고루한 국수적 민족의식으로 너무 굳어져 있었기 때문에 전쟁에서 진거야. 그 교훈을 되살려 국제적인 안목으로 일본의 장래를 내다보아야 할 시기야. 자네가 일본을 위하는 일이라고 확신한다면 어떤 비난과 난관에 봉착하더라도 끝까지 밀고 나가게. 석유가 나라의 생명줄임을 몸으로 직접 겪은 자네가 그런 일을 하지 않는다면 어느 누가 감히 해낼 수가 있겠는가. 나는 오늘 자네 얘기를 듣고 비로소 안심이 되는군그래."

그때 문이 열리며 오바가 들어왔다.

"이키 씨 아닙니까? 오래간만입니다."

놀란 목소리로 얼른 말했다.

"8, 9년 만인가. 건강한 모습을 보게 되어 무엇보다 다행이네. 소련에 가 있었다는데, 그래 아무 말썽 없이 갈 수가 있었나?"

오바는 이키보다 나이가 적은데도 흰 머리가 많았으며, 이마에는 주름살이 잔뜩 가로지르고 있었다.

"처음 1967년에는 만주철도사원이며 시베리아 장기억류자 단체인 삭풍회 회원이라고 하여, 비자 발급이 늦어졌습니다. 다행스럽게도 러시아어를 할 수 있었기 때문에 소련대사관으로 가서 삭풍회는 절대 우익사상 단체가 아니라, 시베리아에서 억류생활을 함께 하다가 귀환한 이래 서로 돕고 격려하는 친목단체라고 해명했지요. 게다가 전에 만주철도사원이긴 했지만 조사분야에 종사한 게 아니라 기술자였으며, 소련으로 가는 목적도 기계 플랜트 때문이라고 여러 차례 열심히 설명했더니 겨우 비자가 나왔습니다. 지금은 그때보다 수월해졌기 때문에 아주 특별한 경우를 제외하고는 비자 발급이 거부되는 일은 거의 없습니다."

"그런데 그쪽 상황은 어떻던가?"

"그게 문젭니다. 비자를 발급해 준 연후에는 의혹이 가는 인물에 대해서는 KGB에 의뢰하여 줄곧 미행을 시키는 모양입니다. 지난해의 일인데 모스크바에서 열린 국제견본시장에 일본 전기 메이커에서 온 사원이 우크라이나 호텔의 창에서 추락사한 사건이 있었습니다. 들리는 바에 따르면 사실 그 메이커 사원은 내각조사실(일본 수상 직속의 종합 정보기관)직원이었더군요. 그래서 그만 호텔 창밖으로 밀어뜨려 죽인 게 아니냐는 추측들이었습니다."

"그렇다면 그쪽에서는 정보활동 비슷한 일에 대해서는 예나 지금이나 병적일 만큼 신경질적인 셈이로군."

그때 다니카와가 걱정스러운 듯이 물었다.

"이키 군, 소련에 가나?"

"네, 실은 아까 말씀드린 석유관계로 무슨 일이 있어도 모스크바에 가야 할 입장이 되었습니다만……"

"그래? 소련이란 10년, 20년 전의 일도 잊지 않는 나라니까 설사 상사원인 자네에게 비자가 발급되더라도 절대 방심하면 안 되네. 자네는 억류 중에 하바로프스크 내무성에서 조사까지 받은 적이 있으니 각별히 주의해야 하네."

다니카와는 조금 전까지만 해도 인쇄비 문제로 인쇄소 주인에게 사정사정하던 인물이라고는 여겨지지 않을 만큼 날카롭고 준엄한 표정이 되어 있었다.

이키는 상사원으로서는 반드시 가야 했지만, 시베리아 장기억류자였던 입장에서는 온몸이 오싹해지는 느낌에 사로잡히지 않을 수 없었다.

다이몬 이치조가 도쿄 본사에 나타나자 사토이는 급히 사장실로 들어갔다.

"사장님, 이키 군이 모스크바에 간다더군요."

다이몬의 집무책상 앞에 의자를 바싹 당겨 앉더니 속삭이듯 작은 목소리로 말했다.

"음, 이키 군 자신은 전혀 마음 내키지 않는 것 같아, 석유담당인 아카자와 군을 보내면 어떻겠냐고 전했는데 결국 직접 가기로 결정한 모양일세. 덕분에 나는 이키 군이 모스크바에서 무사히 돌아올 때까지 마음을 놓을 수가 없게 되었지 뭔가."

 진정으로 염려가 되는 모양이었다. 그와 같은 정이 듬뿍 담긴 다이몬의 말투에 사토이는 질투 비슷한 감정을 느꼈다.

 "하지만 이란 입찰정보를 얻기 위해 모스크바에 간다니, 이해할 수가 없습니다. 어딘가 이상하다는 생각이 들지 않습니까?"

 "물론 상식적으로 볼 때 이란 국내에서 알아내기 위험한 정보라면 베이루트나 스위스가 좋지. 그렇지만 테헤란에서 돌아온 효도한테 들어보니, 그 상대가 모스크바에서만 만나주겠다고 한다니까 이키로서도 괴로운 노릇이지."

 다이몬은 여송연을 뻐끔뻐끔 피워대며 사토이를 달래듯 말했다. 사토이는 굳어지려는 표정을 애써 풀며,

 "사장님께선 슬리퍼로 불리는 자들에 대해 아십니까?"

 하고 무테안경을 빛내며 날카로운 눈빛으로 다이몬을 주시했다.

 "모르겠는걸. 그것과 이키가 무슨 상관인가?"

 "슬리퍼란 시베리아 귀환자 중 러시아어에 능통한 옛 정보장교와 만주철도 조사부의 조사원 등 높은 지위나 직무를 맡았던 일부 인사들이 조기귀환 및 형의 감량 등 어떤 특사를 받게 되었을 때, 그 대가로 소련의 첩보활동에 협력하겠다는 서약서를 쓰고 지금까지 끄나풀이 되어 있는 자들을 말합니다. 그들을 다른 말로는 그림자군단이라고 하는가 보더군요."

 한껏 목소리를 죽여 말하자 다이몬은 겁먹은 표정을 지었다.

 "설마하니 여보게, 아직도 그런 기관이 존재할 리가 없잖은가. 소련에 세뇌당한 시베리아 귀환 빨갱이나 스파이 협력자는 1955년도에나 있었던 얘기야."

"그런데 일본에 돌아와서까지 마르크스니 레닌이니 하고 공산화운동을 벌이며 설치고 다니는 자는 대개 보잘것없는 졸개들이라 소련측에서도 별로 쓸모가 없기 때문에 시베리아에서 강요하여 작성한 서약서는 저절로 휴지조각이 되어버렸지만, 관청이나 대기업, 또는 언론에 종사하며 실력 발휘를 하고 있는 자에 대해서는 소련측이 집요하게 체크하며 극비리에 계속 접촉을 하고 있답니다. 접촉을 받은 당사자는 죄다 요직에 있는 사람들인 만큼 주변에 알려질까 두려워 뒷전에서만 협력하기 때문에 잠자는 스파이, 즉 슬리퍼라고 부르는 것입니다."

"흠, 이거야 정말 믿을 수 없는 스릴러 소설 같군."

"바야흐로 우리 회사도 공산권과 거래량이 늘어나고 있습니다. 그러므로 저 자신도 공안관계자와 정기적으로 만나 정보를 얻어내고 있습니다. 바로 얼마 전만 해도 공안의 소련에 대한 정보 권위자라는 인물과 자리를 같이하여 식사를 할 때 라스토보로프 사건으로 취조받은 적이 있는 시베리아 억류자가 어느 상사의 첨병이 되어 소련의 유전과 천연가스 개발을 획책하고 있는데 이름은 밝힐 수 없다는 말을 듣고 등골이 서늘해짐을 느낀 적이 있습니다."

사토이가 전신에 오한이 스미는 듯 겁먹은 얼굴로 말하자 다이몬도 어느 결엔가 바싹 얼굴을 가까이 댄 채 얘기하게 되었다.

"그러니까 이키 군의 모스크바 행은 사전계획에 따른 거다 이런 말인가?"

"그렇지 않고서야 무슨 수로 그렇게 비자가 빨리 나올 수 있겠습니까? 이키가 억류 이후 오늘에 이르기까지 철두철미하게 옛 제국 육군의 정신을 관철, 소련을 적대시하고 계속 접촉을 거절했더라면 소련측에서도 절대로 입국허가를 내리지 않았을 것입니다."

"그러고 보니 일리가 있는 말이군."

다이몬은 생각에 잠기면서 여송연 재를 재떨이에 떨었다.

"어떻게 그처럼 쉽게 비자가 나왔는지 꼭 여우에 홀린 것 같다고 우리 모스크바 지사장으로부터 연락이 왔습니다. 이키처럼 경력이 풍부한 사람이 일본의 소련 대사관에 비자 신청을 하면 주요사항으로 본국에 보고되어 관계기관은 물론 정부 수준급의 판단이 필요하다는 것입니다. 따라서 이란측의 입찰에 관련된 관건을 쥔 인물이 지정한 날이 되어도 비자가 나오기는 어려울 거라고 걱정되어 모스크바 지사장이 직접 무역성의 고관을 만났다는군요. 그러고는 런던에서 긴급회의에 참석한 뒤 돌아가는 길에 모스크바에 들를 뿐 비즈니스는 아니라고 한시바삐 비자가 발급되도록 부탁했더니 당장에 비자가 나왔다는 것입니다. 일·소 통상조약을 체결하기 전부터 우리의 선발대로 모스크바에 주재했기 때문에 소련 사정에 밝은 지사장까지도 전례 없는 일에 오히려 겁을 집어먹고 저에게 영문을 물어왔습니다."

"모스크바 지사장이 정말 그런 말을 했는가?"

"제가 무엇 때문에 거짓말을 하겠습니까? 이란측 관건을 쥔 인물도 혹시 소련측과 내통하는 자가 아닌지 모르겠습니다. 효도의 보고에 따르면 국왕의 주치의라지만, 이란은 철저한 입헌군주국이 아닙니까. 그러면서도 소련에 천연가스를 보내고 루마니아에 정기적으로 원유를 판매하는 등 동구권과 매우 원만한 관계를 유지해 나가는 나라입니다."

사토이는 더욱 부채질하듯 말했다. 여송연을 입에 문 채 다이몬은 회전 의자에서 벌떡 몸을 일으켰다. 이어 널따란 사장실을 느린 걸음으로 한바퀴 돈 뒤 각 중역의 좌석 표시 램프 앞에서 우뚝 섰다. 그러고는 파란불이 켜진 전무실의 재석중이라는 글자를 물끄러미 바라보았다.

"이키 군이 모스크바에 가면 우리가 가장 곤란할 일이 뭔가?"

"그야 우리 회사의 대중국정책이 누설되는 일입니다. 일·중 우호상사의 첫 상륙을 위해 관리부와 영업부에서 한 사람씩, 정예사원만 엄선해서 대만문제까지 포함된 접근 방법을 극비리에 추진 중입니다."

"하지만 일·중 우호상사문제는 상업성을 띨 때까지는 아직도 요원하지 않나?"

"사장님처럼 그렇게 쉽사리 말씀하신다면 더 이상 할 얘기가 없습니다만, 진행 중에 누설되면 막대한 악영향이 미칩니다."

사토이는 정색을 하며 말했다.

"이키 군의 문제에 관해서는 전에도 자네의 충고를 들어봤던 적이 있지. 그게 아마 이키 군을 업무본부장으로서 상무로 발탁했을 때였지?"

다이몬은 이키의 램프에 눈길을 고정시킨 채 말했다.

그 당시 사토이는 평이사라면 몰라도 공안당국의 체크를 받고 있는 의혹의 인물을 회사의 중추인 업무본부장 자리에 앉힘으로써 최고결의기관인 중역회의의 멤버로 삼는다는 것은 절대 반대라고 주장했다. 그 무렵부터 사토이는 이인자의 위치를 이키로부터 위협 받는다고 생각했지만 전혀 그런 내색은 하지 않았다.

"그 일이라면 잘 기억하고 있습니다. 그래서 지금도 이렇게 의혹을 버리지 못한 채 솔직하게 말씀드리는 게 아닙니까."

"하지만 자네의 의혹이 적중한 적이라곤 아직껏 단 한 번도 없지 않은가."

"일이 벌어진 다음에는 수습할 방도가 없습니다. 특히 이번 일은 유사시에도 정부의 원조를 받을 수 없는, 리스크가 큰 석유개발이니 자칫했다간 회사의 붕괴를 초래하고 마는 결과가……"

"상무로 발탁할 당시에 나는 망설이던 끝에 이키라면 속더라도 좋다는 각오를 했는데, 지금도 내 결단이 옳았다는 자부심에는 변함이 없네. 이키는 석유가 상사원으로서 마지막 임무가 될지도 모른다고 하더군. 그러니 기분 좋게 모스크바로 보내주도록 하세나."

다이몬은 이렇게 결론을 내렸다.

"괜찮겠니? 후토시와 도모아쓰를 그냥 놔둔 채 이렇게 나를 도와주러 와서……"

여행 가방에 자기 와이셔츠며 속옷을 챙기고 있는 나오코를 향해 이키가 말했다.

"후토시는 재웠고, 도모아쓰한테는 요쓰야의 시아버지에게 일러바칠까봐 옷가지 챙길 것하며 바느질할 것이 좀 있다고 했더니…… 쾌히 보내주더군요."

"그랬어? 아빠한테 큰 도움이 되는구나."

이키는 출가 이후에도 자기의 잔일을 염려해 주는 딸의 효성이 고맙고도 흐뭇했다.

"그보다 아빠, 모스크바에 꼭 가셔야 해요?"

"걱정하지 않아도 돼. 모스크바에는 어엿한 깅키상사의 지사가 있으니까."

"그렇지만 엄마가 살아 계셨더라면 무슨 일이 있어도 말렸을 거예요. 저만 해도 그때 일을 생각하면……"

나오코는 말을 잇지 못했다. 어린 마음에도 아버지를 만날 수 있다는 기대를 가지고 어머니 손에 매달려 오사카에서 도쿄까지 찾아갔는데도 아버지를 만나지 못한 채 기죽은 모습으로 되돌아서던 그날의 일이 눈앞에 선했다. 훗날 그곳이 아버지가 극동군사재판에 소련측 증인으로 출정하려고 끌려와 갇혀 있던 소련대표부 숙소였음을 알았을 때 솟구치던 엄청난 슬픔을 나오코는 평생토록 잊을 수가 없었다.

"나오코, 벌써 20년이 흘렀구나. 지금은 소련측이 일단 비자를 내준 이상 불법적으로 어쩌지는 못할 거다. 더구나 이번에는 무슨 일이 있어도 갔다 와야 해."

이키의 안심시키려는 말에 나오코는 두터운 내의를 챙기다 말고 매달리듯 말했다.

"아빠는 언제나 일 때문이라고만 말씀하시는군요. 그 때문에 엄마가 얼마나 고생하셨는지 아세요? 아빠는 남자로서 처자를 희생시키면서까지 일에 보람을 느끼시는지는 몰라도 그로 인해 희생을 강요당하는 가정 생각을 해보신 적이 있으세요? 만약 이번에 아빠에게 무슨 일이라도 생기면 슬퍼하고 고생하는 쪽은 저예요. 아빠, 가지 마세요."

이미 한 아이의 어머니가 되어 있는 여자의 눈답지 않게 나오코의 눈은 처녀시절 외곬으로만 사고하던 빛을 띠고 있었다. 그 눈빛은 죽은 아내 요시코의 슬픈 모습과 너무도 닮아 있었다. 이키는 잠시 할 말을 잃고 망설이다 입을 뗐다.

"나오코는 이제 어린애가 아냐. 도모아쓰 군의 아내이며 후토시의 어머니가 아니냐. 나오코는 남편과 아들을 위해 살아가는 거야."

그러자 나오코는 눈물을 글썽이며 말했다.

"그건 보통 가정에서나 통용되는 말이에요. 저하고 마코토는 어린 시절 11년간을 아비 없는 자식처럼 자랐어요. 그러니 그 몫 이상으로 아빠가 오래오래 살아주시길 바라는 거예요."

이키는 11년간의 시베리아 억류생활이 자기 가정에 깊이 새겨놓은 상흔을 새삼스럽게 깨달았다.

그때 마침 현관의 초인종이 울렸다.

"틀림없이 도모아쓰가 차를 타고 데리러 왔을 거예요."

나오코가 일어나서 현관문을 열었다.

"어머나, 가미모리 씨!"

이키와 함께 시베리아에 억류되었던, 육사와 육대 동기생인 가미모리 다케시였다.

"허어, 나오코가 와 있었군. 집사람이 만든 요리를 들고 왔는데 나오코가 와 있으니 아무 소용이 없게 되었군그래."

"저런, 아주머니께서…… 저는 요리가 서투르니까 대환영입니다."

나오코는 가미모리가 들고 온 종이 꾸러미를 받아들었다.

"예전에는 내가 홀아비였는데 이번에는 자네가 홀아비로군."

가미모리는 웃으면서 거실 소파에 앉았다.

"자네가 와주다니, 정말 드문 일이군."

"드문 일이고 뭐고, 이 맨션에는 처음이야. 꽤 멋을 낸 집인데."

허술한 넥타이를 맨 가미모리는 신기하다는 듯 실내를 둘러보았다.

그런 가미모리의 모습을 보며 귀환하여 방위청 전사실에 근무하다가 정년퇴직한 이후에는, 다케무라 전 중장의 도움을 받아 대륙문제연구소에 다니며 검소한 생활을 하고 있음을 생각하니 이키는 거북한 기분이 들었다.

"다니카와 씨에게 들었네만, 모스크바에 간다고? 다나카와 씨는, 가지 않아도 될 일이면 그보다 더 좋은 일이 없겠다고 하시더군. 나도 이렇게 만류하러 왔네."

나이를 먹어가면서도 자신의 모습을 잃지 않는 가미모리의 말에 나오코가 말했다.

"역시 그랬군요. 나도 침이 마르도록 말렸지만, 아시다시피 아빠의 고집이 어지간하셔야죠. 가미모리 씨, 꼭 좀 못 가시게 해주세요."

"나오코, 너는 저쪽으로 가서 짐이나 꾸려다오."

나오코가 방에서 나가자 가미모리가 말했다.

"절대로 소련에만은 안 가겠다던 자네가 어째서 생각을 달리 먹게 되었나?"

"음, 이란 석유에 관한 일로……"

"국가의 적이니 어쩌니 하고 신문이 떠들어대는 그 일 말인가? 그런 일로 모스크바까지 가야 하나?"

"여보게, 남의 일이라 해서 너무 가볍게 말하지 말게. 가는 데는 그만한 사정이 있어서야."

"사정이야 어떻든 석유공사에서 하나로 묶어놓은 그룹을 이탈하고 같은 광구를 두고 겨누다니 납득이 안 가네. 자원을 확보하고자 하는 절박감은 이해하네만, 기왕이면 다른 곳이 좋지 않을까?"

강직하기로 이름난 가미모리답게 강경한 어조였다.

"거기에는 복잡한 사정이 있네. 나라고 좋아서 경합하고 있는 건 아니야."

"사정, 사정, 편리한 때마다 그놈의 사정은 꼭 생기는군. 자네는 역시 상사원으로서 크게 성공할 타입이야."

비꼬는 것 같은 가미모리의 말투에 이키는 울컥 화가 치밀었다.

"자네 도대체 무슨 얘기를 하러 왔는가?"

그러자 가미모리는 멋쩍은 표정이 되어,

"아까 말한 것처럼 모스크바에 못 가도록 말리려고 왔네만, 자네에게는 그런 생각이 전혀 없는가 보군. 이거 내가 공연한 참견을 하러 왔군 그래."

하고 자리에서 일어나려 했다.

"잠깐 기다리게. 모처럼 찾아왔으니, 자네 부인이 한 요리를 안주로 오랜만에 한잔하세."

그러고는 나오코를 불러 술상을 차리게 하려 하자,

"그냥 돌아가겠네. 하지만 이키, 이 점만은 분명히 해두지. 돌아오지 못한 전우들의 주검이 잠든 시베리아 하늘을 무덤 참례도 안 하면서 과연 무사히 비행할 수 있겠는가를."

하고 무사다운 준엄함으로 쏘아붙였다.

"무슨 소린가. 그런 짓은 못해. 일본에서 북으로 돌아 일단 유럽으로 갔다가 모스크바 비행기를 탈 예정이네."

"그래? 그 말을 들으니 조금은 마음이 풀리네만."

가미모리는 말을 마치기가 무섭게 밖으로 나가버렸다. 이키가 문을 걸고 뒤돌아보니 현관 문지방에 나오코가 서 있었다.

"듣고 있었느냐?"

"미안해요, 아빠. 하지만 역시 가시지 않는 편이……"

나오코는 눈물을 글썽이며 애원했다.

"나오코, 사람이 사는 방법은 여러 가지란다. 가미모리는 가미모리대로, 아빠는 아빠대로 살아가는 방법이 다를 수밖에 없는 거야."

이키는 딸의 어깨를 토닥거려 주었다.

포르지 박사

런던을 경유해서 모스크바의 셸레메이체보 공항에 내렸을 때는 날은 이미 저물고 싸락눈이 휘날리고 있었다.

이키는 결정체의 눈을 보자 단순히 영하 15도의 추위 때문만이라고는 할 수 없는 싸늘함이 등줄기를 타고 내리는 것을 느끼며 효도와 함께 국경경비대가 눈을 번득이고 있는 숨 막히는 공항을 말없이 걸어 세관을 통과했다. 효도는 다른 승객들과 마찬가지로 엄격한 검사를 받았는데 이키는 프리패스의 특별취급을 받는 바람에 자신이 눈에 보이지 않는 감시를 느끼고 긴장했다.

"어서 오십시오, 기다리고 있었습니다. 전무님의 입국 절차가 마치 당의 관계자처럼 순조로운 걸 보고 새삼스레 전무님한테 기울이고 있는 관심의 깊이를 알았습니다."

아스트라칸의 방한모에 슈바를 입은 모스크바 지사장과 지사장 대리가 마중을 나와 곧 공항 앞에 대기시켜 놓은 소련의 고급승용차 차이카로 안내했다. 차이카는 모스크바 시내를 향해 고속도로를 달리기 시작했다.

공항에서 모스크바 강을 건너자 12킬로미터 정도는 농가와 오랜 건물이 드문드문 흩어져 어두운 벌판이었으나, 모스크바 교를 건너 레닌그라드 가에 들어서자 수은등이 켜져 있고, 현재 국빈으로서 소련을 방문 중인 이란 국왕을 환영하는 이란과 소련 국기가 게양되어 있었다. 이윽고 베롤스카야역 근처의 철도를 건너자, 거기서부터 앞쪽은 고리키 거리로 막다른 데가 붉은 광장, 바로 크렘린 궁이었다.

시내는 완전히 해가 졌지만 아직 6시 전이었기 때문에 근무를 마친 잠바 차림의 노동자, 스카프를 두르고 수수한 외투를 입은 여인들, 그리고 아이들이 어깨를 움츠리고 총총히 걸어가는 게 보였다. 거리 저편에는 야간 조명이 비치는 크렘린의 성벽 같은 돌벽과 철탑이 보이고 한결 높은 철탑 위에서는 붉은 별이 루비처럼 빛나고 있었다.

자동차는 여행사에서 지정해 준 볼쇼이 극장과 마주보고 있는 메트로폴 호텔 앞에 멎었다. 일본인으로서 메트로폴 호텔을 지정 받은 것은 거물급 재계인사거나 친소파의 대기업 사장뿐이었다. 그 외에는 대부분 우크라이나 호텔에 배정하기 때문에 이키를 특별히 배려한 배정이었다.

제정 러시아 시대의 궁정 같은 장중함이 감도는 로비에 서자 이키는 높은 천장을 올려다보며 감개무량한 듯 말했다.

"이 호텔이 바로 히틀러가 모스크바를 공략하면 축하 파티를 열겠다고 한, 바로 그 호텔이로군."

이키가 모스크바에 닿아 처음 입에 올린 말이었다. 공항에서 오는 차 안에서 한마디도 하지 않은 이키의 눈치를 살피던 지사장은 안도하며 말했다.

"과연 잘 알고 계십니다. 지난번에 오셨던 경제인연합회 회장에게 설명해 드렸더니 놀라시더군요. 대개의 분들은 알지 못하고 계시던데요."

그 사이에 접수를 끝낸 지사장 대리가 말했다.

"죄송합니다만, 여권을 맡겨야 하는데요."

효도는 아무런 거리낌없이 건네주었으나 이키는 목숨을 맡기는 듯한 불안을 느꼈다. 여권과 맞바꾸어진 열쇠를 받아들었다.

"그럼 방까지 짐을 옮기고 샤워를 하신 뒤, 저희 집에서 저녁식사 준비를 할 터이니 오늘 밤은 푹 쉬도록 하십시오."

지사장은 이렇게 말하고 마치 이키의 보디가드처럼 로비에서나 엘리베이터 안에서나 꼭 붙어 다니더니, 6층의 방으로 들어가자 곧 여기저기 점검하기 시작했다. 그때 전화벨이 울렸다.

지사장이 수화기를 들고,

"알료, 알료."

하고 러시아어로 응답했지만 곧 끊겼다.

"뭔가, 지금 온 전화는?"

"잘못 걸린 전화이거나 밤의 여자가 건 전화겠죠. 아무튼 외국인만 보면 달러를 달라고 졸라대고, 외국인 전용상점에 줄지어 있는 사치품을 사고 싶어 하거든요. 일본인의 경우에는 시계나 카메라를 팔라고 끈질기게 따라다닌답니다."

이키의 신경을 자극시키지 않으려고 웃음으로 얼버무렸지만 옆방에서 효도가 오더니,

"방금 전화가 걸려왔는데, 수화기를 들어도 아무 말이 없다가 철컥 끊어버리더군요. 그거, 그 전화겠죠?"

하는 것이었다. 지사장이 도중에 막으려 했으나 이키의 표정은 이미 굳어져 있었다.

프로스펙트 뷔러 거리 가까이에는 일본인을 비롯하여 구미 각국의 무역회사, 통신사, 항공회사 등의 비즈니스맨을 위한 주상복합 건물

들이 있다. 그중 한 동에 있는 지사장 집에서 저녁식사를 대접받고, 실내의 전등 위치 하나도 마음대로 바꾸는 것이 허락되지 않는 모스크바의 답답한 생활 얘기를 듣고 호텔로 돌아오자, 로비의 시계는 12시를 가리키고 있었다. 효도는 상당히 취해 있었으나, 이키는 소련에 와 있다는 긴장감 때문에 별로 마신 기분이 들지 않았다. 방으로 들어가 욕탕의 물을 틀려고 할 때 또 전화벨이 울렸다.

이키는 수화기를 들고,

"알료, 알료."

하고 응답했지만 상대방은 몇십 초 동안 가만히 이키의 목소리를 듣고 나서 철컥 전화를 끊었다. 분명히 이키가 지사장 집에서 곧바로 호텔로 돌아왔는지를 확인하기 위한 전화였다. 잠시 후, 문을 노크하는 소리가 들렸다. 흠칫하며 긴장하고 있는데 효도의 목소리가 들렸다.

"자네였군."

이키가 문을 열자 효도가 들어와 전했다.

"방금 포르지 박사 댁이라면서 이란 대사관의 참사관으로부터 전화가 왔습니다. 모레 밤, 소련 의학아카데미 회원인 페트로비치 페트로샨 박사의 별장에서 만나겠다고 호텔로 차를 보내겠답니다."

모스크바 시내에서 남쪽으로 약 25킬로미터 떨어진 자작나무 숲이 울창한 교외인 알한게리스크에 있는 이고르 페트로비치 페트로샨의 별장은 옛 러시아 귀족의 저택이었다.

대리석 바닥에 페르시아 융단을 깐 살롱엔, 페트로샨 박사를 비롯하여 어깨를 드러낸 이브닝드레스에 보석으로 치장한 부인과 딸들이 초면의 이키와 효도, 모스크바 지사장을 정중히 대접하고 있었다. 이란 국왕의 주치의인 포르지 박사는 크렘린의 만찬회에서 빠져나오지 못해 아직도 나타나지 않았으나, 페트로샨 박사는 아랑곳하지 않는 표정이었다.

"프랑스 꼬냑도 좋지만 러시아 보드카야말로 최고의 술이랍니다. 여러분의 건강과 행복과 사업의 성공을 위해 건배!"

보드카용 글라스인 가늘고 긴 뤼무카에 가득 따라 몇 번이고 건배를 외치는 것이었다. 그러나 이키는 입에 대는 시늉만 했다.

"이키 씨는 보드카를 별로 좋아하시지 않는 모양이군요. 다른 것이라도……"

페트로샨 박사는 아까부터 이키가 웃는 얼굴로 건배를 거듭하면서도 굳어진 마음을 풀지 못하고 있는 것을 눈치 챈 듯 말을 걸었다.

"아닙니다. 이름난 대로 일품이어서 매우 맛있게 들고 있습니다만 술이 별로 강한 편이 못 돼서 캐비어나 배불리 먹도록 하겠습니다."

큼직한 은식기에 소복하게 담은 캐비어를 스푼으로 작은 접시에 담자, 곁에서 부인이 다이아몬드 귀걸이를 반짝이면서 레몬과 양파 다진 것을 이키의 접시에 곁들여 담아주었다.

"좋아하시면 선물로 일본에 갖고 가시도록 하세요. 귀국하시는 날 호텔로 보내드리겠어요."

남편 못지않은 영어로 이키의 마음을 편케 해주려는 듯 말했다. 페트로샨 박사는 싱글벙글 웃으면서, 아무리 마셔도 얼굴만 약간 붉어질 뿐 전혀 흐트러진 모습을 보이지 않는 효도 쪽을 보며 말했다.

"효도 씨는 상당히 센 모양입니다."

모스크바 지사장이 재빨리 그 말을 받았다.

"어젯밤 석유공업성, 화학기계 수입공단 분들과 생선요리로 유명한 오케양 레스토랑에서 식사를 했을 때 여러 사람들이 효도 씨의 술 마시는 태도가 훌륭하다고 감탄하셨답니다. 우리 일본인은 소비에트 분들한테는 도저히 당해내지 못하는데도 보드카의 상쾌한 맛 때문에 지나치게 마셨다가 손님이 돌아가면 그만 긴장이 풀어져 그 자리에서 기절하는 웃지 못할 일이 많답니다."

지사장은 능숙한 러시아어로 재치있게 살롱의 분위기를 돋우고 있었다.

밖은 엊그제부터 내리기 시작한 싸락눈이 다시 하얗게 휘날림으로써 손질이 잘된 널찍한 정원의 나무들과 조각품 위에 얕게 쌓이고 있었으나 사치를 다한 살롱은 땀이 밸 만큼 난방이 잘 되어 있었다.

순백의 이브닝 드레스를 입은 페트로샨의 딸이 바이올린 연주를 시작했다. 이키는 노동자나 어린이들까지도 여행자에게 매달려 달러를 뜯어내려는 가난한 '러시아 대중의 소련'과 당에 관계하는 극소수인 특권계급들의 '크렘린 소련' 등 두 소련이 엄연히 구별되어 있음을 역력히 느꼈다.

살롱 정면에 있는 페치카에는 자작나무 장작이 소리도 없이 빨간 불길을 똑바로 세우며 타고 있었다. 툭툭 소리내는 소나무나 너도밤나무보다 자작나무가 페치카용으로는 가장 사치스러운 것임을 알고 있는 이키는, 조용히 타오르는 자작나무만 바라보았다.

25년 전, 죄수 호송용 열차에 실려서 하바로프스크에서 타이셋의 수용소로 호송되는 도중, 바이칼 호의 기슭에 쓰러져 있던 자작나무가 마치 해골처럼 보여, 언젠가는 자기도 시베리아 땅에서 목숨을 다할 것이라 전율하던 일이 지금도 강렬하게 마음속에 남아 있었다. 바로 그 자작나무가 지금은 제정 러시아시대의 부르주아 같은 사치스러운 살롱을 흐뭇할 만큼 따뜻하게 해주고 있는 것이다.

이키는 운명이란 정말 헤아리기 어렵다는 생각을 했다. '인간은 운명을 바꿀 수 없다. 운명이 인간을 바꿀 뿐이다'라는 고리키의 말처럼 운명이란 그런 것이었다. 이키는 자기 운명의 전환을 견디기가 어려운 듯 슬며시 자리에서 일어났다.

살롱의 문을 밀고 홀로 나가자, 고용인이 조용히 서 있었다.

"화장실입니까?"

고개를 끄덕이자 살롱 반대쪽 복도에 있는 화장실 문을 공손히 열어주었다. 이키는 화장실로 들어가 문을 잠갔다. 쇠붙이로 가장자리를 두른 전신 거울이 대리석 벽에 붙어 있고, 오데콜론 향기가 풍겨왔다.

이키는 거울 속의 창백한 자기 얼굴을 보았다. 이란 국왕의 주치의를 만나는 일 말고는 되도록이면 모스크바에서 아무것도 보거나 듣고 싶지 않았다. 그는 '크렘린 소련'의 일원으로서 자유를 만끽하고 있는 자의 집에서 자기의 모든 것을 건 사업을 수행해야 하는 데에 강한 저항감을 느꼈다.

거울 속의 자기에게서 시선을 돌리자, 높이 난 들창이 눈에 띄었다. 거기에서도 눈이 하얗게 날리고 있는 것이 보였다. 모스크바보다 겨울이 빨리 찾아오는 시베리아의 황야에서 지금까지도 유골이 수습되지 않아 동장군이 기승을 부리는 가운데 싸늘하게 드러나 있을 전우들의 유골이 달가닥달가닥 울리는 것 같은 환상에 시달렸다.

마음속으로 통곡하며 우뚝 서 있던 이키는, 화장실에서 나오자 아무 일도 없던 것처럼 살롱으로 돌아왔다.

자작나무가 빨갛게 타오르고 있는 널찍한 살롱에는 라흐마니노프의 멜로디가 흐르고 있었다. 페트로샨 박사 부인이 그랜드피아노를 마주하고 있으며, 딸은 바이올린을 연주하고 있었다.

"지루하지 않습니까?"

옆의 소파로 옮겨 앉은 페트로샨 박사가 조그맣게 물었다.

"천만에요. 부인과 따님은 훌륭한 재능을 갖고 계십니다."

"칭찬해 주시니 영광입니다. 실은 포르지 박사도 음악을 무척 좋아하신답니다."

"네에, 그런데 포르지 박사는 젊었을 때 어디서 공부를 하셨습니까?"

"그는 열 살 때부터 줄곧 베를린에서 자랐습니다. 하기야 그의 생가는 이란의 이스파한의 명문이었는데, 내란으로 미처 유럽에 망명하기 전에 일가족이 몰살당했다는 겁니다."

"그럼 열 살이었던 포르지 박사만 살아난 셈이군요."

"하지만 살아남은 것이 잘된 일인지 잘못된 일인지 알 수 없다고 스스로 말하고 있습니다. 사막 한가운데에 사로잡혀, 눈앞에서 육친이 학살당하는 것을 목격한 모양이니까요."

페트로샨 박사가 포르지의 과거를 음악이 끝나는 사이사이에 들려주어 일가친척이 없는 그의 수수께끼와도 같은 일면을 희미하게나마 알아차릴 수 있었다.

"그 후로 그는 주변상황이 어떻게 변하든 패자가 되지 않고 살아남을 수 있는 건 의사라고 생각하여, 베를린 대학 의과대 박사과정까지 마쳤지요. 하지만 의사라는 껍질 속에 들어앉아 있기에는 그의 혈통이 가만두지 않는지 현재의 국왕이 22세로 왕위에 올랐을 때 주치의로 초빙되어 건강 이외 분야에서도 국왕에게 없어서는 안 될 존재가 되었지요. 국왕도 평범하지 않은 그의 인생역정을 알아내어 비밀이 누설되지 않는 측근으로서 중용하고 있는 겁니다. 평생 독신인 주치의만큼 요긴하고 충실한 사람이 그렇게 흔치 않으니까요."

"그럼 박사님과 포르지 박사님과의 관계는?"

이키가 묻자 페트로샨 박사가 대답했다.

"그건 그가 아르메니아 계의 이란 사람이고 나는 아르메니아계 러시아 사람이라서 서로 친근감을 갖고 있는 정도입니다."

그 말을 듣고 이키는 포르지 박사가 아르메니아 계통이라는 데에 놀랐다. 만약 그것이 사실이라면 이름의 마지막자가 얀으로 끝날 터인데 그렇지 않은 걸 보면 포르지라는 이름은 가명일는지도 모른다. 이키는 군인시절에 10명의 유대인보다 1명의 아르메니아인이 낫다고 할 정도로 아르메니아인은 장사에 능란하다는 말을 들은 적이 있는데다 실제로 이 나라의 미코얀 부수상도 아르메니아 계통인데, 그 능숙한 장사솜씨로 전 세계에 '붉은 상인'으로 널리 알려져 있는 터였다.

이키는 포르지가 자기를 모스크바로 불러내서 어떤 요구를 내놓을까 생각하자 심리적인 압박감을 느꼈다.

밖에서 포르지의 도착을 알렸다. 살롱에 나타난 사람은 양복으로 정장을 한 155센티미터의 여위고 키 작은 사나이였는데, 눈매가 날카롭고 얼굴에는 그늘이 있었다.

몸집이 큰 페트로샨 박사와 포옹하듯이 어깨를 끌어안고, 이브닝드레스 차림의 부인에게 가 손에 입을 맞추기라도 하는 것처럼 정중하게 악수한 뒤, 포르지는 이키와 효도 쪽으로 얼굴을 돌렸다. 페트로샨 내외와 서로 인사를 나눌 때와는 판판으로 거만한 태도였다. 그러나 백인은 숭배하고 동양인은 멸시하는 이란인의 태도에 익숙한 효도는 조금도 꺼리지 않고 앞으로 나아가 소개를 시작했다.

"이번 모스크바 방문 중에 시간을 내주시고 회담을 허락해 주셔서 감사합니다. 이쪽은 우리 회사의 해외사업부문 통괄자인 이키 전무십니다."

"뵙게 된 행운을 감사합니다. 가능하다면 이스파한에서 뵙고 싶었습니다."

이키가 정중하게 초면인사를 하고 악수를 청하자, 포르지는 내밀려던 손을 거두어들이며 침울한 눈으로 이키를 보았다. 처음부터 머쓱한 분위기가 되자, 페트로샨은 당황하여 얼른 둘러댔다.

"기다리는 사이에 내가 당신 출생지인 이스파한은 일본의 교토와 같은 곳이라고 얘기하던 중이오. 자아, 그럼 여기 따뜻한 페치카 쪽으로 좀……"

"미안하지만 이분들과 회담을 먼저 마쳤으면 싶은데."

"그렇게 하시는 게 저희도 마음 편하겠어요. 그럼 이쪽으로 들어가시죠."

부인이 살롱 문을 열었다. 서재인 듯한 방의 서가에는 가죽으로 장정한 책이 천장까지 빽빽이 꽂혀 있고, 한쪽 벽에는 제정 러시아 시대의 웅장한 유화가 한 점 걸려 있었다.

효도가 먼저 말문을 열었다.

"우리 회사는 사르베스탄 광구 개발에 사운을 걸고 이번 입찰에 임하고 있습니다. 일본석유공사그룹에서 뛰쳐나와 중동 석유개발에 경험이 풍부한 오리온오일과 손을 잡은 것도, 무슨 일이 있어도 광구에서 대유전을 찾아내려는 일념에서였습니다. 그리고 거기에 수반되는 개발자금계획도 착실히 진행되고 있습니다."

"그래서 나에게 무엇을 요구하는 거요?"

포르지는 무표정하게 물었다.

"깅키·오리온그룹이 1번으로 낙찰되어 광구를 획득하기 위한 박사님의 처방전을 받고 싶습니다."

이키가 단도직입적으로 말하자, 포르지는 눈 하나 깜짝하지 않고 어두운 표정으로 이키를 바라보며,

"시베리아에는 몇 해나 있었소?"

하고 엉뚱하게 물었다.

"여기서는 거론하고 싶지 않은 일입니다."

이키는 포르지를 똑바로 응시하며 대답했다.

"그렇다면 초면에 인사하는 자리에서 내가 떠올리고 싶지 않은 이 스파한이란 이름은 왜 꺼냈소?"

"다시는 소련 땅을 밟고 싶지 않다 아니 결코 밟지 않으리라고 다짐했으면서도 어쩌다 이렇게 와야만 한 것이 가슴 아팠습니다. 박사님이 오시기까지의 시간이 견딜 수 없을 정도로 길게 느껴져 초조해 하다가 그만 실례를⋯⋯"

"정말 그렇게 생각하셨소? 나에게는 당신이 상당히 흥정에 능한 군인 같았소."

"저는 이미 군인이 아니라, 석유 확보를 위해 박사님의 처방전을 구하는 상사원입니다. 승낙해 주시겠습니까?"

대답을 재촉하자, 포르지는 잠시 입을 다물고 있다가 입을 열었다.

"똑같은 처방전을 미국의 어느 메이저로부터도 부탁받았지요. 그쪽은 오래전부터 특진환자였소."

미국의 메이저로 사르베스탄 광구 입찰에 나선 모빌은 이미 뉴욕 본사로부터 회장 자신의 자가용 제트 비행기로 테헤란에 와서 니아바란 궁전에서 국왕을 배알한 바가 있었다.

"그럼에도 불구하고 저희 회사를 만나주신 것은 희망을 가져도 좋다는 뜻입니까?"

"그렇소. 당신네의 조건은?"

포르지는 그렇게 말하며 이키와 효도를 보았다. 의미가 있어 보이는 말투였다.

"일시불 보너스 3천만 달러, 탐광비 4천만 달러, 부대조건 LNG프로젝트, 그 규모는⋯⋯"

효도가 입찰조건을 설명해 나가자, 포르지는 지루한 듯이 눈을 감았으나 이키는 효도로 하여금 이란가스공사와 추진하고 있는 프로젝트의 규모를 마지막까지 설명케 했다.

효도가 설명을 모두 끝내자 이키가 말했다.

"이상 말씀드린 것은 박사님께서도 아시는 것이라 생각됩니다. 그 밖에 박사님의 요구조건을 들려주십시오."

"우리나라는 지금 미국의 그랜트사가 4년에 걸쳐 개발하여 연말에 완성할 F14를 1대에 2천만 달러로 80대 구입할 계약을 마무리 짓고 있는 단계요."

포르지는 감았던 눈을 뜨더니 난데없이 제트 전투기 이야기를 꺼냈다. 이키는 록히드·그랜트의 납품 쟁탈전 이후로 FX전에서 손을 뗐지만, 그랜트사의 F14가 미 해군을 위해 개발된 최신예 전투기로서, 마하 2.34의 속력은 물론 기내에 탑재되어 있는 레이더 컴퓨터 등의 전자장치 및 미사일이 공산권을 전전긍긍케 하고 있다는 사실을 잘 아는 터였다. 그러나 포르지가 석유와 관계없는 전투기 이야기를 왜 꺼냈는지, 그 참뜻을 파악할 수 없었다.

포르지는 목소리를 낮추어 계속 말했다.

"이건 극비사항임을 알아두시오. 사실 우리나라는 그랜트사는 물론 미 국방성에 대해서도 미 해군과 똑같은 탑재기재를 장치한 F14를 강력히 요구하고 있는데, 외국 제공용은 전투기의 기자재에 대해 엄격한 제한을 가함으로써 자기 나라보다 성능이 낮은 것만을 주고 있소. 그러나 우리나라는 동쪽에 접해 있는 이라크와의 관계가 해마다 악화되고 있는 중이며, 군사적인 우세를 유지하기 위해선 세계 최고의 성능을 가진 F14를 보유하고, 미 해군과 똑같은 훈련 시스템을 도입하고 싶소. 따라서 거기에 소요되는 군비는 아끼지 않습니다."

포르지는 험악해진 이라크와의 정세를 구실로 삼았지만, 사실은 같은 미국 산하에서 자기 나라와 겨루고 있는 중동의 강대국인 사우디아라비아를 앞지를 군사강화책임에 틀림없었다.

"깅키상사는 펩시콜라의 일본대리점이라고 들었는데, 이키 씨는 시들 회장을 알고 있소?"

"시들 회장은 내가 아메리카 깅키의 사장으로 있을 때 코카콜라가 판을 치는 일본에 펩시콜라를 팔기 위해 도운 일이 있기 때문에 안면이 있습니다."

"그랬었군! 시들 회장은 닉슨 대통령의 가장 유력한 후원자이오. 그러니 시들 회장 선에서 대통령에게 미해군과 똑같은 탑재기재를 장치한 F14를 외국에 제공하는 것을 결재하도록 하는 것이 가장 빠른 지름길이라고 생각했소. 사르베스탄 광구에 1번을 써넣을 수 있는 처방전을 깅키·오리온그룹을 위해 써주는 대신 시들 회장을 시급히 만나게 해주시오."

소련에는 두 번 다시 가고 싶지 않다는 생각과 마찬가지로 전투기와도 다시는 관계를 갖고 싶지 않은 것이 이키의 심정이었다. 입을 다물고 있자 포르지는 앞으로 다가앉으며,

"이란석유공사나 경제성 등의 관료들 사이에서는, 이번 국제입찰로 우리나라가 경제자립을 할 수 있는 절호의 기회라고 생각하여 낙찰을 원하는 자에게 석유관련 사업을 중심으로 한 경제원조를 요구할 것이오. 그런 점으로 본다면 깅키·오리온그룹이 결코 우위라고는 할 수가 없소. 그러나 만약 시들 회장 선에서 미 해군과 똑같은 형의 F14를 도입할 수 있다면 국왕께서는 선택하는 데 망설이지 않으실 거요."

포르지는 이란석유공사의 의향 따위는 염두에 두지 않는, 그야말로 이란의 미코얀이었다.

이쓰비시상사의 우에스기는 4일간 머물고 있던 일본 경제사절단을 보낸 이튿날 아침, 사무실 책상 위에 이란 신문 '케이한' 영문판을 펼쳐놓고 득의만만해 있었다.

큼직한 글씨로, 일본의 대형 경제사절단이 찾아와 이란정부의 총리, 경제대신, 상무대신, 이란석유공사 총재와 함께 일본·이란 경제협력에 관한 간담회를 가져 우호관계를 돈독히 하고 어젯밤 귀국길에 올랐음을 보도하고 있었다. 또한 일본측이 이번 사르베스탄 광구의 입찰에 대단한 열의를 보여 이 광구의 국제입찰은 더욱 격전의 양상을 띠기 시작했다고 씌어 있다.

게다가 깅키·오리온그룹에 대해서는 단 한 줄도 언급하지 않았다는 것이 우에스기로서는 통쾌했다.

"우에스기, 피로가 좀 풀렸나?"

사무소장이 말을 걸었다.

"덕택에 겨우 조금……"

계속된 수면부족으로 피로한 눈을 껌벅였다.

"재계대표 14명, 수행원 20명이라는 대부대였으니 힘도 들었을 거야. 더구나 급히 구성된 사절단이었으니 더 했지. 우리네 사장이나 가미오 전무 등 상사의 우두머리야 여행에 익숙하지만 재계 대표인 높으신 양반들한테는 두 손 들었네."

"수행원은 어쩌자구 그리 많이 따라다닌담. 전원 34명이라니, 이거야 원 정신을 차릴 수가 있어야죠."

"정말 그래. 자네가 사전에 총리관저, 경제성, 상무성, 이란석유공사의 현관부터 대신실이며 총재실까지 몇 분 걸리느냐를 재어 스케줄을 잡아준 덕택일세. 높으신 양반들은 중동정세에 어두워 문제의 경제협력에 대한 얘기보다 식사가 어떠니 토산품이 어떠니 하고 있다가, 결국에는 데이코쿠제철 회장처럼 호텔 문의 손잡이에서 정전기가 올라 그 충격으로 혈압이 오른 뒤부터는 문을 여닫는 것까지 현지 상사원에게 시켰다니, 웃기는 노릇이지."

사무소장은 입맛 쓰다는 투로 말하고는 웃었다. 테헤란은 공기가 건조하여 정전기가 발생하기 쉽다. 심지어는 금속류를 만지기만 해도 불꽃이 이는 수가 있다.

우에스기도 녹초가 된 얼굴로 한탄하듯이 말했다.

"애써 그 따내기 어려운 회담시간을 얻어내고, 회담 때는 이런 얘기가 나올 것이라고 예상문답까지 만들어 사전에 강의를 해드렸는데도 석유에 관해서는 아직도 우리나라 국민 모두 인식이 부족한 탓으로 얘기가 엉망이 되어, 저는 가미오 전무님한테 야단맞을 각오를 하고 재계대표인 높으신 양반들이 엉뚱한 질문이나 곤란한 대답을 할 때 적당히 '궤도수정'을 해서 통역했답니다."

"아닐세. 잘한 거야. 우리네 사장이나 가미오 전무처럼 뛰어나게 영어를 잘할 뿐만 아니라 석유에 대해서도 아는 우두머리들은 별로 없어. 도쿄상사의 사메지마 상무만은 영어에 능숙하니까 때때로 야릇한 얼굴이 되었지만, 석유는 전문이 아니니까 아무리 난다 긴다 하는 그도 얌전히 있을 수밖에 없었지."

"하지만 이란석유공사 총재와의 회담 때 총재가 일본공사그룹이 낙찰할 경우에 이란에 건설할 정유소의 규모를 더 크게 해달라고 요구하니까, 사절단 대표인 경제인연합회 회장은 일본의 석유업법을 고려해서 적극적으로 검토해 보겠다는 식의 한심한 대답을 하지 않았습니까. '결과는 알 수 없지만' 하고 대답을 하면 일본인의 특유의 저자세 대답이 되기 때문에 '어렵긴 하지만 그런 요구라면 생각해 보겠다' 라고 통역했더니, 사메지마 씨가 나를 힐끔 흘겨보았습니다. 나중에 말썽이나 없을지 모르겠습니다. 그분만 다른 분과 함께 귀국하지 않고 테헤란에 계시니까요."

말이 끝나자마자 난처한 얼굴을 한 차장의 안내로 바로 당사자가 모습을 나타냈다. 아무런 예고도 없이 방문한 데에 사무소장은 어처구니없어 하면서도,

"아니, 사메지마 씨! 어서 오십시오."

하고 응접실 쪽으로 안내하려 했다.

"아니오, 폐가 안 된다면 응접실보다 이런 젊고 우수한 석유담당자가 계신 데서 얘기하고 싶소이다."

그러고는 대답도 기다리지 않고 남의 회사 사무실로 성큼 들어서더니, 넉살좋게도 우에스기의 책상 앞자리에 앉았다.

"지난번 사절단이 머무는 동안 우리 회사 애들이 똑똑치 못해 자네 신세를 많이 졌네. 그런데 부질없는 말을 묻는 것 같네만, 깅키상사의 동태는 어떻든가? 오늘 아침 신문에 보니 그에 대해 한 자도 비치지 않았던데."

우에스기는 사무소장의 얼굴을 쳐다보며,

"일본공사그룹의 리더인 우리 회사로서는 경쟁상대인 독일의 데미넥스, 미국의 모빌의 동태까지 빈틈없이 방어하고 있습니다만 깅키상사의 자세한 움직임까지는……"

"그건 실수야. 우리 공사그룹의 사절단이 와 있을 때 깅키상사가 조용하다는 건 좀 이상해. 보통이라면 공사그룹의 사절단이 오면 당황해야 할 게 아닌가. 그래서 우리 주재원보고 알아보라 했더니, 얼마 전까지만 해도 줄곧 테헤란에 눌어붙어 있던 석유부장이 우리 사절단 방문과 동시에 테헤란에서 자취를 감췄다지 않나."

"아니, 효도 씨가 테헤란에 없다구요? 정말입니까?"

사절단의 영접에 눈코 뜰 새가 없던 우에스기로서는 모르는 일이어서 되물었다.

"어떤가, 좀 이상하지 않나? 나는 뭔가 꿍꿍이속이 있는 것 같다는 생각이 드네."

사메지마는 가늘게 올라간 눈을 빛내며, 냄새를 맡듯 코를 벌름거렸다.

사메지마 다쓰조는 로열힐튼호텔의 자기 방에서 아침식사를 마치자, 급히 옷을 입고 침대의 베갯맡에 평소보다 많은 팁을 놓고는 문을 열었다.

"굿모닝."

복도에서 사메지마가 나오기를 기다리고 있었는지 여자종업원이 상냥하게 인사했다. 경제사절단의 멤버로서 묵고 있을 때부터 줄곧 같은 방에 들고 팁을 듬뿍 주었기 때문에 종업원들에게도 인기가 좋았다. 그 인기를 이용해 효도가 묵고 있는 층의 여종업원을 매수하여 부재 중인 효도의 방에 들어가는 데 성공했다.

사메지마는 우선 실내를 한 바퀴 둘러보았다. 로열힐튼호텔에 묵고 있다는 명색뿐, 싱글베드밖에 없는 보기 드문 값싼 방에 장기출장용의 큼직한 트렁크가 있고, 책상 위에는 잡지며 신문이 단정히 놓여 있었다. 양복장의 문을 열자 두 벌의 양복과 와이셔츠, 그리고 구두 한 켤레가 있을 뿐이었다.

사메지마는 책상 위의 신문과 잡지를 집어 들었다. 잡지는 석유관계의 잡지였다. 신문은 이란의 영자 신문, 일본 신문 따위로, 날짜를 살펴보니 10월 19일이 마지막이었다. 다시 말해서 효도가 어디로 간 건

19일이거나 그 이튿날로 생각하면 거의 틀림없겠는데, 하필이면 경쟁 상대인 일본공사그룹을 지원하기 위해 사절단이 오는 시기에 테헤란에서 동태를 살피지 않고 출장을 간 데에는 상당한 사정이 있다고 보아야 한다. 사메지마는 그 사정을 알아내기 위해 책상 서랍을 열어 단서가 될 만한 것을 찾았으나, 정리되어 있지 않은 서랍이라곤 없었다. 침대에 걸터앉아 방안을 둘러보자, 나이트 테이블과 침대 사이에 청소하다 떨어뜨린 듯한 종잇조각이 눈에 띄었다.

무심코 집어 들자, 호텔 비치용의 메모지로 아무것도 적히지 않은 백지였으나, 자세히 보니 무엇인가를 갈겨쓴 흔적이 남아 있었다. 사메지마는 곧 창가로 가서 메모용지를 햇빛에 비춰 보았다. 희미하게나마 CCCP라고 읽을 수 있었다. 러시아어로 소비에트 사회주의 연방공화국의 약자였다. 사메지마는 그 글씨를 뚫어져라 들여다보았다. 이란 국왕이 현재 모스크바를 방문 중임은 신문을 보아 알고 있었다. 이 CCCP로 읽을 수 있는 네 글자는 무엇을 뜻하는 것일까?

이란 국왕의 소련 방문과 때를 같이하여 만약 깅키상사의 석유부장인 효도가 소련으로 출장 갔다면 그것은 무엇 때문인가? 그리고 혼자서 간 것일까? 어쩌면 이번 국제입찰 담당중역인 이키도 같이 갔을지도 모른다. 이런 생각이 들자 사메지마는 메모를 주머니에 집어넣고 룸메이드에게 고맙다는 인사를 한 뒤 방에서 나와, 카림하네잔드 거리에 있는 자기 회사 사무실로 차를 몰았다.

사무소장실로 들어서기가 무섭게 도쿄 본사로 국제전화를 신청했다. 재수좋게 전화는 한 시간 만에 연결되었다. 사메지마는 전화를 받은 업무기획실장에게 명령했다.

"긴급연락사항이다! 깅키상사의 이키 전무 동향을 탐색하라. 어쩌면 모스크바에 가 있을지 모른다."

"설마, 그 사람은 소련에는 절대로 가지 않는다고들 하던데요."

"아무튼 찾도록 해! 전화 앞에서 회답을 기다리겠다."

사메지마의 기세에 놀란 사무소장은 몹시 흥분했다. 사메지마는 사무소장의 태도 따위는 안중에도 없다는 듯 시계만 노려보았다.

안절부절못하고 기다리고 있으려니까, 텔렉스룸에서 사메지마를 부르는 소리가 들렸다.

"도쿄에서 연락이 들어와 있습니다. 전화연결이 안돼 텔렉스로 교신하고 싶답니다."

사메지마는 곧 텔렉스 앞에 섰다. 찰칵찰칵 로마자로 일본어가 찍혀 나왔다.

이키 씨는 해외출장으로 부재 중. 모스크바 지사는 이키의 모스크바 방문을 부정함.

사메지마는 텔렉스를 읽고 모스크바 지사에 전력을 다해 조사하라고 시키는 한편, 행선지를 분명히 파악하라고 회신한 뒤 텔렉스룸을 나왔다. 이키가 해외출장 중이지만 모스크바에 없다고 한다면, 베이루트에 와서 국제입찰을 진두지휘하고 있는지도 모르는 일이었다.

그러나 사메지마의 머릿속에서는 CCCP의 네 글자가 사라지지 않았다. 팔짱을 낀 채 깊은 생각에 잠겨 있던 중 갑자기 한 가지 묘안이 떠올랐다.

가키노키사카에 있는 이키의 딸에게 전화를 해서 알아내는 것이다. 그러나 평소에 며느리 대접을 해준 적이 없는 터라 어떻게 말을 꺼내야 할지 몰라 망설였으나, 큰마음 먹고 국제전화를 신청했다.

공사 그룹의 리더는 이쓰비시상사지만, 같은 상사원으로 이키에게

질 수 없다는 라이벌 의식이 전화를 걸도록 몰아쳤다.

그의 집념이 통했는지 전화는 두 시간 정도 지나자 쉽게 연결되었다. 전화선을 타고 목소리가 들려왔다.

"여보세요, 나오코? 나, 요쓰야의 시아버지다."

구슬리는 듯한 목소리로 말을 꺼냈다.

"네? 요쓰야의 시아버님……"

국제전화로, 더구나 귀에 익숙치 않은 사메지마의 목소리에 나오코는 도깨비에라도 홀린 듯한 기분으로 되물었다.

"그래, 도모아쓰의 애비다. 나오코의 시아버지야. 시아버지!"

사메지마는 큰 소리로 외치듯 말했다.

"어머나, 아버님이시군요!"

"그래, 내가 직접 나오코에게 전하고 싶은 게 있어서……정신 바짝 차리고 들어야 한다, 알겠니?"

불안감을 불러일으키는 듯한 목소리로 주저하듯 말했다.

"실은 나오코의 아버님께서 큰일을……"

"네엣? 아버지께서…… 무슨 일이 났나요? 모스크바에서…… 그래서, 아버님은……"

비명에 가까운 소리를 지르는 순간, 철컥 수화기를 내려놓았다. 마치 상어가 인간을 물어뜯어 피를 흘리게 하고 도망치는 듯한 냉혹함이었다. 방금 나오코의 입에서 나온 모스크바란 말과 CCCP는 어김없이 부합된다. 이키와 효도가 어디선가 만나 함께 소련으로 들어가 일본공사그룹을 앞질러 1번 입찰을 따내기 위해 국왕 혹은 수행 중인 숨은 실력자와 접촉, 막판의 승부를 내려고 하고 있는 것임에 틀림없었다. 이키, 빨갱이 녀석! 역시 이키는 소련 비밀기관의 앞잡이로 석유개발이라는 대도박판에서 마침내 꼬리를 드러낸 것이라고 생각하며 사메지마는 이를 부득부득 갈았다. 그러나 이키의 막판 승리를 깨기 위해 모스크바로 간다 해도 국왕 일행은 이미 귀국중일 것이다. 급조한 경제 사절단이 별다른 효과도 없이 귀국한 만큼 사메지마는 한시라도 빨리 일본으로 돌아가, 국내의 정치력을 발휘하여 깅키상사를 쑥밭으로 만드는 수밖에 없다고 생각했다.

국제입찰을 이틀 앞둔 화요일 밤, 효도는 모스크바에서 포르지 박사로부터 지시받은 시간에 다시 테헤란 북쪽 에르부르즈 산기슭의 토막지대에 있는 외딴집으로 차를 몰았다.
마침내 토막지대 저쪽 끝에 불빛이 보였다. 약속한 9시보다 20분 정도 늦은 시각이었다.
토담을 두른 외딴집 앞에 차를 세워놓고 문고리를 잡아당기자, 지난번에 디어몬드 극장에 나타났던 집사가 나왔다.
"어서 오십시오. 어서 안으로."
처음 방문했을 때의 쌀쌀한 태도와는 딴판인 밝은 웃음을 띤 얼굴로 맞아들여, 두꺼운 커튼을 열어젖히고 미로처럼 꾸불꾸불한 복도를 지나 계단을 오르더니 다락방처럼 생긴 방으로 안내했다.
집사가 문 앞에서 페르시아어로 뭐라고 알리자 안에서 빗장 벗기는 듯한 소리가 나더니 곧 문이 열렸다. 토막지대 한가운데라서 전등이 없기 때문에 방안은 석유등불이 켜져 어슴푸레했지만 포르지 박사가 큰 모피 위에 누워 곰처럼 몸집이 큰 사나이의 마사지를 받고 있는 게 보였다. 효도가 인사하려 하자, 가까이에 있는 의자에 앉도록 긴 담뱃대로 가리켰다. 흙벽이 드러난 굴속 같은 방에 어울리지 않는 고블랭의 호화로운 소파, 그리고 건너편 책상 위에는 오래된 것 같은 가죽표지의 책이 아무렇게나 쌓여 있었다.

효도는 불안해하며 포르지 박사에게 시선을 돌렸다. 모스크바 교외의 페트로샨 박사의 별장에서 이키와 함께 만났던 포르지는, 체구가 작긴 해도 양복으로 정장을 하고 있어서 국왕의 숨은 실력자로 불릴 만한 품위와 풍모가 감돌았으나, 비단 가운을 걸치고 마사지를 받고 있는 눈앞의 포르지는 볼의 살이 축 늘어진데다가, 긴 담뱃대를 입에 물고 연기를 뿜어댈 때마다 황홀해하는 표정을 지었다. 포르지가 피우고 있는 것은 대마의 열매인 하시시인 모양이었다.

이틀 뒤에 있을 입찰을 앞에 두고 심신이 바싹 긴장해 있는 효도에게는 하시시에 취해 황홀경에 빠져 있는 포르지의 모습이 뜻밖이었다. 1주일에 단 한 번, 니아바란 궁전에서 빠져나와 이곳 외딴집에서 보내는건 이 때문이었구나 생각하니 국왕 주치의인 포르지의 정체는 바로 이것이다 싶어, 지금까지 품어오던 외경심이 사라지려 했다. 그러나 포르지 같은 사나이가 하시시에 얼이 빠져 있을 턱이 없다. 무엇인가 비밀이 있음에 틀림없다고 생각했을 때 하인이 슬며시 다가와 말없이 긴 담뱃대를 내밀었다.

효도가 피우지 않겠다는 뜻으로 손을 내젓자 포르지가 혀 꼬부라진 소리로 권했다.

"인도산 대마로 만든 고급품일세. 기분이 좋아진다네."

"박사님, 호의는 고맙습니다만, 저는 모스크바에서 약속하신 것을 얻으러 왔습니다. 도쿄 본사와의 연락도 있고 본사 결재의 시간도 필요하니, 가능하시다면 지금 가르쳐주셨으면 합니다만."

효도가 분명한 목소리로 말했다.

"그쪽에서는 얘기가 진행되고 있나?"

"물론입니다. 모스크바에서 돌아오는 길에 런던을 거쳐 곧 미국으로 갔습니다."

펩시콜라의 시들 회장과 만나기 위해 런던을 거쳐 곧 뉴욕으로 간 이키 이야기를 하자, 마사지를 하던 사나이에게 이젠 됐다고 손짓을 하고 나서 공허한 눈길을 효도에게 돌렸다.
"그럼 회답은?"
"그런 얘기, 여기서 해도 될까요?"
마사지사와 하인들이 있는 방 안을 둘러보며 말하자,
"모두 장님 아니면 벙어리, 귀머거리, 그렇잖으면 백치에 가까운 녀석들뿐이니 아무 상관없어."
하면서 포르지는 하인 하나가 내미는 새 담뱃대를 물고는 게슴츠레한 눈으로 웃었다. 효도는 불쾌감과 등골이 오싹해지는 음산함이 뒤섞여 불안한 심정이 되었다.
"시들 회장 자신의 생각으로는 이란측 요청이 미국의 국익에 현저히 위배되기 때문에 대통령한테 말하기가 어렵다는 겁니다. 이란에서 왜 F14에 탑재하는 전자기기가 외국산은 안 된다고 하는지, 그 참뜻을 이해하기 어렵다고 합니다."
"참뜻이고 뭐고 없네. 우리나라는 비록 비행기 격납고도 미국 정도의 크기를 요구하는 거야!"
포르지가 목청을 높여 말했다.
"박사님, 우리 회사는 시들 회장을 박사님에게 소개하는 역할만 맡았을 뿐입니다. 그 다음부터는 양국간 문제가 아닙니까?"
"하지만 시들 회장이 그런 생각을 가지고 있다면 얘기가 달라지지."
"이키 씨는 박사님과의 약속을 지키기 위해 시들 회장과 회담하고 전자기기의 중추부를 담당하고 있는 흄 사의 회장과도 극비로 만나 대통령 결재가 쉽게 나올 수 있는 방법을 강구해 보겠다는 언질까지 받았습니다. 그런 만큼 부디 우리 회사의 노력을 인정해 주십시오."

효도가 쉬지 않고 흘러가는 시간에 신경을 곤두세우면서 간곡히 말하자 포르지는 나른한 몸을 주체하기 힘든 듯 하인의 부축을 받으며 비틀비틀 책상 앞에 가더니, 내던지듯 털썩 의자에 앉아 잠시 눈을 감았다.

이윽고 눈을 뜨자 모스크바에서 만났을 때처럼 무엇인가 꿰뚫어볼 것 같은 날카로운 눈초리로 변하더니, 느릿해 보이던 표정이 삽시간에 준엄해졌다. 효도는 자기 눈을 의심하지 않을 수 없었다.

"하시시를 피워 도원경에 들어가 있어도 내 가족이 참살 당했을 때의 광경을 머리에 떠올리면 황홀감 따위는 순식간에 사라져버린다네."

하며 그는 책상 위에 놓인 책에 손을 뻗쳤다. 가죽으로 표지를 한 고풍스러운 한 권의 페르시아어 책 외엔 모두 영어나 독일어로 된 의학 서적이었다.

"박사님이 1주일에 한 번 이리로 오시는 것은 의학 공부 때문인가요?"

"페르시아는 9세기부터 11세기까지가 천문학과 의학이 가장 발달한 시기로, 그중 이븐 시나라는, 사라센 의학의 최고봉이었던 박사의 저술은 라틴어로 번역되어 유럽에서도 17세기 후반까지 사용됐었지. 그 중세 페르시아 의학연구가 나의 도락이지."

그러고는 높이 쌓여 있는 의학서 가운데서 코란을 한 권 꺼냈다.

"이걸 주지. 소중히 갖고 돌아가게."

그것은 가로 25, 세로 30, 두께 5센티미터 정도의 평범한 코란으로, 갈색 바탕의 표지에 금빛과 빨강, 노랑, 녹색의 기하학 무늬로 가장자리를 둘렀는데 '알 쿠르얀'이라 씌어 있었다. 회교도가 코란을 남에게 선물할 때 하는 친애한다는 뜻임을 효도도 알고 있었지만, 입찰이 이

틀밖에 안 남은 지금 친애의 뜻만 보여주면 어쩌겠다는 건가. 효도가 원하는 것은 낙찰을 보장하는 입찰가격인 것이다.
"박사님, 이틀 뒤의 입찰가격 말씀입니다만……"
"그 코란일세"
"이 코란요?"
효도가 코란 속에 숫자가 적혀 있는가 싶어 책장을 넘겨보려 했다.
그러자 포르지가 큰 소리로 일렀다.
"내일 정오를 기준으로 하여 각국 응찰자 가운데 가장 높은 가격을 제시한 숫자를 그 코란의 숫자로 알리겠네. 그것을 바탕으로 해서 입찰가격을 정하도록 하게."
"하지만 마지막 페이지가 635페이지입니다. 입찰가격은 네 단위 숫자일 텐데요."
"자네에게 전하는 최고가격은 코란 가운에 두 장(章)의 페이지를 곱한 숫자로 하겠네. 그 장은 내일 내가 전화로 읽겠네. 그렇게 하면 누가 도청을 해도 결코 알 수 없지."

입찰을 하루 앞두고 효도는 포르지의 전화를 안타깝게 기다리고 있었다.
옆방에는 전에 테헤란에 주재 중 이슬람교도가 되어 코란을 감수한 바도 있는 이색적인 상사원으로 미스터 이슬람으로 불리는 현 베이루트 주재원이 급히 부름을 받고 대기하고 있었다.
효도 앞의 전화가 울렸다. 전화를 받자, 효도의 목소리를 확인하듯 잠시 말이 없더니,
"위대하시고 자애로우신 알라의 거룩한 이름으로……"
하고 나지막하고 기어드는 듯한 영어가 조용히 흘러나왔다. 이름은

밝히지 않았지만 틀림없이 포르지의 음성이었다.

효도는 바짝 긴장하며,

"지상의 삶이며 살아 있는 자, 그 인자함을 알라에게 구하노라."

하고 미리 정해 둔 응답을 했다.

"제2장 263절, 널리 알려진 말씀, 그리고 구원은…… 제5장 106절, 사람들이여, 신의 존재는 그대들의 가슴에……"

포르지는 메모하기 쉽게 마디마디 끊으며 천천히 읽어나갔다. 이렇게 하면 만약에 누가 도청을 하더라도 거는 사람이나 받는 사람의 이름을 알 수 없으며, 더구나 입찰가격을 알아내는 것은 불가능했다.

포르지는 제2장 263절과 제5장 106절의 첫머리 경문을 다시 한 번 되풀이했으며, 효도는 온 신경을 곤두세워 메모한 경문과 글자 하나하나를 대조해 보았다. 경문은 틀림없이 파악했지만, 그것이 얼마를 가리키는지 포르지로부터 받은 코란의 페이지 숫자를 맞추어 보지 않고서는 상상조차 할 수 없었다. 가격을 알아낸 뒤 다시 한 번 연락을 취하고 싶었으나, 확인이 끝나자 전화는 일방적으로 딸깍 끊겼다.

효도는 수화기를 놓자, 메모한 용지를 떼어들고 미스터 이슬람이 대기하고 있는 옆방으로 들어갔다.

무료한 듯 회전의자에 몸을 기대고 앉아 페르시아의 도자기에 관한 책을 읽고 있던 미스터 이슬람은 효도를 보자 얼른 물었다.

"부장님, 이 방에서 한 걸음도 나가면 안 된다고 하니 마치 감금당하고 있는 것 같습니다. 석유입찰과 제 부서의 일이 무슨 관련이 있는 겁니까?"

목적이 무엇인지 알지 못하는 당사자로서는 몹시 궁금해 하는 것이 당연했다. 효도는 문을 잠그고 말했다.

"자네가 앉아 있는 그 책상 서랍에 코란이 들어 있네. 그 코란과 여기 적힌 코란의 두 장의 각 절을 대조해 주게."

효도가 메모를 보이자, 미스터 이슬람은 이상하다는 듯이 고개를 갸웃거렸지만 시키는 대로 서랍을 열고 갈색 표지의 두꺼운 포르지가 준 코란을 꺼냈다.

"정말 코란이 들어 있군요. 상당히 취향을 살린 장정입니다."

이슬람교도다운 흥미를 드러내면서 효도의 메모를 보더니, 오른쪽으로 적힌 페르시아 글자를 읽어나갔다.

"그러니까 우선 제2장 263절이군요. 카우룬 마루푼 와 마그피 라툰 하이룬…… 널리 알려진 말씀, 그리고 구원은…… 네, 맞습니다."

"페이지의 수는 36이군."

"그렇습니다. 다음에 제5장 106절의 시작은, 야 아이유하 라지나 아마누 샤하다툰 바이나쿰…… 사람들이여, 신의 존재는 그대들의 가슴에…… 이것도 틀림없습니다. 105페이지입니다."

"36페이지와 105페이지."

효도는 책상 위의 계산기로 두 페이지의 숫자를 곱했다. 3780……

즉 극비 중의 극비인, 포르지로부터 입수한 최고가격은 어느 회사인지는 알 수 없으나 3천 7백만 달러라는 것이었다. 이런 터무니없는! 효도는 신음했다. 지금까지 파트너인 오리온오일과 함께 포르지 이외의 다른 루트에서 알아낸 최고가격은 일본공사그룹의 3천 5백만 달러였는데, 오리온은 3천 5백만 달러조차 이란석유공사가 입찰가격을 올리기 위해 공작자를 이용하여 흘려보낸 애드벌룬 가격으로 3천 3백만 달러로도 낙찰할 수 있다는 배짱이었다.

"코란에는 각 장 각 절에서 같은 구절이 몇 번이고 되풀이된다고 들었는데, 설마 경문의 말이 같아도 절이 틀린다거나 하는 일은 없겠지."

얼굴에서 핏기가 가시는 것을 느끼며 효도가 다짐했다.

"말씀하시는 그런 경우가 전혀 없는 건 아닙니다만, 이 메모에 적혀 있는 각각의 경문과 같은 것은 전혀 없습니다."

미스터 이슬람은 단언했다. 효도는 그러냐고 고개를 끄덕인 뒤, 잠시 그 자리에 멍하니 서 있었다.

국제입찰 이전의 사르베스탄 광구의 가격은 런던이나 베이루트의 석유 컨설턴트 사이에서는 1천 5백만 달러라고 전해졌었는데, 국제입찰이 공시된 직후는 2천만 달러, 그리고 각국의 회사가 응찰을 신청하기 시작한 2주째부터는 2천 5백만 달러까지 값이 올랐다. 효도는 치솟기만 하는 값을 전망하며 전문가인 오리온오일이 사르베스탄 광구의 추정 가채량을 비롯하여 방대한 자료를 컴퓨터로 산출해낸 결과 입찰 가격의 상한선을 3천 6백만 달러로 보고 경영회의에서 양해를 구했던 것이었다. 그럼에도 불구하고 포르지가 알려 준 가격이 3천 7백만 달러로 치솟았으니, 하늘 높은 줄 모르고 뛰는 셈이었다. 깅키상사의 사규에 따르면 상한선을 넘어선 국제입찰은 포기해야만 되기 때문에 현재의 최고가격에 몇백만 달러를 더 올리지 않고서는 낙찰할 수 없는 사르베스탄 광구는 입찰하기 전부터 패배를 뜻했다.

캄캄한 나락으로 떨어져가는 듯한 충격을 느끼면서 효도는 여기서 철수할 것인가, 아니면 3,780만 달러에 알파를 더해 여전히 도박을 할 것인가 하고 망설였다. 그러나 어느 쪽이든 본사의 이키 전무에게 연락을 해야만 했다.

방에서 나와 텔렉스실로 들어간 효도는 직접 타전을 했다. '페르세폴리스, 페르세폴리스' 그것은 도쿄 본사에 대기하고 있을 이키의 호출암호였다. 10분쯤 지나자 눈앞의 기계가 딸깍딸깍 울리기 시작하더니 하얀 테이프에 로마자가 찍혀 나왔다. 이키가 본사의 텔렉스 앞에 앉았다는 통지였다.

닥터 X의 처방전 받았음. 투약은 37.80임

효도는 암호문을 치고 나서 오리온오일의 사무실로 향했다.

로스앤젤레스 본사에서 테헤란으로 와 있던 리건 회장은,
"뭐라구? 효도, 자네, 박사에게 속고 있는 건 아닌가? 3,780만 달러나 쓰는 응찰자 따위는 없을 거야. 그게 도대체 어느 회사야?"
하면서 너무 놀란 나머지 책상을 쳤다. 옆에 있던 프로젝트 매니저인 제임스도 흥분한 어조로 효도를 힐난했다.
"내가 조금 전에 접촉한 미 대사관의 석유담당 상무관 이야기로는, 입찰가격을 최고로 내놓은 곳은 일본공사그룹을 앞질러 서독의 데미넥스사로서, 3,590만 달러라고 세밀한 숫자를 제시한 모양이야. CIA의 정보니까 정확도가 높은 숫자일세. 3,780만 달러나 이권료를 내놓을 회사는 없을 거야. 박사와의 접촉이 어설펐던 게 아닌가?"
효도는 그 말을 들으니 포르지에게 이쪽의 약점을 잡혀 바가지를 쓴 게 아닐까 하는 의혹도 있었지만, 최고가격을 가르쳐주는 교환조건을 생각하니 속이 뻔한 그런 장난을 치리라고는 생각되지 않았다. 그렇다고 해서 파트너인 오리온오일에게 포르지와의 교환조건을 밝힐 수는 없었다.
"제가 포르지 박사로부터 얻은 정보가 절대로 정확하다는 전제 아래 검토해 주시기 바랍니다. 우선 3,780만 달러의 비싼 값을 내놓은 데가 어디라고 생각하십니까?"
"이렇게 터무니없이 비싼 값을 내놓을 곳은 석유자원이 없는 것이

나 다름없는 서독의 데미넥스나 일본공사그룹이 아니겠나. 거기 말고는 달리 생각할 수 없네."

리건 회장이 내뱉듯이 말했다.

"그러나 아까 제임스가 말했듯이, 데미넥스가 3,590만 달러라고 하면 이 정도를 내놓을 수 있는 건 모빌뿐이잖습니까?"

효도의 말에 리건 회장은 잘라 말했다.

"아니지. 모빌은 세계 각처에 광구를 갖고 있으니 이런 엉터리 같은 값은 부르지 않아. 어쩌면 이탈리아 국영 석유인 아지프(AGIP)가 막판에 가서 국왕에게 울며 매달렸는지도 모르지. 일찍이 국왕이 모사디크 혁명 때 망명한 곳이 로마라서 유대가 깊지."

"어쩌면 그럴지도 모르겠습니다만, 여기서 정보에 현혹되지 말고 우리가 당초 정한 상한선 3천 6백만 달러로 입찰하든가, 그렇잖으면 효도의 정보를 바탕으로 해서 더 내놓고 끝까지 낙찰을 노리든가 해야겠습니다."

제임스가 말했다

"효도, 당신네 회사 의향은?"

리건은 불그스름한 얼굴에 깊은 주름살을 새기며 물었다.

"물론 더 얹어 낙찰을 노릴 의향입니다. 얼마를 더 얹어야 하느냐 하는 액수에 대해선 전문가인 오리온오일에 맡길 수밖에 없습니다."

효도가 배짱으로 밀고 나가자 리건 회장은 고개를 끄덕였다.

"우리 회사도 이제 와서 물러날 생각은 없네만, 문제는 얼마를 더하면 근소한 차이로 낙찰할 수 있느냐는 거야. 로스앤젤레스 본사에 곧 연락해서 다시 원가계산을 해본 뒤에 추가액을 정하겠네. 입찰 직전인 내일 아침까지 기다려주게나."

"알겠습니다. 그럼 연락을 기다리겠습니다."

그렇게 말하고 오리온 회사를 나왔지만, 효도는 무척이나 과열된 지금 상황에서는 어느 회사가 막판에 어떤 숫자를 써넣을지 모르는 만큼 어쩌면 패배할지도 모른다는 불안감으로 입이 바싹바싹 타는 것 같았다.

텔렉스 교신을 마친 이키는, 예상조차 할 수 없었던 터무니없는 가격의 움직임에 어떻게 대처해야 할지 몰라 망설였으나, 테헤란에서의 전화를 목이 빠지게 기다리고 있을 다이몬 사장에게 알려야 했으므로 급히 사장실로 갔다. 국제입찰을 하루 앞두고 다이몬 사장은 현지 사정을 파악하기 위해 도쿄로 와 있었다.

사장실 문을 밀고 들어가자,
"이제야 연락이 된 모양이군. 얼만가?"
하고 급하게 물으며 소파의 팔걸이에 주먹을 비벼댔다.
"그게 예상도 못했던 가격이라서, 현재의 최고가는 3,780만 달러입니다."
"뭐라구? 3,780만 달러, 어디서 그렇게 비싼 값을 내놓았나? 혹시 이쪽의 약점을 보고 뒤집어씌우려는 게 아닐까?"
"아닙니다. 국왕의 주치의이며 흑막의 인물이기도 한 포르지 박사는 국왕에게 보고되는 각국 기업의 입찰가격을 낱낱이 알 수 있기 때문에 정확한 숫자라고 할 수 있습니다."
이키의 대답에 다이몬의 얼굴은 순식간에 험악해졌다.
"자넨 이사회에서 3천만, 최대한 3천 6백만 달러면 따낼 수 있다고 했을 뿐 아니라, 모스크바까지 갔다 왔는데 결과적으로 이렇게 비싼 값이 나오리라고는 생각도 못했단 말이지. 오리온의 리건 회장의 의향은 어떤가?"

"곧 로스앤젤레스 본사로 연락해서, 3,780만 달러 이상으로 입찰할 경우 원가계산을 할 모양으로, 끝까지 입찰을 노린다는 태도에는 변함이 없는 것 같습니다만, 사장님 의향은 어떻습니까?"

"하지만 나는 이렇게 터무니없는 값에는 승복할 수 없어. 입찰가격만으로도 이렇게 비싸니 하나를 보면 열을 알 수 있다고, 앞으로 어떤 부대조건을 무리하게 요구하고 탐사비도 인상해 달라고 할지 알게 뭔가, 더구나 이사회에서 최고한도를 3천 6백만 달러로 정한 이상 정해진 규칙에 따라야 해. 이 규칙이 지켜지지 않으면 회사의 질서가 무너지는 셈이지. 정부의 예산 수정처럼 기업에서도 함부로 예산을 수정했다간 최악의 경우 회사를 파산시킬 수도 있다는 점을 염두에 두게."

"사장님께서 하신 말씀, 항상 명심하고 있습니다. 그러나 석유값은 최근 산유국의 움직임을 보면 앞으로 더욱 오를 것으로 예상되기 때문에 이 시점에서 2백만 달러 정도의 입찰가격 증액은 장래의 인상분으로 흡수될 것입니다. 더구나 제4차 중동전쟁이 일어날 우려도 있어, 만약 전쟁이 나면 기름값이 턱없이 오를 것이기 때문에 이 기회에 기름을 확보하는 것은 꼭 필요한 일로 여겨집니다."

"아니 제4차 중동전쟁이라고?"

"그렇습니다. 모스크바에서 미국에 들렀을 때 그럴 거라는 예감이 들었습니다."

"허어, 어떻게 된 건가?"

"사장님께 보고드렸듯이, 이란 국왕의 주치의로부터 확실한 입찰가격의 정보를 얻는 대신 요청받은 일로 미국의 그랜트사나 흄사의 간부와 여러 얘기를 나누는 사이에 놀랄 만한 사실을 알아냈습니다. 즉 미 공군이 이스라엘에게 팬텀 A4를 제공하는데다가, 아직 어떤 나라에도 주지 않고 있던 ECM(전파 방해 장치)이 달린 것까지 제공하고 있다는 것입니다."

"그 ECM이라는 게 뭔가?"

"소련의 샘 2, 샘 6, 샘 7미사일에 대한 방해장치입니다. 그것을 미국이 비밀리에 이스라엘에게 제공하고 있는 것은 시리아, 이집트에 대한 소련의 무기원조가 예상 밖으로 급속히 진행, 이스라엘이 자극을 받아 미국에 요청함으로써 이루어졌음을 뜻하며, 저는 여기서 제4차 중동전쟁을 예측한 겁니다."

군인 출신다운 분석과 직감력으로 설명했다.

"그렇다면 3년 전 아랍·이스라엘 전과 같은 일이 일어난다는 얘긴가? 그때 거의 모두 장기전으로 내다보고 있을 때 자네는 속전속결, 그것도 1주일 정도로 보았고, 예측대로 꼭 6일 전쟁으로 끝나지 않았는가."

그때 다른 상사는 장기전이 될 것으로 판단하여 선박, 곡물, 주석 등 전쟁 물자를 모조리 사들이고 있을 때, 깅키상사는 이키의 단기결전이란 판단을 바탕으로 값이 한창 비쌀 때 팔아버려 거액의 이익을 챙겼던 것이다.

"사장님, 모든 일에는 기세라는 것이 있습니다. 그때그때의 기세를 몰아 공격함으로써 기대 이상의 성공을 거둘 수 있는 반면 시기를 놓치면 다시는 이런 거대한 프로젝트엔 착수하기 곤란합니다. 지금이 바로 우리 회사가 석유개발에 참여, 비약적인 중공업화를 꾀할 수 있는 절호의 기회라 생각합니다."

이키는 다이몬의 결단을 촉구했다. 다이몬은 잠시 깊은 생각에 잠기더니,

"그렇게까지 말한다면 이번 일은 자네 판단에 맡기겠네. 그 대신 깅키상사와 내 이름에 먹칠을 하지는 말게. 지난번엔 자네가 나에게 사

표를 낸 일이 있지만, 이번에는 경우에 따라서는 내가 자네에게 사표를 요구할지 모르네."

하고 뱃속에서 울리는 듯한 목소리로 말했다.

"각오하고 있습니다."

이키는 자세를 바로 잡아 대답하고는 사장실에서 나왔다. 도쿄 본사의 회답을 현지에서 애타게 기다리고 있을 효도의 마음을 헤아린다면 한시라도 빨리 텔렉스를 쳐야 했다.

이란석유공사의 국제입찰 마감이 이제 한 시간밖에 남지 않았다. 오리온오일 사무실에서는 리건 회장이 잠을 못자 충혈된 눈으로 효도를 쏘아보았다.

"입찰가격은 3,990만 달러로 하세. 이의 없지?"

어제 포르지 박사가 코란의 페이지로 알려준 최고가격 3,780만 달러는 어느 회사에서 제시한 액수인지는 확인할 수 없었지만, 그것을 기초로 하여 오리온의 로스앤젤레스 본사에서 컴퓨터로 다시 비용을 계산하고, 국제입찰 경험이 많은 리건 회장이 210만 달러를 더 추가해서 3,990만 달러가 나온 이상, 효도로서는 이키가 정해 준 최대한의 4천만 달러에서 비록 10만 달러 빠지는 비싼 값이지만 이의가 있을 수 없었다.

"3,990만 달러, 좋습니다."

배에 단단히 힘을 주며 대답하자, 프로젝트 매니저인 제임스는 입찰서류의 기입란에서 오직 한 군데 공백으로 남아 있던 현금 보너스 부분을 리건 회장에게 내밀었다.

"아니야. 이 난의 기입은 효도 자네 손으로 하게. 어제까지의 최고가격을 알아낸 건 자네 공이니까."

유전발굴 전문가답게 양보했다. 효도는 리건의 호의에 감사하면서 그 서류를 받아들었다.

효도는 그 서류에 US$39,900,000라고 기입했다. 한순간 침묵이 흘렀다.

"이젠 됐네. 첨부서류는 하자가 없겠지?"

리건이 말했다. 국제입찰에 내놓을 4광구 가운데 희망하는 사르베스탄 지역을 이란석유공사가 지정한 대로 녹색 선을 그린 지도, 계약 조건의 온갖 서류, 거기에 서명된 깅키상사의 다이몬 이치조와 오리온오일의 마일클 리건의 사인이 본인의 것임이 확실하다는 접무성과 대사관의 증명서를 모두 합치니, 첨부서류만 해도 꽤 두꺼웠다.

효도는 제임스와 다시 한 번 확인한 뒤, 가로 20센티미터의 이중 봉투의 이음새에 촛농을 붓고 미처 식기 전에 쇠로 만든 깅키와 오리온 회사 도장을 단단히 눌렀다.

촛농이 식어 굳어지자 깅키상사와 오리온오일의 사인이 뚜렷이 나타났다. 제발 1번이기를! 효도는 마음속으로 외치며 제임스와 함께 이란석유공사로 향했다.

타프테잠시드 거리의 이란석유공사 앞에서 차를 세우자, 정문 계단에는 이제 막판임에도 불구하고 정보를 팔겠다는 '공작자'들이 있어 효도와 제임스에게 끈질기게 달라붙었지만 묵살하고 대리석이 깔려 있는 로비에서 경비원의 소지품 검사를 받은 뒤 10층의 석유개발부장 방으로 갔다.

석유개발부장인 압둘의 방 주위는 평소보다 더욱 경계가 엄중하여, 경비원과 사복의 비밀경찰들이 각 부서를 지키고 있었으며, 오늘따라 여비서의 모습도 보이지 않았다.

압둘의 방으로 들어가자, 해상광구에 응찰할 미국이며 이탈리아의 인디펜던트 계열회사가 와 있었다. 그들은 10분쯤 기다린 뒤에 불려 들어갔다.

효도가 입찰봉투를 내밀자, 미국 유학파로 메이저의 연수과정에도 참가한 경험이 있는 엘리트인 압둘은 정장을 하고 엄숙한 표정으로 가죽 회전의자에 앉아 있다가 받아서는 촛농 위에 찍힌 깅키와 오리온의 사인을 확인했다.

"정정할 사항은 없겠지요?"

사무적인 물음이었지만, 듣기에 따라서는 기입한 숫자를 올리려면 지금이 마지막 기회라고 암시하는 듯 응찰자가 동요를 느끼게 되는 순간이었다.

"나씽 써"

제임스가 자기보다도 나이가 아래인 압둘 개발부장에게 이때만은 '써'라는 존칭을 붙여 대답하자, 압둘은 거만하게 끄덕이고는 이중 봉투를 등 뒤의 금고에 넣고 입찰서의 수령증을 내주었다. 금고에 간수된 입찰서는 정오 마감 후에 이란석유공사 총재를 위원장으로 하는 입찰 위원회 앞에서 개봉되는 것이다.

수령증을 안주머니에 넣고 아래층으로 내려오자, 일본공사그룹 대표자인 이쓰비시상사와 고쿠사이자원개발의 멤버 4명이 소지품검사를 받고 있었다. 그중에서 우에스기만이 효도 일행을 본 듯했지만, 슬쩍 이상한 눈길을 보냈을 뿐 다른 3명을 안내하여 엘리베이터로 갔다. 마감시간이 이제 5분밖에 안 남았는데도 별로 서두르는 기색이 없는 것을 보면, 그들 역시 어떤 방법으로든 모든 응찰자의 가격을 알아내어 그보다 더 높은 가격을 써넣은 것 같았다. 엄중한 밀봉, 장중해 보이는 금고를 생각하면 그런 일은 결코 있을 수 없다고 생각하면서도 도대체 이 나라에서는 무슨 일이 일어날지 알 수 없어 마음이 흔들렸다.

　정문에서 제임스와 헤어지자 효도는 불안한 마음을 안고 번잡한 시장 쪽으로 걸어갔다. 장사치의 시끄러운 소리를 들으면서 자기로서 할 수 있는 일은 다했다, 이젠 설사 패하는 한이 있더라도 여한은 없다고 스스로 타이르면서도 한편으로는 패할 경우 무슨 면목으로 도쿄에 돌아가겠느냐는 비장함이 엇갈렸다.

　갑자기 효도의 귀에 사원에서 스피커를 통해 흘러나오는 정오의 기도문이 들려왔다. 효도는 홀린 듯 시장 한가운데 있는 사원으로 발걸음을 옮겼다. 그곳만은 시장의 소란스러움이 거짓말처럼 가라앉아 있었다. 부유한 자나 가난한 자나 중앙의 돌계단 여기저기에 흩어져 무릎을 꿇고 절을 하며 알라신의 가호를 열심히 기원하고 있었다.

　효도는 자기도 그들처럼 무릎 꿇고 기도하고 싶은 충동이 솟구쳤다.

　입찰일 이틀날이 되어 깅키·오리온그룹은 이란석유공사의 이사인 키아 박사의 부름을 받았다.

　어제 저녁부터 일본공사그룹, 모빌 등 몇몇 사가 이미 개별적으로 불려갔다는 정보가 들어와 있었기 때문에, 1번 입찰로 경합한 뒤인 이제 와서 다시 무엇을 심사하며, 그것이 입찰순위와 무슨 상관이 있는가 해서, 자기들을 부를 때까지는 안절부절못하는 상태로, 효도는 노이로제에 걸릴 것만 같았다.

　제임스와 함께 이란석유공사 맨 위층인 키아 박사의 방으로 들어가자, 정면의 벽에는 국가원수의 정복을 입은 국왕의 초상화가 걸려 있고, 측면 벽에는 이번 국제입찰로 공개된 4개 광구의 지도가 붙어 있었다.

　키아는 깅키·오리온의 입찰서류를 전부 테이블 위에 펼쳐놓고 엄숙하게 말했다.

"입찰위원회의 공정한 심사결과 입찰가격 순위가 1위이고 또한 탐광비에서도 개발에 대한 열의가 보이는 금액을 제시한 당신네 킹키·오리온그룹이 1번 입찰임을 확인했소."

온몸을 긴장시키고 있던 효도는 제임스의 얼굴을 쳐다보았다. 잘못 들은 것은 아니었다. 감격으로 크게 일그러진 얼굴을 한 채 제임스는 효도의 손을 아플 정도로 세게 움켜쥐었다.

드디어 따냈다!

설마 이토록 전격적인 1번 낙찰이 되리라고는 생각조차 못했던 것이다.

"다만 이란석유공사로서는 부대조건이 LNG 프로젝트로 그치는 게 불만스럽소. 우리가 가장 희망하는 정유소 건설에 관한 검토를 1주일 이내에 문서로 제출해 주기 바라오. 2번 입찰인 서독의 데미넥스, 3번 입찰인 일본공사그룹에도 정유소 건설에 관해 제의하고 있소."

"네엣? 일본공사그룹이 3위…… 우리와의 차이는 어느 정도입니까?"

"서독의 데미넥스가 3,950만 달러, 일본공사그룹 3천 7백만 달러요."

입찰가격을 듣는 순간, 효도는 간담이 서늘했다. 2위와 차액이 겨우 40만 달러밖에 안됐기 때문이었다.

효도는 테헤란 사무소로 돌아가기가 무섭게 텔렉스룸으로 뛰어 들어갔다.

알라신의 뜻은 우리에게!
알라는 우리에게 사브베스탄을 주시다. 3990.

*

타전하고 있는 효도의 눈에 맺혀 빛나는 것이 있었다.

이튿날 아침, 사르베스탄 광구 낙찰을 취재하기 위해 보도진들이 깅키상사에 쇄도했지만 이는 모두 홍보실에게 맡기고, 다이몬 사장, 이키, 아카자와, 쓰노다, 다카라다 등은 간밤에 협의한 대로 관계 관청이나 은행, 전력회사 등을 나누어 맡아 다녔다.

다이몬과 이키는 도라노몬에 있는 일본석유공사에 오전 10시 15분에 도착하여 지하 주차장에서 간부 전용 엘리베이터를 타고 기라 총재를 방문했다.

여느 때처럼 10분쯤 기다리자, 기라 총재가 시무룩한 얼굴이 되어 나타났다. 다이몬과 이키는 얼른 일어났다.

"총재님, 사르베스탄 광구 입찰은 저희 회사와 오리온그룹이 낙찰했습니다. 그 사이에 여러 가지 일로 불쾌하셨으리라 여겨집니다만 모든 것이 다 나라를 위한 일념으로 한 일이오니 부디 협조하여 주시기 바랍니다."

조금 전에 통산대신에게 인사할 때처럼 오로지 저자세로 일관하여 인사하며 지원을 간청하자, 기라 총재는 굳은 표정으로 무뚝뚝하게 물었다.

"나카네 통산대신은 뭐라고 하십디까?"

"지금까지는 각자 다른 입장이었겠지만 석유개발의 전망이 나타난 이상 공사와도 사이좋게 해나가라는 말씀이 계셨습니다."

다이몬을 대신한 이키의 말에 기라는 잠시 입을 다물었다.

"그런 거로군. 싸움에 지면 역적, 이기면 충신이라니까."

이윽고 입가에 비웃음을 띠면서 중얼거렸다. 통산대신이 재빨리 변절했다는 데 대해 화를 내고 있다기보다는 자포자기한 말투였다.

"총재님, 일단 낙찰한 이상 전력을 기울여 탐광, 시추해 나갈 것입니다만, 우리 회사로서는 처음 착수하는 일이기도 하고 막대한 자금을 필요로 하는 프로젝트이니 부디 강력한 지원을 부탁드리겠습니다."

일본공사그룹을 위해 준비했던 융자금을 깅키상사로 돌려야 할 다이몬이 거듭 고개를 숙였다.

"이제 와서 무슨 공사의 협력이 필요하겠소. 관청의 힘 같은 건 기대하지 말고, 일본과 미국의 외톨이 늑대 같은 기업끼리 손잡고 낙찰했으니 그 정신으로 계속 밀고 나가면 될 것 아니오."

"하지만 앞으로 오리온오일에 먹히지 않으려면 일본측이 주도권을 장악해야 합니다. 그러니 일본으로 석유를 몽땅 가져오려면 공사의 지원이 있어야……"

다이몬이 거듭 부탁하자,

"소용없어, 그런 얘기는."

하고 기라가 싸늘하게 가로막았다.

"총재님, 우리는 일본의 석유확보라는 공사의 뜻을 살려 일하겠다고 말씀드리는 겁니다. 그러니 국가적인 견지에서 들어주십시오."

신디케이트론의 자금은 진행시키고 있었지만, 1번으로 낙찰하여 정부의 '공인'을 얻어낸 이상 무슨 일이 있더라도 공사의 자금을 얻어내고 싶었다.

"아무리 그래도 바로 조금 전에 총재 경질의 지시를 받았으니, 아무소용이 없다는 거요."

기라의 뺨이 일그러졌다. 다이몬과 이키는 말문이 막혔다.

"당신들 몰랐었나…… 깅키상사한테 목이 잘린 거나 다름없지."

기라는 밉살스럽다는 듯이 내뱉고는 불과 몇분 만에 자리를 박차고 나갔다. 다이몬과 이키는 아까 인사하러 간 통산성에서 총재 경질에 대해서는 아무 낌새도 눈치 채지 못한 점으로 보아, 다부치 간사장이나 나카네 통산대신, 모로구치 차관 선에서 기라를 몰아내자는 결정을 전광석화처럼 처리해 버린 게 틀림없었다.

총재실을 나와 엘리베이터로 아래층으로 내려오자, 웅성거리는 소리가 들리더니 신문기자와 카메라맨이 다이몬과 이키를 에워쌌다.

"기라 총재가 경질된다는 말이 있는데, 어떻습니까?"

머리를 짧게 깎고 얼굴빛이 거무튀튀한 기자가 불쑥 물었다. 이키는 동요하려는 표정을 억제하며 시치미를 뗐다.

"아니, 총재가 경질? 모르는 일인데요. 방금 기라 총재를 뵙고 지금까지의 일은 모두 깨끗이 잊고 앞으로 지원해 주십사고 부탁드리고 오는 길이오."

"시치미를 잘 떼시는군요. 그런데 깅키와 오리온그룹이 낙찰을 따낸 감상은?"

"나라를 위해 도움이 되어서 다행이라 생각합니다."

"그럼 만약에 2번 입찰이 공사그룹이었을 경우는 어떻게 할 작정이었습니까?"

짓궂은 질문이었다.

"그렇다면 아마 공사그룹에 양보하고 물러났을지도 모르지요."

다이몬은 점잔을 빼며 말했다.

"2번 입찰인 서독의 데미넥스와는 겨우 40만 달러라는 근소한 차이라서 그야말로 아슬아슬했는데, 이키 씨가 무슨 다른 정보 루트라도 갖고 계십니까?"

"천만에. 파트너인 오리온오일이 중동사정에 매우 밝은 석유회사로 정보면에서도 뛰어날 뿐 아니라 과거 입찰경험이 많아 활용할 수 있었기 때문입니다."

이키는 오리온사와 손을 잡은 의도를 강조하듯 말했다.

"그럼 앞으로 이란측과의 출자비율과 성공조건은 어떨 거라고 봅니까?"

"그건 앞으로 자세히 검토하여 조인할 것이며, 오늘은 다만 우선 급한 대로 관계부처에 보고차 나온 것입니다."

다이몬과 이키는 계속되는 질문과 번쩍이는 플래시 세례를 받았다.

이쓰비시상사의 우에스기 다카시는 테헤란에서 도쿄까지의 22시간 동안, 국제입찰에 패한 분함 때문에 전혀 잠을 자지 못하여 새빨갛게 충혈된 눈으로 가미오 전무 앞에 서 있었다.

"피로하지? 우선 앉게나"

"죄송합니다. 오직 분하다는 말밖에는……"

우에스기는 이란 사람처럼 길렀던 수염을 깎아낸 입언저리를 지그시 깨물었다.

"그게 어디 자네 책임인가? 3천 7백만 달러는 내가 공사그룹과 협의한 뒤 지시한 액수니까. 자칫 잘못했더라면 데미넥스에게 빼앗길 뻔한 것을 깅키·오리온그룹이 낙찰해서, 그 반의 석유라도 일본으로 가져올 수 있으니 그나마 다행이네."

가미오는 감정을 억제한 목소리로 말했다.

"그나저나 깅키상사가 데미넥스에 겨우 40만 달러 차이로 낙찰하다니, 너무나 솜씨가 멋지지 않습니까. 그 점이 의심스럽습니다. 우리 공사그룹이 비록 급조하긴 했지만 경제사절단을 만들어 이란 정부의 수상이나 재무대신, 경제대신, 이란석유공사 총재까지 만나 일본의 열의가 얼마나 대단한가를 보여주었고, 이란측도 양해하여 낙찰권이 어느 정도인가에 대해 언질을 주었음에도 불구하고, 액수에 대한 감을 깅키상사가 어떻게 잡을 수 있었느냐가 의문입니다."

우에스기는 일본 사절단이 귀국한 이튿날, 혼자 남은 도쿄상사의 사메지마 상무가 깅키상사의 효도가 테헤란에 붙어 있어야 함에도 불구하고 없어졌다는 데에 의심을 품어 이것저것 캐고 다녀서 결국 도쿄 본사의 이키 전무와 함께 모스크바에 갔음을 알아낸 일이 떠올랐다.

당시 이란 국왕은 틀림없이 모스크바를 방문, 크렘린에서 코쉬긴 수상과 악수하는 사진까지 큼직하게 신문에 보도되었던 것이다. 그러나 일본의 일개 상사인, 그것도 관서지방의 한낱 섬유상사 출신인 깅키가 이란 국왕 내지는 수행한 측근과 모스크바에서 접촉한다는 따위는 생각조차 할 수 없는 일이었는데, 저 멋진 1번 낙찰을 따낸 솜씨로 보면 결코 우연이 아니라, 이란석유공사 총재보다 고위층인 핵심인물과 결탁하고 있음이 틀림없었다. 그것이 과연 누구인지 지금도 알 수 없는 것이 우에스기로서는 분했다.

"전무님, 이대로 물러나는 것은 너무 분합니다. 아까 인사차 갔던 공사의 개발부장 말로는 새 총재도 내정되고 했으니 깅키상사와 공사 그룹이 단결하면 어떻겠느냐는 의견이 통산성이며 에너지청에서 강하게 대두되고 있다니까, 함께 해보는 것이 어떻겠습니까? 어차피 깅키상사 따윈 기껏해야 입찰이나 따내는 정도이고 유전개발은 오리온오일이 시키는 대로 할 뿐, 자주적인 힘 같은 것은 없을 겁니다."

사르베스탄 광구를 단념할 수 없다는 듯이 말하자, 은발에다 온화한 가미오의 표정이 엄숙해지더니 단호하게 말했다.

"아니, 우리 회사는 사우디아라비아로의 진출을 꾀하고 있네. 수도 리야드 남방 7백 킬로미터쯤 되는 곳의 중앙 지구를 국제입찰에 부칠

거라는 정보를 입수했네. 사우디아라비아는 세계 최대의 산유국으로 이란보다 몇 배나 큰 무대일세."

"확실히 산유량만으로 본다면 사우디는 유망한 나라입니다만, 미국의 메이저가 완전히 장악하고 있어 우리가 파고들 틈이 전혀 없습니다. 게다가 기상조건은 최악의 상태고, 회교의 계율이 너무 엄해 술도 못 마시고 여자도 없으며, 국민성까지 배타적이어서 과연 그토록 먼 사막에서 일본인이 석유개발을 해낼 수 있을지 의문입니다."

"그 선구자 구실을 해내는 게 우리 상사 아닌가. 사실은 이미 우리 회사 석유개발부 차장인 나가노 군을 리야드로 보내서 벌써 정보활동에 임하고 있네."

"네에, 전혀 몰랐습니다. 언제부터입니까?"

"자네에게 테헤란 출장 특명을 내린 무렵부터일세."

"그럼 전무님은……"

우에스기는 말을 잇지 못했다. 가미오는 우에스기에게 이란에서의 일에 회사의 석유개발 부문의 사활이 걸렸다고 하면서, 한편으로는 이란과 사우디아라비아를 저울질하며 양쪽에서 전력질주하게 하고 있었던 것이다.

우에스기의 가슴에 격렬한 분노랄까, 슬픔과도 같은 감정이 복받쳐 올랐다. 꼬박 11개월 동안 온갖 지혜를 짜내고 몸을 혹사하며 처자도 돌보지 않고 전력질주를 해왔음에도 불구하고 또 다른 마차가 있었던 것이다.

두 마리의 말은 그런 줄도 모르고 채찍질 당하며 각기 다른 방향으로 사력을 다했던 것이다. 그것이 조직이다, 하고 스스로에게 타이르면서도 너무나 자신이 비참해졌다.

가미오는 묵묵히 서 있는 우에스기를 조용히 응시하더니,

"속았다고만 생각하진 말게. 테헤란에서 자네가 벌인 눈부신 정보활동은 리야드에서 반드시 갑절 이상의 힘으로 빛을 발할 걸세."
하고 숨 돌릴 사이도 없이 리야드 부임을 엄명했다.
"말대꾸 같습니다만, 사우디아라비아에 가라는 명령만은 거두어 주십시오."
"어째서?"
"이를테면, 저는 고교야구의 1회전에서 패한 것이나 다름없습니다. 패자는 고시엔(도쿄에 있는 야구장. 해마다 전국고교야구대회가 열림)의 흙을 다음해에 출전할 선수에게 건네줄 뿐입니다. 1회전의 이란에서 패한 저로서는 그 패인을 다음 타자에게 알려주기만 할 뿐, 결승전인 사우디아라비아에서도 에이스일 수는 없습니다. 가능하다면 베이루트로 가서 잠시 원유구매에만 전념할 수 있도록 해주십시오."
다시금 분한 마음이 솟구쳐 우에스기는 이를 악물었다.
"자네의 심정은 충분히 알겠네. 그러나 사우디에서의 싸움은 벌써 코앞에 닥쳐왔네. 그쪽에서도 에이스의 자리를 비워놓고 기다리고 있다네. 가족들과 1주일 동안 휴식을 취하고 곧 부임토록 하게."
가미오는 다시 한 번 명령을 확인했다. 회사의 명령이라면 방금 깊은 상처를 입은 몸이라도 가지 않을 수 없다는 생각이 들자, 우에스기는 오장육부를 도려내는 듯한 아픔을 느꼈다.

사토이는 도쿄성인병센터의 약국 앞에서 약이 나올 차례를 짜증스럽게 기다리고 있었다.
심전도 검사를 받으러 오는 날은 언제나 아내 가쓰에와 동반하여 주치의인 순환기부장의 진찰을 받고 나면 자신은 곧 회사로 가고 아내가 뒤에 남아 약을 받았는데, 마침 친척집에 초상이 나서 아내는 그곳으로 간 것이다.

"아니, 깅키상사가 미국 기업과 손을 잡고 이란에서 석유개발이라! 요즘 그 회사 제법인 걸."

앞쪽에서 차례를 기다리고 있던 사람들 사이에서 들려온 소리였다. 그쪽을 보니, 50이 넘은 듯한 사내가 조간을 펼쳐들고 1면 톱으로 보도된 사르베스탄 광구 국제입찰에 대한 기사를 읽고 있었다.

깅키상사, 오리온오일과 함께 1번으로 낙찰. 정보 부족인가?
일본공사그룹 3위에 머물다.

큼직한 제목 옆에는 다이몬 사장과 오리온오일의 리건 회장 사진이 나란히 있고, 구미의 대기업을 물리치고 멋지게 1위로 낙찰한 깅키상사의 쾌거가 감동적으로 씌어 있어, 공사그룹에서 이탈했을 때 역적 상사로 몰아붙이던 것이 언제냐 싶었다.

매스컴의 형편없는 신의에 어이가 없으면서도, 사토이는 시종 오리온오일과 제휴하여 응찰하는 데 대해 비판적이었던 만큼 회사 전체의 들끓는 듯한 기쁨에서 소외된 쓸쓸함을 느꼈다. 더구나 이틀 전 한밤중에 테헤란에서 1위로 낙찰했다는 소식이 들어왔을 때, 이키를 비롯하여 주요 이사들은 모두 다이몬이 묵고 있는 오쿠라 호텔로 불려갔건만, 부사장인 자기에게는 아무런 연락도 없었다는 것이 굴욕스러웠다. 쓰노다에게 따지자, '한밤중의 일이라 건강에 좋지 않을 것 같아서'라는 뻔뻔스러운 대답에, 이제는 이키 편으로 돌아선 것을 알았다. 그렇지만 석유개발사업이란 기름이 나오지 않으면 끝장이다. 이제부터 탐사, 시추하여 유징을 보기까지 빨라도 2년, 만약 그때 가서 기름 한 방울 나오지 않으면 이키는 사직할 것이다. 사토이는 그 장면을 머릿속에 그리고 있었다.
 약이 나와 병원 밖으로 나서자, 어느 사이에 안개 같은 가을비가 내리고 기온도 썰렁했다. 사토이는 자기도 모르게 몸을 한번 떨고는 대기시켜 놓은 회사차 안으로 급히 들어갔다.
 도쿄성인병센터에서 50분 가까이 걸려 겨우 회사에 닿자, 비서가 다이몬 사장이 찾고 있음을 알렸다. 사토이는 시계를 보고,
 "좀 있으면 내주에 떠날 브라질 출장 건으로 오마쓰 제작소의 상무가 찾아올 테니 내가 돌아올 때까지 기계담당 부장한테 서류를 마무리 짓도록 전해주게."
 하고 비서에게 이른 다음, 서류가방을 들고 사장실로 향했다. 도쿄에 오기만 하면 중요한 용건이 있든 없든 성급하게 자기를 불러대는 다이몬 사장에게 따분함을 느끼면서도 그만큼 자기를 필요로 한다는 것이 결코 기분 나쁘지 않았다.
 문을 노크하고 안으로 들어서자, 이란 광구의 입찰수속이니 인사치레니 하여 바쁘게 돌아다녀야 할 다이몬이 무엇인가 생각에 잠긴 듯 창밖을 내다보고 있었다.
 "사장님, 무슨 급한 일이라도……"
 사토이가 먼저 말을 걸자, 다이몬은 회전의자를 돌려 앉았다.
 "병원에 갔었나?"
 "네, 늘 하는 정기검사입니다. 내주부터 브라질 출장을 가야 하기 때문에 만약을 위해 검사를 받았을 뿐입니다."
 사토이는 의식적으로 쾌활하게 말했다.
 "요즘 건강은 어떤가?"
 "덕분에 이처럼 좋습니다. 그보다도 사장님이야말로 요즘 오사카와 도쿄를 매일 오르내리셔서 힘드시겠습니다."

"나야 보다시피 이렇네. 그보다도 브라질 출장은 꼭 자네가 가야만 하는가?"

"무슨 다른 일이라도……"

3, 4일 정도 걸릴 일이라면 출발을 늦추어도 상관이 없기 때문에 다이몬의 용건을 먼저 처리할 수 있다는 뜻으로 말하자, 다이몬은 잠시 망설이는 듯 말을 꺼냈다.

"실은 자네가 다쿠보공업의 재건에 애써 주었으면 싶어서일세."

다쿠보공업은 보일러를 주축으로 쓰레기 소각기, 폐수처리장치 등 환경기기를 전문으로 하는 기업이다. 소각기로는 업계에서 톱을 달리고 있는 메이커로 깅키상사가 70퍼센트의 주를 갖고 있는 방계 회사이지만, 5년 전부터 다른 사의 추격이 심해 경영이 급격히 악화되어 감독은행과 재건책을 검토하고 있는 회사였다.

"재건계획을 시급히 진행시키라는 겁니까?"

다이몬의 말뜻이 얼른 이해되지 않아 되물었다.

"그렇다네. 공해방지시설산업은 앞으로 장래성이 있는 업종이니까 다쿠보공업은 닦으면 빛이 날 걸세. 어떤가, 맡아주겠나?"

"맡다뇨? 무슨 뜻입니까?"

"사장으로 가달라는 걸세."

"네엣? 제가 사장으로……"

사토이는 얼굴에서 핏기가 싹 가셨다. 지금 제정신으로 깅키상사의 2인자인 자기를 쓰레기며 폐수처리나 하는 방계회사로 가라는 것인가! 심장이 크게 고동치기 시작했다. 사토이는 숨이 막힐 것만 같은 답답함을 억누르며 물었다.

"사장님, 제가 그런 인사 조치를 받아야 할 실수라도 했습니까?"

"실수 같은 것은 없어. 자네는 내가 사장으로 취임한 이래 도쿄 단

다이(지방주재 장관의 옛 존칭)로서 정계, 재계, 관계에서 정력적으로 활동해 주었고, 영업면에서의 공적도 훌륭했네."

"그렇다면 무슨 이유로 갑자기 이런 인사 조치를……"

사토이는 다이몬의 책상을 주먹으로 치면서 따지고 싶은 충동을 느꼈지만, 심장이 죄어드는 듯한 격렬한 통증으로 신음소리밖에 나오지 않았다.

"자네, 얼굴이 새파랗게 질렸는데 괜찮겠나? 니트로는 갖고 있겠지?"

"염려 마십시오. 그보다도 저를 다쿠보공업으로 내보낼 만한 분위기를 만든 자가 누구입니까? 그야 물론 이키겠죠."

유령같이 처절한 얼굴이 되어 있으리라는 것은 잘 알고 있지만, 사토이에게는 그 표정을 가다듬을 만한 여유가 없었다.

"그게 무슨 말버릇인가? 중역 인사권은 사장인 내가 쥐고 있어."

다이몬은 호통을 치더니, 곧 목소리를 낮추어 부드럽게 말했다.

"지금까지 아무에게도 말하지 않았네만, 나는 10년 전부터 해마다 정초에는 킹키 사장으로서 유언장을 만들어, 만일 내게 사고가 있을 때를 생각해 후계자를 지명해 두었었네. 과거에 열 번, 해마다 유언장을 다시 썼어도 열 번 모두 후계자로 사토이 자네 이름을 적어왔네."

다이몬은 회전의자에서 일어나 사토이를 똑바로 보며 천천히 말을 계속했다.

"그러나 자네가 상사의 사장으로서 격무를 치러낼 만한 건강을 잃어버리고 사장으로서의 능력도 빈약해졌다는 걸 어렴풋이 눈치 채고 있었는데, 아니나 다를까, 테헤란에서 사르베스탄 광구를 1위로 낙찰했다는 텔렉스가 들어왔을 때, 자네에 대해 우려하던 바가 현실로 나타난 걸세. 그때 직접 담당자인 이키나 아카자와, 쓰노다 군을 비롯해 철강의 도모토 군까지 내 숙소로 줄이어 찾아와, 잇따라 들어오는 텔렉스를 기다리며 통산성이나 일본석유공사에 대한 대응책이며 부대조건인 LNG 프로젝트, 이란측에서 강경하게 요구하는 정유소 건설을 피할 수 있는 대비책 등을 밤새워 논의했네. 그리고 새벽부터 사바시 총리, 다부치 간사장, 나가타 대장대신, 거기에 '가마쿠라 사나이'까지 찾아다녀, 공사그룹을 누르고 1위로 낙찰한 데 대해 원한을 사지 않고 앞으로 원조를 얻을 수 있도록 부탁하고 다녔네. 그런데도 자네는 체력 때문에 할 수 없었는지, 아니면 이번 국제입찰을 정면으로 반대했던 까닭인지는 모르지만 그날 밤에도, 그 이튿날 아침에도 끝내 찾아오지 않았어."

"그때 일이라면 제게도 할 말이 있습니다. 누군가가 고의로 제게 올 연락을 제지한 겁니다. 그렇게 밖에는 생각할 수 없습니다."

사토이는 따지듯이 말했다.

"그것도 이키 군 짓이라고 말하고 싶겠지만, 그런 건 내 생각과는 아무런 관계가 없네. 요는 그만큼 많은 중역들이 몰려왔지만 2인자인 자네가 오지 않았다는 게 중요하다는 얘길세. 설혹 그날 밤 모인 중역의 하나가, 자네 말투로 봐선 이키 군이라고 생각하는 모양이네만, 그 이키 군이 설령 자네에게 고의로 연락을 하지 않았다 해도 다른 누군가가, 사토이 부사장은 어떻게 됐느냐, 부사장의 의견도 들어야 한다는 소리가 당연히 나와야 하며, 그래야만 명실 공히 2인자가 아니겠나?"

그 말을 듣고 보니 사토이는 대꾸할 말이 없었다. 다이몬이 그만한 일로 자기에게 그렇게 중대한 인사를 단행하다니, 아마 자기가 뉴욕에서 심장발작으로 쓰러졌을 때부터 후계자로 삼는 데 불안을 품고 있던 차에 이키가 교묘하게 불안스러운 일만 골라 일러바침으로써 다이몬으로 하여금 자기를 밖으로 내보내도록 분위기를 만들었을 것이다. 게다가 이번 입찰도 이키의 완승으로 끝났다는 것이 다이몬이 결심을 하는데 결정적인 역할을 한 것임에 틀림없었다.

사토이는 분노로 온몸을 떨었다.

"사장님, 이 지시를 받을 수 없다고 말씀드린다면……"

마지막 힘을 쥐어짜며 사토이는 배짱으로 나갔다. 그 기세에 다이몬은 한순간 멈칫했다.

"다쿠보공업의 사장자리도 체력이 달린다면 1주에 하루나 이틀만 나오면 되는 감사 정도밖에 없으니 잘 생각해 보고 대답하게."

다이몬은 사토이를 달래듯 말했으나, 부사장 자리만은 끝내 물러나게 할 속셈인 것 같았다. 사토이는 온몸의 힘이 빠져나가는 것을 느끼며 그대로 털썩 주저앉고만 싶었다. 그때 전화벨이 울렸다.

다이몬은 거북스러운 침묵에서 구원이라도 받은 듯 얼른 수화기를 들었다.

"음, 이키 군인가. 벌써 나카네 대신한테 갈 시간인가. 알겠네, 곧 가도록 하지. 뭐라구, 공사의 신임총재가 결정됐다구? 허어, 전 에너지청 장관이었던 야마시타 씨란 말이지. 음, 음, 자세한 얘기는 차 안에서…… 음, 알았네."

다이몬은 황망하게 전화를 끊고는,

"테헤란에서 있을 이란측과의 조인식을 앞두고, 정부관계자와 절충할 사항이 산더미처럼 쌓여 있어서 통산대신과의 면회시간에 늦으면 안되네."

하면서 사장실을 나가버렸다.

사장실에 홀로 남은 사토이는 사장 결재를 기다리는 서류가 놓인 큼직한 책상과 검정 가죽을 씌운 회전의자를 뚫어져라 쳐다보았다.

이 책상, 이 의자, 그리고 연간 매상고 1조 5천억 엔, 자본금 3백억 엔, 사원 7천 7백명, 종합상사 3위인 깅키상사 사장으로서의 절대적인 권력…… 이런 사장자리를 잡기 위해 밤낮없이 일하고, 마누라에게도 차마 말 못할 사장의 오입 치다꺼리까지 해오지 않았던가. 게다가 다이몬 사장의 후계자는 자기밖에 없다는 자부심 때문에 14년이란 세월에 걸쳐 전혀 물러날 기색을 보이지 않는 다이몬을 다음 회기에만은, 하는 은근한 기대를 키우며 '사장 취임'의 날만을 기다려왔던 것이다.

이키 녀석! 사토이는 분노와 원한에 휩싸였다. 상사를 제2의 인생으로 택한 사나이가, 상사의 사나이로서 모든 꿈과 보람을 건 오직 하나의 자기 인생을 좌절시키고 빼앗은 것이다!

사토이는 심장을 부젓가락으로 후비는 듯한 발작과 함께 통곡했다.

사르베스탄 광구를 낙찰한 뒤부터 이키는 다이칸야마의 맨션에서 가키노키사카의 집으로 옮겨와 있었다. 쉴 새 없이 전화가 걸려오는데다가 신문기자가 밤낮을 가리지 않고 찾아오기 때문에 혼자서는 감당할 수 없었다.

"아버지, 깨셨어요?"

이란석유공사와의 조인식 때문에 테헤란으로 출발하는 날 아침, 나오코는 9시가 넘자 살며시 장지문을 열었다.

"그래, 어디서 온 전화냐?"

조금 전의 희미한 벨소리에 잠을 깬 터였다.

"니혼산교 신문과 마이초 신문이었어요. 테헤란으로 떠나시기 전에 말씀 나누고 싶다고 이리로 오겠다고 어찌나 떼를 쓰는지, 할 수 없이 출근하셨다고 해버렸어요. 그리고 이건 다이칸야마 집으로 찾아오신 분과 전화주신 분들의 메모인데, 아키츠 지사토 씨한테서도 걸려왔다는군요. 무슨 일일까요? 바쁜 때에."

"글쎄…… 연락처는?"

"듣지 못했어요. 그보다도 아버지, 빨리 준비하셔야지요."

나오코는 불쾌한 듯이 말한 뒤, 식사준비를 위해 부엌으로 갔다.

이키는 가운을 걸치고 교토의 아키츠 지사토 집으로 전화를 걸었다. 차분한 교토 사투리의 젊은 여자가 전화를 받았다.

"아키츠 선생은 실크로드 여행 때문에 오늘 떠납니다만."

"실크로드 여행…… 그럼 타고 갈 비행기편과 항공회사는 어딥니까?"

"팬아메리칸, 하네다 발 17시 40분입니다."

"고맙습니다."

이키는 전화를 끊자 공항에서 지사토를 만날 수도 있다고 생각했다. 비록 타고 갈 비행기는 다르다 해도 조인식에 참석할 자기 일행도 같은 남회선으로 그보다 15분 뒤인 일본항공이었다. 참으로 희한한 우연에 이키는 새삼 지사토와의 끊을 수 없는 인연을 느꼈다.

오후 5시가 지나자 이키는 석유담당 아카자와 상무, 업무본부장 쓰노다를 비롯하여 석유개발에 관련된 각 영업부문과 조인식에 대비하여 법률에 밝은 법무부, 자금면을 검토할 재무부의 멤버 10명과 함께 3대의 차를 몰고 하네다 공항에 도착했다. 미리 공항에서 좌석을 확보하는 등 모든 집무를 마치고 대기 중이던 젊은 사원들은 일행이 테헤란으로 가지고 갈 방대한 서류가방을 들고는 항공사가 특별히 마련해 준 귀빈실로 안내하려 했다. 그러나 잽싸게 와서 기다리고 있던 기자들에게 그만 둘러싸이고 말았다.

"곤란한데, 공사의 이사들이 도착한 뒤에 시작해 주시오."

쓰노다가 우여곡절을 겪고 나서 겨우 정식으로 지원을 받게 된 석유 공사에 신경이 쓰이는지 손을 내저었다.

그러나 기자들은 그런 것에는 아랑곳하지 않고 물어댔다.

"이키 씨, 일본 공사 그룹의 멤버 중에서 리더인 이쓰비시상사와 이쓰이물산은 깅키·오리온 호를 타지 않겠다고 거부한 모양입니다만 나머지 도쿄상사와 고쿠사이자원개발은 어떻게 되는 겁니까?"

"도쿄상사의 자본 참가는 정식으로 결정했습니다만, 고쿠사이자원개발에 대해선 오리온오일에서 강력한 이의를 제기하고 있어 현재 의견을 조정 중입니다."

도쿄상사 같은 것은 참여하지 않았으면 싶었지만 사메지마는 공사의 지원이 결정된 이상 자본참가를 할 권리가 있다며 나섰다.

"하지만 공사에서 나선 이상, 공사로서는 마땅히 일본측의 개발기술진 참여를 요구하지 않겠습니까? 오리온오일이 아무리 우수한 기술이 있어도 일본측의 감시체제가 없으면 제멋대로 처리할지 모르니까요."

"확실히 우리 상사는 석유개발에 대해서는 아마추어에 불과합니다. 그러므로 운영해 나갈 체제가 필요하지만, 그것은 반드시 일본의 석유 회사가 아니더라도 공사의 기술자를 파견하는 정도면 되지 않겠느냐는 생각입니다."

거기까지 대답했을 때 이키는 갑자기 걸음을 멈출 뻔했다. 출국자용 로비에 떼 지어 있는 사람들 가운데 에나멜 코트를 입고, 도예가인 듯한 사람들과 웃으며 얘기를 나누고 있는 아키츠 지사토를 발견한 것이다. 7미터 떨어진 거리였으나, 이키와 거의 동시에 지사토도 놀란 눈으로 이키를 쳐다보았다. 그러나 사람들로 붐비는 가운데서 교환한 두 사람의 시선을 알아챈 사람은 아무도 없었다.

이키는 기자들에게 둘러싸여 귀빈실로 들어갔으나, 테헤란으로 동행할 공사의 이사진이 도착하기 전에 지사토를 전송해 주고 싶었다.

"아는 사람이 로비에 있으니 잠깐 인사나 하고 오겠네. 5분 정도면 되니까 잘 부탁하네."

바로 옆에 앉아 있던 아카자와 상무에게 작은 소리로 말한 뒤 슬며시 귀빈실을 나와 중앙 로비에 서 있던 지사토 쪽으로 급히 갔다. 일행은 7, 8명의 전송객들과 인사를 나누며 출구의 줄에 서려던 참이었다. 지사토는 이키를 보자 동행에게 뭐라고 하더니 그가 눈으로 가리킨 소파로 와서 나란히 앉았다.

"놀랐어요. 테헤란으로 가세요?"

"음, 오늘 아침 다이칸야마 쪽으로 전화를 한 모양이던데, 교토로 전화했더니 당신도 중근동으로 여행한다고 해서 놀랐소. 만날 수 있으리라고 생각은 했지만 설마 이렇게……"

두 달이나 못 만나서인지, 아니면 기자나 사원들이 함께 있는 곳에서 갑작스럽게 만난 탓인지 이키의 눈에는 지사토가 전에 없이 눈부시게 비쳤다.

"바쁘셔서 어쩌지요? 좀 여위신 것 같네요."

지사토는 이키의 뺨 언저리로 근심스러운 시선을 돌렸지만, 이키는 자신이 쇠약해진 사실을 들킨 것 같아 지사토로부터 슬쩍 시선을 떼고 말머리를 돌렸다.

"바쁜 데는 익숙해. 테헤란에도 들르오?"

"네, 하지만 열흘쯤 지나야 해요."

"그럼 방향은 같지만 어긋나겠군. 일본으로 돌아오면 곧장 다이칸야마로 와줘요."

"네, 그렇지만 당분간 바쁘시겠죠? 전화를 해도 요즘은 12시 전에는 돌아오시지 못하는 모양이던데요."

"아무튼 귀국하면 바로 와줘요. 그럼 조심하고……"

이키는 이렇게 말하고 열쇠고리에서 다이칸야마의 맨션아파트 열쇠를 떼어 망설이고 있는 지사토의 하얀 손바닥에 쥐어주었다.

기체가 거침없이 상승하면서 도쿄 시가는 좌우로 크게 기울더니 이윽고 구름 아래로 사라졌다.

이키는 일등석에 공사의 이사 일행과 쓰노다 등과 함께 앉아 있었다. 벨트를 벗길 때까지는 아무도 오지 않아 혼자 있을 수 있었다.

이키는 눈을 감고 15분쯤 전에 같은 길로 날아갔을 지사토를 생각했다. 두 달 동안이나 자기 혼자만 바빠서 만나지 못했는데도 지사토는 별로 구애받은 것 같지 않을 뿐더러 오히려 싱싱한 정기를 발산하고 있는 것은 도예라는 일을 갖고 있기 때문일까. 지사토에 관한 것은 이란 광구 입찰이 일단락되면 확고하게 결정하겠다고 약속했었지만, 정말 할 수 있는 건지 아닌지 이키는 아직도 망설이고 있는 터였다.

벨트 착용 사인이 꺼지자, 쓰노다가 기다렸다는 듯이 옆자리로 와서 말을 붙였다.

"사토이 부사장 후임으로 전무님께서 승진하신다더군요."

이란측과의 조인사항으로 바빠 지금까지 사토이의 이야기를 꺼낼 틈이 전혀 없었던 것이다. 이키는 애써 무표정하게 말했다.

"누가 그런……"

그러자 쓰노다는,

"업무본부장으로서 그 정도의 정보는 알고 있습니다. 우리 회사가 힘겹게 1번으로 낙찰을 했지만 그렇게 사사건건 감정적인 반대에 부딪쳐서야 일해 나가기가 힘들지 않겠냐는 생각을 했습니다. 하지만 다이몬 사장께서 드디어 영단을 내려 이제부터는 전무님이 부사장으로 회사의 경영전반을 살피며 석유개발에 자유롭게 솜씨를 발휘할 수 있게 되었으니, 아무튼 다행입니다. 미력하나마 저도 힘쓰도록 하겠습니다."

하고 2인자의 위치가 약속된 이키에게 거듭 충성을 다짐했다.

이키는 그러한 쓰노다를 경멸하면서 한편으로는 낙찰을 한 기세를 몰아 다이몬에게 사토이의 퇴진을 요구하긴 했지만 상대방이 환자라는 데에 한 가닥 찜찜함이 남았다.

슈쿠가와에 있는 다이몬 이치조의 저택에는 벌써 불이 켜져 있었다. 대문은 닫혔지만 응접실에는 손님이 한 사람 있었다. 도쿄에서 달려온 사토이의 아내 가쓰에였다.

"이렇게 느닷없이 밤중에 찾아뵙게 되어 죄송합니다. 실은 사장님을 뵈려고……"

"아직 돌아오시지 않았지만, 주인양반한테 무슨 일로?"

다이몬의 아내 후지코가 호기심어린 눈으로 물었다.

"저어, 좀……"

"머, 나한테는 못할 말인가요?"

후지코는 위압적으로 다시 물었다.

"아니, 그런 게 아니라……"

가쓰에는 떠듬거렸다. 머지않아 자기도 사장부인이 될 꿈을 꾸던 생각을 하자 분통이 터질 것 같았다.

"사토이 씨의 병환 때문인가요?"

"건강은 염려해 주신 덕택으로 회복되었습니다."

"그럼 도대체 뭔가요?"

가쓰에가 말없이 입을 다물고 있자 후지코는,

"상당히 어려운, 나 같은 사람은 들어도 알아듣지 못할 일인 모양이지요?"

하고 비아냥거렸다. 그때 하녀가 다이몬이 돌아왔다고 알렸다.

"뭐라고 하실는지 모르겠지만, 아무튼 주인양반께 알려는 드리죠."

후지코는 거만스럽게 말하고 옷자락을 펄럭이며 현관으로 마중을 나갔다.

"여보, 사토이 부인이 왔어요."

하고 따라 들어오면서 심드렁하게 물었다.

"뭐 짐작 가는 일이라도 있으세요?"

"아니, 별로. 아무튼 안 만날 수는 없겠군."

다이몬은 성가신 듯이 말하며 응접실로 들어가다가, 따라 들어오는 아내에게 말했다.

"후지코, 당신은 좀 자리를 비켜줘요."

"어머나, 제가 있어서 거북한 얘기라면 당신 또 그 버릇이?"

외도를 한 것이 아닌가 의심이 들어 후지코는 눈썹을 곤두세웠다.

"바보 같은 소리 작작해요. 그 나이가 되고도 무슨 강짜야."

다이몬은 부인을 나무랐다. 후지코가 방에서 나가자, 가쓰에는 양손을 단정히 무릎 위에 모으고 말을 꺼냈다.

"밤중에 피곤하실 텐데 죄송합니다. 실은 남편의 일입니다만, 곧 다쿠보공업의 사장으로 나간다는데 정말인가요?"

"그게 어떻다는 거요?"

다이몬은 무표정하게 되물었다.

"그럼 남편이 뭔가 회사에 폐가 될 만한 일을 저질렀나요?"

"아니, 실수 같은 건 없어요. 지금까지 잘해 주어서 특별히 단행한 인사조치요."

"그러시다면 지금처럼 다이몬 사장님 곁에서 일을 하고 싶다는 게 남편의 진정입니다."

가쓰에는 호소하듯이 말했다.

"이것 보세요, 사토이 군이 그렇게 말하던가요?"

기분 나쁘다는 얼굴이 되어 물었다. 그러자 가쓰에는 당황한 듯 얼른 부정했다.

"천만의 말씀입니다. 실은 오늘 오후에 조퇴하고 왔기에 무슨 일이냐고 물었습니다만, 아무 대답도 없이 줄곧 서재에만 들어가 있더군요. 심상치 않아 자꾸 캐물었더니 부사장 자리에서 해임됐다는 한마디만 하고 계속 울 뿐이었습니다. 아시다시피 남편은 활달한 성격이라서 운 적이라고는 지금까지 한 번도 없었습니다. 평소에 신명을 다하는 마음으로 사장님을 모셔온 남편은 부사장 자리 자체에 집착하는 것이 아니라, 다만 사장님 곁에서 평생을 두고 사장님을 모시고 싶다는 게 솔직한 심정입니다. 이 심정은 누구보다도 사장님께서 가장 잘 아실 겁니다. 그런데 갑자기 해임당해……"

가쓰에는 말을 잇지 못하고 훌쩍거리며 손수건을 눈으로 가져갔다.

"좀 진정하세요. 사토이 군의 열정은 뼈에 사무치게 고맙지만, 그는 더욱 발전해야지 평생 내 시중만 드는 역할로는 너무 가엾어요. 다쿠보공업은 우리 관련기업체 가운데 가장 큰 곳으로, 그곳 사장으로 가 있으면 건강이나 정년에 신경 쓰지 않고도 사토이 군 혼자 해나갈 수 있으니까, 나로서는 사토이 군을 위한 배려였던 거요. 이해해 주리라 생각했는데, 이해를 못했다면 내 진심을 부인이 충분히 전해 주세요."

그렇게까지 말하는 데야 기가 센 가쓰에라도 할 말이 없었지만, 남편을 위하겠다는 일념으로 다시 말을 이었다.

"하지만 남편은 원통하다는 거예요. 여자의 얕은 의심일는지 모르겠습니다만, 진짜 사장님 뜻이라면 또 모르거니와 어쩐지 이키 씨의 모략에 빠진 것 같은 생각이 들어 남편은 그걸 원통해하는 것 같습니다."

그 말이 끝나기가 무섭게 다이몬이 벌컥 소리쳤다.

"부인, 여자가 하는 말이라 잠자코 있었지만 좀 지나치군요!"

그 기세에 가쓰에는 흠칫하며 흥분상태에서 깨어났다.

"어머, 제가 어쩌다가 그만 못할 말을 했습니다. 사장님, 부디 용서해 주세요."

"알아준다면 그걸로 됐지만, 지금 같은 말은 두 번 다시 해서는 안 됩니다. 남자란 거취가 깨끗하지 않으면 꼴사나운 법이오."

"거듭 사과드립니다. 하지만 남편은 어디를 가나 사장님 곁에 있을 때와 마찬가지로 늘 사장님을 생각하고 있으니, 부디 돌봐 주세요. 그렇지 않으면 30여 년 동안 무엇을 해왔는지 알 수 없을 뿐만 아니라, 다이몬 사장님께 버림을 받는다는 것은 설사 아무리 좋은 자리에 가더라도 남편은 이미 죽은 거나 다름이 없습니다."

가쓰에는 이렇게 말하고 더 이상 참을 수 없다는 듯이 큰 소리로 울었다. 인테리임을 자처하던 가쓰에가 체면도 자존심도 아랑곳하지 않고 애원하는 바람에 다이몬 자신도 눈물을 글썽이며 잠시 할 말을 찾지 못했다.

사토이 부인이 돌아간 뒤에도 다이몬은 뒷맛이 개운치 못해 혼자 밤의 어둠에 감싸인 뜰로 눈길을 보내고 있었다. 그때 이쓰비시상사 도쿄 본사에 근무하는 둘째 아들 히로시가 불쑥 얼굴을 내밀었다. 오사카로 출장 올 때는 늘 아버지 집에서 묵는 터였다.

"아버지, 사토이 부사장을 자른 모양이군요."

다이몬 앞의 소파에 앉으며 말했다.

"어떻게 아느냐?"

"방금 엄마한테 들었어요."

"그 여편네, 또 엿들었구나. 정말 나쁜 버릇이야."

혀를 차자, 히로시는 젊은 시절의 다이몬과 똑같은 눈초리로,

"아버지는 이란 입찰에서 1위로 낙찰한 그 참모 출신의 이키 씨에게 홀딱 빠져 사토이 씨를 자른 거죠? 이왕 자를 바엔 좀 더 능숙하게 하실 일이지 부인이 울고불고 쫓아오게 하다니, 5년 전의 아버지 같으면 그처럼 서투르게 처리하지는 않으셨을 텐데, 아무래도 좀 망령기가 있나 봅니다."

하고 넉살좋게 말했다.

"내가 망령이 들었다면 너희네 이쓰비시상사를 우두머리로 하던 공사그룹을 누르고 낙찰할 수 있었겠느냐? 도대체 반쪽 구실도 못하는 주제에 남의 회사 인사문제를 갖고 이러쿵저러쿵하지 말고 썩 꺼지기나 해."

호통을 쳐 아들을 방에서 내보내고 다이몬은 다시금 어둠 속의 정원으로 눈을 돌리며 사토이를 자르기로 결심했을 때의 일을 떠올렸다. 사르베스탄 광구에 낙찰하여 관계 부처에 앞으로의 지원도 겸한 인사를 하러 가기 전, 이키가 자세를 바로 하더니 사장님께 한 가지 부탁이 있습니다만 하고 말머리를 꺼냈던 것이다. 사운을 거는 대사업을 하게 된 시점에서 사토이 부사장같이 철저하게 감정적으로 반대만 하고 월권행위를 하는 것은 용납될 수 없다며, 일을 방해하는 사람이 윗자리에 있어서는 장기간 소요되는 유전개발사업은 하기 어렵다고 말했을 때 자기 자신이 마치 이키의 말을 기다리기나 한 것처럼 수긍했던 것이다.

따라서 사토이를 내몬 것은 결코 이키의 속삭임이 아니라 자신의 뜻이었다. 그것은 최근에 와서는 매년 연례행사처럼 회사의 인사이동 계절이 되면 이번에야말로 사장이 퇴진하고 후계자로는 사토이 부사장이 승격, 어쩌구 저쩌구 하는 기사가 어김없이 경제지를 장식하는 것과도 관계가 있었다. 그때마다 다이몬은 자신의 사망기사를 읽는 느낌이었다. 전쟁이 끝난 이래 깅키상사를 오늘날까지 키운 사람인 자기가 몇 해를 더하건 할 말이 없잖은가. 그런데도 사장이 14년이나 재임하고 있는 것은 너무 길다느니 하는 따위의 말이 나오게 된 것은 어설프게 사토이라는 후계자가 자라고 있기 때문이며, 여기서 사토이를 내보냄으로써 후계자를 없애면 당분간 장기 집권할 수 있다는 속셈이 있어서 이키의 말을 받아들였던 것이다.

그러나 사토이 부인이 한 말을 생각해 보면, 30년 동안 회사의 온갖 내조를 해온 사토이가 나를 그 정도로 생각해준 것 같아 그의 마음 씀이 고마웠다. 그에 비해 이키는 자기에 대해 사토이와 같은 심정을 갖고 자기가 죽은 이후 뒷바라지를 걱정해 줄 것인가 그런 생각을 하니, 어쩌면 경솔한 인사조치가 아니었나 하는 불안감이 뇌리를 스쳤다.

도쿄 아오야마의 빌딩 골짜기에 호젓이 서 있는 교회에서, 이키는 착잡한 마음으로 제단의 십자가를 응시하고 있었다. 잠시 후에 마코토의 결혼식이 시작되는 것이다.

이란 사르베스탄 광구의 국제입찰에서 1번 입찰을 따낸 지 3년 8개월이 지났는데 아직도 기름이 나오지 않는 석유개발의 심로로 이키의 머리칼은 눈에 띄게 세고 이마에도 주름살이 깊어져 있었다. 그처럼 괴로울 때에, 경사여야 할 외아들의 결혼은 이중으로 이키의 표정을 복잡하게 만들었다.

계단을 향해 우측인 신랑쪽 참석자 자리에는 이키와 나오코 내외, 유치원에 다니는 후토시와 3년 전에 태어난 마리코, 그리고 그 뒷줄에 이란의 석유개발 이후 갑자기 사돈행세를 해온 사메지마 다쓰조 내외가 앉아 있을 뿐, 이키의 고향인 야마가타며, 죽은 아내 요시코의 친정인 오사카에서 온 사람은 하나도 없었다.

한편 신부측 참석자는 더욱 적어, 인도네시아 청년 한 사람과 화교 내외 세 사람뿐이었다. 마코토의 결혼상대는 족자카르타 출신인 인도네시아 여자로, 계율과 대가족제도로 인해 부모가 택한 결혼상대 외에는 일절 인정을 받을 수 없기 때문에 결국 일족으로부터 의절당해 마코토에게 몸만 가지고 온 신부였다.

결혼식의 청첩인은 마코토가 결혼하기로 마음먹고 의논을 했던 인도네시아 화교인 후앙 깐천과 베니코 내외로서, 신랑 마코토는 바로 조금 전에 후앙 깐천에 이끌려 우측 맨 앞줄에 서서 신부가 도착하기를 기다리고 있었다.

이키는 제단의 십자가 바로 앞에 긴장하여 서 있는 마코토의 뒷모습으로 시선을 옮겼다. 그는 4년 전 이쓰이물산 자카르타 지사에서 도쿄 본사로 돌아왔다가, 다시 인도네시아 근무를 자원하여 수마트라 오지의 농업개발 프로젝트에 종사하고 있었는데, 정기휴가를 이용, 1주일 전에 귀국하여 이쓰이물산 자카르타 지사와 같은 빌딩에 사무실을 둔 도토은행 자카르타 지점에 근무하는 현지 여성과의 결혼을 일방적으로 알려왔던 것이다. 더구나 식은 도쿄 본사의 크리스천 동료가 주선하여 아오야마의 교회에서 올리고, 피로연은 생략한 채 결혼식이 끝나면 곧 폴리네시아 제도로 신혼여행을 떠나 그대로 인도네시아로 돌아간다는 것이다.

그때 아버지로서의 이키의 충격과 분노는 지금도 가슴속에서 사라지지 않았다. 홀아비 처지라서 마코토의 결혼상대에 대한 배려가 충분하지 못했는지는 모르지만, 야마가타나 오사카의 친척들이며 남의 일을 돌봐주기 좋아하는 친지에게 부탁하여 지금까지 서너 명의 맞선 사진을 항공우편으로 수마트라 오지의 사무실까지 보냈으나 그때마다 말없이 되돌려 보내왔던 것이다. 아들의 장래를 걱정하는 아비의 심정 따위는 전혀 받아들이려고도 하지 않았다. 반발이라도 하듯이 인도네시아 여자를 아내로 맞았고, 그 신부를 위해서 수마트라 오지의 농업개발에 전념하여 인도네시아 영주를 결정할지도 모른다는 것이다.

이키가 너무도 일방적인 결정에 격분하여 '너 혼자 힘으로 오늘날까지 걸어왔다고는 생각지 마라!' 하고 나무라자 마코토는 '돌아가신 어머니라면 또 몰라도 아버지께서 그렇게 큰 소리로 나무라실 이유는 없다고 보는데요' 하고 묘하게 차가운 말투로 대답했던 것이다.

"이키 씨, 신부의 도착이 너무 늦군요."

뒷줄에서 사메지마 다쓰조가 조그만 소리로 속삭였다. 그러고 보니 마코토가 신랑자리에 나온 지 5분이 지났는데도 신부는 나타나지 않았다. 하지만 후앙 베니코가 모든 것을 맡아서 처리해 주고 있었으므로, 무슨 착오가 생길 리는 없었다.

"어쨌든, 이게 킹키상사의 부사장인 이키 다다시 씨 영식의 결혼식이라고는 생각할 수 없군요. 마치 초상집 같지 뭡니까?"

사메지마는 한창때보다 살이 찌고 머리가 성겨졌으나, 무신경한 험담을 늘어놓는 버릇은 조금도 달라지지 않았다. 이키는 불끈 화가 치밀어 얼굴을 돌렸다. 실은 이키 역시 성대하지는 못할망정 현재의 자기 지위와 재산으로 힘닿는 데까지는 해주어 아버지로서의 보람을 맛보았으면 했다.

포르지 박사 169

이키가 얼굴을 돌리자, 사메지마는 이번에는 후토시를 향해 몸을 앞으로 쑥 내밀며,

"후토시, 지루하겠구나. 이리 온."

하고는 어른스럽게 양복을 입고 넥타이를 맨 후토시의 소매를 잡아당겼다.

"아버지, 오늘은 예식을 올리는 자리니까, 점잖게 예의를 익히게 해 주십시오."

도모아쓰가 아버지를 나무라듯 말했으나, 후토시는 이키의 무릎 앞을 깡충 뛰어넘어 뒷줄로 옮겨갔다. 사메지마 다쓰조가 직업군인 출신이라고 그처럼 이키네 집안을 깔보면서도 갑자기 사돈행세를 하기 시작한 것은, 업무에 얽힌 관계를 떠나서 자기를 빼닮은 후토시가 귀여워서였다.

휑뎅그렁한 교회에 신부가 도착한 기척이 있었다. 모두들 입구 쪽을 돌아보았다.

베니코의 부축을 받으며 입구에 모습을 나타낸 신부는 레이스가 달린 베일을 깊숙이 내려쓰고 새하얀 새틴 웨딩드레스를 입고 있었다. 긴장한 탓인지 볼이 창백해 보였으나 오뚝한 콧날이며 입술, 턱선이 뚜렷하니 아름답고 싱싱했다.

"인도네시아 사람과 결혼하는 마코토 씨의 마음을 이해할 수가 없어요."

하고 노골적으로 모멸하던 전 외교관의 딸이자 미모인 사메지마 다쓰조의 아내마저도 신부가 풍기는 싱그러움과 아름다움에 눈을 깜박였다. 파이프오르간에서 흘러나오는 바그너의 웨딩마치 선율 속에서 베니코에게 이끌려 중앙의 버진로드를 한 걸음 또 한 걸음 조용히 걷기 시작한 신부에게 참석자들의 시선이 못 박히듯 집중되었다.

신부는 제단 앞에서 베니코의 손으로부터 신랑 마코토의 손으로 넘겨졌다. 두 사람은 목사가 서 있는 제단을 천천히 올라갔다.

성가대는 참석하지 않았으나 파이프오르간으로 찬송가가 연주되었고, 목사가 나직하고 낭랑한 목소리로 성경의 한 구절을 읽었다.

"아내된 이는, 주님을 섬기듯이 자기 남편을 섬길 것이며…… 남편도 자기 아내를 자기 몸처럼 사랑해야 하느니라. 자기 아내를 사랑하는 자는 자기 자신을 사랑하는 것으로……"

자애에 넘치면서도 엄격한 목사의 말이 끝나자, 결혼서약을 하고 마코토가 신부의 손가락에 결혼반지를 끼워주었다.

엄숙한 제단 위에서 반지를 주고받는 두 사람의 모습을 지켜보는 동안, 이키는 마음의 응어리가 풀리는 듯한 시원함을 느꼈다. 그리고 자기 눈앞에서 이처럼 간소하나마 깨끗한 결혼식을 올려준 것만으로도 감사해야 한다고 스스로를 타일렀다.

장엄한 파이프오르간 소리가 교회를 감싸자, 마코토와 인도네시아 신부 유린은 상기된 볼을 마주대듯이 팔짱을 끼고 버진로드를 밟으며 출구 쪽으로 향했고, 참석자들도 그 뒤를 따라 밖으로 나갔다.

작은 앞뜰 건너편은 차가 오가는 한길이었으나, 뜰 안에는 연보랏빛 수국이 활짝 피어 있었다.

"축하해요, 유린. 앞으로는 마코토 씨가 당신을 잘 지켜줄 거예요."

후앙 베니코가 신부의 손을 꼭 쥐었다.

베니코의 진심어린 축복에 유린은,

"테리마카시(고맙습니다)."

하고는 북받쳐 오르는 감정을 억누르지 못하고 그만 주르르 눈물을 흘렸다.

"괜찮아, 마코토 씨의 아버님도 아주 좋은 분이시니까."

베니코는 그렇게 말하고는 이키를 신부 쪽으로 밀었다. 이키는 며느리라는 실감이 아직 들지 않아 당황했으나,

"친정 쪽 가족들에겐 참을성 있게 계속 설득하여 허락을 받는 날이 오도록 힘쓰자. 마코토를 잘 부탁한다."

하고 말했다.

"아버님께서 허락해 주시니 기쁩니다."

옆에 있는 마코토를 살짝 올려다보며 유린이 말했다. 그때였다.

"빨리 호텔로 돌아가서 준비를 해야지, 비행기 놓치겠어요!"

사메지마 도모아쓰가 자기 차를 교회 앞에 대놓고 이쪽을 향해 큰 소리로 독촉했다.

"그럼 아버지……"

마코토가 말했다.

"음, 몸조심해라. 그곳에 가서 자리 잡히는 대로 소식을 다오. 그리고 어려운 일이 있거든 나한테 알려줘야 한다."

"네, 그렇게 하겠습니다."

마코토는 신부와 함께 도모아쓰와 나오코가 기다리고 있는 차를 타고 사라져버렸다.

뒤에 남은 사람들은 차 준비가 될 때까지 의자가 있는 교회 안으로 들어갔다.

"후앙 씨, 이번에는 정말 신세 많이 졌습니다. 뭐라고 인사의 말을 드려야 할지."

이키가 정중하게 머리를 숙였다. 그러자 후앙 깐천은 제 나이로 보이지 않는 젊고 윤기 있는 얼굴로 말했다.

"그 말씀을 들으니, 청첩인이 된 보람이 있습니다. 마코토 군의 결혼은 앞으로도 여러 가지 곤란한 문제가 따를 것입니다만, 자카르타

에서 저도 지켜보겠습니다. 그보다도 이란의 석유문제는 어떻습니까?"

그러자 옆에서 사메지마가 기다리고 있었다는 듯이,

"그것이 말입니다, 세계의 지질학자가 다 같이 장담하고 보증한 대유전이기 때문에 우리 회사도 깅키·오리온그룹에 자본참가를 했는데, 1호 시추공은 그렇다 하고, 2호, 3호 계속 파나가도 기름은 전혀 나오지 않으니…… 4호인 지금 것도 역시 시원치 않습니다. 만일 4호 시추공이 실패하면 자금면으로도 상당히 어려운 지경에 놓이게 되므로, 그게 문제입니다."

하고 엄격한 비즈니스맨의 얼굴로 돌아와 이키를 힐책했다.

"그러나 6천 제곱킬로에 이르는 그 널따란 광구를 탐광하기 시작한 지 3년 정도밖에 안 된 이 시점에서 평가하는 것은 너무 성급한 태도입니다. 좀 더 느긋한 마음으로 지켜봐 주셔야 할 것입니다."

이키는 사메지마의 비난을 능숙하게 받아넘겼다. 그러자 후앙이 물었다.

"오리온오일이 자바 앞바다에서 판 해상유전이 1호 시추공에서 성공하였고, 최근 이라크에서도 성공하여 행운이 거듭되고 있으니까 비록 4호에서 다시 실패한다고 해도 개발계획을 변경하는 일은 없을 테죠?"

"아직 목적층까지 파내려가지 않았으니까, 실패를 생각하기엔 이릅니다. 오리온오일측의 개발계획은 물론 변경이 없습니다."

이키는 자신 있게 말하면서도 현재 진행 중인 4호 시추공의 진척상황이 좋지 못한 점을 생각하니 갑자기 가슴께가 답답하게 짓눌리는 기분이었다.

*

　효도 싱이치로는 이란의 광구를 낙찰시킨 뒤, 석유부장에서 석유가스 그 밖의 연료를 통괄하는 에너지본부의 이사 겸 본부장을 거쳐 상무로, 전례 없는 빠른 승진을 했다.

　석유파동이 일어나기 전해인 1972년 말 출장지인 뉴욕 호텔에서 우연히 텔레비전을 켰다. 그때 ABC 방송의 에너지 해설자가 미국의 에너지사정을 해설한 뒤, 원유가격이 현재는 종합적으로 비싸지 않으나, 지금 사둘 필요가 있다고 한마디 덧붙여 한 말이 귀에 강하게 남아, 중동과 아프리카의 원유를 배럴당 2달러 미만의 가격으로 250만 톤 사들여, 국제적인 석유유통센터인 네덜란드의 로테르담에 있는 임대 탱크에 비축해 둔 것이 다음해 10월의 석유파동으로, 배럴당 3, 4배나 되는 비싼 값으로 뛰어올랐다. 그것을 유럽시장에 팔아서 짧은 기일 안에 1백억 엔에 가까운 거액의 이익을 가져오게 했다.

　그러한 공적으로 효도는 이사 겸 에너지본부장에서 불과 1년 만에 상무로 두 계급 특진하는 눈부신 승진을 했던 것이다. 그러는 동안 격무로 쓰러져 위궤양으로 위를 3분의 2나 잘랐으며, 한때는 몸무게가 10킬로그램이나 빠졌는데, 최근에는 완전히 회복되어 더욱더 틀이 큰 인물의 풍모를 갖추었다.

　그런데 이란의 사르베스탄 광구 개발은 낙찰된 다음해인 1971년 7월부터 탐광을 개시하였으나 아직도 약간의 유징이 보였을 뿐 상업궤도에 오를 만큼의 기름은 나오지 않아 3년마다 광구의 4분의 1을 버려야 하는 포기의무의 기일이 바로 눈앞에 다가와 있었다.

　효도는 2백 명의 부원이 있는 에너지본부를 나와 본사 빌딩 옆의 별관 안에 있는 이란석유개발로 발길을 옮겼다.

　이란석유개발은 사르베스탄 광구 개발을 하는 별개의 회사로 일본

석유개발 공사의 자본이 50퍼센트, 도쿄상사의 자본이 5퍼센트 들어가 있었는데, 사실상으로는 굴착권을 쥐고 있는 깅키상사 계열의 회사였으므로, 사장은 이키가 겸하고 효도가 중역을 겸임하고 있었다. 동시에 이란 정부와의 협정으로 이란 50퍼센트, 일본 25퍼센트, 오리온오일 25퍼센트의 비율로 현지법인인 이란 · 일본&오리온컴퍼니(INOCO)를 설립하였다. 현지의 굴착상황은 INOCO의 주사무소가 있는 테헤란에서 도쿄의 이란석유개발로 날마다 텔렉스로 알려왔다.

이란석유개발 사무실에 들어가자, 효도는 일본석유공사에서 와 있는 계획과장으로부터 일보를 받아들었다.

1974년 6월 10일 No.73 심도 4750 피트에서 억류, 일니 붕괴 심함.

오늘도 여전하단 말인가…… 효도는 속으로 초조함을 느꼈으나, 겉으로는 평소의 태연한 표정으로, 최근 1주일 동안의 일보를 다 읽었다.

일니는 지하의 지층을 파는 비트를 냉각시키는 동시에 파낸 찌꺼기를 떠오르게 하기 위해 갱내를 순환시키고 있는 진흙물이 되돌아오지 않고 흩어져버리는 현상이었다.

"상무님, 반게스탄 그루프층에 가스 유징이 있었다고는 하지만, 이렇게 일니가 심한데 앞으로 더 파들어갈 수 있을까요?"

공사에서 파견 나와 있는 계획과장은, 바야흐로 하나에 20억 엔이나 드는 유정이 또다시 헛수고로 끝날 것 같아 걱정하듯이 말했다.

"아니, 채양(유류물 회수)작업을 개시하고 있으니까, 다음 보고를 기다리세."

효도가 신중하게 대답하자,

"그러나 석유파동 후, 모든 경비가 무섭게 뛰어올라 공사와 통산성에서는 신경을 곤두세우고 있습니다."

하고 그는 앞일을 우려하듯이 말했다.

지하주차장에 이키의 차가 들어오자, 경비원들은 재빨리 자세를 바르게 했다.

"부사장님, 안녕하십니까."

"음, 일찍 나왔군."

이키는 경비원들에게 답례하고, 13층의 중역실로 올라갔다.

오전 8시 45분, 상무 이상의 중역 가운데 출근한 사람은 아직 몇 명밖에 없을 것이다. 윗자리로 승진할수록 밤에 손님 접대하는 일이 늘어나는 한편 체력의 감퇴로 출근시간이 늦어지게 마련인 중역들 중에서, 이키만은 어지간한 일이 없는 한 평사원이던 항공기 부원 시절부터 부사장이 된 오늘에 이르기까지 변함이 없었다.

장 뒤뷔페와 히가시야마 가이이의 그림이 걸려 있는, 깊숙이 들어간 중역구역의 귀퉁이 방이 이키의 방이고, 그 맞은쪽이 철강담당의 도모토 부사장의 방이었다. 사토이가 퇴임한 뒤, 석유담당의 이찌마루 부사장, 재무담당의 다카라다 전무도 차례로 퇴임하여, 부사장은 이키, 도모토, 오사카 본사에 근무하는 가네코의 3인제로 되어 전무, 상무의 연령층도 젊어졌다.

이키가 방으로 들어가자, 두 명의 여비서와 비서과장을 겸임하고 있는 하나와 시로가 일어나서 맞았다.

"부사장님, 오늘의 일정입니다."

하나와가 꽉 찬 일정표를 내밀었다. 10시부터 시작된 일정은 오후 6시 반 다이몬 사장과 함께 오사카전력 회장과 회식할 때까지 꽉 차 있었다.

 3인 부사장제로 되었다고는 하나 인사, 총무, 업무, 해외사업통괄의 네 부분을 한 손에 장악하고 있는 이키는 전임 부사장인 사토이보다 훨씬 큰 권한을 쥐고 있다. 그리고 70이 넘은 다이몬 사장을 전과 다름없이 표면에 내세우면서도, 사실상 이키가 깅키상사의 경영 전반을 지휘하고 그 스케줄을 처리해 나가고 있었다.

 남의 말 하기 좋아하는 깅키상사의 OB들은, 사토이가 물러난 뒤 다이몬은 이키에게 떠받들려서 리모트 컨트롤 당하고 있다고 '다이몬 천황기관설'을 그럴듯하게 쑥덕거렸고, 영업 부문의 중역 가운데서도 이키 밑에 너무 많은 권한이 집중되어 있다고 비판하는 사람이 있었다. 그러나 내놓고 말하는 사람은 없었고, 오히려 언제 사토이의 경우처럼 다이몬 사장을 움직여 목을 잘리게 될지 모른다는 생각으로 전전긍긍하고 있었다.

 이키는 시계를 보고 결재서류를 들추었다. 10시 후면 꽉 차 있는 일정 때문에 그 전에 결재를 해야 하기 때문이다.

 직통전화가 울렸으나, 이키는 잠시 그대로 앉아 있었다. 검토하고 있는 서류는 다른 상사의 진출이 뒤진 남아메리카 진출을 적극적으로 추진하기 위하여 선행투자를 요청하는 것이었다.

 전화벨이 계속 울려 이키는 부득이 수화기를 들었다.

 "안녕하십니까. 쓰노다입니다만, 1분 정도 괜찮겠습니까?"

 사토이를 섬기고 있었을 때와 마찬가지로, 간지럽긴 하지만 아주 충실한 태도로 물었다.

 "음……"

 이키가 서류를 읽어내려가던 중이라 건성으로 대답하자 쓰노다는,

 "여보세요, 부사장님, 형편이 좋지 않으시다면 나중에 다시 걸겠습

니다."

하고 조심스럽게 물었다.

"아닐세, 지금 서류를 결재하고 있기 때문에…… 그래, 용건이 뭔가?"

"우선 어제 올린 자제분의 결혼식을 진심으로 축하드립니다. 말씀대로 참석은 하지 않았습니다만, 가족과 친척분들만이 모인 성스럽고 깨끗한 결혼식이었으리라 믿습니다."

아부하듯이 말했다.

이키가 잠자코 있자, 어제의 결혼식 이야기를 더 이상 해서는 안 되겠다고 생각했던지 쓰노다는 갑자기 목소리를 낮추어,

"저, 그리고 부사장님, 이런 말씀을 드려도 좋을지 모르겠습니다만 다이몬 사장님이 요즈음 면화 투기에 꽤 크게 손을 대고 계신 것 같은데, 알고 계십니까?"

하고 물었다.

"가네코 씨한테서 좀 듣기는 했네만, 액수가 큰가?"

"그 일에 대한 자세한 내막은 다이몬 사장님의 뜻을 직접 받아서 움직이고 있는 면화부장밖에 모를 것으로 생각됩니다만, 입이 무거워서 말하지 않습니다."

"그런가? 오늘 4시 비행기로 내가 오사카에 가니까, 사장님께 신중히 해주십사 말씀드려 보겠네."

"그렇게 해주신다면 다행이겠습니다. 어쨌든 다이몬 사장님은 나이가 드실수록 완고해지셔서 이키 부사장님 말씀 말고는 귀를 기울일 생각을 안 하시니까요. 그럼 잘 부탁드리겠습니다."

쓰노다는 공손한 어조로 말하고 전화를 끊었다. 다이몬의 투기취미는 깅키상사의 규모가 거대해지고 국제화된 뒤에도 그칠 생각을 않

고, 그 감각도 그다지 쇠퇴한 것 같지 않았다. 그러나 투기상품을 사고팔고 하는 것은 1970년대의 대상사의 톱으로서는 이제 더 이상 통하지 않는 터였다.

그러나 다이몬에게 그런 말을 하는 것은 금기였고, 이키도 못마땅하게 여기면서도 투기가 다이몬에게 남겨진 유일한 삶의 보람인 만큼 좀처럼 말을 꺼내지 못하고 있던 참이었다.

"부사장님, 효도 상무가 말씀드릴 일이 있다고 와 계신데요."

비서가 와서 전했다. 효도는 방에 들어오자마자,

"4호 시추공에 대해 더욱 좋지 않은 텔렉스가 들어왔습니다."

하고 무거운 목소리로 말했다.

"하지만 기름이 있을 것으로 여겨지는 목적층에는 이르지 못한 것 아닌가?"

기름이 저류되어 있는 것으로 여겨지는 아스마리층, 살바크층은 심도 5천 내지 8천 피트 사이에서 출현하는 것으로 예상되고 있었다.

"그런데 4천 3백 피트쯤부터 붕괴성이 강한 이암층에 부딪쳐 이수 비중을 내려 신중히 파내려갔습니다만, 오늘 테헤란에서 온 일보에는 4,750피트에서 일니가 시작되어 비중을 다시 내렸으나, 붕괴로 인해 억류되어 굴관을 지상으로 끌어올리려 해도 꼼짝달싹하지 않는 상태에 놓여 있답니다. 게다가 이수의 비중을 내렸기 때문에 언제 폭발할지도 모르는 상태에 직면해 있다는 것입니다."

"만일 폭발하면 철탑째로 날아갈 위험성도 있다는 건가?"

"예…… 모든 방도를 다해도 효과가 없다면 폐갱 조치를 취할 수밖에 없겠습니다."

"뭐, 폐갱!"

이키는 깜짝 놀랐다. 생각하면 처음 1년간을 소비하여 행한 항공촬

영, 지질조사 등의 물리탐광단계에서는 11개의 유력한 구조를 확인하고, 큰 기대를 가지고 1호 시추공 시굴에 착수한 것이었는데 1호 시추공은 약간의 가스징과 유징을 보았을 뿐 실패로 끝났고, 2호 시추공은 기름 냄새조차 맡을 수 없는 완전한 드라이 홀이어서 3호 시추공으로 옮긴 것이다.

다행히 처음부터 1호 시추공을 능가하는 가스징이 있어 한때는 활기를 띠었으나, 결국은 상업베이스에 미치지 못하는 약간의 기름이 나왔을 뿐이므로, 다시 처음부터 새로 검토하여 이번에는 하고, 배수의 진을 치고 착수한 4호 시추공도 목적층에 도달하기도 전에 일니 현상에 막혀 심각한 사태에 빠졌다는 것이다.

시추공 하나를 팔 때마다 10억 내지 15억 엔의 막대한 자금이 물거품처럼 이란의 흙속으로 사라지고, 석유파동 이후로는 굴착자재, 인건비의 폭등으로 당초의 자금계획은 큰 차질을 가져오고 있었다. 효도는 크게 한숨을 쉬며 말했다.

"오리온하고도 의논을 했지만, 탐광개시 후 3년 동안에 기름을 발견하지 못하면 광구의 4분의 1을 포기해야만 하는 포기의무기일이 앞으로 한 달 남아 있으므로, 좀 더 경과를 본 다음에 현지에 갔다 오겠습니다."

"음, 그렇게 해주게."

이키는 쫓겨 구석으로 몰리는 심정으로 고개를 끄덕였다.

다이몬은 오사카 본사 사장실의 소파에 누워, 와이셔츠 자락을 걷어올리고 남자 비서를 시켜 허리뼈 부분에 고약을 갈아붙이게 하고 있었다.

"앗, 아앗, 아…… 왜 좀 더 잘 붙이지 못하나? 그렇게 막 붙이면 허리에서 발끝까지 울린단 말이야. 허리뼈를 다치지 않도록 살살 붙이게."

골프 경기를 하다가 페어웨이의 풀밭 가파른 비탈에서 무리하게 골프채를 휘두르는 순간에 허리뼈를 다치고 만 것이다. 정형외과의 진단으로는 노인성 골조송증으로 병원에 다니면서 운동요법과 온열요법을 받아야만 한다는 것을 병원에 다니기를 싫어하는 다이몬은 겨우 닷새 동안만 다니고, 앞으로는 고약으로 치료하겠다는 것이었다.

"영 손끝이 무뎌서 죄송합니다. 이쯤하면 되겠습니까?"

비서는 다이몬의 제4, 제5허리뼈 부분에 고약을 살짝 붙이고 쓰다듬었다.

"그렇지. 그 요령으로 빨리 낫도록 두세 장만 더 붙여주게."

"사장님, 시합에서 멋진 플레이를 하시는 것도 좋지만, 몸도 좀 생각하셔서 자중하시기 바랍니다. 이번과 같은 일이 있게 되면 저희들은 안심하고 사장님의 골프 계획을 짤 수가 없습니다."

비서는 다이몬의 기분이 상하지 않도록 조심스럽게 말했다.

고약을 붙이고 난 다이몬은 비서의 부축을 받아 몸을 일으키고, 와이셔츠자락을 다시 내리게 하여 윗옷에 팔을 끼고는,

"이바라가 늦는군. 언제 오는가?"

하고 면화부장 이바라의 일을 물었다.

"면업회관에서 이집트의 면화회의에 출석했을 때의 보고를 겸한 간담회가 있는데, 3시쯤 돌아온다고 합니다."

"좋아, 돌아오거든 곧 내게로 오라고 하게."

그리고 다이몬은 허리를 다칠세라 살살 움직여 회전의자에 앉더니, 책상 위의 커다란 시세동향 그래프를 보고 미소를 지었다. 소련 면을 중심으로 대대적인 투기를 벌이고 있는 다이몬으로서는, 요즈음 하늘

높은 줄 모르고 치솟는 괘선을 보고 있으면 황홀한 흥분을 느껴 젊은 날의 투기꾼 기질이 되살아나는 듯한 기분이었다.

책상 위에 펼쳐놓은 괘선은 1960년 이후의 변화시세를 기록한 그래프였다. 검은 띠와 같은 사선은 일본의 면화시세를 지배하는 오사카의 시중 시세의 형성치를 나타낸 것이고, 가는 흑선은 세계의 면화시세를 지배하는 뉴욕 면화거래소의 정기시세, 빨간 선은 세계의 공급량을 나타내고, 파란 선은 세계의 수요량을 나타내는 것이었다.

다이몬은 그 네 개의 선 중, 뉴욕 정기시세의 움직임을 쫓아가보았다. 1960년에서 72년 가을 무렵까지의 약 12년 동안은 30센트 선을 오르내리면서 괘선의 움직임 폭이 적었으나, 그 후 꾸준히 올라가 지난해 중순 무렵에는 55.6센트가 되고, 10월의 석유파동 후부터는 더 앙등해서 바야흐로 85센트가 되어 2년도 채 안 되는 동안에 3배에 가까운 비싼 값을 이루고 있었다.

문을 두드리고 면화부장인 이바라가 들어왔다. 국내거래만 하는 면사와는 달리 면화는 해외주재의 경험자가 많아서 이바라도 화려한 줄무늬 양복을 맵시 있게 입고, 서글서글한 큰 눈에 생기가 넘쳐 있었다. 다이몬은 책상 위의 괘선을 굵은 손가락으로 가리키며,

"어떤가, 내 예상대로 85센트 선에 올랐지 않은가."

하고 자랑스럽게 말했다.

"정말이지, 사장님의 예측에는 놀랐습니다. 하지만 이쯤에서 팔 때라고 생각합니다만."

이바라는 계속 올라가는 높은 시세도 이제 한계에 다다른 것으로 판단하고 있었다.

"아니야, 석유값이 오름에 따라 모든 생산 코스트는 더 오를 것이고, 더구나 면의 생산고가 6천 4백만 상자, 수요량이 6천 2백만 상자

라는 근소한 차이니까 아직은 괜찮아. 콩 밀 옥수수의 오늘 시세는 어떤가?"

다이몬은 면화시세에 관련된 국제 투기상품의 값을 물었다.

"콩이 5달러 31.25, 밀이 4달러 50, 옥수수가 3달러 25.5로 되어 있습니다."

"그것 보게, 다 오름세 아닌가? 내 육감으로 면은 1861년의 남북전쟁 때 1달러 시세였지만, 이번에도 금세기 최고인 1달러 시세를 이룰 것으로 보네."

"하지만 그것은 면 백 년 역사 중에 단 한 번 있었던 일이니 저는 역시 이쯤에서 파는 게 좋을 것 같습니다."

"아니야, 천재일우의 기회일세. 틀림없이 1달러인 최고시세까지 올라갈 테니까, 마음 놓고 소련 면을 더 사게! 내가 책임을 지겠네."

다이몬은 사들이라는 지시를 내렸다. 소련 면은, 미국 면이 선적확보가 불가능할 정도로 선박사정이 어려워지고 있는 가운데 선박과 기름을 부담해 준다는 조건을 내세운 거래였다.

"그러나 사장님, 오사카 고베 나고야의 창고는 가득 차서 사들여도 이제는 보관할 창고도 없습니다."

화재를 일으키기 쉬운 면화는 방화설비가 되어 있는 특수창고를 필요로 한다.

"그렇다면 시미즈 항으로 돌리면 되잖나."

다이몬은 나무라듯이 말했다. 이바라는 입사 이후 오로지 면화부에서만 근무하여 미국 전체의 면화지대를 돌면서 직매도 했고, 47세 때 달라스 지사장에서 면화부장이 된 수완가였다. 그는 칠순이 넘은 다이몬의 몸에 그 옛날 투기꾼의 기질이 되살아나고 있음을 느끼고, 이제는 막을 수 없는 일이라고 생각했다.

이바라 면화부장이 사장실을 나가고, 잠시 후에 이키가 모습을 나타냈다. 오늘 밤 오사카전력의 회장과 만나서, 사르베스탄 광구의 부대조건인 LNG 도입에 대해서 간담을 나누기 위해서였다.

"사장님, 허리를 다치셨다는 말을 들었습니다만, 좀 어떠신지요?"

이키가 인사삼아 물었다.

"약간 접질렸을 뿐인데, 주위 사람들이 공연히 야단스럽게 그러는 모양일세."

다이몬은 조금 전에 아프다고 비서에게 고약을 붙여달라던 일은 일절 내색하지 않고,

"네 번째 시추공은 어떻게 되는 건가? 이번에는 문제없다고 하더니, 영 반가운 소식이 없지 않은가?"

하고 처음부터 기름이 나오지 않는 것을 따졌다.

"사장님, 네 번째 시추공은 아직 반밖에 파지 않았으므로 좀 더 긴 안목으로 보아주십시오."

"긴 안목이라곤 하지만, 이번까지 50억을 시궁창에 버리고 태평스럽게 바라보고만 있을 수는 없잖은가. 네 번째는 반드시 기름이 나오는 거지?"

"현지에서 온 보고로는 가스층, 수층(水層)이 상당히 확인되고 있어 유망하다고 합니다."

사실은 효도와 이야기를 나눈 것처럼, 만일의 경우에는 폐갱마저 예상되는 어두운 전망이었으나, 다이몬에게 있는 그대로를 말하면 투덜대는 소리를 듣는 게 고작일 것이다.

"그렇다 하더라도 처음에 하던 이야기하고는 너무 다르지 않은가. 오사카전력은 내 얼굴만 보면 아직 안 나왔느냐고 묻는 게 인사가 되었는데, 그럴 때마다 난처하기 이를 데 없네. 오늘 밤 LNG의 이야기

를 할 때도 반드시 물을 텐데, 잘 설명할 수 있겠지?"

다이몬은 다짐하듯이 말했다.

"그 점은 제가 잘 설명을 하겠습니다. 그동안 기름에 관한 지식도 익혔으니까요."

이키는 침착하게 대답하고 나서,

"사장님은 면화 쪽에서 상당히 큰 투기를 하고 계시다는 말을 들었습니다만."

하고 말했다. 그러자 다이몬은 기분이 좋아져서 싱글거렸다.

"그렇다네, 소련 면으로 굉장히 벌었네."

"네? 소련 면으로요……"

이키는 놀라움과 동시에 불쾌한 생각이 들었다.

"자네는 소련이라면 싫어하네만, 장사에 개인감정을 내세우면 손해 보네. 소련 면은 미국 면에 비해 품질에 손색이 없는데다 배편과 기름까지 부담해 준다네. 다른 것은 석유파동 후 배편이 없거나, 있어도 운임이 비싸거나 한데, 이렇게 유리한 장사가 어디 있겠나?"

"하지만 사장님, 면화투기도 이쯤에서 손을 떼시는 게 어떻습니까?"

"왜, 소련 면이라 마음에 안 들어서 그러나?"

"그보다 석유파동 후 상사의 모럴이 자주 거론되고 있는 때이므로, 사장님께서 직접 투기를 하고 계시다는 사실을 신문기자들이 알아차리는 날엔 상사를 때리는 데 좋은 재료가 될 것 같아서……"

그러자 다이몬은 화난 얼굴로,

"투기의 '투' 자도 모르면 투기에 참견을 말게. 상사에서 취급하는 큰 국제상품, 콩, 밀, 옥수수 등의 곡물, 커피, 동, 주석, 은이 모두가 투기상품이야. 아무튼 상사원에게서 투기감각을 빼고 나면 무엇이 남겠나? 투기감각이 없는 상사원은 실격일세."
　하고 퉁명스럽게 말했다.
　다이몬의 말에도 일리는 있었지만, 이키는 최근 다이몬과 자기 사이에 사물을 보는 각도나 판단하는 방법에 갑자기 거리감이 생기고 있음을 느꼈다.

　교토 오하라의 쟈코원은 비에 젖은 신록에 싸여, 산문으로 이어진 긴 돌층계에 연푸른 빛깔이 뚝뚝 떨어지는 것 같았다.
　"어머, 연둣빛 물방울이 뚝뚝 떨어지고 있는 것 같군요. 역시 여기까지 안내해 달라길 잘했어요."
　후앙 베니코는 가지를 뻗은 단풍나무 밑에서 발길을 멈추고 아키츠 지사토를 돌아다보았다. 오전에 느닷없이 베니코한테서 전화가 걸려왔다. 비와 호반에 국제 체인의 호텔을 신축할 예비 답사차 왔는데 비 때문에 중지되었으니, 교토 관광을 좀 시켜주었으면 고맙겠다고 말했다. 그래서 라쿠호쿠의 시센당, 만쥬원으로 하여 오하라의 산센원을 돌아서 다시 쟈코원까지 발길을 옮긴 것이었다.
　"날이 갰으면 나뭇잎 사이로 햇살이 비쳐서, 돌층계가 녹색으로 물이 들어요. 하지만 비 때문에 관광객이 적어서 정말 조용하네요."
　베니코는 자바 사라사의 차이나드레스, 지사토는 오프화이트의 슈트 차림으로 비에 젖은 신록 속을 우산을 받고 돌층계를 올라갔다.
　두 사람의 모습은 마치 그곳만을 도려낸 그림처럼 선명했다.
　산문을 들어서니 경내 정면에 쟈코원 본당이 그림처럼 서 있고, 본당에서 왼쪽으로 꺾이는 오솔길로 들어서자 해묵은 삼목이 둘러 선 평지에 '고안시쓰 유적'이라 적힌 비석이 서 있었다. 겐레이몬인이 살던 암자는 지금은 없어졌고, 잔돌을 쌓은 이끼 낀 돌담만이 옛 모습을 전해 주고 있었다.

일찍이 최고의 영화를 누렸던 다이라노 기요모리의 딸 노리코는 다카구라 천황의 황후가 되어 안토쿠 천황을 낳았다. 단노우라 싸움에서 헤이케 일족의 마지막이 왔음을 깨달은 그녀는 어린 안토쿠 천황과 함께 물에 빠져 목숨을 끊으려고 했다. 그런데 그 검고 긴 머리채가 겐지의 군사 갈퀴에 끌어올려져서 본의 아니게도 다시 살아나자, 삭발하고 겐레이몬인이란 이름으로 이 암자에서 생애를 마친 것이다.

"이렇게 깊은 산속의 오하라 땅에서 29세로 비구니가 되어 그대로 생애를 마쳤다니 죽기보다도 외로웠을 거예요."

베니코가 차분한 목소리로 말했다.

"겐레이몬인은 산골이라 외롭겠지만 도회지에 살면서 슬픈 소식을 듣기보다는 낫지 않겠느냐며, 암자를 짓고 염불로 나날을 보냈다는 거예요. 어느 가을밤, 뜰에 떨어져 깔린 낙엽을 밟는 발소리가 들려 시녀에게 찾아온 사람이 있는 모양이라고 나가보라고 하였더니, 그것은 새끼사슴이 지나가는 발소리였답니다. 지난날의 영화는 물거품처럼 사라지고 아무도 찾는 이 없는 외로운 생활…… 헤이케 모노가타리에도 '뉘 알았으랴, 두메산골에 살면서 궁궐의 달빛을 여기서 볼 줄이야' 라고 한 겐레이몬인의 노래가 있어요."

지사토의 말에 베니코는 보슬비 속에 쓸쓸히 서 있는 비석을 물끄러미 바라보며 물었다.

"지사토 씨의 오라버니께서는 승적에 들어가 히에이 산에서 수도를 하신다면서요? 여기서 히에이 산이 보이나요?"

"날씨가 좋은 날은 잘 보이지만……"

히에이 산 쪽을 바라보니, 갠 날에는 바로 옆에 있는 것처럼 가까이 보이던 산줄기가 잿빛으로 흐려져 희미한 윤곽마저도 보이지 않았다.

비 오는 오늘도 오빠는 가슴의 병이 완치되지 않은 몸으로 행의를 입고 짚신을 신은 채 고행을 하고 있으려니 생각하니 가슴이 미어지는 것만 같았다.

"어머, 미안해요. 괜한 이야기를 물어봐서……"

"괜찮아요. 그보다도 본당 옆의 서원에서 우리 조금 쉬어가도록 해요."

지사토는 그렇게 말하고, 오던 길을 되돌아서 서원의 툇마루에 걸터앉았다. 비구니가 차를 들고 나와,

"길도 나쁜데 잘 오셨습니다. 천천히 쉬었다 가세요."

하고는 미닫이문 안으로 모습을 감추었다.

따끈한 차를 마시면서, 베니코는 나이를 먹었는데도 머리를 단발로 짧게 잘라 어려 보이는 얼굴로 물었다.

"이키 씨의 아드님, 이번에 결혼한 것 아세요?"

"네, 베니코 씨 내외분께서 돌봐주셨다면서요?"

"신부가 인도네시아 여자란 점도 있었지만, 마코토 씨의 남자다움에 감탄하여 자청해서 나선 것이었어요. 누구나 결혼을 해야 안정을 찾는것 같아요. 당신도 이제 그만 이키 씨와 결혼하시면 어때요?"

지사토는 이란의 국제입찰을 둘러싸고 깅키상사가 고립되어 있을 때, '입찰이 일단락될 때까지 기다리겠습니다' 하고 자기 입으로 말했고 이키도 고맙다고 말했는데, 아직도 이키는 확실한 이야기를 꺼내지 않고 있었다.

잠자코 있는 지사토에게 베니코는,

"아니면 지사토 씨, 새 애인이라도 생긴 것 아니에요?"

하고 물었다.

"설마…… 이키 씨와 내 사이는 이미 결혼이니 뭐니 하는 땐 지났는

지도 몰라요."

"마치 해탈한 듯한 말씀을 하시는군요. 당신처럼 아름답고, 여류 도예가로서 한창 일하고 있는 분이."

사실 베니코의 말처럼, 이키와 깊은 사이가 되고 나서부터는 그 사랑으로 괴로워하고, 고민하고, 번뇌에 몸부림치는 일이 있었지만 지금은 그것이 작품의 양식이 되어 크게 발전하고 있는 것이다.

"해탈이라니요…… 솔직히 말해서 내가 도예 일을 하고 있으니까 아무리 마코토 씨와 나오코 씨가 독립했다고 하더라도 이키 씨와 결혼하면 어머니로서의 배려도 해야 할 것이니, 아내와 어머니, 그리고 도예가의 세 가지 역할을 해나가지 않으면 안 된다고 생각하면 귀찮고 자신이 없어요. 그분의 탓이 아니고 제작활동을 침해받고 싶지 않다는 마음도 있어요."

지사토는 가슴속에 있는 생각을 하나씩 끌어내듯이 말했다.

"지사토 씨는 보기보다도 자아가 강한 분이군요."

베니코는 그렇게 말하고 뜰 쪽으로 시선을 돌렸다.

"나, 지사토 씨와 처음 만났던 때의 일을 지금도 기억하고 있어요. 긴자의 가게에 이키 씨와 오셨을 때, 이키 씨와 지사토 씨가 서로 호의 이상의 감정을 품고 있다는 것을 금방 알았어요. 그로부터 벌써 몇 년이 지났네요. 이키 씨는 부인을 잃은 뒤로 결혼하자는 말을 안 하시던가요?"

"아뇨."

"남자란 멋대로군요. 하지만 같은 여자 입장에서 볼 때, 그동안 지사토 씨 자신이 강하게 요구하고 나서지 않았다니, 이해할 수 없군요. 부인이 죽은 뒤로는 두 사람 사이에는 결혼을 가로막는 것이 아무것도 없잖아요."

"우리 사이에는 부인이 죽었다는 그 자체가 결혼을 가로막고 있는 것인지도 몰라요."

그러면서 지사토는 이키의 아내가 교통사고로 죽기 직전, 자기 일로 부부가 불쾌한 말다툼을 한 모양이었다는 이야기를 했다.

"어머, 그런 일이 있었군요. 두 분 다 마음에 굉장한 멍에를 지고 계셨군요……"

하고 베니코는 입을 다물었다. 찾아오는 사람도 없는 산속 비구니의 절에서, 두 사람은 말없이 빗소리에 귀를 기울였다.

이키는 교토를 향해 비가 무섭게 퍼붓는 한밤의 메이신 고속도로를 택시로 달리고 있었다.

9시에 오사카전력의 회장과 기술담당 전무를 접대한 연회가 끝났고, 그후 오사카 본사의 총무, 인사부의 부·과장들을 위로하기 위해 기타(北)의 클럽에서 술을 마시고, 일단 호텔에 들렀다가 지사토의 집으로 향하는 길이었다.

오사카전력의 연석에선 사르베스탄 광구의 시굴이 4호 시추공에 이르러서도 여전히 유징이 나오지 않는 점을 이것저것 추궁 받았지만, 이키는 납득이 가도록 설명했다. 다행히 오사카전력이 대규모 수요자로서 출자하고 있는 가티 살란의 LNG 프로젝트는 석유파동 이전에 액화냉동 기술의 특허를 가진 프랑스의 에라프 사와 제휴하여 냉동비축 탱크기지의 건설과 영하 162도로 액화한 가스를 일본으로 운반하기 위한 LNG 전용 탱커의 발주를 시작하고 있었기 때문에, 전체 경비의 상승이 LNG의 가격에 영향을 미친다고는 하지만, 다른 상사들이 앞으로 중근동에서 개시하는 가격하고는 비교도 되지 않는 싼값이었다. 따라서 4년 전 깅키상사가 LNG 도입을 권했을 때 소극적이었던 오사카전력은, 바야흐로 에너지 위기에 선견지명을 가지고 대처한 기업으로 평가되어, 그것이 오사카전력을 만족시키고 있었기 때문에 4호 시추공에 대해서는 다이몬이 염려했던 만큼 끈질기게 추궁하지는 않았다.

비가 억수같이 쏟아지는데도 택시운전사는 상당한 스피드를 내어 달렸다. 이키는 기분 좋은 취기에 꾸벅꾸벅 졸고 있었다. 갑자기 끽! 하고 브레이크 밟는 소리가 나면서 몸이 앞으로 쏠렸다. 순간, 좌석 등받이를 잡고 앞쪽을 보니, 차체가 공중에 뜨고 가드레일이 눈앞으로 다가왔다. 운전사는 필사적으로 브레이크를 밟고 핸들을 꺾었다. 그러나 순식간에 거리는 좁혀져 이제는 틀렸구나 하는 생각과 동시에 이키의 눈앞에 지사토의 얼굴이 스쳐갔다. 그러자 덜컹 하는 소리와 함께 가드레일 바로 앞에서 차가 멎었고, 뒤따라오던 차가 급브레이크 밟는 소리를 내면서 아슬아슬하게 옆으로 비켜 지나갔다.

"어떻게 된 건가? 너무 난폭하지 않나?"

이키는 자기도 모르게 소리를 질렀다. 운전사도 어지간히 충격을 받았던 모양으로 말도 못하고 새파래진 얼굴에 진땀을 흘렸다.

"또 뒤차가 오면 위험하네. 떠받치지 않도록 조심하게."

하고 말하자, 운전사는 그제야 제정신이 드는지 진땀을 닦고 호흡을 가다듬은 다음 차를 움직였다.

이키는 앞유리의 와이퍼를 지켜보면서, 차가 가드레일에 부딪칠 뻔했을 때 자기 눈앞에 떠오른 것은, 아들 마코토도 아니고 딸 나오코도 아닌 지사토의 얼굴이었던 것을 되새겨보았다. 그대로 뜻하지 않은 죽음을 당했더라면 지사토와의 관계를 아직도 분명히 해놓지 않은 자기는 지사토에 대해 아무런 책임도 보상도 하지 않은 채 끝나버렸을 것이다.

쏟아진 비로 탁류를 이루고 있는 도랑 근처 지사토의 집 앞에서 택시를 내리자, 지사토는 곧 우산을 들고 나와 맞아들였다.

"혼나셨죠? 이 빗속을 오시느라고."

"음, 연회가 끝난 뒤에 젊은 사람들과 한잔하다 보니, 그만 늦어버렸소."

안으로 들어가자, 지사토가 뒤로 돌아 윗옷을 벗기고, 타월로 어깨 부분의 빗물을 닦았다. 그런 동작에서는 오랜 세월을 함께 살아온 부부와 같은 친근함이 엿보였다.

"술 좀 깨시게 물 드시죠."

지사토가 부엌에서 냉수를 컵에 떠가지고 왔다. 이키는 그것을 단숨에 들이켜더니,

"하나와 군으로부터 무슨 연락이 없었소?"

하고 물었다.

"아뇨, 오늘은 아무 연락도……."

"그럼 우선 전화를 걸어야겠군."

이키는 전화기에 손을 뻗었다. 전무시절까지는 조심해서 지사토의 일을 비서에게도 숨겨왔으나, 부사장이 되고 회사 전체의 업무를 보는 입장이 된 뒤로는 24시간 내내 거처를 분명히 해둬야만 하게 되어서, 지사토와의 일을 털어놓을 수 있고, 또 그것을 이해하고 빈틈없이 지켜주는 심복비서가 필요해졌다. 부사장 비서로서의 유능한 인재는 얼마든지 있었지만, 문제되기 쉬운 남녀의 사생활까지도 이해하고 회사 안의 시선에서도 지켜줄 사람이어야만 했기 때문에 여러모로 생각한 끝에 뉴욕 주재의 하나와를 택했던 것이다.

부사장 비서가 된 하나와는 세심한 주의를 기울이면서 겉으로는 예사로운 태도로 이키와 회사 안팎의 연락을 재치 있게 처리하여, 벌써

알려졌을 지사토와의 관계를 오늘날까지 숨겨주고 있는 것이다. 하나와의 자택 전화는 한동안 통화 중이었으나, 두 번째 걸었을 때 통화가 되었다. 하나와는 이키의 목소리를 듣자 반색했다.

"마침 그쪽으로 전화를 걸려던 참이었습니다. 쓰노다 전무가 오늘 밤 네덜란드 대사관에서 열린 리셉션에서 반가운 정보를 듣고 오사카의 호텔로 전화를 걸었으나 방에 안 계시니 어디로 연락하면 되느냐고 끈질기게 묻길래 극비리에 모 요인과 만날 약속이 있으시다고 대답해 두었습니다."

"그런가? 그럼 내일 8시에 호텔로 가 있겠네."

"알았습니다. 그럼 편히 주무십시오."

불필요한 말은 한마디도 하지 않은 채 하나와는 전화를 끊었다.

"이제 목욕이나 좀할까? 목욕물은 준비되었겠지?"

"네, 약간 식었겠지만 불만 좀 넣으면 금방 더워질 거예요. 오늘 베니코 씨가 오셨었어요."

"뭐라고? 그 여자가 교토에 무슨 일로 왔지?"

이키는 놀란 표정으로 중얼거렸다.

후앙 깐천과 함께 마코토의 결혼 청첩인이 되어준 베니코는, 교토에 간다는 말은 물론 지사토를 만나겠다는 말 따위는 비친 적도 없었다.

"국제호텔 체인의 일로 비와 호까지 오셨다가 갑자기 전화를 거신 거예요. 그분다운 일이지요."

"당신의 작업이나 시간여부는 아랑곳없이 불러내다니 정말 괴상한 사람이군. 그래, 함께 어딜 갔었소?"

무슨 말을 지껄여댔을지 알 수 없는 베니코인지라, 이키의 마음은 다소 불안했다.

"오하라 시골 근방 쟈코원에서 편안하게 쉬다 왔어요."

"쟈코원이라, 그 여자하고는 어울리지 않는 곳이군."

"하지만 얘기를 나눠보니까 화려한 겉모습과는 달리 꽤 솔직하고 순수한 면이 있는 것 같더군요. 오랜만에 여자끼리 격의 없이 지껄이다 보니, 그런대로 즐거웠어요."

"당신에게도 그런 면이 있었던가? 아무튼 목욕이나 하고 오겠어."

여자들끼리 했을 말에 이키는 은근히 부끄러운 생각이 들어 얼른 욕실로 가버렸다. 목욕을 마치자 이키는 풀이 잘 먹은 잠옷으로 갈아입고 안방에 마련된 잠자리 속에 몸을 뉘었다.

교토로 오는 사이 억수같이 퍼붓던 비는 이미 그쳤으며, 대신 시원한 바람이 불어와 이따금 덧문이 덜커덩거렸다.

"당신, 오사카에 출장 오셔서 선약이 되어 있는 호텔을 비워둔 채 곧장 이리로 오셔서 꽤 신경 쓰일 거예요."

지사토는 베갯머리에 놓인 스탠드를 끄면서 염려스럽다는 듯이 말했다. 그렇지만 지사토더러 자기가 묵는 호텔로 와 달라고 말할 수는 없었다. 간사이 지방으로 와서 지사토를 만나려면 무슨 수를 써서든 자기가 찾아와야만 한다. 지금이 바로 그런 상태로서, 그것이 지사토에게 보여줄 수 있는 최대한의 성의 표시였다.

"그런 것은 나 혼자만의 문제니까, 아무 염려 말아요."

이키는 이렇게 말하며 지사토에게 손을 뻗었다.

"오늘 이리로 오는 길에 택시가 미끄러져 하마터면 가드레일에 부딪칠 뻔했지."

이키는 명주 다발 같은 지사토의 긴 머리를 쓰다듬으면서 말했다.

"어머, 저런! 그래, 다치신 데는 없나요?"

"그야말로 간발의 차로 저승행을 면했다면서 운전사는 식은땀을 흘리더군. 그 당시에는 나도 죽는 줄만 알았어. 만약 그때……"

돌연 지사토가 몸을 굳히며 이키의 입에 손가락을 대며,

"싫어요, 그런 얘긴 듣고 싶지 않아요."

하고 재빨리 가로막았다. 이키는 그런 지사토의 손을 양손으로 살포시 감싸 쥐었다.

"그럴 거야. '이란의 광구 입찰을 매듭짓는 대로'라고 약속해놓고도 줄곧 시간이 없다는 구실로, 또 당신에게 도예라는 훌륭한 일이 있으니까 괜찮을 거라면서 미뤄 왔지만 이제부터 우리 두 사람의 문제를 진지하게 생각해봐야겠다는 마음이 절실해졌어. 어때, 당신도 좋지?"

"당신……"

지사토는 이키의 가슴에 얼굴을 파묻었다.

석유와 면화

효도는 이란석유개발의 현지회사인 INOCO 탐광부 차장인 우치다와 함께 사르베스탄 광구의 현장으로 가고 있었다.

시라즈 공항에서 사르베스탄까지 2백 킬로미터의 길을 자동차로 달리고 있는 효도의 마음은 육친이 위독하다는 소식을 듣고 달려가는 때와 같았다.

이틀 전 4호 시추공이 세 번째 역류를 일으켜 굴진할 수 없다는 텔렉스를 받자마자 곧 도쿄에서 테헤란으로 날아왔다. INOCO의 주사무소에서 오리온오일의 탐광부장과 의논한 결과, 만약 굴관의 채양작업이 실패한다면 폐갱하는 수밖에 없다는 곤란한 결론에 부딪쳤다.

그러나 만약 다시 한 번 굴관의 백업(틀어올리기)을 시도하여 성공만 하면 계속 굴진할 수 있다. 효도는 거기에 한 가닥 희망을 걸고 있었다.

몇 개의 마을을 지나자 핑크빛으로 반짝이는 호수가 나타났다. 암염이 따갑게 내리쬐는 햇볕을 반사하여 핑크빛으로 빛나는 솔트레이크였다. 효도는 그 신비로운 아름다움에 눈길을 주었으나 예전처럼 넋을 놓고 바라볼 만한 마음의 여유는 없었다.

한 시간쯤 달려가니, 주위에 구릉 같은 낮은 산줄기와 험준한 산맥이 번갈아 겹쳐져 있는 것이 보였다.

구릉의 산줄기는 아스마리 층이 나와 있는 곳이고, 치솟은 산맥은 그루프 층이 나와 있는 곳으로 이것은 이란의 석유광구만이 지니는 독특한 지질구조였다.

차는 토막지대 가운데의 외줄기 포장도로를 벗어나 트럭이며 덤프차의 큰 타이어 자국이 있는 흙바닥 길로 들어섰다

사방 어디를 봐도 나무 한그루 풀 한포기 없는 토막지대 한가운데에 높이가 3미터나 되는 시굴정 철탑이 솟아 있다. 그 주변에는 붉은 페인트를 칠한 자재창고가 세워져 있고 시멘트 부대가 쌓여 있었다.

그리고 철제 파이프나 굴관, 비트 등이 구경 크기대로 줄지어 있었다.

하루 24시간 내내 오르내리던 기중기와 귀가 멍해지도록 시끄럽던 엔진 소음이 그쳐 있었고, 지상 6미터 높이로 있는 철탑의 드릴링 플로어(굴착작업대)에조차 인부들의 모습이 없었다. 효도는 불길한 예감을 가눌 수 없었다.

"꽤 조용하군. 어찌된 거지?"

베테랑 지질 기술자인 우치다가 대답했다.

"어쩌면 채양이 잘되어 DST(굴관 테스트)를 검토하는 중인지도 모르겠습니다."

그러나 분위기가 너무나도 조용하여 효도의 불안은 더욱 커지기만 했다.

현지 인부들이 주거하는 양피를 무두질한 거무튀튀한 천막과 기술자들이 거주하는 트레일러하우스는 따로 떼어져 있었다. 효도 일행은 트레일러하우스 앞에서 차를 멈추고 내렸다. 우치다는 현장책임자인

마이켈의 모습을 찾았다. 붉은 체크무늬 셔츠와 바지에 줄자를 쑤셔 넣은 차림으로 작업이 끝나면 털이 수북한 손에 수수깡 파이프를 들고 있는 것이 트레이드마크처럼 되어 있는 사나이였다.

"안 보이는데요. 아마 트레일러하우스 속에 있겠지요."

우치다는 그렇게 말하며 마이켈을 찾아 트레일러하우스로 들어갔다.

마이켈은 텍사스 사투리가 섞인 영어로 무선교신 중이었는데, 두 사람을 보고는 반색했다.

"아, 마침 잘 왔네. 마침 테헤란 사무소의 채광부장인 메일러가 자네와 통화하고 싶다는데."

"여기는 효도, 오버."

하고 부르자, 잡음에 섞여 탐광부장 메일러의 목소리가 들려왔다.

"30분 전, 현장에서 다시 굴관에 백업을 걸었지만 듣지 않는다. 이 이상 거듭하면 압력이 걸려 위태롭다고 한다."

"DST는 했는가?"

효도는 초조한 듯이 물었다.

"아니, 테스트할 수 있는 상황에 이르지 못했다."

"하지만 백업을 잘 걸면 채양이 가능하지 않겠나?"

"불가능하다. 이젠 굴관이 가능할 때까지 뽑아 회수하고 폐갱하는 수밖에 없다."

INOCO의 대표인 효도의 결단을 요청하듯이 말했다.

"기다려 주게, 우치다와 마이켈의 의견을 참고하고 난 후에 결정하겠네."

효도는 잡음투성이의 무선기를 들고 결단을 미루려고 했다.

"효도, 이제 우린 마이켈의 의견을 존중해야만 하네. 마이켈도 온갖 방법으로 시도해 보았으나 이 이상은 위험하다고 말했네. 시간이 지나 억류가 심해지면 굴관의 채양작업마저 틀어지기 쉽네."

"그런가? 굴관의 채양도 못하게 되다니……"

효도는 할 말을 잃었다. 테헤란 출발 때부터 가졌던, 마지막 희망마저 사라져버린 것이다. 옆에서 무선을 듣던 우치다도 고개를 끄덕였다. 이젠 결단을 내리는 수밖에 없다.

"알았다. 폐갱한다."

사지를 절단하는 괴로움으로 무선을 끊자, 효도의 어깨는 축 처졌다. 시추공 굴진경력 30년의 마이켈은 그런 효도의 어깨를 위로하듯 묵묵히 두드려주었다. 처자와 멀리 떨어져 가혹한 환경에서 석유에만 모든 것을 거는 사나이들이 아니면 이해 못할 애절함이 모두의 가슴에 가득했다.

"폐갱으로 결정한 이상 나머지는 마이켈, 당신에게 모두 맡기겠는데, 지금부터는 어떤 조치를 해야 하나?"

효도가 묻자, 마이켈은 5천 3백 피트까지 파들어간 4호 시추공의 굴착도를 들고 와서는 그 굵은 손가락으로 도면을 가리키면서, 맨 끝에 세트된 흙을 뚫어 부수는 비트는 물론이고 굴관도 5천 3백 피트 중에 3천 피트만이라도 회수되면 다행이라고 설명했다.

"발관한 다음 시멘트로 메우는 건 언제 하나?"

우치다가 물었다.

"발관하면 지층이 압력변화를 일으켜 언제 가스가 분출할지 모르니 즉시 시멘트로 메워버린다. OK?"

마이켈이 효도에게 다짐을 받았다.

"별 수 없지. 하지만 굴관은 1피트라도 더 많이 회수해 주게."

그러자 마이켈은 고개를 크게 끄덕이며 폐갱준비를 위해 서둘러 나갔다.
 이윽고 채양작업이 시작되고 엔진의 진동음이 트레일러하우스 안까지 들려왔다. 효도는 유리창을 통해 철탑의 작업대에서 움직이는 인부들의 모습을 바라보았다. 비트 교환을 위한 양강관을 시설하는 듯하나, 주기적으로 높아지는 엔진 소리가 마치 장송곡 같아 효도는 견딜 수 없었다.
 우치다가 작업에 관해 테헤란의 메일러와 교신을 마치자, 곧 마이켈의 부하가 뛰어 들어와 보고했다.
 "케싱 안의 굴관은 3천 피트밖에 채양할 수 없으니 슈 부근(최하부 차수관)에서 끊고 나머지는 시멘트로 메워버려야겠습니다."
 효도는 자기도 모르게 자리에서 벌떡 일어났으나, 막상 밖으로 나가려니 망설여졌다.
 굴관의 채양작업마저 제대로 안 되어 시멘트로 메워버리는 장면은 현장기술자들로서는 누구에게도 보이기 싫은 광경임을 잘 알기 때문이었다. 우치다 역시 같은 기술부문의 종사자로서 창문으로부터 시선을 돌리고 있었다.
 효도는 비싼 금리가 붙은 탐광비에 시달리면서도 그때마다 이번만은 틀림없을 것이라고 모회사인 깅키상사의 이사회에서 역설하고, 테헤란에서 보내오는 텔렉스에 웃고 울던 지난날을 생각했다. 석유개발은 자금의 고갈과 기름의 발견, 어느 쪽이 더 빠르냐는 것이 승패를 좌우하는 도박이었다.
 효도는 철탑 근처로 가서는 안 되지 하고 자제하면서도, 우치다와는 달리 비전문가인 나야 뭐 어떨까 하는 생각과 자기 눈으로 직접 4회 시추공의 결말을 확인하고 싶은 마음에서 남의 눈에 띄지 않도록 트레일러하우스를 나와 철탑에서 10미터쯤 떨어진 지점까지 혼자 조용히 걸어갔다.

 마침 3천 피트에서 끊긴 듯한 굴관이 엘리베이터로 땅뒤에 천천히 발관되어 올라왔다. 그 끝부분은 억지로 비틀어 끊은 나머지 납작하게 찌부러져서 고철 같은 비참한 몰골이 되어 있었다.

 "좋아, 여기까지! 해지기 전에 바로 시멘팅을 시작하라!"

 마이켈의 목소리가 울려 퍼지자, 이란인 노무자들은 시멘트 부대를 철탑 옆으로 계속해서 날라왔다. 부대를 뜯어 헤칠 때마다 회색 가루가 연기처럼 사방에 흩어지곤 했다.

 매립작업을 신중하게 하기 위해 두 군데에 브리지 시멘팅을 하는 모양이었다. 시멘팅의 지휘자인 듯한 사나이가 응고제에 결합비율을 말하고 나서, 시멘팅 유니트의 테스트 운전을 시작했다.

 "제1시멘팅 개시!"

 마이켈이 소리쳤다. 그러자 어제까지 기름을 찾아 파고들어가던 시추공 속에 엄청난 양의 시멘트가 부어졌다.

 4호 시추공도 막대한 자금과 부푼 꿈을 매정스럽게 삼켜버리고 실패로 돌아갔다. 효도의 가슴엔 말할 수 없는 섭섭함과 슬픔이 솟구쳤다. 석양조차 현재의 효도에게는 너무나 눈부시게 느껴졌다.

 이윽고 토막의 깎아지른 산맥 저편으로 석양이 사라지자, 사방은 순식간에 어두워져 작업대의 사람들 모습도, 43미터의 철탑도 어둠 속으로 사라졌다.

 오가는 사람들도 북적대는 시라즈 공항 바에서 효도는 쓸쓸한 표정으로 술잔을 기울이고 있었다.

 "효도 씨, 이제 그만하시지요……"

 우치다가 말렸다.

"괜찮아, 이 정도쯤이야……"

"테헤란으로 떠나는 최종편이 늦어지고 있긴 하지만 언제 탑승안내가 있을지 모르는 일이고, 무엇보다 효도 씨는 1년 전 위궤양 수술로 위장의 3분의 2를 잘라내지 않았습니까?"

"사람은 위를 3분의 2쯤 잘라냈다 해도 괜찮아. 그보다도 1호나 2호 시추공처럼 목적층까지 다 판 다음에 실패한 것이라면 체념할 수도 있겠지만, 이번같이 중도에서 폐갱하는 것은 정말 가슴 아프군."

효도는 빈 술잔을 카운터에 놓고 충혈된 눈을 감았다. 해가 지고 저녁 어둠이 대지를 휘감아왔다. 그러나 생매장당한 시추공의 묘석처럼 43미터의 철탑이 효도의 망막에 아로새겨져 사라지지 않았다.

드디어 늦어지고 있던 최종편 비행기의 출발을 알리는 안내방송이 있었다. 기내에 오르자, 물도 안 섞고 마신 위스키가 목구멍까지 되올라와 기체가 급상승하자 구역질이 더 심해졌다. 벨트 착용의 불빛이 꺼지자, 스튜어디스가 효도에게 다가와서 말했다.

"미스터 효도? 일등석에서 어떤 분이 당신을 만나겠다고 하시는데요."

"이름은?"

구역질을 억지로 참고 묻자,

"이름은 여쭈어보지 못했습니다만 좌석번호는 2A입니다."

하고 스튜어디스는 사무적으로 쌀쌀맞게 대답하고는 가버렸다.

"누굴까요? 내가 가보고 오겠습니다."

우치다는 기분이 언짢아 보이는 효도를 대신하여 자리에서 일어나려고 했다.

"됐어, 내가 가겠네. 수평비행이라 좀 편해졌네."

효도는 스튜어디스에게 냉수를 청해 단숨에 들이켰다. 그러자 구토

증이 가라앉았다. 생각해 보면, 쉰이 넘은 나이에 위스키를 냉수 마시듯 들이켰으니 어리석은 일이었다.

일등석 칸막이 커튼을 열고 2A좌석까지 걸어간 효도는 앗! 하고 놀랐다. 푹신한 시트에 152센티미터의 작은 체구로 눌러앉은 사람은 이란 국왕의 주치의이며 막후조종자인 포르지 박사였다.

"그렇게 놀랄 것까진 없네. 나도 때로는 왕실 전용비행기가 아니라 일반 이란 항공을 타는 경우도 있으니까. 하기야 나 때문에 이 비행기 출발이 퍽 지연되었던 모양이네만."

자그맣고 깡마른 몸에 검은 양복을 입고 '피가로'의 지면을 들여다보고 있던 포르지 박사는 무표정하게 말을 이었다.

"염려 말게나. 일등석을 몽땅 전세 냈고, 여기 타고 있는 사람들은 모두 나의 경호관계자니까. 어서 이리 앉게나."

그는 옆의 빈자리를 가리켰다.

그러고 보니 커튼으로 가린 일등석은 7, 8명밖에 타고 있지 않았고, 모두 일반 승객으로 가장하고 있었지만 긴장된 분위기를 느낄 수 있었다.

효도는 포르지 박사 옆에 앉자 우선 인사부터 했다.

"그때 뵙고는 문안도 드리지 못했습니다. 도와주신 데에 대한 감사 인사를 꼭 드리려고 에르부르즈 산맥의 댁으로 찾아갔었습니다만 뵙지 못하고 이렇게 시간이 흘렀습니다."

효도는 포르지가 1주일 중 하루를 지내는 토막 속의 외딴집을 방문했으나, 집사가 나와서 '박사님께선 앞으론 만날 필요가 없다고 말씀하십니다' 하면서 정중하게 거절하여 그 후 오늘까지 만나지 못했던 것이다.

포르지는 앞쪽을 보면서,

"그보다도 유징이 아직 없다던데, 어찌 된 일인가? 혹시 기술상의 문제가 있는 것은 아닌가?"

하고 간신히 알아들을 수 있는 낮은 목소리로 물었다.

"파트너인 오리온오일과 그 자회사인 오리온 드릴링이 굴착하청을 받아 저희와 함께 1급 기술자들을 투입했으므로, 그 점은 염려 없습니다. 최근 5년여의 탐광, 시굴에서 유층의 발달방향이 꽤 정확하게 나타났으니, 바야흐로 이제부터라고 생각하고 있습니다."

효도의 억지스러운 설명을 묵묵히 듣고 있던 포르지는,

"이번 4호 시추공은 5천 3백 피트에서 최후 DST도 못한 채 폐갱하지 않을 수 없었던 모양이더군. 더구나 굴관의 채양작업 실패로 예정된 심도까지 파들어가지도 못하고 괴멸적인 폐갱을 했다면서."

하고 거의 움직이지 않는 눈을 번쩍 빛내면서 다그치듯 말했다. 효도는 가슴이 덜컥 내려앉는 느낌이었다.

폐갱 결정은 불과 5, 6시간 전의 일이고, 아직 이란석유공사에는 알리지도 않았던 것이다.

"어떻게 거기까지……"

"자네들 INOCO의 테헤란 사무소와 사르베스탄 현장과의 무선을 듣도록 해놓았으니까."

포르지는 아무렇지도 않게 대답했다. 효도는 말을 잇지 못하고 멍하니 앉아 있었다.

"오리온은 탐광비의 대부분을 소비한 4호 시추공이 실패하여 앞으로의 개발에는 소극적일테지만, 5호 시추공은 꼭 파야 하네. 5호가 실패하면 6호 시추공, 7호 시추공 하는 식으로 깅키상사는 어떤 희생을 치러서라도 기름이 나올 때까지 개발을 계속해야만 하네. 이란이 국제석유자본의 거물인 모빌이나 독일의 데미넥스, 또 이쓰비시상사를 리더로 하는 일본공사그룹도 아닌 깅키상사에 이권을 준 이상, 그것이 당연한 의무가 아닐까?"

포르지는 강경한 어조로 잘라 말했다. 그 순간, 효도는 등줄기에 싸아 하는 전율을 느꼈다. 사우디아라비아와는 달리 이란은 유전의 노후화가 차츰 표면화되어 새로운 광구의 시굴은 최근 몇 해 계속 실패했다. 포르지가 그 치열했던 국제입찰의 응찰자 중에서 회사규모, 지명도, 부대조건 등 결코 일류라고는 할 수 없는 깅키·오리온그룹에 이권을 넘겨준 것은 지구상에 남은 최후의 대유전이라는 기대를 모은 사르베스탄 광구에서 도중하차하지 않을 회사, 즉 이란이 고삐를 잡고 성공할 때까지 강제적으로라도 개발을 시킬 수 있는 만만한 상대였기 때문이었다.

중동에선 이미 상식이 되어 있는 커미션을 일절 거절한 것은 돈이나 지위에는 결코 흥미를 갖지 않는 포르지 박사의 결벽성 때문인 줄로 알았던 자신의 어리석음을 이제야 비로소 깨달았다. 이란의 국가적 위신을 담보로 한 사르베스탄 광구의 개발에 커미션 따위는 사막의 모래알만도 못한 것이었다.

효도는 옴짝달싹도 할 수 없게 된 자기 입장과, 좋든 싫든 간에 이 진흙 구덩이에 부사장인 이키를 끌어들이지 않을 수 없는 사태가 끔찍할 뿐이었다.

도라노몬의 일본석유공사 응접실에서 이키와 효도는 침통한 얼굴로 총재와 기술담당 이사에게 사르베스탄 광구의 4호 시추공을 폐갱하게 된 경위를 보고했다.

63세의 3대 총재 야마시타는 전 에너지청 장관으로 수완 좋기로 소문난 사람답게 머리 회전이 빨랐다. 그는 이키와 효도의 이야기를 듣고 나서 말했다.

"4호 시추공의 실패요인은 굴착에 있군요. 하나의 갱이라면 몰라도 세 개나 팠고, 지하의 지질구조도 알면서 끝까지 파지 못했다니 실로 창피한 이야기요."

아무렇지도 않은 듯한 말투였으나, 싸늘한 기운이 어려 있었다.

"지적하신 그대롭니다. 그러니만큼 현지에선 이번 굴착의 케이싱 프로그램을 충분히 검토하여 반성하고 있습니다."

이키가 솔직하게 대답하자, 지질학 전공의 기술담당관인 다다라 이사는 보고된 자료를 펴놓고 기술자답게 문제점을 지적했다.

"굴착 관계자는 두 차례나 일니와 억류를 반복했음에도 불구하고 어째서 마지막 붕괴를 예상하지 못하고 폐갱하지 않으면 안 될 지경에 이르렀는지 모르겠습니다."

그에 대해 효도가 설명했다.

"현장기술자의 설명에 의하면 그루프층의 붕괴는 예상했었고 극복할 수 있을 것으로 믿었는데, 이람 층에서 예기치 못했던 강한 일니를 만나 이수비중을 과도하게 내린 나머지 붕괴를 초래하고 말았다는 것입니다. 우리로선 이번 시추공의 경험을 살려 한 군데만 더 팔 수 있도록 해주었으면 하는 생각뿐입니다. 4호 시추공은 굴착에 실패했습니다만, 석유 지질학적으로 보아 양호한 저류층의 존재도 확인되어 성공할 가능성이 훨씬 높아졌으니까 철수해선 안 됩니다."

그러자 이키도,

"우리도 5호 시추공이 최후의 보루가 되리라 생각하고 있으니 마지막으로 하나만 더 파게 해주시기 바랍니다. 4호 시추공 실패 보고를 겸해 5호 시추공의 시굴을 부탁드리고자 찾아뵌 것입니다."

하고 강한 의욕을 보이면서 공사의 협력을 요청했다.

"하나만 더라는 그 말, 이젠 정말 듣기조차 진력납니다. 기라 씨의 뒤를 이어 총재로 취임한 이후, 당신네 사르베스탄 광구에 대해선 내 생각엔 최대한 잘해드렸다고 봐요. 하지만 이렇게 실패만 거듭하니, 관련 상부기관으로선 이런저런 논의가 많아져 재고해야만 한다고 생각하던 참이라오. 도대체 사르베스탄은 왜 이처럼 굴착비가 많이 드는 거요? 육상광구는 보통 하나에 12, 3억 엔이면 되는데 사르베스탄에서는 15억 내지 20억이나 들었어요. 당신네들, 오리온에게 말려들어 혹 바가지나 쓰고 있는 거 아니오?"

총재의 말엔 가시가 돋아 있었다.

"그건 이란의 특수한 지층 탓입니다. 보통이면 약 3개월로 완굴됩니다만, 그곳은 석회암이 많아 파기가 어려워 6개월 가까이 걸리니까 따라서 비용도 높아지는 겁니다."

효도가 설명했다.

"정말 그런 순수한 기술상의 문제뿐이라면 모르겠습니다만, 머지않아 사민당이 공사의 투융자 실패에 대하여 국회에서 문제를 일으키겠다는 거요. 뭐, 우리로선 꺼림칙할 것이 없소만, 석유파동 이후 세상이 많이 달라졌고…… 그런데 당신네 쪽은 염려 없는 거요?"

하며 총재는 깅키상사의 자금조달 상태가 걱정된다는 듯 이키를 바라보았다. 4호 시추공 폐갱이란 소식에 사내에서도 동요는 있었지만 이키는 그런 내색은 하지 않았다.

"그 점은 염려 없습니다. 공사가 지원만 해주신다면 우리 회사의 운명을 건 사업이니만큼 이를 악물고 할 것입니다."

"그럼 오리온은?"

"물론 적극적입니다."

"허어, 그거 이상하군. 공사의 카이로 사무소에서 보내온 정보에 의

하면, 오리온은 사르베스탄 광구의 탐광비를 모두 써 이젠 포기하고 싶다는 모양인데……"

"그럴 리가 있겠습니까. 이제부터 오리온의 리건 회장과 만나 의논하기로 되어 있는데요. 아마 무슨 착오일 겁니다."

오리온의 중동지구 담당자는 분명히 소극적인 의향을 전해 왔었지만, 이키는 시치미를 뗐다. 야마시타 총재는 이키를 물끄러미 응시하며 말했다.

"그렇다면 상관없소만, 아무리 공사에서 우치다 군을 비롯하여 특출난 기술자를 파견하고 있다고는 해도 그 큰 광구를 미국의 한 독립석유자본과 깅키상사의 힘에만 의존해 계속 시굴한다는 건 좀 불안하군. 같은 광구라도 이쓰비시상사가 모빌과 제휴하여 사우디아라비아의 중앙지구에서 하고 있는 개발은 그 규모가 거대한 만큼, 보고서도 규칙적이고 명쾌하게 제출되어 신뢰받고 있소만."

마치 독립석유자본과 제휴한 석유개발은 불투명하고 불안하여 대규모 회사와 제휴하는 이쓰비시상사 쪽을 더 신용할 수 있다는 식의 말투였다.

효도는 그냥 들어 넘길 수 없다는 듯이 나섰다.

"독립석유자본이라고는 해도 오리온은 흔히 떠도는 투기꾼 같은 업자가 아니라, 지금은 준대규모 업체로서 중동에서는 모빌 등에 비해 손색이 없는 경험과 면허를 갖춘 회사입니다."

그러자 총재는 효도를 힐끗 바라보았다.

"당신네 입장으로야 소중한 파트너니까 대규모 업체에 비해 손색이 없는 것으로 보일 테지만 객관적으로는 설득력이 없소. 만일에 말이오, 5호 시추공을 파서도 실패로 끝난다면 어떻게 하실 테요? 당신네로선 무담보, 무이자로 공짜와 마찬가지 돈을 쓰는 것이니까 별로 상처받지 않겠지만, 나는 자칫하다간 당신네와 함께 덩달아 망하는 신세가 되는 거요. 사르베스탄 같은 대광구를 어떻게 깅키상사와 독립석유회사의 제휴에 맡겼는지, 하기야 국회의 높으신 양반들이나 통산성이 하는 말은 뻔하지만 말이오."

이 말은 뒤집어서 들으면 재벌상사와 국제석유개발자본이 제휴를 해서까지 실패했다면 어쩔 수 없지, 하는 논리인 것이다. 이키와 효도의 가슴엔 2류 딱지가 붙은 회사의 설움이 새삼스레 북받쳤다.

"여러 가지로 염려는 되시겠습니다만, 다음 달 초순쯤 오리온 본사에서 앞으로 있을 개발계획에 관해 회의를 열어 결론을 얻은 뒤, 다시 5호 시추공 시굴에 관한 부탁을 정식으로 드리겠습니다. 그땐 부디 잘 배려해 주십시오."

이키가 지금까지와 같은 지원을 계속해 줄 것을 요청하자,

"글쎄 오늘은 그저 이야기를 들은 것만으로 끝냅시다. 아까도 말했소만 야당이 귀찮게 추궁하기 시작하면 당신네 사르베스탄에는 이 이상 출자를 계속할 설득자료가 빈약하고, 또 다른 데서 개발 중인 광구와의 형평문제도 있고 하니 공사비는 국민의 세금이니 국가의 이익 우선으로 공정하게 판단하여 검토하지 않으면 안 된다는 것은 물론 알고 있겠지요?"

하고 총재는 거만스럽게 이야기를 끝냈다.

공사를 나와 대기시켜 둔 차에 오르며 효도가 말했다.

"야마시타 총재의 말엔 경우에 따라선 공사가 출자를 하지 않을 수도 있다는 여운이 들어 있어요. 그런 불상사가 생기지 않도록 자유당의 에너지조사회 회원에게 사전교섭을 해두어야겠습니다."

"그러는 것이 좋겠군. 그러나 하나 더 파는 것에 불과한데, 그런 식으로 말을 하는 것이 좀 걸리는군."

"제가 최근 수집한 정보로는 이쓰비시상사가 모빌과 함께 하고 있는 사우디아라비아의 개발 말입니다, 내륙 깊숙한 곳이라서 예상외로 자금을 잡아먹어 이제까지와 같은 50퍼센트 출자로는 부족하다는군요. 아마 출자비율을 높여 달라고 애원하는 모양입니다."

"공사의 출자가 50퍼센트 이상이라니, 그건 이제까지 어느 광구에서도 없었던 일이 아닌가?"

"그거야 자기네가 천하와 국가를 움직이고 있다는 의식이 강한 이쓰비시니만큼 아까 들었던 총재의 국가이익론을 업고 60퍼센트든 70퍼센트든 끌어내겠죠. 만약 그렇게 된다면, 로스앤젤레스의 오리온 본사 회의에서 리건 회장을 설득시키지 못할 경우 정말 공사는 손을 뗄지도 모르겠는데요."

"음, 그렇다면 나도 그런 각오로 로스앤젤레스 회의에 임하겠네."

이키는 해자 둘레의 나무숲을 바라보면서 다짐하듯 말했다.

로스앤젤레스로 출발하기 전날 밤 늦은 시간에 이키의 아파트에 업무본부의 쓰노다 전무가 찾아왔다.

"오밤중에 느닷없이 찾아뵈어 죄송합니다. 혹 출발준비가 덜 되었다면 돕겠습니다."

"전무인 자네한테 도움 받을 일이라곤 없네만, 뭐 좀 마실 텐가?"

"아닙니다. 제가 오히려 부사장님께 수고를 끼치다니, 말도 안 됩니다. 그건 그렇고, 이런 시간에 찾아뵌 것은 로스앤젤레스 출장에 이걸 가져가셨으면 해서……"

쓰노다는 빈약한 체구에 어울리지 않게 화려한 코트 주머니에서 작은 병을 꺼냈다.

"뭔가, 그게?"

"로열젤리입니다. 갑작스런 로스앤젤레스 출장이니 뭐니 해서 부사장님 심신이 모두 피곤하실 것 같아서…… 피로회복에는, 제가 복용해보니 이게 최고더군요. 그래, 좀 가져왔습니다."

"뜻은 고맙네만, 이런 것은 먹어본 일이 없어서…… 예전에 일하던 것을 생각하면 이 정도 바쁜 것쯤이야 대수롭지 않아."

이키는 금빛 라벨이 붙은 작은 병을 보면서 말했다.

"그야 물론 부사장님은 세상의 아수라장을 헤쳐 나오신 분이니까 지금의 격무쯤은 별것 아닐지 모르겠습니다. 이 로열젤리는 북경산인데 중국 비방으로 만든 귀한 것이니까 아무 말씀 마시고 조금만 잡숴 보십시오. 물을 가져오겠습니다."

"그럼 나중에 먹기로 하지. 그런데 혹 나의 로스앤젤레스 출발에 뭐 말하고 싶은 것이라도 있나?"

이키가 정곡을 찌르듯이 묻자, 쓰노다는 머리숱이 더 적어진 신경질적인 얼굴로 말했다.

"그렇게 짐작하시니 솔직하게 말씀드리겠습니다. 이번에 부사장님께서 직접 오리온오일과 회담하시는 데는 오리온의 굴착계획에 대해 소극적인 어떤 요인이라도 있습니까?"

"아니, 뭐 그런 것은 아닐세. 사르베스탄 광구 개발이 3년째니까 광구의 4분의 1을 포기해야 하는 의무기한이 다가오지 않나. 이란측에 대해 공동전선을 강화한다는 뜻으로, 저쪽의 리건 회장을 만나 관계를 다져두는 것이 좋겠다고 판단했기 때문일세."

"그렇습니까? 그런데 공사의 야마시타 총재는 사르베스탄 광구에 더 이상 지원하지 못한다고 시사한 모양이던데요?"

"아닐세. 그 후에 또 지원을 부탁했네. 하나만이라면 더 봐줄 수 있다는 승낙을 받아놓았다네."

5일 전에 지원중단의 암시를 받고 효도는 즉시 자유당 에너지조사회의 주요 회원을 방문해 설득시키는 한편, 이키 자신도 지요다자동차의 외자제휴 이후 처음으로 통산대신에게 계속 지원해 줄 것을 요청했다. 그리하여 어제 비로소 공사의 야마시타 총재로부터 오리온이 굴착제휴의 의사를 표할 경우에 한해서 시추공 한 개의 비용을 더 출자할 것을 검토하겠다는 조건부 회답이 왔는데, 오리온의 태도는 여전히 소극적인 것이었다.
　갑자기 말이 없어진 이키를 보고 쓰노다는 불안한 듯 볼에 경련을 일으키며 말했다.
　"부사장님의 안전을 위하는 마음으로 드리는 말씀입니다만, 공사뿐만 아니라 사내에서도 3년이 지났는데 한 방울도 나오지 않는 석유개발을 비난하는 소리가 나오고 있습니다."
　"그건 내 이미 알고 있네. 바로 얼마 전만 해도 다이몬 사장으로부터 사르베스탄의 석유개발에는 1야드에 겨우 소수점 이하 몇 퍼센트의 구전으로 이제까지 모은 이익금을 쓸어 넣고 있다는 말을 들었네."
　이키의 말에 쓰노다는 근심거리가 있을 때 나오는 습관대로 상체와 함께 무릎까지 흔들며 말했다.
　"다이몬 사장의 힐책은 상사 비판이 극에 달하고 있음에도 소련 원면 투기에 열중하거나 자신이 직접 구입한 1천억 엔의 토지가 안 팔려 그 금리만 해도 1년에 8억 엔씩이나 되고 있는 것을 생각하면, 다소 과장이란 생각도 듭니다만, 5호 시추공을 무리하게 파고도 실패를 한다면, 정말 솔직히 말씀드려 등골이 오싹해집니다. 이 시점에서 5호 시추공이 만약 실패한다면, 그 여파가 엄청날 것은 물론, 부사장님의 책임문제로까지 번지지 않을까 걱정스럽습니다."
　진정으로 이키의 입장을 걱정하는 듯한 태도였으나, 실은 이키에게 붙어 지내는 자기 자신의 보전을 위해 전전긍긍하는 모습이 뻔히 들여다보였다. 이키가 말했다.

"각 부문의 극심한 수익악화에 대해서는 재무의 무사시 군으로부터 들어 알고 있네."

"알고 계신다면, 선견지명이 있으신 부사장님께서 어째서 4호 시추공의 폐갱만으로 단념하시지 않습니까? 부사장님께서 듣지 못하셨겠지만, 토막지대에 버릴 그런 돈이 있으면 다소수익이 적더라도 확실한 계획에 자금을 투입해야 한다든가, 또는 땀 흘려 일할 생각도 들지 않는다고 지껄이는 소리까지 있습니다."

"그것도 알고 있네. 4호 시추공은 폐갱되었지만, 효도의 정보에 의하면, 이제까지 보지 못했던 유징이 나타나 기름이 나올 확률이 부쩍 높아졌다는 걸세. 철수 시기를 잘못 잡으면 회사의 흥망을 좌우하는 중대사태가 벌어지리라는 것은 충분히 알고 있네만, 앞으로 하나만 더 파보도록 하세."

쓰노다의 마음을 진정시키듯 말했다.

"부사장님은 효도 씨한테 현혹당하고 계신 겁니다. 효도 씨는 이번에마저 성공하지 못하면 마땅히 책임을 지고 물러나겠다고 합니다만, 그가 물러난다고 해서 회사의 치명상이 보상되는 것은 아니잖습니까."

쓰노다는 필사적으로 이키의 생각을 되돌리려 했다.

물론 알고 있다. 모든 것을 알고는 있다. 여기서 안전을 택하여 철수하는 것은 쉬운 일이다. 그러나 그런 경우엔 효도가 본사에 있을 수 없게 됨은 물론 자기 몸까지 더럽혀진 채 제2의 인생을 마치게 된다. 지금은 무슨 수를 써서든지 오리온의 양해를 얻어내 5호 시추공에 운명을 걸어야만 한다고 이키는 다짐하고 있었다.

7월 초순의 로스앤젤레스는 씻은 듯이 활짝 갠 하늘에 공기까지 건조하여 한층 상쾌했다.

마중 나온 캐딜락에 이키와 일본석유공사의 다다라 이사, 뒤차에는 효도와 공사에서 이란 현지회사 INOCO의 탐광부 차장으로 파견되어 있는 우치다가 타고 오리온오일의 본사로 향했다.

고속도로에 들어서서 20분쯤 달리자 야트막한 언덕 주택가 사이사이로 낡은 오일펌프의 잔해가 나타났다. 일찍이 2만 5천 배럴을 산출한 캘리포니아 기름웅덩이의 흔적이었다.

이윽고 롱비치 해안을 낀 직선도로로 나왔다. 야자나무가 싱그럽게 우거져 있고 모래밭에는 일광욕을 즐기는 한가로운 사람들의 모습이 보였으나, 이키는 이제부터 있을 오리온과의 교섭을 생각하니 무겁고 괴로운 압박감을 느꼈다.

"다다라 씨, 전문적인 석유지식에는 자신이 없으니 잘 부탁합니다."

이키가 새삼 부탁하자 다다라는 시원스럽게 대답했다.

"알았습니다. 이제까지야 어떻게 되었든지, 일본측의 한 사람으로서 회의에 나가는 것이니 최선을 다하겠습니다."

오리온오일의 본사는 시청 근처의 오션 블루버드 해안 쪽에 가깝게 있어서 전망이 좋았다.

5층 회장실로 올라가니, 접수석 정면에 세계 도처에 흩어져 있는 육상, 해상 광구가 빨간 램프로 표시되어 있었다. 지금 깅키상사와 공동으로 파고 있는 이란의 사르베스탄 광구에도 역시 불이 켜져 있었다. 이 램프가 앞으로 계속 켜져 있느냐 마느냐 하는 것은 지금부터 시작되는 회의에 달려 있다.

회의실로 들어가니, 이미 벽면에는 두세 가지 색연필로 그려진 사르베스탄 광구의 지질도가 걸려 있고, 장방형 테이블에는 3년간의 탐광, 시굴에서 얻은 구조도, 암상분포도, 각 지층의 층후도, 전기검층도, 석유 근원암 및 저류암의 각종 분석자료 등이 산더미같이 쌓여 있었다.

"어서 오십시오, 이키 씨!"

멋진 턱수염을 기른 리건 회장이 다부진 모습으로 나타났다.

중동담당 책임자 제임스, INOCO의 탐광부장인 메일러도 인사를 나눈 뒤 책상을 사이에 두고 마주 앉았다.

먼저 이키가 일본측을 대표하여 말했다.

"사르베스탄 광구의 4호 시추공은 실패하였지만, 일본측은 꼭 5호 시추공을 굴착하고자 오리온사의 동의를 얻기 위해 일본석유공사의 기술담당 이사를 대동하고 이 자리에 나왔습니다."

사무적으로 곧 본론으로 이끌어가자, 지질학 학위를 가지고 있는 다다라 이사는 암상분포도와 전기검층의 주상도를 책상 위에 펼쳐놓고 말문을 열었다.

"현지 자료를 저희 일본측에서 분석한 결과 4호 시추공의 굴착은 실패했습니다만 석유지질적으로 양호한 저류층의 존재가 분명하며, 가스 유징 측면도 3호 시추공보다 아주 고무적인 상태입니다. 따라서 목적층인 8천 5백 피트까지 파서 테스트한 결과 성공치 못했다면 포기할 수도 있겠습니다만, 미처 목적층까지 이르지도 못한 채 진흙 때문에 폐갱했다는 건 4호 시추공을 실질적으로는 파지 않았던 것과 다를 바 없으므로, 5호 시추공에 착수하길 바랍니다."

테헤란에서 방금 도착한 메일러는 햇볕에 그을은 근육질의 얼굴에 난처한 표정을 떠올렸다.

"분명히 4호 시추공 자료는 3호 때보다 낙관적입니다만, 반드시 성공할 수 있다고는 말할 수 없습니다."

그러자 같은 현장의 지질학자 우치다는,

"그러나 이 지역에 저류암이 있는 것은 분명합니다. 더구나 4호 시추공에는 기름이 저류되어 있는 것으로 널리 알려진 패각석회암이 확인되지 않았습니까?"

하고 반격하듯이 말을 받았다.

"사르베스탄이 근본적으로 바위 상태가 양호하다는 것, 또 구조도 1급이라는 것은 알고 있습니다만, 우리가 문제로 삼는 것은 저류암이오. 기름은 역시 아스마리층이 제일인데 이미 지표에 나와 있어 안 되고, 아스마리 층에 버금가는 살바크층을 찾고는 있습니다만 아직 미발견 상태이고, 아스마리층에 필적할 만한 공극률을 가진 석회암이 살바크층에 있는지 어떤지도 의문스럽군요."

"아닙니다. 그건 너무 결론을 서두르고 있는 것이오. 4호 시추공에서 C4~C5(탄화수소)의 징후를 파악한 것만도 새로운 발견이오. 기름은 채집하지 못했으나 기름이 있다고 하는 과학적 근거는 이미 확실해요!"

우치다는 전기검층 자료를 메일러에게 들이댔다.

"하지만 대규모 저류층 분포는 없소."

"그런 사고방식은 이해할 수 없군요. 저류층이 있다는 단서는 얻었으니까 기름이 반드시 이 지층에 있는 것은 틀림없소. 그것을 확인하기 위해서라도 하나 더 파야 한다는 거요."

암상에 초점을 모아, 오리온측은 저류층이 없다고 주장하고 일본측은 저류층이 있다고 해서 양쪽이 팽팽하게 대립했다.

"당신은 전에도 같은 말을 했지만, 기름은 발견되지 않았소. 그 기름이 대체 어디로 갔다는 거요?"

열이 오른 메일러가 얼굴을 붉히면서 말했다. 그러자 효도는,

"그러니까 5호 시추공을 착수하자는 거요. 모처럼의 가능성을 남겨둔 채 포기한다는 것은 옳지 않소!"

하고 자기도 모르게 주먹으로 테이블을 쳤다. 효도와 함께 사르베스탄 광구를 얻기 위해 동분서주했던 중동담당 책임자인 제임스가 말했다.

"3호 시추공보다 가능성이 크다는 것은 우리도 인정합니다만, 그렇다고 해서 유망하다고 단언할 수는 없소."

"그럼 당신네들은 냉철한 기술자로서 정말 이 시점에서 중단할 수 있다는 겁니까? 우리가 여기서 철수하고, 만일 다른 회사가 기름을 발견한다면 기술자의 수치가 아니겠소? 이대로는 죽어도 눈을 감지 못할 것 같소."

효도의 눈앞에 4호 시추공을 폐갱할 때의 광경이 떠올랐다. 시멘트를 부어 넣어 사막에 묻힌 4호 시추공은 저녁 어둠 속에 마치 주검을 묻은 묘소와 같았다. 그 갱내로부터 일찍이 남방에서 기름을 달라고 외치면서 장렬히 죽어간 전우들의 신음소리가 들려오는 듯했다.

효도의 비정상적일 정도의 기백에 눌려서인 듯 오리온의 기술진들은 묵묵히 앉아 있었다. 그들도 본심은 해보고 싶은 모양이었으나 그 이상의 일은 경영진이 판단할 문제였다.

리건 회장이 다부진 체구를 앞으로 내밀었다.

"우리 회사는 사르베스탄 광구에 대해 일본측과 절반씩으로, 4천만 달러의 투자가치가 있다고 평가하여 그 한도 안에서 시굴하기로 정했소. 이것은 우리 회사의 기본방침이오. 4호 시추공을 실패한 지금 5호 시추공을 팔 자금이 있는가 없는가 하는 문제만 남았소."

전 세계적으로 몇 개씩이나 광구를 갖고 있는 국제석유자본, 또는

독립석유자본은 각 광구에 대해 미리 투자가치를 정하고 그 한도까지 파서도 나오지 않으면 투자를 중지한다는 입장들을 지켰다. 이에 대해 일본은 한 개의 광구개발을 위해 석유개발회사를 하나씩 설립하고 있으니만큼 이것으로 결판이 나지 않으면 회사가 망하고 만다는 운명이 걸려 있었다.

"그렇다면 오리온 사는 예산이 없어졌다는 이유만으로 이 광구를 포기하실 생각이십니까? 좀 더 종합적인 생각을 바탕으로 판단해 주십시오."

효도는 물고 늘어지듯 말했다. 그러자 제임스는,

"당신네의 5호 시추공에 대한 열망은 알겠소만 우리 회사의 방침은 먼저 리건 회장도 말씀했듯이 사르베스탄의 탐광 평가액은 이미 4천만 달러로 결정되었고, 그것을 넘는 경우엔 포기하고 다른 지역을 찾는 것이오. 당신들에게는 사르베스탄이 유일한 것이지만 우리 회사로서는 여러 개 중의 하나에 불과하다는 점을 이해해 주기 바라오."

하고 말했다.

"완전한 탐광도 하지 않은 채 이 광구를 포기한 후, 다른 회사가 여기서 기름을 파낸다든가 하는 일이 있으면 전문가인 당신네들이라 해도 후회할 거요. 그러니 하나만 더 협력해 주시오. 판단이 늦어지면 하루당 철탑사용료 등 굴착하청에 대해 3만 달러의 자금이 날아가는 것이오. 리건 회장, 우린 당신의 신속하고 과감한 결단을 바라는 바입니다."

이키의 말에 리건은 각종 자료를 다시 세밀하게 살펴보고 나서,

"알았소. 하나만 더 팝시다. 일본측의 5호 시추공 굴착방법을 듣고 싶소."

하고 말했다. 다다라 이사는 기다리고 있었다는 듯이 지질도를 가리

키며 설명했다.

"결론부터 말하면 4호 시추공으로부터 1킬로미터 동쪽 지점을 택하고 싶습니다. 그 이유는 1호 시추공은 이 광구의 중앙에 폈는데 약간의 가스징을 보았을 뿐이고, 2호 시추공은 그보다 북쪽을 팠는데 완전히 메마른 구멍이었습니다. 그리고 3호 시추공은 그 반대편인 북동쪽의 약간 남쪽을 팠는데, 약간의 유징이 나타났습니다. 이것으로 판단해 볼 때 살바크 층은 처음에 생각했던 것보다 남동으로 발달해 있음을 알게 되어 4호 시추공은 과감하게 남쪽을 팠습니다. 비록 실패하기는 했지만 공극률이 있는 석회암의 발달방향 및 4호 시추공의 지층경사로 보아, 5호 시추공은 1호 시추공의 위치로부터 동쪽으로 1킬로미터 떨어진 곳이 적당하다고 생각됩니다.

그러자 리건 회장은 동석한 두 사람과 잠시 얘기를 나눈 후,

"우리도 같은 의견인데, 이것이 마지막 시추공임을 말씀드립니다."

하고 명확하게 말했다.

"협력해 주셔서 감사합니다. 곧 5호 시추공의 굴착계획이 제출될 것이니, 검토해 주십시오. 이 5호 시추공의 굴착개시는 8월 말이나 늦어도 9월 초쯤으로 잡고 있습니다."

격론 끝에 5호 시추공의 개발에 겨우 합의를 본 것이다.

다이몬은 면화부장이 책상 위에 펼쳐놓은 그래프를 쳐다보았다. 일본의 면화시세를 좌우하는 오사카 시중시세 형성치와, 세계의 면화시세를 좌우하는 뉴욕의 정기시세를 기록한 그래프였다. 얼마 전까지만 해도 파운드당 95센트의 비싼 값을 형성하고 있던 것이 잠깐 사이에 80센트로 폭락해 버렸다.

면화부장인 이바라는 항상 그렇듯이 단정한 옷차림이었으나, 얼굴

에는 약간 피곤한 빛이 드러나 보였다.

"사장님, 한때 95센트까지 올랐던 것이 80센트까지 떨어진 것으로 보아 앞으로의 일이 걱정입니다. 이제는 그만 매입을 중지하는 게 좋을 것 같습니다."

"멍청한 소릴랑 그만두고 그래프나 좀 보게. 지난해 중반 무렵에 55센트였던 것이 자꾸 치솟아 95센트로 최고 한정치를 이루고 지금은 80센트로 떨어져 있지만, 이건 비싼 값으로 처분해 매매 차익금을 노리는 사람들 때문에 잠시 떨어진 것뿐이니, 반드시 다시 값이 올라갈 거야. 이대로 버티고 있으면 돼."

"그렇지만 사장님, 오늘 아침 텔렉스에 의하면 뉴욕거래소에서도 투기꾼들의 공매가 시작되었답니다. 종래, 이런 식의 매매는 30퍼센트 정도였던 것이 50퍼센트까지 늘어난 것입니다. 아무튼 우리들 전문가와는 달리 요즘의 투기꾼들은 주식보다 상품이 벌이가 낫다고 판단할 경우 전혀 모르는 분야에도 덤벼들어 오일달러까지 꽤 많이 끌어들이는데, 이런 사람들은 돈을 회수하는 것도 신속하기 때문에 이쪽에서 먼저 팔아버려야 할 것 같습니다만."

면화부장으로서는 자기 회사도 현품거래와 공매를 섞어 투기를 벌이고 있으니, 아직 이익을 얻을 수 있는 단계에서 팔자는 것이다.

그러나 다이몬은 배짱 좋게 말했다.

"이바라 군, 자네는 국제적인 면화거래의 경험도 나보다 많은데 그런 사람치고는 머리가 잘 안 돌아가는군. 겨우 15센트 떨어졌다고 그처럼 풀이 죽는다면 앞으로 새로운 투기는 어려울 걸세."

"하지만 다른 상사도 팔고 빠져나가기 시작했고 시세는 계속 약해지고 있습니다……"

이바라가 납득할 수 없다는 듯이 말했다.

"다른 사람들이야 어떻든 우리는 우릴세. 도대체 섬유원료가 1년 사이에 20퍼센트나 올랐는가 하면 순식간에 15, 6퍼센트나 떨어지는 것 자체가 종래의 시장에선 생각할 수 없던 일 아닌가? 제품이야 계절이나 유행에 지배되니까 값이 떨어지게 마련이지만 원료는 용도가 많아 환금성이 있으니까, 좀 참고 버티기만 하면 반드시 사러 오게 되어 있네. 왜 맥빠지는 소리만 늘어놓는 건가?"

하고 다이몬은 이바라를 몰아붙였다. 다이몬의 입에서 죽는 소리 말라, 라는 말이 나오자 어떤 일이 있어도 이쯤에서 매입을 중지해야 한다던 이바라도 혹시 투기의 귀신으로 불리는 다이몬의 직감대로 시세가 다시 회복될지도 모른다는 기대감을 가졌다. 그때 섬유담당 부사장인 가네코가 들어왔다.

그는 온화한 얼굴로 다이몬의 책상 위에 놓인 그래프를 보면서,

"사장님, 저도 이 일로 왔습니다. 관망해 본 결과 시세에 그늘이 생기는 한편, 면사·면포 제품 등의 말단이 점점 나빠지기 때문에 전망이 불안하니 매입해서 보유하는 것은 피하는 편이 좋을 듯합니다."

하고 조심스러우나 분명한 어조로 말했다.

"이봐, 내가 애당초 소련 원면에 착안한 건 말일세, 소련은 공단이 국영이라 한 번에 대량으로 살 수 있고, 품질도 고르고, 수송용 기름과 선박을 대준다는 점뿐만 아니라, 그쪽 면화를 대량구입하면 일본 섬유 제품은 우선적으로 우리 것을 구입하겠다는, 말하자면 왕복이 가능한 장사로 판단되었기 때문일세."

다이몬이 자신 있게 말했다.

"그 점은 알고 있습니다만, 실제로 소련측은 한껏 팔고는 기대했던 만큼 제품을 구입하지 않았으며, 또 사준다고 해도 지금 사장님이 소련 원면을 구입해 가지고 계신 규모에 맞먹을 만큼 수입하지는 않을

것입니다."

가네코는 더욱 신중하게 대처하도록 권했다.

"그렇지만 소련의 소비경제는 지금부터 시작일세. 모스크바 지사의 보고에 따르면, 모스크바의 섬유 수출입공단의 총재는 우리 회사에 각별한 호의를 갖고 있다네."

다이몬은 눈을 빛내면서 말했다. 가네코는 잠깐 입을 다물었으나 곧 염려스러운 표정으로 말했다.

"제 추측입니다만, 그것은 아마 소련 대표부 상무관이 이키 씨에게 적극적으로 접근하여 이키 씨를 소·일 무역확대의 일원으로 끌어들이려는 주춧돌로 삼기 위해서인 것 같습니다. 이키 씨도 사장님이 소련 원면을 막대하게 사들이고 있는 것을 걱정하고 있습니다."

"이키 군이 자네한테 그런 말을 하던가. 자기의 소련 혐오증을 사업에 끌어들이지 말라고 늘 말해 두었는데…… 괘씸하군! 소련 면화 같은 건 마땅히 그가 끌어와야 할 일인데도 말일세."

다이몬은 불쾌하단 표정을 지었다.

"그러나 이키 씨가 우려하는 것은 단순히 소련 원면이라서가 아니고, 종합상사 제3위의 사장으로서 공매까지 곁들인 투기를 한다는 것이 세상에, 특히 매스컴에 알려지지 않을까 하는 점입니다. 그러니까 사장님의 신상을 걱정해서 드린 말씀이죠."

"석유개발에 50억이나 쓸어 넣고서는 기름 한 방울도 캐내지 못하는 그런 사람이 내 신상을 걱정하니 어쩌니 하는 말을 할 수 있는 거야? 가네코, 자네 역시 면사 장사에서 피오줌을 쌀 만큼 고생한 사람 아닌가? 이 정도의 시세하락쯤으로 허둥거리다니, 나이가 든 탓인가? 주위 이목이 그처럼 무서우면 지금부터는 내가 이바라하고만 추진할 테니, 참견 말게."

다이몬은 함구령을 내리듯 따끔하게 말했다.

토요일 아침, 쓰노다는 오랜만에 한가한 아침을 요코하마의 히요시 자택에서 맞았다.

10년쯤 전까지만 해도 게이오기쥬쿠 대학이 있을 뿐 한가로운 전원 구릉지대였던 이곳은 개발이 진전됨에 따라 히요시 역에서 10분 거리인 산기슭 둘레로 중류 이상의 집들이 빽빽이 들어찬 조용한 주택가가 되었다.

상무시절에 장래의 성공을 바라보고 생각한 끝에 이곳에 약 1백 평의 토지를 구입해 두었는데, 소원대로 전무로 승진했을 때 꿈꾸던 집을 신축한 것이다.

"여보, 그런 데서 뭘 그렇게 혼자 싱글싱글 웃고 계세요? 빨리 식사나 하세요!"

부엌 쪽에서 아내 후쿠코가 큰 소리로 말했다.

"알았어. 곧 가지."

쓰노다는 갑자기 시무룩한 표정이 되어 식탁에 앉았다.

"후쿠코, 전부터 조심하라고 하지 않았소. 여름이면 이웃집에서도 창문을 열어놓아 말소리가 잘 들린다니까. 큰 소리를 지르는 건 삼가도록 해요."

하고 나무라자, 살이 통통하게 오른 얼굴에 눈초리가 처진 후쿠코는 입을 삐쭉거리며,

"어머, 그렇군요. 요즘 당신 정말 허세가 심해졌어요. 학생시절 당신은 우리 집에 오랫동안 하숙한 끝에 결혼하고 신혼살림도 거기서 차렸지요. 지금보다도 훨씬 비좁은 집이었는데도 후쿠코, 후쿠코 하며 코 막힌 소리로 부르던 사람은 어디 사는 누구였나요?"

하고 빈정거리는 투로 몰아붙였다.

또 시작이군 싶어 쓰노다는 귀를 틀어막고 싶은 심정이었다. 가난한 학생시절, 가까이 있는 유일한 이성인 하숙집 딸 후쿠코에게 완전히 빠져 꼼짝 못할 사이가 되어버린 것이다.

서민층 출신이라 살림을 잘 꾸려나간다는 것밖에 볼 데가 없는 후쿠코도 아이를 몇 낳아 차례로 잘 키우는 동안은 좋았으나, 전무까지 승진한 자기에게는 아무래도 어울리지 않는 아내였다. 꼬부랑글씨는 보기만 해도 머리가 아프다며 초보적인 영어회화조차 할 줄 모른다. 차츰 부부동반 파티가 많아지자 그때마다 쓰노다는 둔감한 아내 때문에 조바심이 나서 살이 빠질 지경이었다.

"이렇게까지 출세할 줄 알았더라면 그럴듯한 집안의 여성을 택했을 텐데, 교양도 없고 집안도 볼 것 없으니…… 하다못해 미인이라도 된다면 또 모르겠는데, 나이를 더할수록 볼품없이 뚱뚱하고 넓적한 얼굴이 아닌가."

나지막히 중얼거리며 토스트에 버터를 발라 먹고 있는데,

"여보, 이키 씨가 모레 미국에서 돌아온다던데 또 나물이니 우엉조림이니 하는 요리를 만들어 갖다 주라는 건 아닐 테죠?"

하고 후쿠코가 다짐하듯 말했다.

"무슨 말이야? 미국 출장에서 돌아온 것쯤으로 누가 요리를 갖다 바친담."

"그렇다면 몰라도, 모레는 친정에 가기로 돼 있으니까 알아서 하세요."

후쿠코는 요란스럽게 떠들어대고는 거실 청소를 시작했다.

쓰노다는 후쿠코가 이키 얘기를 하는 순간 마음의 안정을 잃었다.

오리온오일은 한 군데를 더 파는 것에 동의를 했지만, 성공한다는

보장도 없는 5호 시추공에 다시 몰두하는 이키를 쓰노다는 이해할 수 없었다. 만약 5호 시추공도 실패한다면 다이몬 사장도, 주거래은행도 가만있지 않을 것이며, 결국에는 이키가 책임을 져야만 할 것이다. 그 때 이키에게 붙어 있는 자기의 처지는 대체 어떻게 될 것인가. 다이몬 사장은 소련 원면을 대상으로 터무니없는 면화 투기를 벌이고 있고, 부사장인 이키는 성공율이 1천분의 3이라는 석유개발에 광분하고 있다. 석유파동 이후 급격히 식어가는 경기 변동으로 전체적인 수익은 줄기 시작했다. 이 시점에서 어느 한쪽이라도 그르친다면 회사는 돌이킬 수 없는 깊은 상처를 입을 것이다. 그렇지만 쓰노다로서는, 다이몬이나 이키를 밀어내고 스스로 사장이 될 만한 배짱이나 야심도 없었다.

이런 때 사토이 부사장이 있어 준다면 든든할 텐데 하는 생각이 들자, 쓰노다는 가만히 있을 수가 없었다. 후쿠코가 수다스럽게 어디 가느냐고 묻는데도 대답하지 않고, 쓰노다는 택시를 불러 서둘러 집을 나섰다.

니시신바시에 있는 다쿠보공업 빌딩의 지하주차장으로 택시가 미끄러져 들어가자, 쓰노다는 사토이 사장의 검은 벤츠가 있는 것을 흘깃 확인하고 달려온 보람이 있다고 생각했다.

토요일이긴 하지만, 쓰레기 소각기며 폐수처리장치 등 환경기기 메이커인 다쿠보공업은 영업본사까지 격주로 오전에만 일했다.

깅키상사에 비하면 영업본사 빌딩 규모가 10분의 1도 안 되고 또 승강기도 10명이 타면 꽉 차는 작은 것이었지만, 깅키상사의 계열회사 가운데는 가장 크고, 사토이가 사장으로서 재건에 나선 이후 겨우 3년 반 만에 멋지게 업적을 회복시켜, 바야흐로 말단 직원 때의 그의 안면

석유와 면화 225

과 상업적 재주를 되살려 해외에까지 출장소를 갖게 되었다.

5층에 올라가자, 미리 전화를 해두었기 때문에 비서가 나와 사장실로 안내했다.

깅키상사의 부사장실보다 두 배 정도 넓고, 구두굽이 묻힐 정도로 푹신한 융단이 깔려 있으며, 사토이의 취향을 드러내듯 호화로운 집기들은 1인 체제 사장실다운 면모를 나타내고 있었다.

"뜻밖이군, 자네가 여길 다 찾아주다니 말일세."

사토이는 가죽으로 싼 회전의자를 천천히 돌리며 말했다.

"건강해 보이시는군요."

최근에 건강이 좋아진 듯, 심장발작을 일으켰을 무렵보다 젊어 보이는 사토이에게 쓰노다의 말은 결코 인사치레만은 아니었다.

"그런가. 여기는 내 심장에 영향을 줄 상대가 없으니까."

"아무튼 사토이 사장님의 실력에는 정말 놀랐습니다. 석유파동 후에도 업적이 떨어지기는커녕 말 그대로 하늘 높은 줄 모르니, 그 기세가 부러울 뿐입니다."

쓰노다는 한숨짓듯 말했다.

"몹시 우울해 보이는데, 일부러 토요일에 오다니 무슨 일인가?"

사토이는 던힐 담배에 불을 붙이며 물었다.

"아닙니다. 실은 아까 전화로 시간 형편을 여쭈었을 때 말씀드렸듯이, 도쿄프린스호텔에서 미팅이 있어서요. 왔던 길에 요즘 본의 아니게 문안도 드리지 못했던 사과도 드릴 겸, 시간이 있으시면 골프라도 모실까 하고 온 것입니다."

혹 사토이를 방문한 사실이 이키의 귀에 들어가더라도 변명할 수 있도록 말했다.

"고맙네만, 오후부터 수출입은행 전무와 드리 헨드레스 클럽에서 만나기로 약속을 했네. 그보다 회사의 운명을 건 석유개발은 이제 기름 냄새라도 풍기나?"

담배를 피우며 사토이가 빈정거리듯 물었다.

"아닙니다. 4호 시추공은 폐갱되었고, 아직 기름 한 방울 나오지 않는 형편입니다. 그런데도 5호 시추공을 착수하기 위해 이키 씨는 현재 로스앤젤레스의 오리온오일과 직접 회담하러 갔습니다."

"거 참, 수고가 많겠군그래. 하지만 5호 시추공까지 실패한다면 아무리 그 사람이라도 어쩔 수 없을 걸세."

"바로 그겁니다. 저는 3호 시추공 실패 때부터 상처가 심하지 않을 때 명예롭게 철수하라고 누차 말했습니다만, 이 정도 일로 겁을 내선 석유개발 따위를 할 수 없다고 막무가냅니다."

쓰노다는 불평을 토로했다.

"다이몬 사장은 어떤 생각인가?"

"본심으로야 중지했으면 하시겠지만, 사장님께서도 면화 투기에 정신이 팔려 있을 뿐만 아니라 하찮은 일로 허리까지 다쳐 육체적으로 노쇠현상이 확연해, 이키 씨에게 모든 것을 맡기시고 무조건 따라가는 형편이지요……"

"이키의 말솜씨야 천하일품이지. 그 점을 간파하지 못하는 다이몬 사장도 딱하지 뭔가."

사토이는 딱하다는 표정으로 말을 이었다.

"국익이니 뭐니 거창한 말은 하네만, 이키는 아직 상사의 본질을 모르고 있는 걸세. 석유개발로 설마하니 기업 하나를 죽이지야 않겠지. 직접적인 관계가 없어지긴 했지만, 비상근 이사의 한 사람으로서 불안해 영 볼 수가 없단 말일세."

사토이는 그렇게 말하면서도 그 불안함을 즐기는 기색이었다. 쓰노

다는 그 한마디 한마디에 크게 마음이 동요되어,
"이런 때 사토이 사장님께서 계신다면 회사의 방침도 크게 달라질 것입니다. 될 수 있으면 깅키상사로 돌아와서 사장이 되어 주셨으면 하고 생각할 때가 있답니다……"
하고 말하면서 자기가 한 말에 적이 놀랐다.

공작어전

일본석유공사의 총재 응접실에서 다이몬은 벌써 10분이 넘도록 야마시타를 기다리고 있었다.

짜증이 나는 듯 다이몬은 동행한 쓰노다 전무를 보며 말했다.

"사람을 오라고 해놓곤 기다리게 하지 않으면 밑지기라도 하나 보군."

"갑자기 무슨 일인지 모르겠군요. 오늘 오후에 이키 부사장이 로스앤젤레스에서 오시는데, 그때까지 기다렸더라면 좋았을 뻔했습니다."

쓰노다가 신경을 곤두세우고 말했다.

"그래야 할 것을, 상경하자마자 총재가 느닷없이 전화하는 바람에 와버렸으니 이제 어쩌겠나."

하고 다이몬이 혀를 차듯이 말했을 때, 야마시타 총재가 들어왔다.

"오리온에선 5호 시추공도 제휴한다고 하더군요. 다다라 이사로부터 텔렉스가 들어왔소이다."

야마시타의 말투는 정중했지만 냉정한 면이 있어 다이몬으로서는 상대하기 거북한 사람이었다.

"우리 회사에도 로스앤젤레스에 간 중역으로부터 세밀한 보고가 들어와 있어 그렇지 않아도 지원을 부탁드리고자 찾아뵈려 했습니다."

다이몬이 머리를 숙이며 말했다.

"오늘 오십사 한 것은 바로 그 문제랍니다. 지난번에 통산, 대장, 에너지청 합동회의가 있었는데 그 자리에서 이란 쪽으론 이 이상의 지원은 중단한다는 결론을 내렸습니다."

"아니? 중단이라니요. 분명히 저희 회사의 이키와 효도가 찾아뵈었을 때는 파트너인 오리온이 계속한다는 방침으로만 결정하면 공사도 이제까지의 비율로 지원한다고 했다던데."

다이몬이 놀라며 말하자, 총재는 천장을 쳐다보면서 말했다.

"그랬던가요? 내 기억으로 그처럼 명확한 약속은 하지 않은 것 같은데. 원래 공사는 민간회사에서 합의된 것을 기초로 심사하여 지원여부를 결정하는 것이 정상적인 자세인데, 오리온과의 회의 결과도 나오지 않은 시점에서 경솔한 약속을 할 턱이 없지 않겠소."

그 말을 듣고 보니 그 자리에 있었던 것도 아닌 다이몬과 쓰노다는 맞대놓고 반론을 펼 수도 없었다.

다이몬은 오히려 이키와 효도가 사르베스탄 광구 개발을 추진시키고 싶어 총재의 이야기를 일부러 왜곡해서 보고했을지도 모른다는 의혹이 들었으나 내색하지는 않았다.

"이번 오리온 회담에 저쪽에선 리건 회장, 이쪽에서는 나의 대리로서 특별히 부사장을 보내 이룬 합의사항이란 점을 이해해 주십시오."

"난처하군요. 자기 회사의 입장만으로 속단하시면. 하긴 이쪽의 결론이 나온 것도 이키 씨 일행이 출발한 뒤라 개운치 못한 느낌이긴 합니다. 이키 씨가 5호정을 착수할 수 있게 해달라고 했을 때, 공사로서는 더 이상 지원이 불가능할 거라는 사견을 전해 두었습니다만, 다이몬 씨, 그런 말은 듣지 못했나요?"

관료다운 교묘한 말투로 오히려 반문했다.

"총재가 이미 그런 생각을 하고 계신다는 보고는 언젠가 받은 듯도 합니다만, 어쨌든 본인이 이미 회담을 끝내고 로스앤젤레스를 떠나 도쿄로 돌아오는 비행기를 타고 있으니 오는 대로 다시 한 번 자세한 경위를 듣고 그때 다시 찾아뵈었으면 합니다."

다이몬은 대답을 뒤로 미루면서도 이키가 없는 지금이 사르베스탄에서 철수하기에 좋은 기회일지도 모른다고 망설였다.

"찾아오는 거야 자유입니다만 귀사로서도 공사의 지원중지는 큰일일 테니까 1초라도 빨리 알려드리는 것이 낫지 않을까 싶어 사장인 당신을 직접 오십사한 것이올시다. 결정이 하루 지연되면 철탑의 임대료며 기술자, 노무자의 임금 등으로 해서 하루에 3만 달러나 낭비된다니까요."

야마시타 총재는 다이몬의 망설임을 아는지 모르는지, 공사가 지원을 중단함으로써 후에 어떤 일을 당하더라도 공사 쪽의 책임은 아니라는 것을 암시하듯 말했다. 백전노장의 다이몬도 이 말에는 울컥 화가 치밀었으나 잠자코 있자, 옆에서 쓰노다가 끼어들었다.

"말씀을 거스르는 것 같습니다만 오리온이 5호 시추공의 착수를 결정한 것은 지질학의 권위자이신 공사의 다다라 이사와 현지의 지층에 밝은 우치다 씨의 5호 시추공 유망설에 의한 것이라고 들었습니다. 그런데 왜……"

"사르베스탄에는 분명 뛰어난 기술자를 보내긴 했지만 일본의 체면이 반드시 이란에서만 중요한 것은 아니오. 공사가 현재 투자하고 있는 석유개발회사는 30여 사가 있는데 근래 안데스와 사할린 대륙붕, 규슈 앞바다 등 세 곳의 개발이 결정되었고, 한편으론 국제적 계획으로 사우디아라비아 대개발이 있다오. 공사의 투자는 국가예산으로 결정된 한도에서 어떻게 효율적으로 나누느냐 하는 것이 중요한 것이오. 그래, 이키 씨에게도 3년이나 걸려 어느 광구보다도 많은 채굴비를 들여 네 군데나 팠는데도 유징이 없다는 것으로는 국회에서 설명하기 곤란하다고 얘기는 해두었소만."

"공사의 공공성은 잘 알고 있습니다만 5호 시추공이 성공할 확률은 지금까지의 자료로 보아 아주 높은 것으로 알고 있습니다만."

계속하려는 쓰노다의 말을 야마시타 총재가 가로챘다.

"그런 점도 이미 이키 씨로부터 들었습니다만 다다라 이사의 보고로는, 오리온측의 기술진은 사르베스탄 광구에선 아스마리층을 전혀 기대할 수 없고, 다음 목표인 이람층에도 큰 규모의 저류암은 없다고 반박했다지 않습니까?"

다이몬과 쓰노다는 대답이 막혀 서로 마주 볼 따름이었다.

"상사 분에게 이렇게 전문적으로 말해도 이해하실지 모르겠습니다만 신중히 생각해 주십시오."

총재는 말을 마치자, 도깨비에 홀린 듯한 얼굴의 다이몬과 쓰노다를 곁눈으로 훑어보고는 훌쩍 자리에서 일어났다.

응접실을 나온 다이몬은 정면 현관에 대기하고 있던 차에 오르자, 큰 소리로 쓰노다를 나무랐다.

"이키 군한테서 들은 얘기와는 전혀 다르지 않은가! 자넨 업무담당 이사이면서도 그런 눈치를 채지 못했단 말인가?"

"아닙니다. 석유문제는 워낙 이키 부사장과 효도 씨가 맡아서 했고, 또 총재의 말씀은 적당히 얼버무려 자기네에 유리하게 끌고 가려는 뜻이 역력해서 아무튼 이키 부사장이 돌아오시기를 기다릴 수밖에 없겠습니다."

다이몬과 마찬가지로, 쓰노다는 위태로운 도박을 이제는 끝내게 되었다고 생각했지만, 이키가 화낼 것을 생각하니 자기도 모르게 무릎을 흔드는 버릇이 나타났다.

하네다에서 곧장 회사로 나온 이키는 다이몬이 전하는 야마시타 총재와의 이야기를 듣고 나서 따지듯이 물었다.
"사장님, 그건 너무합니다. 일방적인 것은 공사고, 총재입니다. 사장님은 왜 저를 믿지 못하십니까?"
"믿고 안 믿고 지금 그런 게 문제가 아닐세. 요는 공사가 오리온이 오케이를 하든 말든 지원을 중단하고 사르베스탄에서 손을 뗀다는 것일세."
"그 점이 이상하다는 겁니다. 불과 1주일 만에 대답이 정반대로 바뀐 것에는 뭔가 이유가 있을 겁니다."
도쿄, 로스앤젤레스 사이를 왕복한 피로와 짜증이 이키의 얼굴에 스며 있었다.
"이유라니, 그게 뭔가?"
"그것은 방금 귀국한 터라 추측하기 어렵습니다만, 공사에서 다다라 이사까지 파견했는데 귀국 보고도 듣기 전에 서둘러 포기한다고 사장님에게 알린 점으로 보면 심상치 않다고 느껴집니다."
"혹 다다라 이사로부터 총재에게 사르베스탄 광구는 유망치 않다는 극비보고가 간 게 아닐까? 지질적인 건 나도 모르네만 오리온의 기술진은 사르베스탄이 예상보다 나쁘다고 3년 전 평가를 대폭 수정했다지 않나."
"회의의 자세한 내용은 나중에 설명하겠습니다만 다다라 이사는 그런 사람이 아닙니다. 여기에는 뭔가 이면이……"
"이키 군, 최종결론은 이사회에서 내릴 일이지만, 사르베스탄은 포기하세."

"사장님, 진심으로 하시는 말씀이십니까?"

이키는 놀라 반문했다.

"진심이고말고. 석유파동 전에는 우리한테도 위험에 도전할 만한 내부유보가 있었지만, 이런 뜻밖의 상황이 되고 보니 공사가 포기한다면 별 도리 없네."

"분명 우리 회사 몫으로만 이미 50억 엔 이상을 쓸어 넣었습니다만 앞으로 하나만 더 하면 이 50억이 살아날 가망성이 큽니다."

"그 대신 또 다시 실패할 경우엔 투자한 50억에다 공사가 뺀 몫까지 완전한 손실이 되네. 야마시타 총재는 계속하는 건 자유지만 공사가 포기하여 깅키상사의 대들보에 금이 갔네, 안 갔네 같은 말이 없도록 신중하게 해달라는 걸세."

"그런 관료의 책임회피 위협에 사장님 마음이 약해지신 겁니까!"

"뭐라고? 너야말로 말을 삼가하게! 자신의 정당성만을 주장하여 현실을 외면하지 마. 너는 묘한 국익론을 무슨 둘도 없는 대의명분인 양 내세워 석유에 넋이 빠져 있는 거야!"

흥분한 다이몬의 입에서 너라는 말이 두 번이나 나오자 이키는 그저 놀랄 뿐이었다.

그러나 지금은 한시라도 빨리 손을 써야겠다는 생각이 앞섰다.

이키는 어두운 마음으로 석유 로비스트인 다케나카 간지의 사무실을 방문했다.

눈매가 매서운 사나이의 안내로, 어찌 보면 마루노우치 빌딩 안의 방 같지 않은 유럽 살롱 스타일의 응접실로 들어섰다.

"여어, 오래간만이네."

문이 열리자 빈틈 하나 없는, 67세로 보이지 않는 멋쟁이 다케나카 간지가 나타났다.

"별안간 전화로 시간을 내주십사 해서 죄송합니다."

"급히 만나자는 용건이란 뭔가?"

날카로운 눈에 엷은 웃음을 띠며 다케나카가 물었다.

"참 부끄러운 말씀입니다만 우리가 오리온오일과 제휴로 추진해온 사르베스탄 광구 개발이 갑자기 공사의 융자중단으로 곤란한 상황에 놓였습니다."

이키는 지금까지의 경위를 간추려 설명했다. 이키의 이야기를 끝까지 들은 다케나카가 말했다.

"공사로부터 그런 식으로 당했다면 무언가 석유족(石油族) 의원에게 인사치레가 나빴던 게 아닐까?"

"인사치레라뇨. 우리는 외국자본과 공동사업이라 회계감사가 까다롭습니다. 처음에 공사에서 절반을 출자 받았을 때 인사를 했습니다만, 그 후로는 하지 않았습니다."

이키가 대답하자 다케나카는 어이없다는 얼굴로 소리 없는 웃음을 흘린 뒤 말했다.

"아무리 외자와 제휴하곤 있다지만 그렇게 해가지고 용케 4호 시추공까지 지원받았군. 그래서는 얘기가 안 돼."

이키는 잠시 말이 없다가 물었다.

"최근 나가타 거리(국회 의사당, 수상관저를 비롯한 일본 정계 거물의 사무실이 몰린 지역) 일대에선 총선거 이야기가 조금씩 나돌고 있는 모양이던데요. 다부치 총리는 무슨 생각을 하고 계신지요."

다부치 총리의 시바시로가네 저택에 자유로이 드나드는 다케나카에게 맞대놓고 물었다.

"과연 정보가 빠르긴 빠르군. 오늘 아침에 총리관저에 들렀는데, 10월에 국회 해산이 있을 모양이야. 요즘 갑자기 석유개발회사가 신설되기도 하고, 휴업 중인 개발회사가 갑작스레 활기를 띠는 걸 알고 있겠지?"

다케나카는 의미심장하게 말했다.

"그 점은……"

이키는 고개를 끄덕이며 말끝을 흐렸다.

기름이 발견된 유전에 자본을 투자하는 것은 거기 개입한 정치가의 서열에 맞게 배럴당 1센트에서 3센트 정도의 구전을 주는 것이 중요했다.

하지만 기름이 발견될지 안 될지 전혀 예상이 불가능한 유전에서의 탐광이나 시굴의 단계에서는 공사의 투자를 인정하도록 알선해 주는 사례로 굴착비의 몇 퍼센트를 약속하는 것이 이 세계의 불문율로 되어 있었다.

먼저 이키가 손을 더럽힌 방위청의 주력 전투기 납품전처럼 어느 회사의 어느 기종을 한 대 얼마로 구입하느냐 하는 식으로 숫지기 명확하게 나타나는 것과 달라서, 석유개발의 경우는 거의 해외 벽지에서 벌어지므로 항공사진, 지질탐광 등 물리탐광으로부터 시추공의 굴착, 전기검층 등 시굴단계까지 10여 개의 도급회사를 참가시키기 때문에 시추공 하나를 파는 데 드는 액수의 산출이 복잡했다.

더구나 그 유정이 바다 속이냐 육지냐, 자재수송이 쉬운 곳인가 어려운 곳인가, 입지조건과 기후, 인력 등의 상황에 따라 달라진다. 1개 7, 8억이면 되는 곳도 있고 20억이 드는 경우도 있다.

그런 점에 불투명한 그림자가 끼어들 여지가 있으며, 또 다른 이유는 방위청의 주력전투기 구입에는 신경을 곤두세우나 석유에는 관심을 두지 않는 일본 국민성이 석유개발을 둘러싼 검은 그림자를 부르고 있었다.

다케나카는 생각에 골똘한 이키의 얼굴을 흘끗 보고는,

"자네 정도의 남자라면 뭐든지 꿰뚫어볼 수 있을 텐데 뭘 순진한 처녀처럼 망설이고 있나. 석유이권에 관한 것은 파벌의 영수급 거물이 아니고선 손도 댈 수 없는 무서운 세계라네. 정부 자금의 원조가 필요하다면 거기에 맞는 인사를 잊어서는 안 되는 걸세. 그게 싫으면 단념하는 수밖에 없네."

하고 말했다.

"다케나카 씨, 단념할 것 같으면 이렇게 찾아왔겠습니까?"

"그럼, 어쩌겠다는 건가? 공사가 뺀 만큼 보충해 줄 새 출자자라도 찾겠다는 얘긴가? 아니면 자기자금으로 할 건가?"

"가능하면 그렇게라도 하고 싶습니다만, 우리 회사만으론 그만한 리스크머니를 부담할 능력이 못되니까 예전처럼 공사의 지원을 받고 싶은 겁니다. 그렇게 되려면 총선거 때 도움을 제공하는 길밖에 없겠군요."

"없네. 그리고 또 말일세, 아까 듣자니까 공사의 야마시타 총재는 이미 자네네 다이몬 사장한테 공사의 출자중지를 정식으로 통고했다던데, 그걸 철회시키려면 그럴싸한 세리머니가 필요하네."

"세리머니라니요?"

하고 이키가 반문하자 다케나카는 말했다.

"한번 공사가 정식으로 결정한 걸 번복시키려면 그만큼 관리를 납득 시킬 만한 자료를 내놓아야 한다는 말일세. 다부치 총리가 압력을 넣어도 설득하기 어려운 관리는 뭔가 그런 재료를 제시하지 않으면, 이빨을 드러내고 오기로 버티는 습성이 있다네. 다시 말해 처절한 투쟁을 하려거든 관리를 납득시킬 세리머니를 준비해야만 한다 이걸세. 자네네 회사 경우라면 LNG 계획이 진행 중이니까 오사카전력 정도를 내세워 부탁해 보는 게 좋을 것 같네."

"오사카전력에게?"

그러자 다케나카는,

"음, 석유의 최대 수요자는 전력회사 아닌가? 그 전력회사로 하여금 석유개발은 기대가 크고 또 유망성도 높으니, 지원을 계속해 주도록 부탁한다고, 위론 통산성을 비롯해 에너지청, 일본석유공사에 이르기까지 두루 찾아다니게 하면 말일세, 관공서로선 3할 자주원유확보를 강조하는 원칙상 함부로 거절 못할 걸세. 빨리 납득시키려면 전력회사로 하여금 몇 퍼센트 출자하게 하는 게 좋지. 전력회사가 나서면 다부치 총리도 움직이기 편하다네."

하고 강력하게 권했다.

"그야 그렇습니다만……"

"뭔가 내키지 않는 말투네만, 세리머니의 연출에는 전력회사가 가장 적격이네."

"하지만 오사카전력에겐 LNG 계획문제로 여러 가지 신세를 지고 있으니까, 나로선 이번 일에 이란 정부가 사르베스탄 광구의 개발을 속행토록 압력을 넣는 것이 가장 효과적일 거란 생각이 드는군요. 어떻습니까?"

이키는 이란 국왕의 주치의이자 배후인물인 닥터 포르지의 모습을 생각하며 말했다.

다케나카의 눈이 움찔했다.

"허어, 자네는 정말 엄청난 생각을 하는군. 천하의 전력회사도 자네에게는 별것 아니다 이건가? 놀랄 따름이네."

하고 몹시 놀란 듯이 말했다.

"그래서 다케나카 씨께 드리는 부탁입니다만, 이란 정부가 압력을 넣는다 해도 일본측에 받아들일 창구가 없으면 효과가 없을 테니까 다부치 총리께 도움을 청하고 싶다 이겁니다. 또 선생이라면 중동정세에 밝아 이란 정부의 청이 부당한 것이 아니라는 사실을 누구보다도 설득력 있게 설명해 주실 수 있을 테니까요."

이키는 다케나카가 중동 각국의 국왕, 석유대신들과 찍은 사진으로 화려하게 장식한 벽쪽을 보면서 거침없이 말했으나, 그런 방법을 이용하는 것이 몹시 가슴 아팠다.

다이몬 사장 이하 17명의 이사가 커다란 타원형 테이블을 에워싸고 있었다. 정례이사회였다.

섬유담당인 가네코 부사장은 온화한 눈에 괴로운 기색을 담고 말했다.

"후코쿠방직은 우리 회사와 30여 년간 거래해 온 회사이며 섬유부문에 이미 10명 정도의 사람을 보내 재건에 노력했습니다만, 한국에 판로를 뺏겨 앞으로 장래성이 없으므로 10억 엔의 재건자금융자를 중단하고 이제부터 채권확보에 힘쓰겠습니다."

이사회의 분위기는 무거워졌다.

탈섬유정책 때문에 섬유부문의 시장점유율은 겨우 20퍼센트로 축소되었으며 섬유의 끝없는 구조적 불황은 깅키상사의 수익을 압박하고 있었다.

다이몬은 쓸쓸한 표정으로 묵묵히 금테안경을 벗어 닦기 시작했다.

식량담당인 히구치 전무가 물었다.

"사장님, 요즘 콩과 면화 값은 급격히 떨어졌습니다만, 면화 시세는 얼마입니까?"

다이몬은 한순간 대답할 말을 잃었다.

파운드당 95센트에서 80센트로 떨어지고, 어제 뉴욕 시세는 다시 75센트로 떨어졌으나, 엄격하게 함구령을 내려 이 사실은 가네코 이외의 이사에게는 거의 알려져 있지 않았다.

다이몬으로선 울화가 치미는 질문이었다.

"약간 떨어지는 경향이네만 곧 회복될 걸세. 이쪽 일은 내 나름대로의 대책이 있으니까 걱정할 것 없네."

억지로 별일 없다는 듯 대답하자 이키가 물었다.

"떨어졌다면 지금은 어느 정도입니까?"

"그런 건 대답해 봤자 자넨 잘 모를 걸세."

다이몬은 못마땅한 듯 이키의 질문을 묵살했다.

"하지만 지금 히구치 전무가 지적했듯이 곡물 시센 물론 주석, 동 등 국제시장 상품이 대체적으로 떨어지는 가운데 면화 시세만 다시 오를 거란 전망은 할 수 없잖습니까?"

다이몬의 체면을 생각하여 이제까지는 이사들이 모인 자리에서는 거론하지 않았던 면화 투기를 처음으로 문제 삼았다. 이키와 가네코와 나란히 또 한 명의 부사장인 철강담당 도모토가 다시 완곡하게 다이몬을 견제했다.

"요즘 우리 예상에서 벗어나는 사태가 속속 일어나고 있으며 특히 오일달러라는 것에 골탕 먹고 있습니다만, 면화 투기에도 꽤 흘러들고 있는 것이 아닐는지요."

"그 점도 이미 모두 생각하고 있네. 면화 투기같이 특수한 것은 회의를 하면서 이러쿵저러쿵 거론하는 게 아닐세. 내가 모든 책임을 질 테니 문외한은 걱정하지 말게나."

다이몬의 음성이 한껏 높아지자 이사들은 입을 다물었다.

이키는 다이몬의 음성이 높아지면 높아질수록 그가 판단력을 잃어가고 있다고 느꼈다. 일흔을 넘기면서부터 심신이 현저하게 노쇠해지면서 전처럼 제삼자의 의견을 들으려고 하지 않았다. 더구나 비판적인 의견에 대해서는 현역사장이란 강점을 내세워 다짜고짜 꾸중을 해 입을 막아버렸다. 일찍이 이키의 조언에 귀를 기울여 탈섬유, 종합화를 꾀하던 다이몬은 그 목표를 최후까지 달성하지 못한 채 경영자로서의 능력이 남김없이 사라져 지금은 빈껍데기에 가까웠다.

다이몬은 자기의 일갈로 조용해진 이사진을 만족스럽게 훑어보고,

"이 자리에서 여러분에게 한가지 말해 두고 싶은 게 있네. 이란 사르베스탄 광구 개발에 관해 얼마 전에 일본석유공사의 총재로부터 포기한다는 뜻의 통고를 받았네. 당초 석유자원 확보란 뜻을 관철하지 못해 참으로 유감스럽네만, 공사가 철수시키는 몫을 우리가 부담할 능력이 없기 때문에 이란으로부터는 철수하겠어."

하고 의안에도 없는 석유개발 건을 별안간 꺼내고는 확정적으로 잘라 말했다.

"사장님, 그렇게 결정하시는 겁니까?"

업무본부장 쓰노다는 반은 놀라고 반은 안심한 듯이 이키와 다이몬의 얼굴을 번갈아보았다. 다른 이사들도 술렁거리기 시작했다.

"사장님, 철수라니, 아직 어떤 토의도 없었잖습니까. 불과 5퍼센트라곤 하지만 도쿄상사도 계속 출자할 겁니다."

끄트머리 좌석에 앉은 에너지 담당상무 효도의 굵직한 목소리에 기계담당인 기시는 사태를 걱정하듯이 물었다.

"하지만, 공사가 손을 뗀다면 문제지. 이유는 뭡니까?"

"그것이 전혀 짐작이 안 됩니다. 이키 부사장과 내가 로스앤젤레스

오리온오일에 5호 시추공 굴착계획 토의차 가 있는 동안, 사장님께 통고된 것입니다."

"공사가 포기한 이유는 간단하네. 결국 3년이나 걸려 시추공을 서너 개씩이나 팠건만 석유가 나오지 않았기 때문이야."

다이몬이 냉정하게 말했다.

"네 개나 파서 실패했다면 좀 더 일찍 포기했어야 옳지 않았습니까. 유징이 좋아졌다고 해서 하나만 더 식으로 계속된 것이니까……"

아까 무심코 한 투기에 대한 얘기가 다이몬 비판으로 번질 뻔해서 크게 당황하던 식량담당의 히구치가 다이몬의 마음을 사려는 듯이 말했다.

"회사 내의 그런 여론이 강하기 때문에 난 여기서 철수를 결정한 거네. 국제석유자본처럼 3, 40년 동안 모은 자기자금으로 하는 것과는 달리 우리 상사가 투자하는 자금은 은행금리가 붙은 돈이네. 그러니까 이 이상의 도박엔 나설 수 없네."

"사장님께서 말씀하시는 뜻은 알겠습니다만 5호 시추공은 꽤 유망해 도박이 아닙니다. 오리온이 오케이했으니 하나만 더 파게 해주십시오. 공사가 포기한다고 여기서 물러나면 지금까지 투자한 50억은 죽고 맙니다."

효도는 다이몬을 비롯한 이사진의 이해를 구하듯이 말했다.

"공사가 포기한 몫까지 우리가 부담하자면 얼마나 필요한가?"

기시가 물었다.

"현재 이란엔 인플레이션이 심하므로 모든 경비를 20억 엔으로 보아 약 10억입니다."

효도가 간단명료하게 답하자 히구치는,

"10억을 토막에다 버릴 정도라면 아까 그 후코쿠방직을 구제하는 것이 옳을는지도 모르며, 우리 기계부문에 배정되어 있는 재무 쪽으로부터의 '배급미'만이라도 증액해 줬으면 합니다. 우리 입장에서 말하자면, 호주에서 목장을 사들여 종우의 사육에서부터 냉동육 제조, 수입까지 일관된 식육 프로젝트에 30억 예산을 투입하고 있는데, 이것을 당초 50억 예산으로 추진했더라면 규모의 효율성 증대로 두세 배의 수익을 올릴 것을 뻔히 알면서 놓쳐버렸으니까요."

하고 석유개발 때문에 예산이 삭감되어 불만스럽다는 투로 말했다. 그러자 재무담당 전무 무사시가 불안스럽게 입을 열었다.

"사르베스탄 광구는 이란석유개발회사라는 별개 회사가 개발하여 직접 본사에 손해가 돌아오지 않도록 처리되어 있지만, 은행은 석유개발명목으론 단 1엔도 빌려주지 않기 때문에 결국 재무가 일반차입으로 이리저리 융통하여 탐광비를 염출하고 있는 것입니다. 여태까지도 각 영업부문의 예산요구를 삭감해 석유개발에 돌리는 일은 여간 어려운 일이 아니었는데, 게다가 포기한 몫까지 우리 회사가 부담하기는 곤란합니다. 5호 시추공을 꼭 할 생각이라면 차라리 우리 회사의 출자비율을 줄이고 새로운 출자자를 구해 위험분산을 도모해야 할 것입니다."

"효도 군, 어디 새로운 출자자라도 점찍어 놓았나?"

효도에 대해 감정이 좋지 않은 쓰노다가 심술궂은 말투로 물었다.

"이제부터 구한다면 시간적으로 공백이 생깁니다. 5호는 4호에서 불과 1킬로미터 동쪽에 파는 것이니까, 철탑이나 기재의 이동은 1주일이면 끝납니다. 무사시 전무님, 여기선 우선 자금조달을 부탁드립니다."

효도는 비장한 얼굴로 고개를 숙여 보였다.

"심정은 잘 알겠네만 돈이 잠겨 있는 건 이 일만이 아닐세. 우리와 같은 급의 마루후지 상사와 비교하면, 우리 회사의 차입금은 1천억 정도가 많아. 그건 곧 8퍼센트의 금리로 따져도 연간 80억의 핸디캡이 있는 것이지. 통상적인 수입이 모두 2백억이라 해도 우리는 80억이 사라지니까 120억의 이익밖에 남지 않는다네. 그래 다른 회사에 너무 뒤떨어지지 않는 결산을 내기 위해선 다음 기부터는 지주를 매각해서라도 이익을 올려야겠네. 말하자면 장님 제 닭 잡아먹는 상태까지 몰려 있단 걸세. 거기에 또 5호 시추공에 10억을 투입해 만약 실패라도 한다면, 이제까지의 50억에 10억까지 더해 60억이 몽땅 사라지니, 자칫하면 3, 4기 후에는 주식의 매각도 바닥나 감배(주식회사에서 이익배당률을 보통 수준 이하로 줄이는 비상수단)라는 창업 이후 가장 어려운 사태에 빠질지도 모르네. 여기서 공사가 포기한 몫을 우리가 부담하기란 어렵지 않겠나."

"무사시 군 얘기처럼 이 이상은 무리야. 하루 3만 달러의 임대료가 드는 일이니 내일이라도 당장 계약을 해약해야만 되네."

다이몬이 바로 이 기회다 싶어 명령하자 효도가 서둘러 말했다.

"회사의 곤란한 형편은 잘 압니다. 끈질기게 떼쓰는 것 같습니다만 하나만 더 팔 수 있게 해주십시오. 성공하면 1천억 이상의 이익이 회사에 옵니다."

"투기꾼 같은 소린 그만두게. 기업은 사원과 그 가족을 부양하고 주주에겐 배당금을 지불해야 하는 거야!"

다이몬의 노기등등한 목소리가 터졌다. 효도는 그 서슬에 말이 막히고 이키는 차분한 목소리로 말했다.

"사장님께서 말씀하시는 뜻은 지당합니다. 기업은 영원한 것이고 옥쇄는 용납되지 않습니다. 그러니만큼, 공사의 지원이 계속되도록 현재 제가 할 수 있는 온갖 최선을 다하고 있으니 결정을 연기해 주셨으면 합니다."

"자네, 묘한 말을 하는구먼. 사장인 내가 공사 총재의 통고를 받았는데 무슨 재주로 뒤집겠다는 건가? 자네가 말하는 최선의 노력이란 대체 뭔가?"

다이몬은 벌컥 화를 냈다.

"그것은 제가 급히 이란을 다녀온 후에 말씀드리겠습니다."

이키는 전날 석유 로비스트 다케나카 간지를 만나 이란 정부가 다부치 총리에게 작용하도록 부탁한 걸 내색하지 않고 이사회의 결정을 연기시켰다.

다이칸야마의 맨션으로 돌아와 룸쿨러의 스위치를 넣었을 때 전화가 울렸다. 재킷을 벗으며 수화기를 들자 다케나카 간지의 묵직한 목소리가 들려왔다.

"이키 군인가? 다케나카일세."

"어쩐 일로 이렇게. 어젠 여러 가지로 도와주셔서 고마웠습니다."

"시바시로가네 쪽 얘긴데, 총선거 전의 일이니까 조건에 따라서는 창구 노릇을 해줄 모양이더군."

어제 이키가 한 부탁을 시원스레 받아주었다. 예상 밖의 신속한 회답이었지만, 이키는 시바시로가네의 호화스러운 저택에 공작을 놓아 기르면서 아침 일찍부터 버스를 대절해 몰려오는 진정단과, 총리 담당 신문기자들의 눈을 피해 찾아오는 각계각층의 손님들을 각각 별채로 나누어 들이고는 신사복 차림에 나막신을 끌고 바쁘게 저택 안을 돌아다니는 다부치 총리의 모습을 생각하면 납덩이를 삼키는 듯한 고통이 느껴졌다.

"어떤가? 모처럼 스케일 큰 일로 도와주고 싶어 다부치 총리를 설득시킨 걸세. 설마 마음이 약해진 건 아닐 테지?"

다케나카는 목소리만으로도 사람의 마음을 휘어잡았다.

"천만의 말씀입니다. 어제 부탁했는데 오늘 당장 총리의 심중을 타진해 주시다니, 과연 다케나카 씨입니다. 탄복하지 않을 수 없군요. 감사합니다."

이키가 마음과는 전혀 달리 고맙다고 인사하자 위협적이던 다케나카의 목소리가 별안간 달라지더니,

"알아주니 됐네. 총리가 직접 창구가 돼주신다면 자네 쪽에선 비용이 꽤 들겠지만, 현재 이란의 인플레이션은 중동 어느 나라보다도 광적이어서 최근 반년 동안만 해도 3, 40퍼센트나 오르고 있으니까 여러 가지로 안성맞춤이지 않나. 아무튼 난 번갯불에 콩 볶듯이 그 창구를 준비한 거니까 자네도 하루빨리 이란으로 떠나야만 하네."

하고 거역할 수 없도록 밀어붙이며 전화를 끊었다.

이키는 오물을 뒤집어쓴 듯한 느낌이 들었다. 아직 1달러의 돈도 움직이지 않았으나 다부치 총리가 힘이 되어주겠다고 승낙했다면 이젠 굴착비를 늘려 그 몫만큼을 선거자금으로 내놓아야만 한다. 석유 개발에서만은 손을 더럽히지 않겠다고 마음속으로 작정했건만 마침내 더럽히고 말았다는 회한과 치욕에 사로잡히고 말았다.

이키의 뇌리에 낙찰을 따낸 직후 테헤란에서 이란 정부와의 조인식에 참석한 뒤 사르베스탄 광구에 처음으로 가서, 아스마리층이며 그 루피층이 노출된 구릉을 보며 기도하는 마음으로 탐광개시를 기다리던 때의 기억이 되살아났다.

자재를 운반하기 위해 길을 뚫고, 테헤란과 교신하기 위해 무선탑을 세우며 이란석유공사가 공인한 헬리콥터를 전세 내어 탐광은 순조롭게 시작되었다. 그렇게 하여 마침내 시굴단계에 들어가서, 1호 시추공

은 가장 유망한 구조의 중심지점을 팠음에도 불구하고 유징이 없다는 결과로 끝나고 말았다.

그리고 2호 시추공이나 3호 시추공 역시 대유전이 틀림없다던 당초의 예상은 모조리 틀어졌고 4호 시추공은 굴착 5개월 만에 심한 일니현상이 나타나 폐갱이라는 참담한 실패로 돌아갔다. 직접 담당하는 효도도 괴롭겠지만, 오늘 열린 이사회 분위기와 같이, 다른 영업부문의 비난을 억누르고 다이몬 사장을 설득하여 개발을 속행하려는 부사장인 자기 역시 하나의 갱이 실패할 때마다 수명이 줄어드는 느낌을 받아왔다.

이키는 넥타이를 느슨하게 풀고 브랜디 병을 가지러 가려고 일어섰다. 그때 현관문의 자물쇠 열리는 소리가 들렸다.

그러고 보니 오늘 밤에 지사토가 교토에서 찾아오기로 되어 있었다. 그러나 이런 날에는 그저 혼자 술로 울적한 마음을 달래고 싶었다.

마스터키로 문을 열고 들어온 지사토는 일본 옷차림에 견사로 된 홑옷을 산뜻하게 걸치고 있었다.

"너무 늦게 와서 미안해요. 예정했던 신칸센 열차를 놓쳐버려서 그만……"

"괜찮아, 나도 지금 막 들어왔으니까."

브랜디를 술잔에 따르면서 말했다.

"뭣 좀 준비할까요?"

"아니, 괜찮아."

"무슨 일이 있었나요? 피곤해 보이네요."

"음, 약간. 당신도 좀 들어요."

"네, 마시겠어요."

지사토는 술잔을 들고 와서, 살며시 옷소매를 붙잡고 이키의 빈 잔과 자기 잔에 브랜디를 따랐다.
 "오래간만이군, 전통 옷을 입은 당신 모습은. 그런데 무슨 도예 모임이라도 있었소?"
 "아녜요, 하지만 이번에는……"
 지사토는 잠시 말을 끊었다가 이키의 얼굴을 보며 말했다.
 "당신, 로스앤젤레스 출장의 피곤 때문만이 아니시죠?"
 "왜, 여느 때와 달라 보이나?"
 이키는 브랜디를 한 입 가득 물고 시들하게 말했다.
 "그렇게 말씀하시는 자체가 평소완 달라요. 업무관계로 틀림없이 무슨 엄청난 문제가 있는 거죠?"
 지사토의 염려에 이키는 짜증스러워 했다.
 "내 업무엔 참견하지 말라고 전에 말하지 않았소. 죽은 아내는 내 일에 대해선 한마디도 하지 않았어."
 스스로 생각해도 엉뚱한 말이 이키의 입에서 튀어나왔다.
 "당신 일에 참견하려 한 게 아니었어요. 혼자 생각할 일이 있으시면 전 돌아가겠어요."
 지사토는 굳어진 얼굴로 잔을 테이블 위에 놓았다.
 "그런 말은 하지 않았어. 그렇게 낱낱이 따지려 하지 말아요."
 참으려 했으나 오늘 아침의 이사회, 다케나카 간지의 전화 등으로 울적했던 감정이 지사토를 향해 폭발한 것이다.
 "당신이야말로 저한테 마구 화를 내시니 이상하군요. 오늘은 저 역시 어려운 형편이었는데도 당신 시간에 맞춰 교토에서 이렇게 온 거예요. 앞으로의 일이 불안하군요."
 앞으로라는 말을 듣는 순간, 이키는 흠칫하여 제정신이 들었다.
 지난번 교토를 방문했을 때, 연내로 정식절차를 밟자고 약속하였던 것이다. 그것이 지사토에게 남자로서, 그리고 인간으로서 성의를 다할 수 있는 유일한 길이었다.

그 약속을 생각하자 이키는 말할 수 없이 답답해졌다. 아무런 번거로움도 없이 오직 일에만 열중할 수 있는 지금까지의 생활이 무엇과도 바꿀 수 없이 소중하게 느껴졌다.

이키가 묵묵히 있자, 지사토는 소파에서 일어나 베란다 쪽으로 걸어갔다.

별빛도 없는 어두운 밤이었지만 내려다보이는 집집의 창문에는 단란한 불빛이 따스하게 반짝이고 있었다.

등을 보인 채 묵묵히 서 있던 지사토가 뒤를 돌아보고 가라앉은 음성으로 말했다.

"우리는 안 될 모양이군요."

"갑자기 무슨 소릴 하는 거요. 여러 가지 일이 쌓여 그만 마음에도 없는 소릴 해서 미안해요. 내일은 딸애한테 정식으로 인사하기로 되어 있잖아."

그때서야 이키는 지사토가 단정하게 일본 옷으로 차려입고 온 이유를 알아챘다.

"아까 아내는 업무에 대해선 말씀 한마디 없으셨다고 했는데, 저는 돌아가신 부인처럼 묵묵히 순종하고 당신을 받드는 일을 감당할 자신이 없어요. 따님과 만나는 것은 미루기로 해요."

지사토는 핸드백을 집어 들었다.

"이렇게 늦은 밤에 어디로 가겠다는 거요? 피곤해서 그러나 본데 오늘 밤은 조용히 보냅시다."

이키는 지사토를 만류했다.

이튿날 아침, 지사토는 일찍 출근하는 이키를 위해 서둘러 아침식사 준비를 하고 있었다.

급한 대로 냉장고에 남아 있던 야채로 샐러드와 보일드에그를 만들고, 세면장에서 이키의 전기면도기 소리가 그치자 토스터의 스위치를 넣었다.

어젯밤엔 떨떠름한 심정으로 잠자리를 따로 했지만, 아침에 잠이 깼을 때는 마음의 응어리는 깨끗이 사라진 뒤였다.

이키는 단정하게 넥타이를 매고 재킷만 입으면 곧 나갈 수 있는 차림으로 식탁 앞에 앉았다.

"그럼, 오늘 저녁 7시에 도쿄선의 도리쓰 대학 앞 정면 개찰구에서 기다리고 있어요. 알았지?"

가키노키사카의 집에 사는 딸 나오코 부부에게 지사토를 정식으로 소개시키기 위한 시간약속이었다.

"저는 괜찮지만, 당신 7시에 오실 수 있으세요?"

지사토는 불안했는지 다짐하듯 말했다.

"어떻게든 꼭 시간을 낼게. 실은 긴자 정도에서 나오코 내외를 불러 조촐하게 식사라도 했으면 좋겠다고 생각했는데 후토시나 마리코가 아직 어려서 집을 비울 수가 없다는 거야. 이해해요."

"그런 건 아무려면 어때요."

지사토가 그렇게 말하고 포트의 더운물을 찻잔에 따르는데 초인종이 울렸다.

"내가 나가지. 만일 신문기자라면 아래층 로비에서 기다리도록 할 테니까."

이키는 현관으로 가서 만일을 염려하여 도어 스코프로 내다보니 도쿄상사의 사메지마 다쓰조가 서 있었다. 너무나 뜻밖의 손님이었다.

이키는 집에 아무도 없는 척하려고 발길을 돌렸다. 그러자 초인종이 서너 번 연달아 울리며 사메지마의 큰 목소리가 들려왔다.

"안 계십니까. 베란다 커튼이 열려 있어요!"

사메지마는 주위를 생각지도 않고 출입문을 큰 소리로 쾅쾅 두드려 댔다. 있으면서 없다고 잡아떼지 못하도록 미리 베란다 커튼까지 확인해 두었으니 짜증스럽기는 했으나 문을 열어주지 않을 수 없었다.

"아니, 출근 전이오? 마침 잘 됐소이다."

사메지마는 그 큰 몸집으로 불쑥 들어왔다.

"이렇게 이른 아침에 무슨 일이오? 지금 나가야만 하니 할 얘기가 있으면 차에서 하도록 합시다."

이키는 그가 안으로 들어오지 못하도록 말했다.

"그런 냉정한 소릴랑 말고 모닝커피나 좀 마십시다. 무슨 급한 용무인지는 몰라도 모시러 올 차도 아직 오지 않았잖소."

사메지마는 이키보다 한술 더 뜨듯이 말하고 말릴 틈도 없이 뚜벅뚜벅 들어왔다. 그는 한 번 휘둘러보고 넉살좋게 말했다.

"도모아쓰한테 말은 들었소이다만 정말 검소한 살림이구려. 식당은 어느 쪽이오? 이 근처에서 볼일 하나 마치고 오느라 커피가 몹시 마시고 싶었소이다."

사메지마가 아침 일찍 정치가를 찾아다니는 것은 옛날부터 유명하다. 이 근방에서 사메지마가 찾아볼 곳이라면 총재 선거에서 항상 중요한 역할을 하는 나카네 간사장임에 틀림없었다. 이키는 식당에서 숨을 죽이고 있을 지사토 때문에 불안해서 견딜 수가 없었다.

"인스턴트라도 괜찮다면 내가 세트를 갖고 오겠소."

이키가 식당 쪽을 가로막았다.

"아니, 아니, 염려 마시오. 구수한 냄새가 나는 걸 보니 식당은 이쪽인 것 같구려."

사메지마는 상어처럼 냄새를 맡으며 거실과 기역자형으로 잇닿은 식당으로 들어서다가 지사토를 보았다.

"아! 이거, 실례……"

넉살좋은 사메지마지만 무척 놀란 듯했다.

"정말이지 내가 정보 부족이라서 어이없게 숙맥 노릇을 했소이다."

호들갑스럽게 머리를 긁적이면서 화사한 여름 실내복을 입고 나이보다 젊어 보이는 지사토를 머리에서 발끝까지 호기심에 찬 시선으로 훑어보았다.

"마침 기회가 좋으니 소개하겠소. 이쪽은 머지않아……"

이키는 하는 수 없다 싶어서, 아내로 맞을 사람이라고 소개하려 하자 사메지마는 다 듣지도 않고 자상하게 마음을 써주듯 말했다.

"아니, 나와 당신 사이에 뭐, 그런 딱딱한 인사치렌 아무려면 어떻소. 누구한테도 말하지 않으리다."

이키가 단호하게,

"이상한 억측은 마시오. 마침 오늘 저녁 도모아쓰 내외와도 만나기로 되어 있으니까."

하고 말하자 지사토는 긴장된 표정이지만 떳떳한 태도로 인사를 했다.

"처음 뵙겠습니다. 아키츠 지사토라 합니다."

"가을이건 봄이건, 어느 쪽이면 뭐 어떻습니까…… (아키츠의 아키는 가을이라는 뜻으로 이름을 비야냥거린 말) 그보다 시간이 없으니 곧 용건을."

"그럼, 빨리 커피 좀 끓여줘요."

이키는 지사토에게 그처럼 말하고 거실의 소파에 마주 앉았다.

"지금까지 집을 찾아온 일이 없던 당신이 이렇게 온 걸 보니 꽤 중대한 일일 테죠."

"실은 사르베스탄 광구 일인데 공사가 손을 뗀 이 기회에 우리 회사도 손을 뗐으면 해서요……"

"하지만, 댁의 섬유담당 이사의 얘기론 공사가 철수해도, 도쿄상사에 배당된 출자가 종전과 같이 5퍼센트라면 5호 시추공은 그대로 계속한다는 확인을 받았는데요."

솔직한 심정으로 도쿄상사 따위는 차라리 포기해 주었으면 싶었지만 공사가 손을 뗀 지금 겨우 5퍼센트의 출자라고는 해도 도쿄상사가 떨어져 나간다면 회사 내외에, 사르베스탄의 개발 속행을 더욱 위험시하는 심리적 동요를 일으킬는지도 모르는 일이니만큼 말리지 않을 수 없었다.

지사토가 커피를 내오자 사메지마는 다시 한 번 여자를 쳐다보다가 지사토가 방에서 나가자 단숨에 커피를 마시고 말했다.

"우리의 멍텅구리 석유담당 이사가, 나와 당신이 사돈관계니까 거절하면 내 비위를 거스르게 될까봐 이사회에도 붙이지 않고 승낙해 버린 모양이오. 그러나 석유개발 같은 위험한 투자는 공사의 돈을 쓸 수 있는 경우거나 혹은 이미 석유가 발견되어 있는 광구의 자본참가가 아니면 관여치 않는다는 것이 내 신념인 만큼, 안 됐지만 단념해 줘야겠소."

일단 도쿄상사 자체가 동의한 것을 석유담당 이사의 개인적 판단이었다고 뻔뻔스런 핑계를 내세웠다. 이키는 은근히 화가 났으나 거듭해서 부탁했다.

"하지만 5호 시추공 하나만 더해 보지 않겠소? 5퍼센트 자금이라면 아무리 위험한 투자라고 해도 회사의 업적에 별로 상관없을 거고 실력자인 당신의 생각 여하에 따라 어떤 식으로든 되지 않겠소."

"그처럼 석유개발이 하고 싶다면 먼 이란은 그만두고 사할린의 대륙붕을 하는 게 어때요? 소련 영역인 게 좀 문제지만 그 부근은 일본의 옛 해군 자료도 있고 무엇보다도 일본에서 가깝고 석유질도 좋은 모양이니 말이오."

오히려 다른 것을 권유하고 나왔다. 사할린 대륙붕 개발에 대해서는 소련측에서 일본에 권유의 손길을 보내고 있다는 것을 이키도 알고 있었다.

"사할린 대륙붕 개발은 당신네가 착수키로 했소?"

이곳에 오기 전에 나카네 간사장 댁에 간 것도 이 문제 때문이구나 싶어 확인해 보았다.

"글쎄요, 그렇게 되는 건가요. 공사가 이란에 헛돈을 처넣을 순 없다고 깨닫고 사르베스탄에서 철수하는 것이니, 정부의 뒷받침도 없다면 우리도 손을 뗄 수밖에…… 그렇게 되면 댁은 혼자서 고립무원이니 깊은 상처를 입겠소이다. 듣자니 다이몬 사장은 아주 겁에 질려 도망치고 싶어 한다던데 말이오."

놀리는 듯한 태도였다.

"그러니까 5호 시추공까지만 그대로 해달라고 부탁하는 것이오. 공사의 야마시타 총재로부터 포기한다는 통고를 받았지만, 이제 조금만 더 밀면 종전처럼 계속해서 지원을 해줄 채널을 쥐고 있다오."

이키는 하는 수 없이 말했으나 상사원으로선 유능해도 인간성이 나쁜 사메지마에게 이렇게 사정해야만 하는 자기의 막다른 처지가 한탄스러웠다. 그러나 장본인인 사메지마는 아랑곳없이 말했다.

"세상모르는 소리 마시오. 어떤 채널인지 모르겠소만, 국제적인 계획으로 지원하는 이쓰비시상사의 사우디아라비아를 필두로 이제까지

휴면중이던 각 석유개발들이 갑자기 투자를 신청하고 있고 더구나 우리 회사의 사할린 대륙붕을 비롯하여 안데스, 규슈 앞바다의 새 프로젝트에 돈이 드는 실정인데 일단 포기한 이란을 재고한다는 것은 있을 수 없소이다. 석유개발에 대한 정부자금 배분에 관한 것을 다루는 보스는 마피아처럼 아예 머리부터 정해져 있으므로 그 영역을 침범하려드는 철부지는 당장 저지를 당하기 때문에 웬만한 정치가는 감히 손도 못 대는 게 관례로 돼 있다는 걸 당신은 모르시오?"

정계에 밝다는 것을 자부하는 사메지마는 총선거에 관한 것은 내색도 않고 뽐내듯 지껄였으나 그 얘긴 지난번 다케나카 간지가 한 얘기와 완전히 일치되는 것이었다. 이키가 잠자코 있자 사메지마는 시간이 없다는 듯 말했다.

"댁까지 찾아온 이유는 우리 회사가 손을 뗀다는 것을 전하는 동시에 사할린에 참여하는 게 어떠냐는 권유 때문이었소. 여하튼 오늘 안으로 공사에 멤버를 신청하지 않으면 배분받을 수 없으니까 말입니다."

출자자의 부족을 솔직하게 토로했다.

"모처럼입니다만, 지금의 깅키상사로선 응할 수 없는 문제군요."

이키가 거절하자 사메지마는,

"그럼 이야긴 틀린 거로군. 이거 폐가 많았소이다."

라고 말하고 냉큼 일어나서 현관으로 나갔다. 이키가 뒤에서 문을 닫으려고 하자 사메지마는 식당 쪽을 눈짓하면서 작은 소리로 물었다.

"그건 그렇고, 그 여자 제법 괜찮소이다. 몇 살이오?"

이키가 대답도 않고 문의 손잡이를 잡아당기자 다시 말했다.

"시베리아에서 고생한 몸이니까 너무 열중하면 건강에 해롭소이다.

이건 사메지마가 진심으로 드리는 충고요. 흐핫 흐핫 흐핫······."

사메지마는 기묘한 웃음을 남기고 사라졌다.

이키는 기분이 상했다. 그는 지사토에게 미안하다는 생각이 들어 식당으로 돌아와,

"기분 나빴겠소."

하고 위로했다. 지사토는 아침식사를 계속 들면서 말했다.

"그보다 상사의 부사장이란 처지가 얼마나 바쁜가를 비로소 안 것 같아요. 아침 7시 반부터 집에서 일이 시작되다니, 이제까지 제 나름으로 생각했던 것과는 비교도 안 될 만큼 바쁘시군요."

"하필이면 이런 메마른 세계에서 제2의 인생을 찾았을까 하고 생각하는 게 아니오?"

사메지마가 한 말을 어느 정도까지 지사토가 들었는지 모르나 여하튼 들려주고 싶은 이야기는 아니었다.

지사토는 잠시 말이 없다가 이윽고 다시 입을 열었다.

"오늘 밤 7시에 만나는 것, 아무래도 무리가 아닐까요? 저야 혼자 하는 일이니까 예정은 얼마든지 바꿀 수 있어요. 좀 더 안정되었을 때로 하시죠."

"음, 하지만······"

마음을 결정짓지 못한 채 아침식사를 마치자 아래층 관리인으로부터 출근길을 모실 차가 왔다는 전화가 왔다.

"그럼 오늘 밤에······"

"아니에요, 무리하지 마세요. 다시 전화주세요."

지사토는 그렇게 말하고 이키의 등 뒤로 돌아 양복 입는 것을 도와주었다.

"그럼······ 그렇게 해주겠소?"

이키는 서둘러 출근했다.

혼자 남아 뒷정리를 마치자 지사토는 교토로 돌아가기 위해 실내복을 벗고 견사로 만든 일본 옷으로 갈아입었다.

거울은 없었지만 깃 부문은 세면장에서 가다듬고 나머지는 평소의 손짐작으로 허리끈과 다데마키(일본 여자옷의 속띠)를 맸다.

가키노키사카에 있는 이키의 딸 내외를 만나는 일은, 바쁜 오늘이 아니더라도 무방하다고 먼저 얘기를 꺼냈으나 허전한 느낌은 사라지지 않았다. 어쩌자고 이런 메마른 세계에서 제2의 인생을 찾았을까 하고 생각하는 것이겠지 하던 이키의 말이 새삼스럽게 떠올랐다. 같은 군인 출신이면서도 자결한 아버지나, 중이 된 오빠와는 전혀 반대인 이키의 생활방식을 과연 따를 수 있을까? 지사토는 마음 깊은 데서는 용납되지 않는 저항을 느꼈다.

8월 10일 이키와 효도는 깅키상사의 테헤란 사무소장과 같이 일본 대사관을 예방 중이었다.

대사는 시원하고 넓은 응접실 소파에 다리를 꼬고 앉아 체면이 손상됐다는 투로 비아냥거리며 말했다.

"이 한창 무더운 날씨에 수고 많으십니다. 그건 그렇고 외무성이나 재외공관을 거치지 않고 국왕과 접견을 하시다니 대단한 솜씨군요."

"천만의 말씀입니다. 마침 궁에 우리 회사가 가깝게 모시는 분이 계셔서 알선해주신 덕분입니다."

이키가 말하자 테헤란 사무소장도,

"이것도 평소 여러 가지로 우리 회사를 도와주는 대사관의 지원 덕분에 비로소 가능했던 것이지요."

하고 어디까지나 대사관을 치켜세워 정중하게 말했다. 대사는 들은 척도 않았으나 동석한 1등서기관이 칭찬하듯이 말했다.

"정말 깅키상사는 잘하고 계십니다."

대사는 궁금해서 캐물었다.

"당신네는 국왕과 연결되는 닥터 엑스라는 인물이 있다던데, 대체 누굽니까?"

"닥터 엑스라니, 꽤 미스터리 인물로 소문이 퍼졌군요. 그는 국왕 의사단의 한 사람에 불과한데 말씀입니다."

이키는 대단한 것이 아니라는 투로 대답했다.

"허어, 의사였습니까? 나는 또 무슨 박사인가 하고 생각하다가 왕실에 드나드는 프랑스 사진가 정도를 상상했답니다."

전 르몽드 사진기자(국왕의 딸과 스캔들을 일으켜 왕의 노여움을 산 사람)를 지칭한 말이었다.

효도는 심드렁한 표정으로 테헤란 사무소장의 제지도 잊은 채 입바른 소리를 했다.

"문제는 석유니까 그런 선에서는 도저히 이루어질 일이 아닙니다."

"대단한 자신이군요. 그렇다면 이란측에서 불평이 나오지 않도록 해주셔야 합니다. 원래 사르베스탄 광구는 일본그룹이 둘이나 나서서 입찰하겠다고 경쟁했기 때문에 평이 좋지 못하니, 이젠 석유나 빨리 나와 줘야지 그렇지 않으면 외교 교섭상 좋지 못한 꼴이 되고 마니까요."

"기대에 어긋나지 않도록 노력하겠습니다. 그럼, 이제 궁전으로 가겠습니다."

이키 일행은 대사관을 나왔다.

이키와 효도는 사무소장과 헤어져 산기슭의 니아바란 궁전에서 다시 6킬로미터쯤 북서쪽에 있는, 여름 궁전으로 불리는 사다바드 궁전으로 갔다. 해발 1천 4백 미터의 고지라고는 하나 40도를 넘는 태양이 작열하고 있었다. 산기슭으로 올라가자 길 양쪽에는 플라타너스 가로수가 늘어서 있었다. 이윽고 언덕 끝까지 올라가자 성벽처럼 높은 담이 끝없이 이어져 있고 일정한 거리마다 총을 든 위병들이 늘어서 있었다.

"한여름에 국왕이나 아키바르 총재가 용케 테헤란에 있어 주니 알라신에게 감사드리고 싶군요."

"4호 시추공이 폐갱되던 날, 자네가 시라즈 공항에서 테헤란으로 돌아오는 비행기에서 닥터 포르지를 만난 게 행운이었네."

차는 사다바드 궁전의 정문에 도착했다. 니아바란 궁전보다 넓고 나무도 많은 사다바드 궁전은 건물의 높이만큼 자란 나무숲이 햇볕을 가리고 서늘한 바람이 일었다.

위병의 안내를 받아 2백 미터쯤 앞에 있는 2층의 흰 궁전 앞에 이르자, 왕궁의 담당 직원이 맞아서 대리석 계단으로 올라가 2층 대기실로 안내했다.

대기실 출입문이 열리고 의전실장의 안내로 살롱을 가로질러 접견실로 인도되었다.

멋진 페르시아 융단이 깔려 있고 다이아몬드 다발 같은 샹들리에가 드리워진 정면에 국왕이 서 있었다. 사진에서 보던 휘황한 군복 정장이 아니고 평상복 차림이었는데, 윤곽이 뚜렷한 얼굴에 왕중왕을 자처하는 위풍이 서려 있었다.

국왕의 양 옆에는, 2미터 가까운 신장의 아키바르 석유공사 총재와 작은 몸집의 닥터 포르지가 서 있었다.

이키와 효도가 공손히 머리를 숙이고 닥터 포르지의 소개를 기다리고 있는데 포르지는 한마디도 하지 않고 대신 아키바르 총재가 국왕에게 두 사람을 소개했다.

"국왕 폐하를 배알할 영광을 입어 황송하고 감격스럽기 그지없습니다."

배알의 영광을 감사하자 국왕은 말없이 고개를 끄덕이고는 의자에 앉았다. 아키바르 총재, 포르지, 그리고 이키와 효도의 차례로 자리에 앉자 아키바르 총재가,

"사르베스탄의 5호 시추공은 언제부터 개시하는 거요?"

하고 미리 포르지와 의논이 되어 있었던 듯 말문을 열었다.

이란석유공사에서는 감히 접근도 못했고 따라서 좀처럼 만날 수조차 없는 총재였다.

"참으로 유감스럽습니다만, 일본 국내에서 자금조달에 문제가 생겨 잠시만 기다려 주시길 바라는 바입니다."

이키가 대답하자 국왕은 물었다.

"문제란 어떤 것인가?"

외교상 주로 쓰이는 말은 프랑스어였으나, 영어도 유창한 국왕 때문에 각국의 대사들이 식은땀을 흘리는 것으로 알려져 있었다.

"일본 정부는 오일 파동 이후 석유자원 확보를 위하여 사우디아라비아를 비롯한 많은 나라에서 탐광을 추진하고 있기 때문에 3년 후에도 징후가 나타나지 않은 광구에 대해서는 재평가를 하고 있습니다. 그 결과 사르베스탄에 대해서는 유망성이 없다는 결론에 이른 것입니다."

"사우디아라비아의 개발은 어떻게 할 계획인가?"

국왕은 날카로운 눈초리로 물었다.

"사우디아라비아의 중앙지구 개발은 지금이 3년째이므로 속행됩니다."

그 순간 국왕의 굵은 눈썹이 움찔 움직였다. 이란과 사우디아라비아는 같은 미국의 산하에 있으면서도 군사력을 비롯해 모든 면에서 팽팽히 겨루고 있었다.

아키바르 총재도 참을 수 없다는 듯이 추궁했다.

"그런 결론을 내리다니, 일본 정부는 석유개발이 어떤 건가를 전혀 이해하지 못하고 있소. 사르베스탄을 낙찰할 때에는 경제사절단을 파견해 석유에 관해서만 아니라 정유소, 제철소, 지하철 건설과 전화회선 부설 등 우리나라의 공업화에 대해 온갖 약속을 하지 않았소?"

"죄송하기 그지없습니다. 당시의 주무 대신과 일본석유공사의 총재가 바뀌었기 때문에, 상황파악에 미흡한 느낌이 있습니다."

이키가 황송스럽다는 듯이 대답하자 국왕은 노여워하며 말했다.

"이제까지 일본의 각료나 특사는 말로만 약속하고 실행은 하지 않았소. 만일 사르베스탄 광구를 3년으로 중단한다면, 앞으로 깅키상사에 대해서는 상권을 일절 부여하지 않겠고 일본정부에 대해서도 인식을 달리할 것이오."

"국왕 폐하의 노여움은 당연하지만, 저회 회사는 이란 땅에 최대의 유전을 개발하게 된 이상, 저희 회사의 명예를 걸고 이란의 국위선양에 힘을 다할 생각입니다. 그러니 귀국 정부가 우리나라 수상에게 계속해서 협력해 주도록 한 말씀 당부해 주신다면 국왕 폐하의 뜻은 꼭 이뤄질 것으로 생각됩니다. 바로 그 때문에 국왕 폐하께 배알을 청했던 것입니다." 이키는 공손하게 부탁했다.

"당시의 수상도 바뀌었는가?"

"그렇습니다. 사바시 수상에서 다부치 수상으로 바뀌었습니다. 다부치 수상은 귀국에 큰 관심을 갖고 계십니다. 그러니까 귀국이 어떤 의사표시를 해주신다면 곧 응답이 있을 것으로 압니다."

포르지가 비로소 입을 열었다.

"다부치 수상은 당신이 우리 국왕 폐하를 배알한다는 것을 알고 있나?"

"알고 있습니다."

"그렇다면 됐네. 가장 효과적으로 의사를 전달하려면 어떻게 하는 것이 좋겠는가?"

일국의 통치자인 동시에 석유 전략가이며, 실업가이기도 한 국왕은 일본의 수상에게 압력을 넣을 방법을 적극적으로 물었다. 이키가 대답을 망설이자 포르지가 말했다.

"국왕 폐하, 현재 우리나라의 경제대신이 워싱턴을 방문하고 있습니다. 돌아오는 길에 일본에 들러 다부치 수상과 회견하라고 명하는 것이 어떻겠습니까?"

"음, 그렇게 명하라."

국왕은 고개를 끄덕였다.

이란에서 귀국한 지 사흘째 되는 날 밤, 아메리카 깅키상사의 가이베 가나메가 이키의 맨션에 나타났다. 뉴욕으로부터 하네다 공항에 도착하는 길로 달려온 것이다.

"급히 서두른 일이라 수고가 많았겠네. 용케 제시간에 맞춰 주었군 그래."

"아닙니다. 도움이 되었다면 다행입니다."

가이베는 거실로 들어서자 서류가방을 열고 서류 사이에 끼운 1천만 엔을 꺼냈다. 그것은 이키가 아메리카 깅키상사의 사장직에 있을 때, 가이베의 재량으로 환차익이라든가, 주식매매에서 얻은 이익을 뉴욕은행에 예치시켜 두었는데 그 비밀자금 중에서 3만 달러를 찾아

엔화로 바꾼 것이었다. 한 다발에 1백만 엔으로 열 다발, 9센티 3밀리미터의 두께였다.

"이게 없으면 공사로부터 3억 엔의 정부자금을 끌어낼 수가 없다니 정말……"

동석 중인 효도가 서글프다는 듯 말했다. 가이베가 돈다발을 든 채 주위를 둘러보았다.

"어디에 둘까요?"

"사이드테이블 위에 놔두게."

이키는 보기도 싫다는 듯이 말했다. 친구인 가와마타를 죽음으로 몰고간 2차 방위 FX전때 일이 떠올랐기 때문이다.

"이거, 어떤 식으로 건네줍니까?"

효도가 걱정스럽다는 듯이 물었다.

"나머지 일은 모두 내가 알아서 할 테니까 염려 말게."

어떻게 한다는 생각도 없이 이키는 그렇게 대답했다.

"수고 많았네. 뭐 좀 마실까?"

이키는 사이드보드에서 위스키 병을 집어 들었다. 효도가 술잔과 얼음을 가져오며 말했다.

"가이베, 신경 많이 썼지? 미안하네."

은닉자금 인출에서부터 일본으로의 반입, 출장의 평계에 이르기까지 여러 가지 수고를 치하했다. 가이베가 말했다.

"아니야, 정부가 얽힌 일엔 붙게 마련인 필요악이니까, 그리 심각하게 생각 말게. 지금은 손을 더럽혀서라도 석유를 캐내느냐, 손을 더럽히지 않고 석유도 캐내지 못한 채 끝내느냐의 둘 중 하나밖에 없지 않은가."

"그렇게 말하니 마음이 좀 편하군. 아메리카 깅키상사의 자네에게 이런 수고를 끼칠 줄은 꿈에도 생각지 못했다네."

"괜찮네, 이 돈은 나 혼자만 알고 있는 거니까. 그보다도 이것으로 성공치 못했을 때는 어떻게 되는 건가?"

가이베는 그것이 걱정스러운 모양이었다.

"두말할 것도 없이 파면을 각오하고 있네만, 부사장님까지 책임을 져야 하는 결과를 빚을 것이 마음 아프네."

"무슨 상관인가, 그런 게."

이키는 아무렇지도 않게 말했다. 그러나 5호 시추공이 실패할 경우, 장차 깅키상사를 짊어지고 나갈 효도가 좌절할 것을 생각하면 마음이 무거웠다.

효도는 물론 가이베까지도 다케나카 간지가 낀 이제부터의 부정금품거래에 끌어넣어서는 안 될 일이었다. 두 사람이 돌아간 후 뒤에 다케나카 간지의 집에 전화를 걸어 다부치 총리의 저택으로 가는 계획을 세워야겠다고 생각했다.

이튿날 아침 6시 반에 이키는 시바시로가네의 다부치 총리 저택을 방문했다.

차에 탄 채로 자동 대문으로 바뀐 정문을 지나서 자갈길을 10미터쯤 더 들어가자 두 번째 문이 있었고, 그 앞에 경호경찰관이 대기하는 초소가 있었다.

초소 앞에서 오른쪽으로 돌아서 들어가는 방문차는 진정단이나 다부치파 국회의원들이고, 초소를 지나 두 번째 문을 통과하는 경우는 공적으로 밝힐 수 없는 용무의 사람들이었다.

두 번째 문 안쪽에서 차를 내려, 다실과 같이 정교하게 지은 안채의 현관에 도착하자 남방셔츠 차림의 중년 사나이가 벌써 나와 기다리고 있다가, 현관 옆 응접실로 안내했다.

이윽고 서생이 보리차와 다부치의 고향에서 나는 사과로 만든 모나카를 내어놓았다. 이키는 입에 대지 않고, 정원에 놓아기르는 공작을 바라보고 있었다.

그때 갑자기 복도 쪽의 문이 열렸다.

"여어."

다부치 총리가 쉰 목소리를 내면서 총총걸음으로 들어왔다.

"총리 각하, 그동안 격조했습니다."

이키가 일어나서 인사했다.

"그러고 보니 자네와는 오랜만일세, 테헤란은 무더웠지?"

다부치는 골프로 알맞게 그을린 정력적인 얼굴로 말했다. 그는 이미 다케나카 간지로부터 모든 것을 들어 알고 있는 터였다.

"대단히 무더웠습니다. 국왕과는 여름 궁전에서 만나 뵈었습니다. 마침 이란석유공사 총재도 같이 계셨기 때문에 얘기가 빨리 진행되었습니다. 국왕은 이란 땅에 남은 금세기 최대의 사르베스탄 광구 개발을 성공시키지 못한 채 3년으로 끝낸다는 것은 국위를 손상시키는 거라고 저희 회사의 무능을 야단치시더군요. 그리고 일본 정부에 협력을 바란다는 뜻의 말씀을 하셨습니다."

"아까 워싱턴의 바바 대사가 이란의 경제대신이 미국에서 돌아가는 길에 나를 만나고 싶다고 요청했다는 보고를 보냈더군."

"그렇습니까? 날짜는 언제쯤이 되겠습니까?"

"8월 20일 전후라 하던데, 외무성 쪽에서 확실한 날짜를 조정할 걸세. 그런데 5호 시추공은 정말 틀림없겠는가?"

바쁘게 움직이던 눈으로 이키를 정시했다.

"일이 석유개발인 만큼 자신할 수는 없습니다만, 기대에 어긋나지 않는 결과가 나올 것으로 생각합니다. 그렇지 않으면 국가의 지원을 받으러 직접 총리께 부탁 말씀 드릴 리가 있겠습니까?"

"다케나카의 이야기로는 사르베스탄 광구의 개발비가 다른 광구에 비해 더 많이 들었다던데, 이제까지 항목별로 얼마쯤 들었나?"

실무파인 다부치답게 관심 있는 문제점을 끄집어냈다.

"대략 계산했습니다만, 총계 약 2백억 가량 투입됐습니다."

"2백억이나? 석유개발은 아무리 많이 들어도 150억 정도라고 하던데. 거참, 쓰기도 많이 썼군그래."

"총리 각하, 사르베스탄의 경우는……"

이키가 설명하려 하자,

"다케나카 군으로부터 들었네. 중동의 여러 나라 가운데서도 이란은 가장 인플레이션이 심한 나라 아닌가! 알았네, 알았어."

하며 이키의 설명 따위는 시간낭비라는 듯이 말을 막았다.

"그러면, 총리 각하, 모든 점에서 모쪼록 높으신 배려가 있으시길 부탁드리겠습니다."

인사하고 자리에서 일어났다. 다부치는 일순 무엇인가 잘못되었다는 표정이 되더니 이어 불쾌한 표정을 역력히 드러냈다. 이키는 마침 날개를 활짝 편 공작을 보며 말했다.

"실로 아름다운 공작입니다. 일전에 총리님께서 손수 먹이를 주시는 모습을 보고 공작이 좋아한다는 배합사료를 갖고 왔습니다."

이키는 윗도리 양쪽 호주머니에서 두께 5센티미터 정도의 배합사료 상자 두 개를 꺼내어 테이블 위에 놓았다. 다부치는 의표를 찔린 듯 흘끗 눈을 굴리더니,

"공작 먹인가? 자상하구먼."

하며 상자의 봉함을 찢고는 콩알 크기인 배합사료를 한줌 움켜쥐어

유리문을 열고 공작을 향해 뿌렸다.

네댓 마리의 공작이 어디선가 순식간에 모여 쪼아 먹었다. 두 개의 사료상자 속에는 사료는 얼마 안 되고 1백만 엔짜리 돈다발이 5개씩 들어 있었다.

소량의 사료를 빼앗듯이 쪼아 먹고 날개를 폈던 한 마리가 그 예쁜 모습과는 어울리지 않게 꾸억하는 시끄러운 울음소리를 내어 나머지 공작들을 쫓아버렸다. 이키는 삭막한 느낌으로 다부치 총리와 나란히 그 광경을 지켜보았다.

이키는 오사카 본사의 다이몬 사장에게 서둘러 갔다.

다이몬은 평소처럼 오사카 성의 기와지붕이 내다보이는 넓은 창문을 등지고 이키가 오사카 본사로 온 것이 불쾌하다는 듯 말했다.

"뭔가? 일부러 오사카까지 올 것까진 없지 않나. 전화로는 불가능한 얘긴가?"

불과 2주일 정도 만나지 못한 사이에 다이몬의 눈은 전보다 더 우묵했고, 혈압이 올라 있는지 얼굴이 붉었다.

"혈압이 좀 높으신 게 아닙……"

"염려 말게. 그래 뭔가, 얘기란?"

"다부치 총리를 만나고 왔습니다."

"허어, 총리는 뭐라든가?"

"워싱턴을 방문 중인 이란의 나스본 경제대신이 돌아가는 길에 일본에 들러 총리를 방문하겠다고 요청해 와서 자기로서도 움직이기 쉽다고 하더군요."

"움직이기 쉽다? 그건 무슨 뜻인가?"

"다부치 총리 자신은 사르베스탄 광구의 개발에 지대한 관심을 갖고 계셔서 이란 쪽에서 적극적인 요청을 하는 편이 통산성이나 대장성, 에너지청 등의 관계관청과 석유개발공사가 출자를 중단하도록 결정한 것을 번복해, 우리 회사에 종전과 같은 출자를 지시하기 쉽다는 생각인 것 같습니다."

"하지만 다부치 총리가 개입한다면 공짜로 안 될 것 아닌가? 비싸게 치는 거 아닌가?"

"아닙니다. 신규로 광구의 이권을 따내는 것과는 달리 종래의 출자를 부탁하는 것이니까 적당한 액수를 생각하고 있습니다. 염려 놓으십시오."

이키는 1천만 엔을 다부치 저택에 갖다 준 일은 내색도 않고 천연덕스럽게 말했다.

"흐흠, 적당한 액수라니 어느 정도인지는 모르겠네만, 자네도 제법 배짱이 붙기 시작하는가보군."

다이몬은 금테안경 너머로 흘끗 이키를 보고는 대화를 빨리 끝내고 싶다는 듯이 말했다.

"보고는 그게 전부인가?"

"아닙니다. 나스본 경제대신이 일본을 방문하는 이상, 외무성 주최 파티가 있을 텐데, 그 뒤치다꺼리를 우리가 전면적으로 도맡지 않으면 안 되니까 사장님께서도 파티 참석을 겸해서 2, 3일 동안 상경해 주셔야겠습니다."

이키의 말에 다이몬은 미간을 찌푸렸다.

"외무성 주최 파티에는 나가겠지만, 부사장인 자네가 이란까지 가서 국왕과 직접 회담하고 온 것이니까 나머지 스케줄은 자네가 맡아 해주게."

"그건 곤란합니다. 지금은 이란과 일본 정부라는 차원에서 이야기가 되어 정부자금이 나올 단계이니까 사장님이 국내에 계시면서도 회합에 출석치 않으시면 지장이 있습니다."

"곤란한 일이군. 나는 이란인을 상대하기가 골치 아픈데."

"하지만 나스본 경제대신은 각료 중에서 제일가는 우익 실력자이기도 하니까 이번 기회에 가깝게 사귀어 두신다면 사르베스탄 석유개발에 여러 가지 편의를 제공받는 것은 물론 우리의 상권을 확대하는 데도 좋을 것입니다. 구미에서는 차츰 몰리게 될 테니까 우리로선 중동이 매력 있는 시장이 될 겁니다."

이키가 설득하고 있는데 이바라 면화부장이 들어왔다. 몸에 살이 빠져 해쓱하게 피로가 드러나 보였다.

다이몬은 이바라를 보자 갑자기 당황하며 말했다.

"지금, 중요한 의논 중이야. 나중에, 나중에."

"하지만 사장님, 지금 당장……"

네 겹으로 접은 그래프와 텔렉스 뭉치를 손에 든 이바라는 절박한 표정으로 말했다.

"의논 중이라고 했는데, 들리지 않는가? 빨리 나갓!"

다짜고짜 호령을 했다. 이바라는 해쓱한 얼굴을 일그러뜨리면서 무슨 말인가 하고 싶은 눈치였으나 다이몬의 서슬에 눌려 별 수 없이 물러갔다. 이키는 심상치 않은 느낌이 들어 물었다.

"면화시세는 그 후 어떻습니까?"

"역시 내 추측대로 그런 추세를 보이기 시작했네."

"그렇다면 다행입니다만, 사장님은 올해 여름휴가도 쓰지 않으신 것 같은데 시세가 오르기 시작했다면 나머지는 이바라에게 맡기시고 좀 쉬십시오."

"아냐! 휴가는 없네. 내 일생일대의 승부를 할 중대한 시기일세."

강하게 우기면 우길수록 허세같이 느껴졌다.

"그러나 70을 넘으셨으니, 무엇보다도 사장님은 건강을 제일로 생각하셔야……"

"70을 넘었어도 내 몸은 50세처럼 건강하다고 의사가 보증하니까 늙은이 취급은 하지 말게. 이란 경제대신의 접견, 외무성 관계의 인사, 모두 오케이네."

무슨 생각이 들었는지 이바라가 들어오기 전까지는 고집만 내세우더니 쉽사리 승낙했다.

"그럼 곧 스케줄을 짜 보고하겠습니다."

이키는 다이몬의 태도가 아무래도 불안하다고 느껴져 가네코 부사장의 방을 찾아갔다.

"아니, 이키 군, 언제 왔소?"

가네코는 온화한 얼굴로 반겨주었다.

"사르베스탄 광구에 정부자금이 나올 듯해서 사장님께 보고를……"

"그거 잘 됐군. 사장님도 기뻐하시지요?"

"그런데 가네코 씨, 뭔가 사장님의 태도가 마음에 걸리는군요. 내가 말씀드리고 있는 동안에 건성으로 들으시는 것 같더니만, 면화부장인 이바라 군이 들어오자 느닷없이 호통을 치시고 해서…… 문제가 된 소련의 원면 시세는 어떻습니까?"

가네코는 난처한 얼굴로 말했다.

"확실한 건 사장님과 이바라밖에는 알지 못하지만 결코 좋지는 않을 걸세. 나도 얼마 전에 포기하라고 권했더니 시세는 회복될 거라고 듣지 않으시더군. 요즈음의 사장님은 그저 노인네 옹고집이라고나 할까, 완고를 넘어서 때론 망령 같은 고집도 부리기 시작했다네."

"나는 투기시장에 관한 것은 잘 몰라서, 어쩌면 사장님 말씀대로 큰 이익을 보게 될는지도 모를 일입니다만 실패했을 때 받을 엄청난 타격을 생각하면 초조한 마음……"

"이키 군, 자네가 말하는 의도는 알겠네. 나도 타인의 투기에는 참견하지 않는다는 주의를 어기고 감히 말씀드렸던 것인데 도리어 귀머거리 취급만 받고 말았네."

"하지만 그 점을 가네코 씨의 힘으로, 자금면에서 견제한다든가 하는 무슨 방도가 없을까요?"

"그건 무릴세. 어쨌든 달러 시세를 노리고 사들인 현물이 태반이니까 LC 지불은 해야만 한다네. 구매한 값보다 아무리 싸더라도 하루빨리 방적 쪽에 팔아치우는 것이 좋아요."

"사장님과 가장 가까운 당신도 손을 뗄 수밖에 없다는 결론이군요. 하지만 어떻게 해서든 사장님이 다치지 않을 방도를 알아봐 주십시오."

그대로 방치해선 안 되겠다는 생각이 들어 간청했다.

"이키 군, 역시 당신다운 말이오."

가네코는 따스한 미소를 띠고 고개를 끄덕였다.

하늘의 소리

 총선거가 가까워져 나가타 거리에 선거 무드가 짙어지기 시작한 9월 초순, 킹키상사의 이란 5호 시추공이 마침내 탄생되었다.
 시굴지점에 철탑이 운반되고 굴착기술자가 집결하여 마침내 개갱하는 그날, 런던에서 열린 일본·유럽 경제회의에 출석하고 있던 이키도 귀로에 테헤란에 들러, 도쿄에서 달려온 효도와 함께 테헤란 공항에서 시라즈로 가는 비행기를 기다리고 있었다.
 석유파동 이후 더욱 활기를 띤 이란의 공항대합실에는 서구인들의 모습이 많이 보였다. 한국에서 온 해외근로자 집단도 나날이 늘어나고 있었다.
 "어, 효도 씨가 아닙니까. 정말 반갑군요."
 이스파한, 시라즈, 아바단, 아바스 등으로 떠나는 비행기편이 차례로 늦어져 탑승객으로 가득 찬 인파 속에서 밝은 목소리가 들려왔다. 효도가 뒤돌아보자 이쓰비시상사의 석유담당인 우에스기가 미소를 짓고 서 있었다. 테헤란에서 국제입찰을 겨루었을 때에는 이란인처럼 멋진 콧수염을 기르고 있었으나, 사우디아라비아로 전직하여 중앙지구의 개발을 위해 수도 리야드에 주재하게 되자 콧수염에 턱수염까지

길러 사우디아라비아인과 같은 풍모를 갖추고 있었다. 그 멋진 변모에 효도가 넋을 잃고 있노라니,

"사우디에서 이란으로 오니 정말 천국 같군요. 이란에 있을 때는 중동주재가 처음이었던 탓에 괴롭다고 생각한 적도 있었습니다만, 사우디에 가보니 폐가 푹 삶아지는 것 같은 더위, 거기에다 엄격한 코란의 계율과 외국인을 좀처럼 받아들이지 않으려는 배타성…… 얼마 후면 주재 3년이 되는데 그 정신적인 중압감은 정말 견딜 수가 없어요."

라고 푸념을 했다.

"알 만합니다. 뭐라 말할 수 없는 무거운 느낌…… 오늘은 어디를?"

"일본 석유회사의 높으신 분들의 시찰여행을 수행해 왔습니다. 제다, 리야드, 그리고 아람코가 있는 다하란, 일본·아랍 석유회사의 카프지 유전을 한 바퀴 돌고, 지금부터 아바단의 최신 정유공장을 견학하러 가는 길입니다. 그건 그렇고, 사르베스탄의 유징은 그 후 어떻게 됐습니까?"

"잘 됐습니다. 오늘부터 5호 시추공에 착수합니다."

"허어, 다섯 개째를…… 정말 고생 많이 하셨겠습니다."

우에스기는 약간 비꼬는 투로 말하더니 이키를 알아보고는,

"이쓰비시상사의 리야드 주재원인 우에스기라고 합니다. 일찍이 우리 회사의 가미오 씨로부터 말씀을 들었습니다만, 이렇게 뵙게 돼서 영광입니다."

하고 자기 소개를 한 다음 공손히 절을 했다.

"가미오 씨와는 런던의 일본·유럽 경제회의에 함께 참석했습니다만, 사우디의 중앙지구도 수고가 많으신 모양이더군요."

"네, 어쨌든 내륙으로 7백 킬로나 들어가야 하니까 기재의 양륙서부터 운반에 이르기까지 사고의 연발입니다만, 그 덕분에 이번에 공사

로부터 70퍼센트의 정부자금 출자를 받았으니까 더욱 분발해야겠습니다. 아무튼 국가적인 기획이니까요."

이키와 효도는 저도 모르게 얼굴을 마주보았다. 깅키상사의 사르베스탄광구에 대한 출자는 전처럼 50퍼센트인데, 그 허가를 받기 위해 얼마나 많은 굴욕과 괴로움을 겪었던가!

"어, 아바단행 탑승안내가 시작되었으니 먼저 실례하겠습니다. 성공을 빌겠습니다."

우에스기는 여유만만하게 말하고 석유회사 중역들이 기다리고 있는 쪽으로 발길을 돌렸다.

"여전히 건방지고, 남을 어르고 뺨치지 않고는 못 배기는 기분 나쁜 녀석입니다."

"하지만 꽤 사교적이고 데몬스트레이션도 교묘하군. 마지막에 정부자금 70퍼센트는 충격인데."

이키는 쓴웃음을 지었다.

이윽고 시라즈행 출발 안내방송이 있었다. 테헤란에서 시리즈까지는 1시간 10분 걸렸다.

시라즈 공항에 내리자 사르베스탄 광구 개발의 현지회사인 INOCO(이란·일본 앤드 오리온 컴퍼니)의 차가 마중을 나와 있었다. 효도는 낯익은 운전사에게 물었다.

"개갱준비는 잘 되고 있나?"

"오늘 개갱에 지장이 없도록 전원이 분투 중이며, 오리온오일의 제임스 씨와 메일러 씨도 이미 도착했습니다."

제임스는 중동담당의 총지배인, 메일러는 채광부장으로 이키도 로스앤젤레스의 오리온오일 본사에서 만나 알고 있었다.

자동차는 햇볕이 타는 듯이 내리쬐는 길을 사르베스탄으로 향해 달렸다. 새파란 하늘에 철탑 끝이 보였다. 4호 시추공보다 동쪽으로 1킬로미터 떨어진 5호 시추공의 철탑이었다.

가까이 가니, 몇 대의 트럭이 모래먼지를 일으키며 4호에서 미처 나르지 못한 자재를 운반하고 있었다.

"마치 전쟁터 같군."

이키의 이 말을 효도가 받았다.

"5호 시추공의 시굴결재가 늦어져 계약했던 철탑을 해약했기 때문에 오늘의 개갱까지는 상당히 무리한 작업을 했습니다. 4호 시추공에서 불과 1킬로라고 하지만 10대의 트럭을 쉴 새 없이 가동시켜 1주일 걸렸으니까요."

"43미터나 되는 철골의 철탑은 어떻게 운반하나?"

"옆으로 쓰러뜨려 다섯 토막쯤으로 해체한 후에 대형트럭으로 운반해서 다시 시추지점에서 조립하는 겁니다. 4호 시추공 폐갱 때는 마치 지옥을 들여다보는 것 같았습니다."

효도는 그렇게 말하고 입을 다물었다. 마지막 5호 시추공도 굴착하는 과정에서 무슨 일이 일어날지 모르기 때문이었다.

하얀 이동주택 앞에서 내리자 일본석유공사에서 출장 나온 우치다가 시꺼멓게 탄 얼굴로 기다리고 있었다.

"잘 오셨습니다. 일본의 우두머리가 오신다고 현장 패들도 힘이 나 있습니다."

그리고 이동주택의 문을 열자 제임스와 메일러, 그리고 시굴장인 마이켈이 맞아들였다.

"개갱식 준비는 완료됐지만, 오늘은 8월과 같은 지독한 더위니까 두세 시간 연기할까요?"

제임스는 출장지인 런던에서 바로 도착한 이키를 염려하듯이 말했으나, 지질 전문가인 메일러나 굴착 전문인 마이켈은 한시라도 빨리 개갱하고 싶은 눈치였다.

"나는 상관없으니까 곧 시작하도록 하지."

이키가 말하자 마이켈은 곧 이동주택을 뛰어나가 철탑 근처에서 땀투성이가 되어 일하고 있는 작업원들에게 신호를 보내고, 자신이 직접 이키들을 철탑의 교각 밑으로 안내했다. 철탑 바로 밑엔 세로 2미터, 가로 2.5미터, 깊이 2미터 정도의 됫박 모양 구멍이 파여 있고 둘레는 콘크리트로 굳혀져 있었다. 이것은 셀러라고 불리는 칸막이로 이 셀러 한복판에 5호 시추공의 최초의 피트(굴착봉)가 꽂히며 시추가 시작되는 것이다.

제임스, 메일러, 우치다 등도 그 앞에 늘어섰다. 4호의 실패를 잊어버리고 5호 시추공만은 제발 비는 마음에서 양 머리를 알라신에게 바치는 의식이 거행되었다.

마이켈의 지시로 흰 무명 자루를 맨 이란인이 자루 속에서 양 머리를 꺼내 셀러 옆에다 받쳐놓았다. 몸체에서 잘린 지 얼마 안 되는 모양이어서, 한칼에 절단된 경동맥에서 선혈이 뚝뚝 떨어지며 40도 가까운 태양열에 익어 피비린내가 코를 찔렀다. 회교국가에선 양의 공양이 풍요를 기원하고 목숨을 비는 의식으로, 이번에야말로 석유가 나오고 작업원 한 사람도 목숨을 잃거나 부상당하는 일이 없도록 알라신에게 빌기 위한 행위였다.

이란인들은 코란을 외고, 이키도 5호 시추공의 성공을 신에게 빌었다.

희생양을 바치는 의식이 끝나자 양의 생목을 곧 구덩이에 묻고 굴착 기술자들은 지상에서 6미터 가량의 철탑에 설치된 굴착작업대로 달려 올라갔다.

로터리 테이블(회전대) 위에서 이미 36인치의 피트를 연결한 굴관이 준비되어 데릭 기중기기사 중 한 사람이 엔진담당에게 손으로 신호하자 디젤엔진 소리가 토막지대에 울려 퍼지기 시작했다.

"개시, OK!"

마이켈이 신호를 보내고 핸들맨이 핸들을 조작하자 하중이 걸린 엔진은 한층 높은 소리를 내며 피트를 붙인 굴관은 서서히 갈색 대지를 향해 내려가기 시작했다. 로켓이 달나라도 갈 수 있는 시대에, 신만이 아는 석유를 불과 36인치의, 대지에서 보면 바늘 끝만도 못한 피트로 찾는 것이다. 드르륵드르륵 석회암을 부수는 소리가 나며 철탑 밑에서 하얀 연기가 솟아올랐다.

이키와 효도가 갱구로 다가가자 석회암의 흰 가루가 머리를 덮었다. 40분 동안에 3, 40센티미터를 파내려가는 것을 확인하자, 개갱식은 끝나고 다음은 이동주택에서 건배하는 차례였다.

냉방 중인 실내에는 양고기 꼬치구이와 맥주, 콜라가 준비되어 있었다. 작업원들은 각자의 위치에서 떠날 수가 없으니까 이키들과 제임스, 메일러, 마이켈, 그리고 몇 명의 굴착기술자만이 5호 시추공의 성공을 비는 건배를 올렸다.

"5호 시추공은 깅키·오리온의 운명을 거는 마지막 시추공이니 만큼 배수의 진을 치는 각오로 석유를 끌어내도록 해주시오."

이키의 말에 순간 엄숙한 분위기가 되었다. 마이켈은 밖의 엔진소리에 귀를 기울였다.

"겨우 이수 순환이 시작된 모양이군. 됐어. 개갱은 순조롭군."

시굴장의 대장답게 건배를 하면서도 엔진소리에 신경을 쓰다가 이키에게 웃어 보였다.

다음날 아침 이키는 호텔 다리우스에서 효도와 함께 아침식사를 들고 있었다.

시라즈의 거리에서 북동쪽으로 60여 킬로미터 떨어진 페르세폴리스의 유적에 가까운 호텔로서, 5호 시추공의 개갱식이 끝난 다음 차로 3시간이나 시라즈 거리를 통과하여 사르베스탄과는 반대방향인 페르세폴리스까지 왔던 것이다.

먼저 식당에 들어가 있던 효도는 이란의 주식인 가지에 버터를 발라 익숙한 솜씨로 일본의 쑥갓 비슷한 야채를 얹어 두르르 말아서 입안에 넣었다.

"어제 사르베스탄의 더위는 유난스럽더군요. 런던에 계시다가 40도 무더위의 개갱식에 참석하시느라고 어지럽지 않았습니까?"

근심스럽게 이키의 얼굴을 보았다.

"그렇지 않아도 양의 목을 바치는 공양 의식 때에는 아찔했는데 어젯밤 이곳에 와서 푹 잔 탓인지 피로가 가셨어. 제철이 아니라서 숙박객도 거의 없고 조용하군."

보이가 은쟁반에 커피를 얹어 가져왔으나 뜨거운 물이 든 포트와 커피잔, 거기에다 네스카페와 밀크, 설탕은 비행기 안에서 주는 인스턴트였다.

"피곤하실 땐 먹는 음식이라도 맛있는 게 있으면 좋겠지만, 최고급 호텔에서도 모두 이런 식입니다. 어젯밤 양고기 요리도 어지간히 질겼죠?"

"그런 건 걱정하지 않아도 돼. 호텔에서 이 모양이니 이란에서 일하고 있는 일본인의 무료함과 괴로움을 알 만해."

이키는 그렇게 말하고 효도의 흉내를 내어, 얼핏 보아 일본의 부침개 같은 가지를 손으로 뜯어 입에 넣었다. 시베리아 수용소생활이 생각나는 싱겁고 맛없는 이란 빵보다 가지 쪽이 그래도 나은 것 같았다.

"이렇게 더운 곳에서 편히 쉬시라는 것도 우스운 이야기지만, 오늘 내일의 이틀간은 아무도 만나지 마시고 푹 쉬시면서 유적 구경이나 즐겨주십시오. 테헤란 같으면 사무소장 이하 거래은행, 기업 등에 대한 인사도 있어 쉬시지 못할 테니까요.

"응, 고맙네. 페르세폴리스 유적은 전부터 한 번 보고 싶었던 곳이야. 자넨 여러 번 왔었나?"

"그게 그렇지가 못해요. 지난 3년 동안 대여섯 번 사르베스탄에 왔으면서도 눈앞의 유적에는 작년 가을 시라즈로 곧장 진출한 일본 전기 회사 주재원의 안내로 온 것이 처음이자 마지막입니다. 저는 이 방면에 별로 조예가 없습니다만 로마나 아테네의 유적보다 규모가 큰 것으로 알고 있습니다. 3호 시추공 실패 때 이 페르세폴리스를 보고는 2천 5백 년 전의 페르시아인이 이만한 일을 성취할 수 있었는데 사막 속에 있는 기름을 발견하는 일쯤이야 사력을 다해서 완수해야겠다는 용기를 얻었습니다. 그러니 부사장님께서도 이 기회에 꼭 보아두십사 하고……"

잠시 말을 끊었다가 다시 이었다.

"프런트에 택시를 부탁하고 오겠으니 15분쯤 계시다가 로비에서 기다려 주십시오. 저는 택시가 올 동안 테헤란 본부 사무실에 현장 형편을 물어보고 오겠습니다."

사르베스탄 광구로부터는 160킬로미터밖에 떨어지지 않았으나 전화 회선이 없어 현장의 형편은 일일이 테헤란의 INOCO 본부 사무실로 문의해야만 했다.

이키는 커피를 마신 뒤 로비로 나가, 간단한 여행안내서와 그림엽서를 사러 구석에 있는 기념품 판매점으로 들어갔다. 가게 안쪽에 늘어놓은 단지가 눈에 띄자 문뜩 아키츠 지사토에게 사주고 싶은 생각이 들었다. 지사토가 좋아할 것 같은 페르시안 블루의 유약이 칠해진 물단지를 바라보고 있자니까 가게주인이 다가왔다.

"이것은 페르세폴리스의 유적에서 출토한 기원전 4세기경의 물단지죠. 그 증거로 여길 좀 보세요. 푸른색 유약이 은처럼 되어 있죠? 이런 귀한 물건은 이란 전국을 찾아봐도 여기밖에 없습니다."

과장된 제스처로 은가루가 배어 있는 곳을 가리켰다.

"유적의 출토품은 정부의 손으로 엄중히 관리되고, 더구나 국외반출은 금지되어 있는 게 아니오?"

"쉿, 나리. 말소리가 너무 큽니다. 말씀하시는 대로 발각되면 쇠고랑을 차게 됩니다만, 이건 오랫동안 애장가의 손에 숨겨져 있던 것이니까요. 연대가 오래된 증거로는 밑바닥을 보십시오."

유난스레 목소리를 죽이고 단지 밑을 뒤집었다. 거무스름하게 빛이 바래고, 밑굽도 두 군데나 파손되어 그 단면도 검어져 있어 그야말로 오래된 느낌이었으나, 테헤란의 가장 유명한 골동품점에서도 손님이 풋내기로 보이면 가게 안에 진열된 상품을 기원전 출토품인 양 설명하여 가짜를 사게 된다는 말을 들었으므로 이키는 도예가인 지사토를 위해서 사는 이상 자그마한 것이라도 진짜를 테헤란에서 사려고 생각했다.

택시가 오자 이키는 효도와 함께 유적지로 출발했다.

"어떻게 됐어? 5호는 잘 진행되고 있다던가?"

"순조롭게 진행되는 모양입니다만, 마이켈이 어제의 개갱식을 준비하느라 이 더위 속에서 1주일간이나 계속 무리를 한데다 어제 축하주를 과음한 것이 겹쳐 쓰러졌다니까 내일 출발 전에 보고 오겠습니다."

"현장을 지휘하는 장이 다운됐다면 유적관광을 할 수 있겠나?"

이키는 그대로 있을 수 없다는 듯이 말했다.

"아닙니다. 사실은 매니저인 제임스가 또다시 4호 시추공의 실패를 들고 나와서 마이켈의 비위가 상한 겁니다. 너무 빨리 달려가도 마이켈 자신이 거북해 할 테니까 어지간히 열기가 식을 때쯤 가는 편이 좋겠습니다. 시추작업에는 직공기질을 넘어서서 물불을 가리지 않는 광기어린 데가 있어서 다루기가 어렵습니다."

효도는 웃으면서 말했다.

페르세폴리스 유적지까지는 다리우스 호텔에서 5분이 걸렸다. 유적 정면의 큰 계단으로 통하는 도로가 일직선으로 나 있기 때문이었다.

택시를 내리자 오사카 성의 거석(巨石)을 연상케 하는 커다란 돌을 쌓아올린 큰 계단의 측면이 사람들을 제압하듯이 솟아 있었다.

이키는 선글라스를 쓰고 폭이 7미터쯤이나 되면서도 이상하게 나직나직한 계단을 올라갔다.

"몸집이 큰 페르시아인들이 10센티도 못 되는 이런 낮은 계단을 어째서 만들었는지 아십니까?"

효도는 두세 계단씩 건너뛰어 올라가면서 이키를 돌아다보았다.

"모르겠는데, 무슨 뜻인가?"

"정복한 이웃 여러 나라로부터의 공물을 실은 말이나 소, 낙타가 끄는 수레가 그대로 이 계단을 올라올 수 있게 하기 위해서랍니다. 말하자면 조공을 위한 계단인 셈이죠."

"과연 왕 중의 왕이라고 일컫는 사람의 생각은 다른 바가 있군."

이키는 땀을 닦으면서 1백여 개의 계단을 올라가 넓은 테라스에 당도했을 때, 저도 모르게 눈을 크게 떴다. 거기에는 2천 5백년 전에 번영했던 고대 페르시아, 아케메네스 왕조의 웅대한 궁전 자리가 쿠이푸하메드(자비의 산)라고 불리는 갈색 암산을 배경으로 장대한 스케일로 펼쳐져 있었다.

"굉장하군. 자네가 테헤란에서 국제입찰 정보를 도쿄의 나한테 차례로 텔렉스를 쳐 보낼 때 호출암호로 사용한 것이 '페르세폴리스' 였지."

이키는 그렇게 말하고, 페르시안 블루의 하늘로 20미터 가까운 높이로 솟아 있는 궁전 자리의 기둥을 쳐다보았다. 선그라스를 통해서도 중동의 여름 하늘은 푸른 유리처럼 눈부시게 반짝이고, 배후에 있는 산의 능선보다도 높게 보이는 둥근 돌기둥은 햇볕에 탄 것처럼 보였다.

페르세폴리스의 기념물인 사람 얼굴의 날개 달린 황소가 다이내믹하게 조각된 거대한 문을 들어섰다

"이 더위엔 좀 무리일지 모르지만, 우선 저 쿠이푸하메드의 중턱까지만 올라가시죠. 거기에서라면 유적의 전경이 잘 내려다보일 겁니다."

효도는 먼저 전체적인 모습을 파악하도록 권했다.

먼저 올라간 효도는,

"이 바위 그늘에 들어가 보시면 좋을 겁니다."

하고 말했다. 바위 그늘에 서서 아래를 내려다보니 암반을 13만 5천 제곱미터에 걸쳐 평평하게 만들고 그 위에 건조된 페르세폴리스의 유적이 한눈에 보였으며, 그 저편에는 넓은 평원이 펼쳐져 있었다.

"과연! 여기가 동쪽은 인도, 서쪽은 소아시아, 북은 중앙아시아, 남은 북아프리카까지 23개국을 지배한 다리우스 대왕을 비롯한 아케메네스 왕조 전성기의 궁전이었단 말이지."

이키는 압도당한 것처럼 중얼거렸다. 페르세폴리스의 궁전은 다리우스, 쿠세르크세스, 아르타쿠세르크세스의 3대 왕에 의해 건조되어

거의 완성되었으나, 150년 후 그리스의 알렉산더 대왕의 동방정복에 의해 불타 버려 페르시아 제국의 멸망과 함께 거대한 궁전도 모래와 진흙 속에 파묻혀, 그 후 2천 수백 년 동안 사람들의 이목으로부터 사라졌던 것이다. 3년 전 국왕이 이란 건국 2천 5백년 축제를 개최할 때 급히 복원되었으나, 아직도 완전히 복원되지 않아 작업이 계속되고 있었다.

"2천 5백년 전, 여기서부터 그리스 이집트 리비아까지 군대가 원정하고 속국이 된 나라들로부터 공물을 가진 사신들이 페르세폴리스로 예방을 하는 일은 마치 꿈속의 꿈같은 이야기군."

"정말 우리들로선 좀처럼 상상도 할 수 없는 스케일의 얘기지요. 여러 나라의 조공자들은 저 계단을 올라가 쿠세르크세스 기념문을 통과하여 광장에서 먼 여행의 먼지를 털고 그 옆의 아파다나로 불리어 들어갔다는 것입니다."

"아파다나? 저 높은 둥근 기둥이 남아 있는 궁전 말인가?"

이키는 조금 전에 걸어온 오른쪽 맨 끝의 기념문 쪽을 다시 한 번 바라보았고, 효도는 설명을 계속 했다.

"아파다나는 다리우스 대왕이 세운 다주실 양식을 채택한 접견실로서 지금은 13개밖에 남아 있지 않으나 주춧돌을 조사해 보면 홀이 36개, 주위 3면 주랑의 기둥 수를 합치면 모두 72개의 기둥을 세운 대건조물로 조공자들은 페르시아 제국의 웅장한 궁전에 부복했을 겁니다."

"당시 조공자들이 바친 물건은 어떤 것이었나?"

"그건 저 아파다나에 가시면 곧 알게 됩니다. 왜냐하면 접견실로 올라가는 계단 옆벽엔 돌의 예술이라고도 말할 수 있는 부조가 놀랄 만큼 잘 보존되어 있어, 23개 속국에서 헌상품을 들고 온 사람들의 행렬이 실로 정교하게 그려져 있습니다. 그것은 나중에 보기로 하고, 바로 눈 아래에 아파다나보다 더 큰 다주실의 궁전 자리가 보이죠."

가리키는 쪽을 내려다보니 세로, 가로로 10개 정도씩 바둑무늬 같은 주춧돌이 보이는 궁전 자리가 있었다.

"저것은 다리우스 대왕의 2대째인 쿠세르크세스와 3대째인 아르타쿠세르크세스에 의해 건조된 백주의 방이라 불리는 접견실로 규모가 커진 것은 그만큼 왕권의 과시가 대단해졌다는 얘기겠죠. 백주의 방 뒤가 경비병 대기소, 왼쪽 옆이 보물창고, 왼쪽 앞이 왕비의 방, 다시 좀 더 왼쪽 끝이 하렘이 배치된 모양입니다."

이키는 효도의 설명을 듣고 다시 페르세폴리스의 유적 전경을 바라보았다. 갈색의 지면에 기둥이나 문, 계단의 그림자가 얼룩무늬 모양으로 검은 영상을 떨어뜨리고 있었다. 권세의 허무함이 절실하게 느껴졌다.

말없이 상념에 잠겨 있는 이키에게 효도는,

"그럼 내려가서 다리우스 대왕의 아파다나 쪽서부터 돌아볼까요."

하고 말하며 발길을 돌렸다. 이키도 땀을 닦고 걷기 시작하는 순간 선글라스가 미끄러져 땅에 떨어졌다.

"뭐가 떨어지지 않았습니까?"

조용하기만 한 유적 속에서 안경 떨어지는 소리가 울렸다.

"선글라스가……"

주우려고 하던 이키의 손이 주춤 멈추었다. 나사가 풀렸는지 안경테가 벗겨져 지면에 떨어진 충격으로 양쪽 알이 모두 금이 가 있었다. 뭐라 형언할 수 없는 불길한 생각이 가슴을 스쳤다. 혹시 어제 개갱한 5호 시추공이 또 실패하는 것이나 아닐까……

이키는 효도가 눈치 채지 않도록 금이 간 선글라스를 주머니에 몰래 넣었다.

"테가 벗겨졌습니까?"

"음, 일본을 떠날 때 나사가 풀어져 염려했는데 그만 바빠서 수리를 못했거든…… 호텔에 돌아가면 새것을 사야겠네."

이키는 애써 아무렇지도 않은 듯이 말하고 효도와 함께 산을 내려오며,

"보기엔 수원지 같은 강이 전혀 없는데, 물은 어떻게 했을까?"

하고 금이 간 선글라스에서 화제를 돌리듯이 물었다.

"배후의 암산에 지하수를 끌어 썼던 모양입니다. 발굴을 담당했던 고고학자들의 말로는 놀랄 만큼 잘 정비된 지하수도가 배치되고 기화열을 이용한 냉방설치까지 마련돼 있는 모양으로 산의 이름이 쿠이푸 하메드, 즉 자비의 산으로 붙여진 연유일 것입니다."

효도는 그렇게 말하고 다리우스 대왕의 아파다나 앞으로 왔다.

"조공자 행렬의 부조란 이것입니다."

높이 2미터 남짓한 접견실로 올라가는 돌계단의 벽면을 가리켰다.

거기에는 3단으로 나뉘어 조공자들의 긴 행렬이 부조되어 있었다. 갸름한 가죽모자 같은 것을 쓰고 주름이 많은 긴 옷을 입은 채 과일을 수북이 담은 쟁반 같은 것을 받쳐든 사람, 곱슬곱슬하게 묶은 머리를 끈으로 묶고 나체에 허리천을 두르고 단검과 옷감 같은 것을 든 사람, 터번 모양의 모자를 쓰고 낙타를 끌고 있는 사람 등 유심히 지켜보고 있으려니 그 조공자들의 행렬이 일제히 움직이기 시작하여 천천히 계단을 올라, 다리우스 대왕을 알현하는 영광을 입으러 가는 착각에 빠졌다.

"페르세폴리스 유적 중에서 가장 뛰어난 것은 역시 이 부조입니다. 이거 보세요. 이 수염을 훌륭하게 기르고, 뒤에서 따라오는 조공자의

손을 잡고 흡사 담소하듯이 미소 짓고 있는 것은 페르시아 고관인데, 손을 잡고 있는 것은 속국의 사자에 대한 일종의 회유책으로도 해석되는 제법 정치적인 그림이죠. 그리고 이건 아마 메디아인, 손에 들고 있는 건 단지와 목걸이, 저것은 에티오피아인, 기린을 끌고 있는 것으로 알 수 있군요."

효도는 흥미롭게 이야기했으나 이키는 불안한 마음이 가라앉지 않아 건성으로 대답했다.

"선글라스가 없으면 눈이 상하니까 그러다 다음 용무도 못 보시면 안 될 테니 일단 호텔로 돌아가시죠."

"그렇게 해주겠나? 아무래도 눈이 따끔거려 눈물이 나는데."

그렇게 말하고 대기시킨 택시로 호텔에 돌아왔다.

프런트에서 방의 열쇠를 받는데, 효도에게 두 통의 연락이 와 있다며 프런트에서 건네주었다.

"5호 시추공 조니용(調泥用) 바라이트의 추가대책 꼭 부탁이라…… 시굴은 순조롭게 진행되고 있군요. 어? 그런데 이건 부사장님께 온 것입니다."

효도는 그렇게 말하며 메모 하나를 건네주었다. 테헤란 사무소장의 이름으로 보낸 것인데, 도쿄 본사의 비서과장인 하나와의 지급전화가 왔었다는 전언이 적혀 있었다. 이키는 내용을 읽고 나자 온몸에 핏기가 싹 가시는 것 같았다.

삭풍회 다니카와 회장 급서

설마, 설마, 이런 일이……

"부사장님, 왜 그러십니까?"

심상치 않은 기색에 효도가 물었으나 이키는 프런트 계원에게 말을 건넸다.

"급히 도쿄로 전화를 연결해 주게."

"죄송합니다. 이 부근 일대는 아까부터 고장이 나서, 테헤란에도 연결이 안 됩니다."

프런트 계원은 냉정하게 고개를 저었다.

"언제쯤 복구될 것 같나?"

"30분 후에 되는지 내일 되는지 모르겠습니다."

이키는 망연했다. 그의 손에 있던 메모를 읽고 난 효도가 말했다.

"삭풍회의 다니카와 씨…… 부사장님한테서 들은 일이 있습니다. 이런 곳에서 어떻게 할 도리가 없으니까 시라즈 시의 우체국으로 가시죠. 우체국 전화라면 테헤란으로 연락이 될지도 모릅니다."

"우체국엔 내가 갈 테니까, 자넨 미안하지만 한시라도 빨리 일본으로 갈 수 있는 비행기를 예약해 주게."

"그럼 부사장님을 우체국에 내려드리고 그 길로 시라즈 공항에 가서 예약하고 오겠습니다."

이키와 효도는 현관 앞에서 손님을 기다리고 있던 택시에 올라탔다. 페르세폴리스는 정오가 가까워 햇빛이 반짝이기 시작했으나, 이키의 눈에는 아무것도 들어오지 않았다.

바로 한 달쯤 전에 히비야 공원 옆의 중국집 2층에 있는 삭풍회 사무실에서 만났을 때는 건강하고 변함이 없었는데, 그 후 병으로 누웠다는 말도 듣지 못했다. 이키는 제발 뭔가 잘못 전해졌기를 빌면서도 아까 유적지에서 깨진 선글라스를 주머니 안에서 꼭 쥐고 있었다.

부고를 받은 지 38시간 만에 이키는 하네다 공항에 도착했다.

마침 비가 내리고 있었다.

마중나온 하나와 비서과장은 이키를 보자마자 검은 넥타이와 상장을 건네주며 말했다.

"다니카와 씨의 출관이 앞으로 한 시간 남았습니다. 서둘러 주십시오. 테헤란에는 삭풍회의 가미모리 씨 부탁으로 연락했습니다."

이키는 차에 오르자마자,

"2시 반까지 갈 수 있겠나?"

하고 1시 반을 가리키고 있는 시계를 보며 말했다.

"비가 와서…… 하여간 달려보겠습니다."

차는 다카이도까지 고속도로를 달려 고슈 가도를 지나 조후 역으로 나왔다.

겨우 낡은 시영주택이 늘어서 있는 소메지 단지의 다니카와 댁 가까이 오자 불전에 바치는 붓순나무가 이웃의 너덧 집까지의 길이로 늘어서 있고 참석자가 많아 보였다. 영구차도 서 있었다.

이키는 차에서 내리자마자 현관으로 달려갔다.

이미 고별식의 독경은 끝나고 제단에서 내려진 관 뚜껑이 유족들이 지켜보는 가운데 닫히고 못질을 할 참이었다.

"다니카와 선배님!"

이키는 관 앞으로 다가가 국화꽃에 파묻혀 눈을 감고 있는 다니카와 전 대좌의 얼굴을 응시했다.

"이키 씨, 잘 오셨습니다. 주인은 이키 씨를 기다리셨어요."

밤샘과 장례로 초췌해진 미망인은 흐느꼈다.

"아주머니, 어째서 갑자기 이런 일이……"

가까스로 치미는 통곡을 억제했으나, 참지 못하고 흑흑 흐느꼈다.

"출관시간입니다."

출관을 재촉하는 소리가 났으나 이키는 관에서 떨어질 수가 없었다. 부인도 이별이 안타까운 듯 남편의 얼굴을 어루만지고 있었다.

"위령비의 일로 마이쓰루에 갔다가 돌아오자마자 자리에 눕더니 폐렴을 일으켜……"

"마이쓰루에, 위령비……"

이키는 말문이 막혔다.

"하다못해 3일만 더 살아주셨더라면……"

남의 눈이 없으면 시체에 매달리고 싶었다.

"이키, 애석함은 끝이 없겠지만 이젠 출관시간이야."

가미모리가 이키를 관에서 떼어놓으며,

"자, 같이 관을 메지."

하고 이키와 함께 관의 앞머리를 메었다.

미즈시마와 마루초도 관을 메고 비가 내리는 속을 천천히 운구했다. 운구하는 도중 마루초는 사람들의 눈도 아랑곳없이 울음을 터뜨렸다.

"울지 마, 보기 싫다."

꾸짖는 가미모리도 울고 이키도 울고 그리고 전송하는 회원들도 울었다.

관을 실은 영구차의 출발을 전송하고 이키는 가미모리를 향해,

"테헤란까지 연락해 줘 고맙네. 그런데 어째서 이렇게 됐나?"

하고 새삼스럽게 물었다.

"다니카와 씨는 니이가타와 후쿠이 현의 회원들을 돌아보고 나서 마이쓰루로 가셨는데 운수 사납게 나쁜 날씨가 계속되어 피로가 겹쳐 여름감기에 걸린 모양이야. 돌아오자마자 폐렴을 일으켜 입원하셨으나 4, 5일째 되던 날 가래에 목이 막혀, 마지막엔 기관지 절개까지 했

지만……"

　안타깝게 말하자 미즈시마가 입을 열었다.

　"설마 이렇게 될 줄은 모르고 늘 사무실에 도와주러 다니던 회원들만이 병문안을 갔는데, 돌아가시기 전날은 비교적 좋아지셔서 위령비 건립지는 역시 이키가 전에 보고 온 고로가다케가 좋겠다며 미안하지만 이키 군에게 2, 3일 내로 와달라고 했으면 좋겠다고, 평소에 성급하지 않는 분이 그렇게 말씀하셨어요."

　"그래? 그렇게 말씀하셨던가."

　이키는 가슴이 미어지는 느낌이었다.

　"차 준비가 되어 있으니 지장 없으시면 화장터까지 와주시면 감사하겠습니다."

　다니카와 집안의 친척으로 보이는 사람이 말했다.

　"그러면 우리도 납골하도록 하겠습니다."

　이키는 가미모리, 미즈시마와 함께 차에 탔다.

　화장터에 도착하니 시신은 이미 화장로 속에 들어간 뒤였고 뼈가 될 때까지, 텅 비어 살풍경한 방에서 기다렸다. 누구도 말이 없었다. 억수로 퍼붓는 비만이 물방울을 날리고 있었다.

　미망인 쪽을 보니 친척들과 한군데 모여 앉아 고개를 숙이고 있었다. 오사카와 나고야의 회사에 근무하는 두 아들은 화장터까지 따라온 사람들에게 조용히 인사를 하고 있었다.

　이키는 두 아들에게로 다가갔다.

　"아버님 살아계실 땐 많은 신세를 졌습니다. 가족 여러분들의 지성 어린 협력이 있었으므로 삭풍회도 그 혜택을 입어왔습니다."

　"아뇨, 아버님은 행복한 분이셨습니다. 여러분 덕택으로 돌아가실 때까지 본인이 가장 하고 싶어 하신 일을 할 수 있었고, 게다가 오늘처럼 삭풍회 여러분 덕분에 성대한 장례식을 치를 수 있어 깊이 감사하고 있습니다."

45세쯤 되는 장남은 아버지를 닮은 시골 학자풍의 모습이었다. 자기를 희생하고 남을 위해 애써온 아버지를 행복한 사람이라고 단언하는 아들의 말에 생전의 다니카와 전 대좌를 보는 듯한 느낌이었다.

화장실의 문이 열리자 다비된 유체가 하얀 뼈와 재가 되어 나왔다. 먼저 미망인이 긴 젓가락으로 깨끗한 형태로 남은 목뼈를 주워 질그릇으로 된 유골함에 넣었다. 이어서 두 아들과 배우자, 친척들이 골라 담고 이키 등도 각자의 감회 속에서 뼈를 주웠다.

이키는 아직도 열기가 남아 있는 뼈를 주워 유골함에 넣으면서, 비가 오나 바람이 불거나 혼자서 묵묵히 삭풍회의 회보를 만들고 회원들의 취직에서부터 빚돈 알선, 병으로 누워 있는 사람의 문안까지 하루도 쉬는 날이 없던 고인의 모습을 생각했다. 불평 한마디 없이 보상도 바라지 않은 18년이었다. 그러한 무보수의 행위로 귀환 후 18년이 지났어도 삭풍회 1천 5백 명 회원은 사망자를 빼놓고 한 사람의 탈락자도 없이 서로 힘이 되면서, 시베리아에 잠들어 있는 전우들을 위해 위령비를 세우자는 소리가 높아진 것이다.

다니카와 전 대좌의 사망 후에도 계속하지 않으면 안 되는 이 일은 겉보기엔 아무것도 아닌 것 같지만 실은 지극히 어려운 일이었다.

그러나 살아서 조국에 돌아온 자 가운데 누군가가 반드시 이어받아야 할 일이었다.

10월 하순이 되자 슈쿠가와의 높은 지대에 있는 다이몬 저택의 정원수는 아름답게 단풍이 들기 시작했다. 정원사의 전지가위 소리가 상쾌하게 울리고 있었으나 다이몬 이치조는 등이 자리에 달라붙은 것처럼 무거워 좀처럼 일어날 수 없었다.

미닫이가 열리고 아내 후지코가 들어와 덧문을 열었다.

"여보, 토요일인데 골프 예정도 없다지만 8시가 넘었어요. 이제 그만 일어나세요."

맑은 가을 햇살이 온 마루에 비치고 젖꼭지나무의 잎을 자르는 가위 소리가 싹뚝싹뚝 더욱 시원스레 들려왔으나 다이몬은 일어날 수가 없었다.

"왜 그러세요? 어디가 아파요?"

"아무것도 아냐. 반년쯤 전에 골프하다 다친 허리가 조금 아플 뿐이야. 자아, 일어날까."

다이몬은 아내의 추궁을 가로막듯이 적당히 얼버무리고 억지로 힘차게 일어났으나 온몸이 무겁고 나른했다.

후지코는 가운을 입혀주며,

"요즘 혈압은 어때요? 가즈오가 아버지도 70이 넘어서 상사 사장으로 일하려면 몸에 지장이 있을 테니까 입원해서 종합진찰을 받아야 한다고 그랬어요."

하고 한집에 살면서 제약회사에 근무하는 장남의 말을 전했다.

"종합진찰이라니, 그렇게 한가한 시간이 어디 있어."

다이몬은 무뚝뚝하게 말하고 마루로 나갔다. 의사에게 보여 봤자 혈압은 내려가지 않는다. 면화 시세만 좋아진다면…… 하고 다이몬은 마음속으로 신음했다.

작금의 면화시세는 뱃심 좋고 능숙한 다이몬 사장도 두려울 정도로 하락세가 빨라, 어제 뉴욕거래소의 최종가는 49.8센트로 마침내 50센트의 선을 내려섰다.

그 대폭락의 면화를 자기의 지령으로 깅키상사는 소련 면화만 해도

7만 5천 상자나 가지고 있다.

오름세를 예상하고 있던 1달러 선은 실현되지 못했을 뿐 아니라, 오 일달러가 얽혀 있는 면화시세는 종래의 상식으론 추측할 수 없는 속도로 하락세가 빨라져 매출의 기회를 놓쳤으며, 지금 손을 털면 대략 45억 엔의 큰 손해를 입게 된다. 앞으로 시세가 더욱 떨어져 1년 반 전까지의 30센트대로 폭락하면 그땐 괴멸적인 사태가 다가온다…… 그 일을 생각하니 눈앞의 정원이 핑그르르 도는 것 같은 어지러움을 느껴 다이몬은 유리문을 붙잡았다.

"또 어지러우세요? 의사 선생을 오시라고 할까요?"

"발이 미끄러졌을 뿐이야. 조반을 먹겠어."

우선 양치질만 한 뒤 다이몬은 화장실에 들어갔다. 변기 앞에 서자 아랫배가 이상하게 당기고, 소변을 보고 싶은데도 바로 나오지를 않았다. 한 송이만 꽂아놓은 용담꽃을 보면서 힘을 주자 힘차게 나오긴 했으나 하얀 변기에 쏟아지는 것을 보고 다이몬은 소스라쳤다. 거무칙칙한 적갈색의 혈뇨가 나온 것이다. 공포감이 다이몬의 등골을 스쳤다.

다이몬은 갑자기 오한이 덮쳐 그대로 주저앉고 싶은 것을 억지로 힘을 내어 소변 빛깔을 확인하고 물을 내려 흘려보냈으나, 적갈색의 비말이 변기 가장자리에 반점처럼 튀어 있었다.

소련 원면의 시세가 어떻게 해보지도 못할 만큼 궁지에 몰린 결과 정말로 피오줌이 나온 것이다.

변기 가장자리를 깨끗이 닦고 다이몬은 겨우 화장실에서 나와 침실로 돌아갔다. 이부자리는 벌써 개어진 채로 햇볕에 말리기 위해 마루 끝에 쌓여 있었다. 다이몬은 이불을 끌어당기고 다다미 위에 누웠다.

혈뇨는 일찍이 면사 거래에서 용호상박이라고 소문났던 호적수, 주쿄방적의 기토 간스케와 벌인 10개월에 걸친 사투에서 한 차례 체험했는데, 그것은 면사부장이었던 한창때인 45, 6세의 일로 다이몬이 완전히 승리를 거둔 투기전이었다.

이번 경우는 국제상품인 원면이어서 종합상사가 투기전을 하는 일 자체가 기업윤리에 어긋난다는 풍조로 변한 세상인데다 자신의 나이도 70을 넘었다.

다이몬은 오한과 혈뇨가 나온 충격으로 더욱 몸을 떨었으나 침착해야 된다고 자신을 타일렀다. 지금 서투르게 떠들면 아내의 걱정은 물론이고, 사장이라는 권한으로 억누르고 있는 이키를 비롯한 중역들의 면사거래에 대한 비판이 당장에 폭발하여 매도를 강요할 게 틀림없다.

목화거래에서 45억 엔의 손실은 종합상사의 사장으로선 치명상이었다. 생각해 보면 50센트선이 허물어질 때까지 이바라가 울고 매달려 호소하지 않았어도 팔 기회는 몇 번 있었다.

그런데도 반드시 역전할 것으로 믿다가 오늘날과 같이 빼도 박도 못하는 수렁에 빠진 것은 만일 이것이 실패하면 큰일이라는 초조와 현재의 사장자리에 집착하는 번뇌 때문이 아니었을까…… 다이몬은 자문자답하면서, 그러나 여기까지 온 이상 밑바닥을 칠 때까지 버티는 수밖에 없다고 생각했다.

"여보, 어떻게 된 거예요. 식은땀을 흠뻑 흘리고."

식당으로 오지 않는 남편을 찾아온 후지코는 당황한 듯이 말했다.

"역시 오늘 아침엔 혈압이 좋지 않은 것 같군. 의사선생한테 오전 진찰이 끝나면 장기도 둘 겸 한번 진찰하러 오시라고 해."

"그렇게 덜덜 떨면서 식은땀을 흘리고도 또 무슨 고집이세요. 곧 왕진을 오시도록 하겠어요."

후지코는 그렇게 말하고 며느리와 가정부를 불러 이부자리를 다시 깔게 한 뒤 주치의를 부르러 보냈다.

"뭐, 그렇게 수선을 떨지 않아도 괜찮아. 선생이 올 때까지 한잠 잘 테니 저리들 가 있어."

다이몬은 여자들을 방에서 물러나게 하고 눈을 감았다. 이바라의 해쓱한 얼굴이 먼저 떠올랐다. 그 녀석도 날만 새면 하락일로에 있는 시세에 어쩔 수 없이 혼자서 피오줌을 싸고 있는지도 모른다. '미안하다, 이바라' 하고 중얼거리며 눈을 깜박이자 갑자기 사토이의 얼굴이 떠올랐다. 심장 발작을 끝까지 숨기면서, 포크사와 지요다자동차의 제휴 일로 분주하던 때의 사토이의 심중을 이제 비로소 알 것만 같아 애처로움과 그리움이 치밀어 올랐다. 그때는 인정사정없이 잘라버려 방계회사의 사장으로 내보낸 자기였지만, 장차 사장자리를 물려줄 수 있는 사람은 이키보다는 역시 사토이가 아닐까 생각했다.

효도는 이란 석유회사의 신임 개발부장인 모하젤과 함께 시라즈 공항에서 이란 석유회사 전용의 헬리콥터로 사르베스탄 광구를 향해 날고 있었다.

토막지대 저 멀리 하늘을 태울 것 같은 불길이 타오르며 검은 연기가 일고 있는 것은, 이미 생산에 착수한 유전으로 기름에서 분리된 폐가스를 태우고 있는 플레어스택(flare stack)이었다.

"나는 지질구조상 사르베스탄 지역은 매우 유망하다고 생각하니까 당신들 INOCO의 개발엔 크게 기대를 걸고 있소."

모하젤은 미국의 스탠퍼드 대학에서 지질학을 전공한 기술자 출신으로 취임 즉시 깅키·오리온 광구의 개발상황을 시찰하고 싶다고 말해 효도가 동행한 터였다. 전임자인 압둘 개발부장의 돌연한 해임이 테헤란의 오일맨들 사이에 한창 화제가 되고 있었다.

"압둘 씨의 다음 자리는 정해졌습니까? 병으로 회사를 그만둔다는 말이 있는데, 어떻게 됐습니까?"

"그에 관해선 전혀 모르겠소."

모하젤은 쌀쌀맞게 대답하고 더 이상 말하고 싶지 않다는 듯이 이내 시선을 돌렸다. 그 모습으로 미루어 압둘이 친척을 중개로 하여 쿠웨이트 거주의 대리인에게 이권에 관한 정보를 누설시키고 있던 일이 밀고되어 현재 비밀경찰에 구속되어 있다는 소문은 신빙성이 있는 것 같았다.

사르베스탄 광구로 들어가자 조종사는 지상과 무선교신을 하면서 철탑에서 1백 미터쯤 떨어진 헬리포트에 착륙했다.

5호공 현장에는 신임 개발부장에게 경의를 표하기 위해 이란 석유회사의 기를 게양하고, 이란인 노무자들도 똑바로 정렬하여 그를 맞이했다.

"모하젤 개발부장의 시찰을 진심으로 감사드립니다."

테헤란의 본사무소 탐광부 차장인 우치다가 전날부터 현장으로 와서 신임부장을 맞이하고 시굴장장인 마이켈 이하 시굴 기술자들도 인사를 했다. 모하젤은 일동의 마중에 만족스러운 듯 고개를 끄덕이며 철탑을 쳐다보고,

"굴진상황은 어떤가?"

하고 물었다.

"순조롭습니다. 4호 시추공에서 모처럼 가스 유징을 얻고도 일니 현상으로 파기 힘들어 부득이 폐갱해야 했던 쓴 경험을 살려 케이싱 척수관 프로그램 연구에 최선을 다하고 있습니다."

"4호정 폐갱의 보고서는 봤는데 그건 아까워어. 이번엔 어떤 척수관

프로그램을 세웠나?"

기술자 출신이라는 것을 과시하듯이 전문적인 질문을 했다.

"이 근처 광구의 척수관은 2천~3천 피트까지 넣는 것이 보통입니다만 4호정에선 4천 피트 정도에서부터 붕괴성이 심한 지대가 3개소에 걸쳐 있어 하루 50피트도 굴진할 수 없는 날이 계속됐기 때문에, 이번엔 단연코 13인치의 척수관을 4천 5백 피트까지 넣어서 예상되는 붕괴층에 물이 스며드는 것을 방지하고자 굴진 중입니다."

"참 잘했어. 현재의 깊이는?"

시굴장장인 마이켈을 향해 물었다.

"마침 4천 5백 피트까지 척수관을 장치한 참이니까 앞으론 이람층에서 일니가 되지 않도록 잘만 파내려가면 목적층에 도달하여 대망의 기름을 볼 수 있게 됩니다."

마이켈이 자신만만하게 대답하고는 모하젤과 효도에게 헬멧을 건네 준 다음 철탑 쪽으로 안내했다.

지상 6미터 가량의 굴착작업대로 올라가자 귀가 찢어지는 듯한 엔진소리가 나고 끝에 굴착용 추를 붙인 굴관이 4천 5백 피트의 지하를 굉장한 힘으로 굴진하고 있는 모습이 느껴졌다.

안내역인 마이켈이,

"아무튼 이 5호 시추공은 희생양을 바치는 의식을 해서 알라의 가호가 있는 시추공이니까 당초 굴진예정보다 다소 늦긴 했지만 반드시 좋은 결과가 나올 겁니다."

하고 말했다. 그때 작업대 한쪽에 있는 갱내의 모든 데이터를 측정하는 작업원이 뛰어나와 알아듣기 힘든 텍사스 사투리로 무슨 말인가를 마이켈에게 전했다. 마이켈은 얼굴빛이 변하여 측정실로 들어갔다.

곧 다시 나오더니 갱내를 돌아 지상으로 올라온 흙탕물을 흘려보내는 물받이 앞으로 달려갔다. 모하젤이 성큼성큼 그쪽으로 걸어가고 효도도 가까이 가서 보니 부글부글 거품이 일고 있었다.
"가스 분출이다! 방분장치를 빨리 닫아라!"
마이켈의 목소리가 울려 퍼졌다.
패널 스위치를 조작하고 있던 작업원은 즉시 방분장치에 연결된 스위치를 눌렀다.
"장장님! 스위치가 듣지 않습니다."
"서둘지 말고 다시 눌러!"
마이켈이 소리쳤으나 물받이를 흘러내리는 흙탕물의 거품은 점점 커지고 수량도 순식간에 늘어 물받이에서 넘쳐흐를 것 같았다.
"고장이야! 스위치가 말을 안 들어!"
작업원이 소리쳤다
"모든 전원을 꺼! 엔진을 꺼!"
마이켈이 큰 소리로 외친 순간 쾅 하고 고막을 찢는 듯한 소리가 나며 가스와 흙탕물이 갱내에서 솟구쳤다. 43미터의 철탑 너머까지 갈색 물기둥이 뻗쳐 꼭대기에 있던 작업원은 물기둥에 얻어맞고 비명을 질렀다.
"폭분이다! 피해라!"
작업원들은 개미새끼가 흩어지듯 철탑에서 떨어져갔다. 물기둥 벼락을 맞고 망연히 서 있는 효도에게,
"당신도 빨리 피해!"
하고 마이켈이 소리쳤다. 효도는 얼굴이 창백해진 모하젤 개발부장의 손을 움켜잡고 로터리 테이블로 되어 있는 계단을 뛰어내려 지면에 엎드렸다. 마이켈은 로터리 테이블에서 뛰어내려 가스와 흙탕물이

무섭게 내뿜고 있는 속을 철탑 밑까지 기어들어가 방분장치의 수동식 핸들을 잡았다. 직경 1미터가량의 큰 핸들을 온몸으로 돌리려 했으나 좀처럼 움직이지 않았다. 효도는 숨을 죽였다. 만일 철탑 근처에 화기가 남아 있으면 시추공에서 뿜어나오는 가스에 불이 붙어 눈 깜짝할 사이에 불바다가 되고 철탑째 날아가 버린다. 효도는 땅에 엎드려서 마이켈을 쏘아보았다. 폭분은 그치지 않고 꽈르릉 소리를 내며 가스와 흙탕물을 내뿜고 있었다. 마이켈은 물을 뒤집어쓰며 조금씩 핸들을 돌리기 시작했다. 솟구치는 흙탕물이 30미터, 20미터로 조금씩 낮아져 5분 후에 겨우 멈추었다. 측량실에서 우치다가 뛰어나오며 소리쳤다.

"적정비중을 측정할 테니 곧 이수조절 준비를 해!"

마이켈은 대피하고 있는 작업원들에게 일렀다.

"어이! 이젠 됐어. 바라이트의 재고는 있나?"

"빨리 조니 준비에 착수해!"

차례로 지시를 내렸다.

"도대체 어떻게 된 거야, 이 가스 폭분은?"

효도는 철탑 밑에까지 달려와 마이켈과 우치다에게 따졌다.

"척수관을 4천 5백 피트까지 넣고, 다시 굴진하기 위해 비중을 1.85에서 1.45로 내린 순간 머리쪽이 가벼워져 밑에서 가스가 폭발한 거야."

"방분장치 스위치가 고장이 나서 안 듣다니, 말이 안 되잖아."

"한 주에 두 번은 반드시 테스트하고 있는데 유압장치에서 기름이 새어나와 스위치가 안 듣는 모양이야. 수동식 개폐장치로 제어할 수 있었으니 다행이야."

"하지만 마이켈, 정말 위험했어. 자칫 잘못됐으면 천당행이야."

"개구쟁이 때부터 시추꾼인 난데 이쯤은 익숙하지. 만일 시추공하고 함께 죽는다면 행복이지."

텍사스 사나이다운 말투였다.

"그래서 시추공 쪽은 괜찮은가?"

"한시라도 빨리 적정비중을 파악하여 조니하고 방분장치를 열어 정상순환으로 복구시켜야 해. 빨리 안 하면 시추공은 폭삭해서 또다시 폐갱의 불행을 맛볼지도 몰라."

우치다가 재빨리 부탁했다.

"5호 시추공은 우리들의 최후의 보루야. 2일간 밤낮으로 철야를 하게 됐지만 4호공의 전철을 밟지 않도록 철저하게 하겠어요. 그보다 효도 씨, 모하젤 개발부장의 인상이 나빠지지 않도록 해주시고, 로스앤젤레스의 오리온 본사에 출장 중인 메일러 탐광부장에게 시급히 연락을 취해 주십시오."

흙탕물에 흠뻑 젖은 모하젤은 아까까지의 점잔을 빼던 모습과는 딴판으로 험악한 표정이 되어 나무랐다.

"뭐야, 이 꼴이! 역시 메이지가 끼지 않으면 안 되겠군. 인디펜던트의 기술 같은 건 수준이 낮아. 자네들은 이 시추공마저 못 쓰게 만들 작정이야!"

"이런 사고를 일으켜 깊이 사과드립니다. 하지만 폭분할 만큼 가스 징조가 있다는 것은 석유가 있다는 징조라고도 말할 수 있습니다."

효도가 억지변명을 하자 모하젤은 얼굴이 벌게졌다.

"자네들 사기꾼 같은 소리를 하는군. 나는 전문가야. 적정비중은 파악했나?"

"지금 측정 중입니다."

우치다가 대답하자,

"아직 적정비중도 파악 못하는 기술로 어떻게 석유를 끌어내겠다는 거야!"

하고 격노했다.

마이켈이 옆에서,

"사고가 많은 시추공일수록 마지막엔 석유가 나온다고 합니다."

하고 무마하려니까 모하젤은 더욱 격앙했다.

"여기서 잘된다 해도 목적층까지는 아직도 4천 피트나 있어. 또다시 붕괴층에 부닥쳐 이수조절을 하지 못하면 이번에도 폭분이 일어나지 않는다고 단언할 수 있나?"

효도는 뜨끔했다. 또다시 폭분이 일어나지 않는다고 누가 단언할 수 있겠는가. 참으로 석유는 파면서 확인하고, 확인하면서 파고 하늘의 뜻에 의해서만 파낼 수 있다…… 그렇게 생각하자 효도는 새로운 불안에 빠졌다.

깅키상사의 사내에선 5호 시추공의 가스 폭분을 이키 외에 로스앤젤레스의 오리온 본사나 테헤란 사무소에 연락을 시키고 있는 석유부 차장밖에 모른 채 아직 묵살하고 있었다. 4호 시추공의 폐갱에 이어 5호공의 가스 폭분…… 사르베스탄의 석유개발은 비운의 별이 따라다니는 것 같았다.

효도는 가스 폭분 후 연락이 뚝 끊겨 현지가 어떤 상태에 있는지, 정보수집을 담당케 한 석유부 차장도 도무지 실마리를 잡지 못하고 있었다. 이키는 책상 앞에 앉아 한숨을 쉬었다.

마음의 스승인 다니카와 전 대좌의 부음을 들은 것도 5호 시추공의 개갱식을 끝낸 직후였다. 그렇게 생각하니 난산을 거듭하는 5호정의 앞길이 암담하게 느껴졌다.

인터폰이 울렸다.

"부사장님, 테헤란의 이란석유공사에서 전화가 왔습니다. 아직 교환수만 나오고 상대는 나오지 않았습니다만."

비서과장인 하나와가 빠른 말로 전했다

"뭐, 이란석유공사에서?"

효도가 현지에 있는데 어째서 이란석유공사에서 직접 자기에게 전화가 걸려오는지 혹시 하고 가슴이 콩콩 뛰었다.

수화기를 들자,

"여보세요, 효도입니다. 여러 가지로 근심을 끼쳐드려서 죄송합니다."

하는 똑똑한 일본말, 더구나 방금 그 신상을 걱정하던 효도의 굵은 목소리가 전해졌다.

"어째서 빨리 연락을 하지 않았나?"

후우 하고 긴장감이 풀리자 이키는 소리쳤다.

"죄송합니다. 하필이면 이란석유공사의 신임 개발부장이 시찰할 때 가스폭발이 일어났습니다만, 5분 만에 막을 수 있었으며 화재도 인명 피해도 없었습니다. 그 후 2일간 유정 속의 이수를 조정하기 위해 굴착을 중지하고 있었으나 이제 순조롭게 피트가 작동하기 시작했습니다."

"그건 다행이군. 조금 전에 공사의 다다라 이사로부터 아직까지 아무런 연락이 없는 것은 심상치 않은 사태가 발생했기 때문인지도 모른다고 말해 안절부절못하던 참이야. 이란석유공사의 심기는 괜찮겠지?"

"아무튼 스탠퍼드 대학 지질학과 졸업을 자랑삼는 신임 개발부장을 흙탕물로 흠뻑 젖게 했으니까 인디펜던트나 일본의 기술자는 틀려먹었다고 욕을 먹었습니다만, 아키바르 총재가 가스가 분출된 것은 석유가 있다는 유력한 증거라고 말해서 이사인 키아 박사도 개발부장도 태도가 바뀌어, 이렇게 국제전화가 곧 연결되는 특별회선까지 쓰게 해준 겁니다."

"그래, 석유가 있을 확률은 높은가?"

"부사장님까지 성급하게 결론을 요구하지 마십시오. 하지만 가능성은 늘어났습니다. 상세한 것은 귀국해서 보고 드리겠습니다."

이키는 수화기를 놓고 회전의자에서 일어섰다. 조금 전까지 회색으로 보이던 마루노우치의 빌딩가가 갑자기 밝게 비쳐 창가로 발길을 옮기려는데 직통전화가 울렸다

"여보세요, 다이산은행의 다마이입니다."

"이거 은행장께서 손수, 죄송합니다."

무슨 일일까 생각하면서 정중하게 응답하자,

"이란의 5호 시추공이 실패했다는 게 사실입니까?"

하고 대뜸 굳은 목소리로 물었다.

"아뇨. 은행장께서 어디서 그런 소식을 들으셨습니까? 실은 조금 전에도 이란석유공사에서 전화가 걸려온 참입니다만."

도라노몬의 공사에서 정보가 새었나 싶어 경계하면서도 태연하게 되묻자,

"관계 주무대신이라고만 대답해 두지요. 가스가 폭분하여 5호공도 또 실패라고 들었기 때문에 확인전화를 건 셈인데, 허위정보란 말씀이죠?"

하고 은행가답게 신중히 다짐했다.

"확실히 가스가 분출한 모양입니다만 분출 후 5분도 안 되어 중지시키고 굴착계획엔 아무런 변경도 없습니다."

주거래은행도 석유가 나오지 않는 이란의 석유개발에 신경이 곤두서 있는 때인 만큼 한 발 앞서 걸려온 효도의 전화는 효과적이었다.
다마이 은행장은 약간 겸연쩍은 말투로,
"정치가란 정말 엉터리 정보를 퍼뜨리는군요. 당신한테 사실을 확인하길 잘했어요. 그리고 이번 주말에 신키라쿠에서 당신 회사와 연회가 있는데 끝나는 대로 30분쯤 시간을 내주실 수 있습니까?"
하고 슬쩍 화제를 바꾸었다.
"알겠습니다. 말씀하실 용건은?"
"다이몬 씨가 원면 거래에서 어지간히 악전고투하신다죠. 이 시대에 종합상사의 사장이 투기를 하다니, 곤란한 일이군요."
"말씀은 알겠습니다만 그건 다이몬 사장과는 관계가 없습니다. 지금 세상에 종합상사 사장이 투기에 손을 대다니, 첫째 중역회의가 인정하지 않습니다."
이키는 부정했다.
"이키 씨, 다이몬 사장을 비호하는 당신의 마음을 모르는 건 아니지만, 부동산 쪽에도 문제가 있는 것 같고, 이젠 생각 좀 해야 될 시기가 아닙니까?"
다마이 은행장은 의미심장하게 말하고 전화를 끊었다
이키는 5호 시추공의 트러블은 해결되었으나 주거래은행장이 설마 하니 다이몬의 일을 끄집어낼 줄은 생각도 못한 터였다. 다이몬 자신을 위해서도 원면 거래에서 빨리 손을 떼도록 해야겠다고 생각하며 섬유담당인 가네코 부사장에게 다이몬이 무참한 꼴이 되지 않도록 부탁했었다. 그러나 가네코 역시 다이몬의 고충을 알고 오히려 말을 못 하는지도 모른다.
그렇다면 고양이 목에 방울을 다는 역할을 해낼 사람은 자기밖에 없다고 생각하며 이키는 오사카의 이바라 면사부장의 방으로 다이얼을 돌렸다.

오사카 신마치의 요정 니시키도의 술좌석에서 다이몬은 다쿠보공업의 사토이 사장을 불러 오랜만에 편히 쉬고 있었다.
격자문 안에 운수승의 옷감을 겹으로 하여 만든 긴 포렴이 바닥에 깐 돌까지 닿을 만큼 길게 늘어져 고전적인 우아함이 풍겼다.
안쪽 깊숙한 방에는 옷자락을 길게 끄는 게이샤가 시중을 들며,
"사장님 오랜만입니다. 오늘 밤엔 천천히 놀다 가시는 거죠?"
하고 요염한 몸짓으로 술을 따랐다.
"좋아 좋아, 오늘 밤엔 신나게 놀아주지."
"아이, 좋아. 정말이죠? 손가락 걸고 약속해요."
손가락 끝까지 분칠을 한 하얀 손을 내밀자, 다이몬은 검버섯이 낀 손으로 젊은 게이샤와 손가락을 걸고 약속했다.
"사장님은 언제나 이렇게 예쁜 아가씨들에게 싸여 있어 젊으시군요."
"아니, 흥허물 없는 자네하고 오랜만에 이야기하고 싶어서 말이야."
다이몬은 아무렇지도 않은 듯이 말하고, 요즘 계속 폭락되고 있는 소련 원면 시세로 인한 심로로 피오줌까지 나온 일 따위는 내색도 않고 젊은 미기와 희롱을 계속했다. 사토이도 장단을 맞추듯이 옆에 있는 게이샤가 따라주는 술을 연거푸 마셨다. 이전에 심한 심장 발작을 일으켜 고생한 것 같지 않은 건강한 모습이었다.
"건강해진 것 같은데, 몸은 어떤가?"
"덕택으로 힘이 남아돌 만큼 건강합니다."
"회사의 업적도 좋더군. 다쿠보공업 재건에 자네를 보냈더니 불과 3

년 반 만에 여기까지 끌어올렸으니 훌륭해."

"그렇게 말씀해 주시니 황송합니다. 이 자리에서의 얘깁니다만 공장지대의 폐수를 준설해서 버리던 것을 화학처리로 굳혀 그것을 매립지의 콘크리트 대용으로 사용하는 데 착안하고 있습니다. 잘만 되면, 원래 버리는 것을 활용하니까 코스트가 싸게 먹혀 많은 이득을 볼 것이고 폐수로 인한 공해를 없애니까 그야말로 일석삼조가 되는 셈이지요."

"과연 자네군. 공짜로 상사의 엄한 밥을 먹진 않았군그래."

다이몬은 쇠퇴하지 않은 사토이의 수완을 인정해 주었다.

"사장님 쪽은 어떻게 됐습니까?"

몇 달 전 쓰노다로부터 이란의 석유는 한 방울도 나오지 않고, 사장은 면화거래에 정신이 팔렸다고 한숨 섞인 말을 들은 터였으나, 사토이는 모른 체하고 물었다.

다이몬은 게이샤들을 물러가게 하고 좋아하는 도미찌개를 뒤적거리며 말했다.

"내 쪽은 별로 좋은 형편이 못 돼. 그 일로 사내에선 의논할 만한 사람도 없고 해서 마침 자네가 다쿠보 오사카 지점에 출장 온 걸 붙잡은 거라네."

"무슨 일이 있습니까?"

"실은 이쪽의 토지문제도 잘 안되고 면화거래도 좋지 않은데, 석유도 이키 군은 나온다 나온다 하지만 좀처럼 나오지 않으니 실적 전체가 나빠져 은행에서도 귀찮게 굴고 있네. 게다가 불경기 바람이 불고 있어, 이런 때 자네같이 장사 잘하는 중역이 있었으면, 하고 생각해."

사토이의 반응을 살피듯이 말했다.

"그러고 보니 입으로만 기업윤리가 어떠니 몇 개년 계획이 어떠니 하고 떠드는 패들이 많아졌더군요. 그래서는 앞으로의 가혹한 경제 환경에 대응할 수 없을 겁니다. 사장님 앞에서 실례입니다만, 이론만 내세우는 머리통 큰 관리부문이 날뛰고 있어, 저것이 옛날의 깅키상사인가 하고 서글퍼집니다."

다이몬은 바로 그렇다는 듯이,

"그래, 바로 그걸세. 그래서 장사가 잘 안 되는 거야."

하고 쓴 입맛을 다셨다.

"그렇지만 사장님께선 일찍이 그 큰 머리통을 중용하지 않으셨습니까?"

"아니, 그렇지 않다네. 그때는 오로지 자네 건강 때문이었어. 그것도 나 혼자만의 판단이 아니라 이키 군도 도모토 군도, 자네 심복 부하인 쓰노다까지 자네 병을 염려하고 이키 군은 심지어 언제 심장발작이 일어날지도 모르는 사람을 쓴다는 건 잔인하다, 아깝게도 유능한 사람의 생을 꺾어버리는 것이나 마찬가지라고까지 말했으니까."

"그렇습니까…… 하지만 그때, 집사람이 화를 내고 사장님 댁까지 가서 폐를 끼쳤습니다만, 집사람의 말은 설혹 어떠할 일이 있었다 해도 사장님의 마음이 변한 것이 원망스럽다고 하더군요."

사토이는 아내를 빙자해서 당시 자기의 본심을 토로했다.

"자네 부인은 훌륭한 사람이야. 그때 남편을 생각하는 마음씨에 탄복했어. 부인이 돌아간 후에 나는 마음이 숙연했었네."

"사장님, 지금이니까 말씀드리지만 그때의 분한 마음과 굴욕감이 저로 하여금 다쿠보공업에 전심전력을 기울이게 한 것이라고 생각합니다."

사토이는 그 당시의 분함을 되새기듯 입술을 꽉 깨물었다.

"그랬나. 사토이 자넨 단순히 장사만 잘하는 게 아니었군. 그게 바로 남자야."

 인정사정없이 잘라버리고서도 다이몬은 천연덕스럽게 말했다.

 "자넨 다쿠보공업을 재건하기 위해 나간 거니까 실적이 회복됐으면 이번엔 이쪽의 어려운 재건을 위해 수완을 발휘할 생각은 없나? 방계기업에 나갔다 하더라도 자넨 깅키상사의 비상근 중역이니까 돌아오기가 쉽지."

 사토이는 순간 희색이 만면했으나, 무테안경을 번쩍이며 태연한 표정을 지었다.

 "사장님, 그렇게 말씀하셔도 다쿠보공업은 저의 단독경영으로 움직이고 있는 회사니까 간단하게 그만둘 수 있을는지 모르겠습니다. 그리고 저 역시 애착도 있고, 또 아까도 말씀드린 대로 시장을 확대하려는 참이니까요."

 "알고 있어. 자네가 우리한테 돌아오면 본사에서 그만한 인재를 후임자로 내보내겠네."

 "하지만 이제 새삼스럽게 제가 나설 계제도 아니라고 생각하는데요."

 자신을 가지면서도 사토이는 조심스럽게 말했다.

 "아니, 지금이라면 다시 한 번 자네의 수완을 발휘할 수 있어."

 다이몬은 나설 생각이 충분한 사토이의 속셈을 들여다보듯이 말했다.

 "만약 제가 다시 본사로 돌아갈 경우엔 저의 경영방침대로 했으면 싶습니다."

 "그야 당연한 일이지. 불러들인 이상 자네 방식대로 일하면 되는 거야."

 "그렇다면 이키 군을 밖으로 내보내주십시오."

"뭐? 이키를…… 아무리 그래도……"

다이몬은 말문이 막혔다. 사내의 관리부문을 장악하고 있는 이키의 경질을 요구하리라고는 짐작했으나, 설마 이키를 회사 밖으로 내보내라고 요구할 줄은 생각지 못했다.

"만일 그럴 수 없다면 저는 사양하겠습니다. 제가 복귀하는 이상은 머리통 큰 관리부문을 최소한으로 축소하여 영업부문에 투입해야지, 상사 본래의 모습을 되찾지 못하는 한 돌아가지 않겠습니다. 저에겐 이것이 마지막 기회니까요."

그 말에는 자기가 수완을 부릴 마지막 기회라는 의미인 동시에 라이벌인 이키를 배척하고 '포스트 다이몬'을 손아귀에 넣는 마지막 기회라는 뜻이 담겨 있었다.

다이몬은 말을 못했다. 다이몬으로서는 토지, 원면거래에서 급격한 업적의 악화를 보이고 있는 깅키상사를 사토이의 수완으로 만회하여 더욱 다이몬 정권의 유지를 도모하려는 생각에서 사토이를 불러들이려는 것이다.

사토이는 갑자기 입을 다문 채 정원의 등롱불을 바라보고 있는 다이몬에게 잘라 말했다.

"사장님, 회사의 장래와 동시에 사장님 자신의 장래 일도 잘 생각하신 다음에 결단을 내려주십시오."

그 말에서는 나라면 장차 사장이 퇴진한 후까지 섬기고, 묘석에 물을 떠놓는 시중까지 들겠다는 뜻이 풍겼다. 다이몬은 맥없이 사토이 쪽으로 마음이 기우는 것을 느꼈다.

그 다음날, 면화부장인 이바라는 한 달에 한두 번 상경하는 정기출장을 빙자하여 도쿄 본사로 갔다. 2시가 되자, 그는 부사장실로 올라갔다.

　오사카 본사에서는 다이몬 사장이나 가네코 부사장실에 곧잘 불려갔으나, 도쿄 본사의 중역실은 처음이라서 긴장감이 느껴졌다.
　안쪽 모서리에 있는 이키 부사장실의 입구에서 비서에게 온 뜻을 전하자,
　"회의가 예정보다 길어지고 있으니, 잠깐 기다려주십시오."
　하고 여비서가 부사장실로 안내했다.
　이바라는 실내의 회의용 테이블 맨 끝자리에 앉아 살풍경하게 생각되는 부사장실을 둘러보았다. 소문대로 집무용 책상이 다른 중역실의 배치와는 달리 벽 쪽으로 붙여져 서류가 분류되어 있는 것을 보니 기가 질렸다.
　다이몬 사장에게 삼고초려로 맞아들여져 섬유출신의 깅키상사를 석유개발까지 확장시켜 명실 공히 업계 3위 종합상사로 비약시킨 이키 부사장은 이바라에게 있어서 어떤 의미에선 다이몬 사장 이상의 높은 존재였다.
　"아아, 기다리게 해서 미안하군. 자아, 이리로……"
　이키는 들어오자마자 응접 소파를 가리켰다. 이바라는 무엇 때문에 불려왔는지 짐작을 하기 때문에 마침내 왔구나 하는 긴장감이 높아져 바싹 마른 입술을 눈에 띄지 않도록 살며시 축였다.
　"자네더러 상경하란 건 다른 게 아니라 소련 원면을 중심으로 한 원면시세에 대한 일 때문일세. 담당이 아닌 내가 할 말은 아니지만 상당히 나빠졌다는 소문이 자주 들려서 그대로 방치할 수 없게 됐어. 어떤지 속을 탁 터놓고 말해 주지 않겠나?"
　조용히 말을 꺼냈다.
　"어제 부사장님께서 직접 전화주셨을 때부터 말씀하실 용건은 대략

짐작하고 있었습니다. 하지만 이번의 원면거래에 대해서는 사장님으로부터 비록 섬유의 가네코 부사장 앞이라도 입 밖에 내서는 안 된다고 굳게 다짐받았기 때문에 제발 저의 입장을 감안하셔서 말을 못하는 저를 용서하시기 바랍니다."

이바라는 두 무릎을 모으고 머리를 숙였다.

"내가 물을 용건을 알고 상경했다면 조금쯤 이야기해 줄 생각이 없겠나?"

"어떤 꾸지람을 받아도 다이몬 사장의 엄명을 받고 하는 일을 말씀드릴 수는 없습니다. 오늘 이키 부사장님께서 부르셨다는 것을 사장님께 말씀드리지 않고 이렇게 찾아뵙는 것만으로도 저의 마음을 알아 주십시오."

이바라는 되풀이하여 강조했다.

"그만큼 사장님을 생각한다면 사장님의 건강도 생각해야 할 게 아닌가. 최근 사장님 얼굴은 심상치 않아. 자네도 꽤 여위었군 그래. 양복이 커 보이는군."

의표를 찔리자 이바라는 입을 다물었다. 보통의 체격이 지난 6개월간에 아내가 혹시 암이 아니냐고 근심할 정도로 갑자기 여위어 뺨이 홀쭉해지고 큰 눈이 더욱 커 보였다.

언제까지나 입을 다물고 있는 이바라에게 이키가 다시 말했다.

"자네가 매일 겪고 있는 괴로움을 다른 사람은 상상도 못하겠지만, 70이 넘은 다이몬 사장의 괴로움은 잔인한 말 같지만 50대인 자네와는 비교도 안 될 걸세. 그런 점을 생각해 본 적 있나?"

냉철한, 그러면서도 준엄한 지적이었다.

"죄송스럽게 생각하고 있습니다. 그러나 다이몬 사장님께선 당분간 거래에서 손을 떼실 생각이 없으십니다."

"자네가 지금까지 몇 번이나 매출을 기안해도 그때마다 부결된 일은 가네코 부사장으로부터 들었네. 나도 일전에 오사카 본사의 사장실에서 다이몬 사장님과 이야기하고 있을 때, 자네가 그래프를 가지고 당황해서 들어온 모습을 보고 알고 있었어. 하지만 주거래은행에서 다이몬 사장 자신이 소련 원면의 거래로 피를 흘리는 모양이라고 말썽을 부리는 판이니, 한시바삐 대책을 강구하지 않으면 안 되네. 그것이 다이몬 사장 자신을 위하는 길이야."

"그랬습니까? 주거래은행에서……"

이바라는 필사적으로 버티고 있던 힘이 그 한마디로 빠지는 느낌이었다. 다이몬의 엄명을 부하로서 끝까지 지키는 것이 남자라면, 다이몬을 위하는 뜻에서 그를 배반하는 것도 남자가 취할 길이라는 생각이 들었다.

"실은 면화거래의 매출기회는 벌써 벗어나서, 파운드당 75.3센트의 평균 매입가격으로 가지고 있는 11만 5천 상자의 오늘 아침 뉴욕거래소 가격이 48.8센트까지 하락했습니다. 대충 따져도 46억 엔의 손실이 됩니다."

"뭐, 46억 엔……"

이키는 깜짝 놀랐다.

"상무이사회에서 1달러 선이 반드시 온다고 사장님이 호언장담하던 시세가 48.8센트란 말인가? 앞으로 전망은 어떤가?"

"면화 이외의 국제상품인 옥수수나 콩, 밀 등의 시세는 밑바닥에서 약간 상승하는 것도 있습니다만, 면화의 경우는 금년도 수확이 세계적으로 풍작이어서 공급과잉의 기미마저 엿보여, 어쩌면 1년 반 전까지 거의 고정돼 있던 30센트 대까지 떨어질 가능성도 없지 않습니다. 그런데도 다이몬 사장님은 여전히 밑바닥을 볼 때까지 버티자고……"

"최악의 경우 30센트까지 하락한다 치고 얼마나 기다리면 시세가 오름세로 될 것 같은가?"

"뉴욕의 중개인이나 우리 회사 달라스 지사에도 예측을 문의했으나 현재의 풍작 재고로 미루어 10개월 내지 1년 앞이라는 설이 우세하여, 설혹 회복된다 해도 75.3센트의 평균 매입가격을 웃도는 시세가 다시 오리라고는…… 거기에 다달이 골치를 썩이는 것은 평균 매입가격보다도 더 비싼 값으로 사들였으나 예상이 빗나간 현물이 앞으로도 계속 들어와 창고 확보도 어려운데다 신용장 지불이 큰 문제입니다."

이바라는 오랫동안 누구에게도 말 못하던 괴로움을 털어놓았다.

"그렇다면 각오를 하고 하루바삐 손을 들 수밖에 없군. 그런데 다이몬 사장님 같은 명투기사가 어쩌다가 이렇게까지……"

이키는 이해할 수 없다는 듯이 말했다.

"저도 이상합니다. 아무리 석유파동 이후 정체 모를 오일달러에 휘말린 상식 밖의 시세라 하지만 사장님이 이런 오판을 하다니, 뭔가 마가 낀 게 아닌가 하고……"

"마가 끼어? 그건 무슨 뜻인가?"

조심성 없이 지껄인 이바라의 말뜻을 되물었다.

"아닙니다. 피곤해서 그만 실례를……"

이바라는 당황해서 얼버무렸으나,

"그럼 듣지 않은 것으로 하고, 46억 엔이나 손실을 낸 이상 현장 책임자인 자네 자신이 마땅히 책임을 져주어야 하겠어."

하고 이키는 단호하게 말했다.

처음부터 각오는 하고 있었지만, 도쿄 본사로 불려와 섬유와는 관계없는 중역인 이키 부사장으로부터 최후선고를 받을 줄은 생각도 못했기 때문에 등줄기에 찬물을 끼얹은 것 같았다.

"뭔가 하고 싶은 말이라도 있나?"

"아뇨…… 면화부장으로서 새삼스럽게 사장 명령 운운하면서 책임 회피를 할 생각은 없습니다."

억울한 마음을 꾹 참고 대답했다.

"그런가. 자네에겐 여러 회한이 남는 결말이 되겠지만, 자네가 책임을 져준다면 다이몬 사장님에게 누가 미치는 것을 막을 수가 있고, 나아가 회사 전체를 위하는 길도 되는 거지. 양해를 했다면 내일 사표를 내게."

"네? 내일요?"

이바라는 46억 엔의 전책임을 자기한테 덮어씌우고 다시 타격을 가하는 것 같은 이키의 말을 듣고 뺨을 실룩거렸다. 아무리 그렇다기로 내일 당장 사표를 내라는 것은 너무나 인정사정없는 명령이었다.

"알겠지? 내일 출근하면 내도록 하게."

이키는 동요하고 있는 이바라의 심정을 꿰뚫어보듯 거듭 명령했다.

이바라는 부사장실을 나서자 주저앉고 싶은 자세를 바로하고 엘리베이터 옆의 계단 문을 열었다. 아무도 없었다. 파란 형광등만이 희미하게 켜져 있는 계단은 이바라가 남의 눈을 피할 수 있는 유일한 장소였다.

섬유부가 있는 4층을 향해 이바라는 한 계단 또 한 계단 천천히 내려갔다. 그때마다 구두소리가 뚜벅뚜벅 콘크리트 벽에 울렸다. 이바라는 참을 수가 없어 발을 멈추고 난간을 붙잡았다. 이키 부사장은 '자네에겐 여러 회한이 남는 결말이 되겠지만'이라고만 말했을 뿐 46억 엔의 손실을 낼 때까지 면화부장으로서 어째서 적극적으로 다이몬 사장을 말리지 않았느냐고는 말하지 않았다. 그것은 내 마음을 이해했기 때문이었을까. 별안간 사표를 내라고 명령받은 충격에서 회복되자, 말할 수 없는 허탈감이 이바라의 가슴을 휩쓸었다.

그것은 엄청난 투기를 하면서도 면화 한 가지로만 잔뼈가 굵은 자신이 현장책임자로서 아무런 자주성도 갖지 못하고 움직인 데서 비롯된 공허감이었다. 또한 최후까지 다이몬 사장과의 사이에 신뢰관계가 이룩되지 못한 채 패배한 데서 비롯된 허무감이었다.

그날 밤 이키는 마음을 독하게 먹고 이바라 면화부장에게 사표를 내도록 명령했지만 거대한 조직 속에서 이바라와 같은 입장에 몰리는 사람의 심중을 동정하면서 게이오선 연변의 조후에 있는 고 다니카와 대좌 댁을 방문했다.

"어머나, 이키 씨, 잘 오셨습니다."

미망인은 해쓱해진 얼굴로 이키를 맞이했다.

이키는 고인이 좋아하던 유엽어 꾸러미를 불단에 바치고, 분향한 다음 합장했다. 박박 깎은 머리에 시골선비 같은 얼굴로 웃는 듯 마는 듯한 미소를 머금고 있는 사진에 접하자 이키는 아직도 생전의 다니카와 대좌와 마주 앉아 있는 것 같은 흐뭇함을 느꼈다.

"따끈한 차 좀 드세요. 밤이 되니까 날씨가 갑자기 쌀쌀해지는군요."

미망인은 향긋한 엽차를 권했다.

"49재가 끝나서 사모님도 이젠 마음이 놓이시겠습니다."

"여러분 덕택으로 49재도 무사히 끝났습니다. 감사합니다. 오사카와 나고야에 있는 두 아이들도 진심으로 감사하고 있습니다."

"정말 훌륭한 아드님이시더군요. 앞으론 아드님한테 가 계실 겁니까?"

"아들은 함께 살자고 말합니다만, 나는 그이와 둘이서 살던 여기서 수족을 못 쓸 때까지 그이가 살아 있던 때와 똑같이 살 생각이에요."

남편의 사진과 늘 사용하던 책상을 바라보며 부인이 대답했다.

"사모님이 그렇게 말씀하시니 저희들도 기쁩니다. 여기에 계시면 언제든지 참배할 수 있으니까요."

"여러분이 자주 와주시고, 이키 씨도 바쁘신 몸인데 와주셔서…… 그이는 정말 기뻐할 거예요. 무리한 말을 하지 않던 그이가 돌아가시기 전날 이키 씨를 불러주었으면 하며 몹시 만나고 싶어 했는데……"

미망인의 말이 끊겼다. 대체 다니카와 전 대좌는 자기에게 무슨 말을 하려고 했을까?

"위령비 때문이었을까요?"

"확실히는 모르겠지만 자리에 누워 그이가 되뇌던 말은 삭풍회의 일과 위령비 일뿐이었어요. 그러니 이키 씨, 제발 그분의 뜻을 이어주세요."

미망인은 자세를 단정히 하고 말했다.

"말씀 안 하셔도 잘 알고 있습니다. 일전에 49재 의식이 끝났을 때 모두가 모여서 앞으로 삭풍회 운영을 어떻게 할 것인가, 회보는 어떻게 할 것인가 등을 의논했습니다. 당면한 문제는 전국 회원의 마음의 기둥인 회보를 중단하지 않기 위해 가미모리, 미즈시마, 오바 군 등 재경회원으로 여가가 있는 사람들이 교대하면서 발간하고, 회장은 내년 봄 전국대회까지 적당한 분에게 부탁하기로 했습니다."

"거기까지…… 여러분이 그이의 유지를 소중히 해주시니, 정말 너무도 고마운 일입니다……"

미망인이 감격한 듯이 말했을 때, 현관의 유리문이 열리며 가미모리와 미즈시마가 함께 들어섰다.

"어이, 이키, 와 있었군. 마침 잘됐네. 이번 달 회보가 나와서 밤이지만 다니카와 회장님께 보여드리려고 왔다네."

가미모리는 그렇게 말하고 미즈시마와 함께 갓 인쇄되어 잉크냄새가 나는 삭풍회 회보를 불단에 바쳤다.

"나중에 나한테도 보여주게."

이키가 말하자 가미모리나 이키보다 후배인 미즈시마는,

"지난달 호는 다니카와 씨가 수집해 놓았던 원고와 전국에서 보내온 다니카와 씨의 추도문으로 충분했지만, 이번에는 진짜 우리들의 손으로 만든 최초의 회보인데 틀린 데도 많고 편집도 서툴러 부끄럽습니다."

하고 미안하다는 듯이 말했다.

"정말로 수고 많이 하셨습니다. 그이가 얼마나 좋아할는지…… 따끈한 국수라도 말아올게요."

미망인은 눈물을 글썽이며 부엌으로 갔다. 세 사람이 되자, 가미모리가 입을 열었다.

"실은 나하고 오바, 시부노가 거들기는 했지만 회보의 편집 같은 건 처음이니까 익숙하지 않아 자연 가쿠슈 출판사에 근무하는, 글 잘 쓰는 미즈시마에게 떠맡겼네. 미즈시마는 이달호의 편집, 조판을 위해 3일간이나 회사를 결근하는 바람에 자칫하면 목이 잘릴 뻔했어. 그래서 내가 미즈시마의 상사와 교섭하여 겨우 무사히 마무리되었다네."

"그랬었군. 미즈시마 군에게 그런 수고를 끼쳤다니, 미안하네."

"아뇨. 회보는 원래 좋아하는 일이니까 시간이 허락하는 한 해보겠습니다. 그리고 만일 회사에서 문제가 되든지 하면, 다행히 여편네가 약사로 병원에 근무하고 있으니까 다니카와 씨의 부인이나 영식들이 다니카와 씨를 위해 부업이나 송금을 하셨듯이 안사람한테 도움을 받더라도 끝까지 해보겠습니다."

미즈시마다운 겸허하고 성실한 제의였으나, 이키는 만류했다.

"아냐, 자넨 11년간 억류됐다 귀환해서 늦게 결혼했으니까 맏이가 고교 1학년쯤 됐을 거야. 무리해선 안 돼."

그러자 가미모리도 말했다.

"물론이지. 그러니 회보 편집은 역시 윤번제로 해나갈 수밖에 없어. 미즈시마, 더 이상 무리하지 말게. 그건 정년까지 착실히 근무해서 퇴직금이라도 받은 다음의 이야기야."

그리고 그는 미즈시마의 어깨를 두드린 다음,

"회장도 빨리 결정하지 않으면 아무래도 불편해."

하고 난처하다는 듯이 덧붙였다.

"다케무라 차장은 맡아주시지 않겠다던가?"

이키가 물었다.

"여든을 넘은 노구로는 오히려 여러 사람의 짐이나 될 테니까, 하고 사양하셨어."

"그래? 유감이지만 억지로 부탁했다가 다니카와 선배님의 전철을 밟게 되면 큰일이지. 그럼 사카이 대좌에게 부탁해 보면 어떻겠나? 그분이라면 다니카와 선배님과는 문우기도 하니까."

"일전에 미즈시마와 함께 부탁하러 갔더니 신장병으로 입원 중이어서 가족들과도 의논해야 하니까 좀 기다려달라는 대답이었어."

가미모리는 한숨을 쉬며 말했다.

"다니카와 씨는 우리들에겐 둘도 없는 분이셨어요. 우리가 너무 의지해서 다니카와 씨의 수명을 단축시킨 셈이죠. 참으로 후회스럽기 짝이 없어요."

미즈시마가 뉘우치듯 말하며 고개를 떨어뜨렸다.

"여러분, 오래 기다리셨어요. 어서 식기 전에 드세요."

미망인이 하얀 김이 오르는 국수를 내왔다.

"이거 뜻밖의 성찬이로군요. 어, 쓰키미소바(계란을 곁들인 모밀국수) 아냐?"

가미모리가 맛있겠다면서 곧 젓가락을 들었다. 이키도 국수그릇을 손에 들고,

"그러니까 생각나는데, 다니카와 선배님이 가을을 읊은 시에 '명월이라 이웃집도 늦어진 회사원'이라는 구절이 있었지."

하며 국수를 먹었다.

그 시를 읊은 사람은 이미 이 세상에 없다는 생각이 네 사람을 침묵케 했다.

다이몬이 오전 스케줄을 끝내고 오찬회를 마친 뒤 사장실로 돌아오자, 면화부장인 이바라가 들어왔다.

"지금이라면 시간이 있으시다기에 뵈러 왔는데, 괜찮겠습니까?"

딱딱한 말투로 형편을 물었다.

"뭔가? 정색을 하고…… 무슨 새로운 재료라도 나왔나?"

다이몬이 기분을 누그러뜨리듯이 대답하자, 이바라는 그의 책상 앞에 꼿꼿이 서서,

"사장님, 오늘의 뉴욕 시세는 46.7센트로 드디어 45센트 이하가 될 기미가 농후합니다. 더 이상 팔짱을 끼고 시세가 폭락하는 것을 보고만 있을 수는 없습니다. 팔 기회는 놓쳤지만 적어도 45센트가 되기 전에 팔게 해주십시오."

하고 결심한 듯이 말했다.

"그런 일로 왔나? 45센트가 가까워졌다면 이번에야말로 밑바닥이야. 여기까지 버텨왔는데 바닥이 보이려고 할 때 허둥지둥하다니, 자

네도 생각보다 담이 작은 남자군."

"뭐라고 말씀하시든 저는 이 이상 버티는 일엔 반대합니다. 사장님, 제발 이 그래프를 다시 봐주십시오."

하고 들고 있던 그래프를 책상 위에 펼쳤다. 그러나 다이몬은 눈도 돌리지 않았다.

"자아, 침착하라구. 내가 면화는 이제 바닥이라고 확신하는 것은 세계의 3대 양곡인 옥수수와 밀, 콩이 똑같이 오르기 시작했기 때문이야. 더구나 뉴욕의 증권거래소 정보에 의하면 중공의 방적공사가 곧 대량의 면화 매입을 시작한다는 거야. 그러니까 반드시 회복될 거야."

다이몬은 북경 정부가 값싼 면화에 눈독을 들였다가 대량으로 사들여 국내에서 직물로 만들어 수출함으로써 외화를 획득할 속셈이라고 자신만만하게 이야기했으나, 이바라는 굳은 표정으로 버티고 서 있을 뿐이었다.

"아직도 시원치 않은 얼굴인데, 자넨 중공이 사들인다는 정보에 대해 어떻게 생각하나?"

다이몬은 초조한 듯 물었다.

"면화시세가 내리막이 되면 반드시라고 할 만큼 중공 매입설이 유포됩니다만, 그런 형태의 나라니까 정보를 확인할 도리가 없어 신빙성은 희박하다고 생각됩니다. 그러니까 사장님, 이젠 각오를 하시고 매출 지령을 내려주십시오. 깅키상사는 소련 원면만도 연간 일본에 들어오는 50만 상자 중 15퍼센트가 되는 7만 5천 상자를 매점해서 근심주를 껴안고 쩔쩔맨다는 소문이 업계에 파다합니다. 저는 어찌됐든 사장님의 위신에 관계되는 풍설엔 참을 수가 없습니다."

이바라는 그렇게 말하고 고개를 떨어뜨렸다.

"업계 참새들의 시끄러운 소문에 신경을 쓰다니, 그러고도 면화시장의 투기를 할 수 있겠나."

다이몬은 내심의 동요를 숨기고 이바라를 안심시키려 했다. 그러나 이바라는 눈도 깜짝 않고 다이몬의 얼굴을 지켜보며,

"이렇게까지 말씀드려도 믿어주시지 않겠습니까…… 지금 손을 떼신다면 모든 일은 제가 뒤집어쓸 각오를 하고 있습니다."

하고 한마디 한마디 힘주어 말했다. 그러자 다이몬은 건드리기 싫은 상처에 인두를 댄 것 같은 아픔과 함께 노여움을 느꼈다.

"지금 손을 떼면 모든 것을 뒤집어써? 건방진 소리 하지 마!"

목이 터질 것 같은 다이몬의 고함소리에 이바라의 얼굴이 일그러지고 어깨가 떨리는가 싶더니 여위어 헐렁해진 윗옷 안주머니에 손을 넣어 자세를 바로 하며 봉투를 꺼내 바쳤다.

"사직원을 내겠습니다. 사장님께서 장래를 어떻게 예측하시든 이번 면화장사는 참패입니다. 따라서 저는 이제 면화부장의 임무를 다할 수 없게 되었습니다."

이바라는 절을 하고 발길을 돌리려 했다.

다이몬의 얼굴에 노기가 넘쳐 흘렀다.

"이바라, 난 이런 거 안 받아!"

"곰곰 생각한 결과입니다. 제발……"

"하필이면 고르고 골라서 가장 나쁠 때 도망칠 작정인가. 이거 누가 시켜서 썼어!"

다이몬은 회전의자에서 벌떡 일어나 이바라 앞에 우뚝 섰다.

"남의 말을 듣고 쓴 건 아닙니다. 저로선 이렇게 하는 수밖에 달리 도리가 없습니다."

"안 돼. 이런 비겁한 것은 난 안 받아!"

다이몬은 사직원을 북 찢어서 이바라의 발밑에 던져버렸다.

"사장님 너무하십니다……"

이바라의 목소리가 떨렸다.

"너무하는 건 자네 쪽이야. 나한테 신임을 받아 면화부장이 된 이상 아무리 괴롭더라도 종래대로 내 지시에 따라야 해. 빨리 자리로 돌아가!"

이바라는 발밑에 찢어 던진 사직원을 주워들고 망연자실한 모습으로 사장실을 나갔다.

혼자가 된 다이몬은 어깨로 크게 숨을 쉬며 소파에 주저앉았다.

어떻게든 단념시켰으니 망정이지 만일 이바라가 면화부장을 사임하면 숨겼던 손실이 당장 드러남으로써 사장인 자신의 목이 잘리는 중대한 사태로 발전할지도 모른다.

그런데 이바라는 정말 자기 혼자의 의사로 사직원을 낼 마음이 생겼을까. 섬유부문을 경시하는 요즘의 도쿄 본사의 중견간부라면 몰라도 섬유의 아성인 오사카 본사에서 면화부장이 목을 걸고 반대하는 따위는 예상도 못한 일인 만큼 다이몬의 충격은 컸다.

혈압이 올라 눈앞이 어질어질했으나 다이몬은 즉시 비서에게 가네코 부사장을 부르도록 분부했다.

10여 분 후에 섬유담당인 가네코 부사장이 들어왔다.

다이몬은 대뜸 불쾌하다는 듯 쏘아붙였다.

"이바라한테 쓸데없는 잔꾀를 불어넣은 건 자넨가?"

"아닌 밤중에 홍두깨처럼 무슨 말씀이십니까? 오늘은 아직 얼굴도 못 봤는데요."

다이몬에 대해서는 단점까지도 죄다 알고 있으면서도 온후한 인품으로 감싸고 있는 가네코는 조용히 되물었다.

"소련 원면 거래에서 손을 떼게 하기 위해 이바라에게 사직원을 내라고 자네가 충동질한 게 아니냐고 물었네."

"아뇨 전혀 모르는 일입니다. 이바라 군이 거기까지 결심을 하고 나섰습니까? 면화거래 건은 나도 몇 번이나 사장님께 말씀드려 그때마다 퇴짜를 맞았습니다만 사장님의 심중을 이해하는 저로선 이바라 군과 같은 그런 용기를 갖지 못하고 오늘에까지 이르렀습니다. 정말 부끄럽기 짝이 없습니다."

"자네까지 그런 말을 하면 곤란하잖아. 사직원은 바로 이 자리에서 찢어 던져버렸네."

"그렇게까지……"

"그렇지만 지금 손을 들어 46억 엔의 손실이 드러나면 내 체면과 입장은 어떻게 되겠는가?"

다이몬은 내뱉듯이 말했다.

"46억 엔이나 손해가 났다면 일개 면화부장의 사직원만으론 끝나지 않습니다. 그렇다면 그건 제가 뒤집어쓰고 사장님께 누가 미치지 않도록 생각해 보겠습니다. 정년을 5년 앞두고 이바라 군이 어떤 생각으로 먹을 갈아 사직원을 썼을까, 그 마음을 참작하시고 이젠 결말을 내셔야겠습니다."

가네코는 46억 엔의 손실이 난 책임을 스스로 지겠다고 나섰으나 다이몬은 받아들이지 않았다. 이바라나 가네코가 책임을 뒤집어쓴다 해도 중역들 사이에는 자기가 직접 이바라에게 지시하여 저지른 일로 알려졌고, 그것은 방적업계에서도 주지의 사실이었다.

"면화에 대한 일은 내가 확고한 거래관을 가지고 하는 일이니까 이러쿵저러쿵 참견하지 말게. 그보다도 이란의 석유개발은 어떻게 됐는지, 자네 이키한테 무슨 소리 못 들었나? 투기, 투기 하지만 도쿄상사도 기피한 이란의 석유개발이 5호 시추공에서 또 실패한다면 은행에서도 가만히 있지 않을 테니, 사장인 나한테 그 여파가 밀려올 거야."

황급히 화제를 바꾸려 하자, 온화한 가네코 부사장의 표정이 엄숙하게 변했다.

"사장님, 언제까지 현실에서 눈을 돌리고 자신을 속이실 작정입니까. 46억 엔의 손실을 내고도 여전히 손 떼기를 거절하신다면 유사시엔 섬유담당 부사장인 저도 변호할 수가 없게 됩니다. 이키 씨도 실은 사장님이 투기문제로 좌절되는 일이 없도록 마음 써달라고 이전부터 부탁했던 것입니다."

가네코는 다그치듯 말했다.

"이키 군이 진심으로 내 일을 걱정해 준다면 시세가 회복될 때까지 잠자코 보고 있어야 해. 그런데 전혀 나오지도 않은 석유개발은 문제시 않고 내가 하는 일만 이러니저러니 하다니 생각할수록 괘씸해."

"사장님, 석유개발과 면화거래를 같이 보는 건 아무래도 합당하지 않습니다."

"자넨 사람이 좋으니까 이키에게 간단히 넘어가는 거야. 마침 좋은 기회니까 말해 두겠는데, 앞으로 어려운 경제 환경을 극복해 나가려면 실제의 장사를 잘 아는 민완가를 요소에 앉히지 않으면 안돼. 지금의 중역엔 이렇다 할 인재가 없으니까 다쿠보공업 재건에 나가 있던 사토이 군을 다시 돌아오도록 할 작정이네. 그렇게 알고 있게."

"네? 사토이 씨를 돌아오게 해요…… 그건 사장님 자신이 결정하신 인사였으며 중역회의에서도 이제 새삼스럽게 승인하지 않을 겁니다."

가네코는 당치도 않다는 듯이 말했다.

"중역이라 해도 임기 2년의 계약제로 변한 것뿐인 고급 샐러리맨이야. 평사원 때 이상으로 몸의 보전을 생각하고, 자기가 나아갈 앞길을 민감하게 냄새 맡는 거지. 마치 큰 홍수가 나기 전에 쥐떼가 앞을 다투어 이동을 개시하듯 말이야. 사실 벌써 사토이 군에게 달려간 쥐가 한 마리 있지."

다이몬은 어안이 벙벙해 있는 가네코를 거들떠보지도 않고 사장의 권좌가 지닌 강력함을 과시하듯 말했다.

면화부장인 이바라는 벌써 1주일이나 회사를 쉬고 대낮부터 덧문을 닫은 어두컴컴한 방에서 이불을 뒤집어쓰고 있었다.

지금의 이바라는 모든 일에 자신을 잃은 불안감에 무엇을 보든 회색으로 보였으며 누구와도 얼굴을 맞대기가 싫었다. 집에서 자기 방에 틀어박혀 있는 것이 유일한 도피의 방법이었다.

계단을 올라오는 아내의 발소리가 들렸다.

"당신, 정말 어떻게 된 거예요? 제대로 식사도 안 하시고 입에 들어가는 건 술뿐이니, 그래선 몸이 못 견뎌요."

"시끄러워! 내버려두고 술이나 줘, 술."

이불 속에서 얼굴을 내밀었다.

"아뇨, 이제 술은 안 드리겠어요. 1주일 내내 술만 마셨잖아요."

"아니, 오늘은 술만 주면 회사에 가겠어. 부탁이야, 술 좀 줘."

"당신의 이런 모습을 보는 건 생전 처음이에요. 아이들한테도 나한테도 말 한마디 않고, 밤엔 잠이 안 온다고 술을 마시고 겨우 잠들었는가 하면 폭락이니 사장이니 하며 이상한 잠꼬대만 하니 정상이 아니네요. 한번 신경과에서 진찰을 받도록 하세요."

"아니, 나를 미친 사람으로 취급할 셈이야?"

"미친 사람 취급은 안 해요. 하지만 빨리 의사한테 가서 신경안정제라도 갖다 드시면 편안해질 게 아녜요. 그렇게 하면 회사에도 곧 출근할 수 있잖아요."

아내는 울면서 애원했으나 이바라는 '회사'라는 말만 들어도 숨이 막힐 것 같은 중압감을 느꼈다.

"당신까지 나를 몰아세울 거야?"

전율하듯이 머리털을 쥐어뜯었을 때 전화벨이 울렸다. 이바라는 순식간에 얼굴빛이 변하면서 양손으로 귀를 꽉 틀어막았다.

아내는 급히 계단 아래로 전화를 받으러 갔다가, 잠시 후 돌아와 울먹이듯 말했다.

"또 혼다 차장님한테서 왔어요. 나는 더 이상 감기라고 거짓말 못하겠어요. 섬유수출부에서도 독촉문의가 있었어요……"

"그렇다면 회사에 나가지."

이바라는 천천히 일어나 수염을 깎고 도살장으로 끌려가는 소처럼 한큐의 도요나카 역으로 향했다.

택시를 부르겠다는 아내의 손을 뿌리치고 전차를 탄 것은 조금이라도 회사에 도착하는 시간을 늦추기 위해서였다.

면화부장 이바라는 무거운 걸음으로 겨우 출근했다.

차장을 비롯한 부원들이 기다렸다는 듯이 인사를 했으나 제대로 응답도 않고 부장석에 앉았다. 그 순간 하락일로의 그래프가 덮쳐누르듯 눈앞에 떠올라 골치가 아팠다. 그런 줄도 모르는 차장은 이바라 앞으로 그래프를 가지고 와서,

"쉬시는 동안의 큰 변동은 중공에서 매입의 움직임이 있어 시세가 다소 회복됐습니다만, 투기꾼들의 매출 공세 때문에 또다시 하락하여 다시……"

하고 설명하기 시작했다. 이바라는 망치로 두개골을 얻어맞은 것 같은 격동을 느껴,

"이제 됐어, 더 이상 말하지 말게."

하고 귀를 막았다. 차장은 불끈했으나 곧 이상한 듯 이바라를 쳐다보다가 물러갔다.

그 뒤로 두세 사람의 부하가 지시를 받으러 오거나 결재를 받으러 왔지만 이바라는 대답할 기력도 없이 창밖으로 시선을 돌리고 온몸이 찢기는 것 같은 생각을 가까스로 참고 있었다. 그러나 면화부의 전화가 끊임없이 울리고 텔렉스가 찰깍찰깍 소리를 내기 시작하자, 여사원이 날라온 차를 재떨이에 버리고 집에서 가지고 온 포켓용 위스키를 남의 눈에 띄지 않게 따라 마시기 시작했다. 그렇게라도 하지 않으면 부장석에 앉아 있는 것조차 두려워 견딜 수가 없었다.

한참 위스키를 마시고 있을 때였다.

"부장님, 그러시면 몸에 해롭습니다."

차장이 더 이상 보고만 있을 수 없다는 듯 슬며시 다가와 낮은 목소리로 말했다.

"상관 말라구! 자넨 맡은 일이나 하면 되잖나, 자네더러 감시하라고 명령한 사람이라도 있나?"

눈을 부라리며 호통을 쳤다. 그 호통에 놀란 부원들은, 달라져버린 이바라에 대하여 수군수군 귓속말을 주고받기 시작했다. 그때 마침 다이몬 사장이 들어왔다.

지나다 들른 것인지 곧장 면화부를 지나치려다 말고,

"오, 이바라 군, 나왔군."

하며 이바라의 책상 앞으로 다가왔다. 이바라는 흠칫 놀라 반사적으로 일어나면서 재빨리 위스키병을 서랍 속에 감추었다.

"몸살이라더니, 그래, 괜찮은가?"

사직원을 제출했다가 호통을 당한 채 사표는 찢기고 이제 와서 손을 들면 안 된다고 신랄하게 꾸짖던 일이 생생하게 되살아났다.
"아직 완전히 회복되지 않았으면 무리하지 말고 좀 더 쉬지."
그러다가 다이몬은,
"뭐야, 대낮부터 술을 마시는 건가?"
하고 눈살을 찌푸리며 못마땅해 했다
"죄송합니다. 마음이 불안해서 술이라도 마시지 않고는 배겨낼 수 없길래…… 소련의 원면시세는……"
다이몬은 당황하여 재빨리 그의 말을 가로챘다.
"알았네, 알았어. 잠깐 내 방으로 오게. 자네가 안심해도 좋을 만한 정보를 입수했으니까."
"아닙니다. 저는 이미 자격을 잃은 사람입니다. 제가 면화부장만 아니었더라도 이런 일이 벌어지지 않았을 테고, 또 사장님께 심려를 끼쳐드리지도 않았을 것입니다. 그런 생각을 하면 도저히 가만있을 수 없습니다."
이바라는 막다른 골목에 몰린 스스로의 처지를 한탄하듯 말했다.
"그게 무슨 소리야? 도대체 무슨 폐를 어떻게 끼쳤단 말인가?"
주위의 직원들을 의식해서인지 다이몬은 아무렇지도 않게 웃어넘기려 들었지만 이바라는 그럴 수가 없었다.
"아닙니다. 무려 46억 엔이나 달하는 결손을 초래했으니 어떻게 사죄를 해야 할지, 단지 죄송스럽다는 말씀밖에……"
이바라는 쥐어짜듯 여기까지 말하고 나서 고개를 푹 떨어뜨렸다. 46억 엔의 결손이란 말이 나오자 직원들은 전화벨이 울리는데도 관심 없다는 듯 오로지 다이몬과 이바라의 대화에만 신경을 바싹 곤두세웠다.
"말 같지도 않은 소릴랑 그만두게. 모두들 쓸데없는 걱정을 하게 되니까. 안색도 좋지 않아 보이는데 좀 더 쉬어야겠군. 오늘은 어서 차를 타고 돌아가 그만 쉬도록 하게."

한시바삐 그 자리를 피하고 싶은 심정으로 다이몬이 말했다.

"아닙니다. 어떤 방식으로든 제가 책임을 져야만…… 이대로 방치했다간 저 한 사람으로 말미암아 회사가 쓰러지고 맙니다. 그런 일이 벌어졌다간 모두가 길거리에 나앉아야 할 테니……"

이바라는 정신 나간 사람처럼 다이몬을 붙들고 늘어졌다.

"부장님, 그만 진정하십시오. 제가 댁까지 모셔다 드리겠습니다."

차장이 재빨리 이바라의 팔을 부축했다.

"나는 환자가 아니야. 그러니까 환자 취급하지 말라 이거야!"

이바라는 사납게 손을 뿌리쳤다. 차장이 떠맡고 나서는 바람에 다이몬은 비로소 안도의 숨을 내쉬었다.

"환자일수록 자기에겐 병이 없다고 하는 법이지. 진찰을 받든 입원을 하든 이번 기회에 푹 좀 쉬게."

다이몬은 심기가 몹시 상했던지 등을 휙 돌렸다. 조직에서 푹 쉬라는 말은 사형선고나 다를 바 없었다.

그런데도 이바라는 다이몬의 뒷모습에 대고,

"그럼 투기에서 손을 떼시는 겁니까? 오늘부터 저는 투기에서 몸을 빼도 됩니까?"

하고 다짐을 받으려는 듯 되풀이하여 외쳤다.

그러나 다이몬은 고개조차 돌리지 않은 채 복도로 나가버렸다. 확답을 얻어내지 못하자 이바라는 넋을 잃은 듯 멍하니 사무실 한구석만 응시하고 있었다. 그러나 그것도 잠깐이었다. 느닷없이 알아듣기 힘든 소리로 울부짖더니 벽에 머리를 부딪치며 흐느끼기 시작했다.

한 인간이 조직에 들어가 걸레짝이 될 때까지 혹사당한 뒤에 무참히

내버려진 광경, 바로 그것이었다.

　도쿄 본사의 중역실이 모여 있는 복도에서 외부 회합을 마치고 돌아오는 이키와 마주친 업무본부의 쓰노다 전무는 슬며시 옆으로 다가와 나지막이 속삭였다.
　"들으셨습니까? 오사카에서 벌어진 소동에 대해."
　"오사카에서 벌어진 소동이라니 도대체 무슨 소린가?"
　"면화부장 이바라 군이 심한 노이로제에 걸려 사무실에서 얼토당토않은 말을 횡설수설했던 모양입니다."
　"이바라 군이 노이로제라고…… 사실인가?"
　이키는 깜짝 놀라 물었다.
　"네, 전형적인 조울증이라더군요. 회사를 그만두기 열흘 전까지는 아무런 이상도 없었던 모양이던데, 워낙 고지식하고 책임감이 강한 사람인지라 어지간히 충격을 받았던 모양입니다."
　쓰노다는 이렇게 말하고 나서 이키에게 물었다.
　"열흘 전이라면 틀림없이 이바라 군이 이곳으로 출장 와서 부사장님 방으로 들어갔을 때인 것 같습니다만……"
　"면화시세가 어떻게 돌아가고 있는지 상황을 보고해 달라고 했었네."
　"그때 별다른 눈치라도?"
　"아니, 전혀 느끼지 못했네."
　"소련 원면 투기에서는 얼마나 손해를 보았답니까?"
　"그게 좀 확실치가 않아서…… 아무튼 가네코 부사장에게 물어봐야겠네."
　이키는 재빨리 그의 곁을 지나쳐 버렸다.

쓰노다는 그 뒷모습을 눈으로 쫓다가 자기 방으로 돌아왔다. 이키의 거동이 아무래도 마음에 걸렸다. 이바라가 노이로제에 걸렸다고 말했을 때 이키는 깜짝 놀라지 않았던가. 그런 태도로 보아 이바라가 노이로제에 걸린 원인 중의 하나가 바로 이키에게 있을지 모른다는 생각이 들었다.

쓰노다는 잠시 망설인 뒤 오사카 본사의 다이몬 사장에게 전화를 걸었다. 이윽고 다이몬의 퉁명스러운 목소리가 들려왔다.

"여보세요, 쓰노다입니다."

"아, 자넨가. 사토이 군의 복귀문제에 대해서는 틀림없이 손쓰고 있겠지?"

"네, 두드러지게 움직이면 오히려 일을 그르칠 우려가 커서 현재로선 극비로 진행하고 있습니다만, 포석은 빈틈없이…… 소외파들 사이에서 뜻밖에도 이키 부사장의 관리부문 중시, 영업부문 경시정책에 원성이 높은 데 놀랐습니다. 지금 전화를 드린 것은 다름 아니라 면화부장 이바라 군의 일 때문입니다만."

말을 꺼내자마자,

"자네는 내가 지시한 사토이 복귀책만 추진하면 돼!"

하고 다이몬의 호통이 떨어졌다.

"사장님, 그게 매우 중대한 일입니다. 실은 열흘 전쯤에 이키 부사장이 이바라 군을 도쿄로 불러냈는데, 알고 계십니까?"

"뭐라고. 이키가 이바라를 불렀어?"

다이몬의 목소리가 높아졌다. 쓰노다의 직감대로 노이로제를 일으킨 점에서 이바라와 이키 사이가 전혀 무관하지만은 않은 듯했다.

"쓰노다 군, 그거 틀림없는 사실인가?"

"네, 조금 전 이키 부사장에게 이바라 군의 언동이 이상해졌다고 말했더니 좀처럼 감정의 변화를 나타내지 않는 그분의 안색이 크게 달라지더군요. 이바라 군을 불러 상당히 다그쳤던 게 아닌가 싶습니다."

"그랬었군. 그래서 이바라가 느닷없이 사직원을 냈었군. 이바라를 미치광이로 만든 건 내가 아니라 바로 이키였어. 내 승낙도 없이 시건방진 녀석 같으니!"

다이몬은 말을 마치자 고막이 터질 듯한 소리와 함께 전화를 끊었다. 쓰노다는 수화기를 놓은 뒤 의미있는 미소를 지었다. 생각지도 않던 곳에서 뜻밖에도 이키 추방에 다시없는 재료가 굴러든 셈이다. 쓰노다는 곧 다쿠보공업의 사토이에게 직통전화를 걸었다.

"여보세요. 접니다. 어제는 밤늦도록 폐를 끼치고 사모님께까지 많은 신세를 져서 죄송합니다."

전날 밤 뎅엥조후의 사토이 집에서 밤 12시가 넘도록 있었던 것이다. 전에는 언제나 쓰노다를 낮추어 대하던 사토이의 아내도 그날 밤만은 대접이 융숭해져 밤참까지 차려주었다.

"아닐세, 집사람은 자네의 배려에 대해 여러모로 감사하고 있네. 그런데 뭐 특별한 소식이라도 있나?"

이어 쓰노다는 자초지종을 이야기했다.

"이바라 군이 이키 방으로 들어가는 것을 자네 눈으로 직접 보았다는 사실이 무엇보다도 강점일세. 오늘 밤 자네 다이산은행의 다케우치 전무와 만날 예정 아닌가? 하여튼 잘 부탁하네."

깅키상사에서는 재벌회사처럼 까다로운 장로회의나 그룹 산하의 기업체 사장회의 같은 것은 없었으나, 그 대신 아무리 뒤를 대주어도 모자랄 돈벌레 같은 상사인 만큼 그에 비례해서 주거래은행의 의사가 크게 반영되기 때문에 사토이는 거기에 기대를 거는 것 같았다.

"시작도 하기 전이라 잘 될지 안 될지는 알 수 없습니다만 이사회를 봉쇄하려면 주거래은행에서 압력을 가하도록 해야 합니다. 아무튼 최선을 다해 보겠습니다."

"내가 복귀하면 다이몬 회장, 사토이 사장, 쓰노다 부사장의 시대가 열리는 걸세. 끝나는 대로 다시 들러주게."

"알겠습니다. 그럼……"

쓰노다는 자기에게 약속된 부사장 자리가 당장 굴러들어오기라도 할 듯 흥분에 들떠 대답했다.

쓰노다는 언젠가 연회석에서 자리를 같이한 바 있는 다이산은행의 융자담당 전무 다케우치를 긴자의 클럽에서 접대하고 있었다.

"허어, 다쿠보공업의 사토이 씨를 또다시 깅키상사의 부사장으로 모신다고? 이거 정말 놀라운 일이군."

"네, 실은 저 역시 다이몬 사장에게서 그런 말을 듣고는 솔직히 말씀드려 제 귀를 의심했습니다. 앞으로 더욱 격심하고 가혹한 경쟁을 치러내야 할 상사로서는 선견지명과 영업능력을 아울러 구비하고 있는 중역이 필요하다고 절실히 느꼈던 모양입니다."

"아무리 그렇다지만 대기업에서 일단 내보낸 중역을 다시 불러들인다는 것은 창업주가 경영하는 회사가 아닌 다음에야 있을 수 없는 일이지요. 이 얘기는 다이몬 사장의 퇴진과 그 뒤를 잇는 후임 사장이란 뉘앙스를 풍기는 셈인가요?"

다케우치의 물음은 날카로웠다.

"지금 당장은 아니겠지만 아무래도 그런 뜻이 내포되어 있습니다."

"그러면 이인자로 불리는 이키 씨의 처우는 어떻게 되는 겁니까?"

"글쎄요. 바로 그 문제입니다만 다이몬 사장의 생각이 요즘 들어 변한 것 같은데…… 회사 고위층의 미묘한 인사문제에 대해 제가 이러쿵저러쿵할 수야 있겠습니까. 그러니 가능하시다면 수일 내에 댁의 다마이 은행장님과 다이몬 사장 그리고 사토이 씨가 함께 자리할 수 있는 기회를 만들었으면 합니다만, 다케우치 씨께서 좀 주선해 주실 수 있을는지요?"

"그럴 바에야 다이몬 사장이 직접 은행장에게 말씀드리는 게 낫지 않을까요? 듣자니까 다이몬 사장과 이키 씨 사이에 무슨 일인가 있었던 모양이더군요."

"네, 여기서니까 드리는 말씀입니다만, 이란석유개발의 5호 시추공도 그다지 기대할 만한 것이 못되는 것 같습니다. 석유자원 확보에 상사도 한몫 끼어야겠다는 국익에 대한 의식만은 높이 살 만하지만 아무래도 지나치게 억지를 부리는 것 같아 다른 영업부문으로부터 크게 불만을 사고 있습니다."

"하기야 그럴 만하지요"

다케우치는 고개를 끄덕일 뿐 더 이상 말하지 않았다. 쓰노다는 잠자코 그의 말을 기다렸으나 아무 반응이 없자 은근히 불안한 생각이 들어 물었다.

"저어, 이키 씨가 혹시 그런 문제 때문에 상의를 하러 가신 적이 있었습니까?"

"아니, 아무 말도 들은 바 없습니다. 하지만 이키 씨는 다이몬 사장의 퇴진만은 상상조차 않고 있는 게 아닐까요? 우리 은행장 말에 따르면, 소련 원면 투기건만 해도 이키 씨는 다이몬 사장을 감싸고 돈 다던데요."

어딘가 이키를 편드는 것 같은 말투였다

"아무튼 그 일로 해서 면화부장은 정신이상까지 일으켰습니다. 자세한 내막은 말씀드리기 곤란하지만 일장공성만골고 식의 경영에는 문제가 있는 게 아니겠습니까? 명분과 실리가 있고 그러면서도 인정이 풍부한 사람이야말로 한 기업의 최고경영자로서 마땅한 인물이라고 생각됩니다만……"

이키를 너무 비난했다가는 오히려 자기한테 불리한 결과가 되고 말 것이라는 생각이 들었으나 쓰노다는 결국 그런 식으로 말하고 말았다. 다케우치는 약간 멋쩍은 얼굴이 되었다.

"아니 벌써 시간이 됐군. 내일은 대장성과 새벽 회의를 가져야 하기 때문에 이만 실례해야겠습니다."

"그럼 즉시 차를 부르지요."

"아닙니다. 아오야마가 집이니까 차를 기다리는 시간이면 택시로도 충분히 갈 수 있습니다. 그럼 이만……"

다케우치는 이미 자리에서 일어나 있었다.

다케우치를 전송한 뒤 쓰노다는 클럽 안으로 되돌아왔다. 쓰노다는 자기가 우스꽝스럽게도 어릿광대 놀음을 하고 있지나 않나 하는 생각이 문득 들었다. 지난날 사토이의 심복이란 말까지 들었으면서, 이키가 이인자로 부상하자 잽싸게 홀아비 살림하는 이키의 맨션에 아내가 만든 일본 요리를 보내면서까지 아첨하려던 자기가 아닌가.

자신을 위해서는 물론이고 세 딸의 결혼을 위해서라도 킹키상사의 중역자리를 고수해야 하는 만큼 오늘 밤 사토이 집에 들를 게 아니라 여차하면 이키에게 되돌아설 방책을 강구해야겠다고 생각하며 쓰노다는 길게 한숨을 내쉬었다.

"잠깐, 가키노키사카 딸네 집으로 가세."

이키가 운전사에게 말했다.

인도네시아 수마트라 농장에서 신혼을 즐기고 있는 아들 마코토가 보내준 사진을 나오코에게 보이기 위해 지난 며칠간 서류가방에 넣어 두었던 터였다.
이윽고 차가 가키노키사카의 집 앞에 멎자 나오코가 실내복을 걸친 채 밖으로 나왔다.
"어머, 아버지께서 웬일이세요?"
나오코는 죽은 아내와 똑같은 목소리로 낯익은 운전사에게도 공손히 인사말을 건넸다.
"마코토가 처음으로 그곳에서 사진을 보내 왔길래 너한테 보여주려고 왔다."
"어머, 아버지한테 먼저 보내다니, 마코토가 결혼하고 나더니 달라졌군요. 늦었으니 들어오셔서 밤참이라도 좀 드시고 가세요."
이키는 운전사를 돌려보내고 집안으로 들어갔다.
"후토시와 마리코는?"
"좀 전에 재웠어요. 도모아쓰는 아직 안 들어왔고요."
나오코는 도모아쓰의 취미를 살려 미국식으로 개조한 식당에 마주 앉자마자,
"빨리, 빨리 보여 주세요. 마코토와 유린의 신혼살림이 어떤지······"
하고 재촉했다. 이키가 서류가방에서 두툼한 봉투를 꺼내자, 나오코는 재빨리 컬러 사진을 집어 들었다.
"마코토 좀 봐요. 고무 샌들은 예나 다름없지만 열대복 차림이 제법 어울리네요. 수줍었던 아이가 이젠 유린과 팔짱을 낄 줄도 알고, 무척 행복해 보이네요."
"편지도 읽어봐라. 유린의 친정 쪽에서도 끝내는 마음을 돌리고 두 아이의 결혼을 인정했다는구나. 후앙 씨 내외분이 많이 애쓰기도 했지만, 유린이 어린애를 갖게 되자 어쩔 도리 없이 승낙하고 말았다는

거야. 마코토의 생활도 이젠 안정을 찾은 셈이로구나."

이키가 큰 짐을 덜기라도 한 듯이 말했다. 나오코는 편지를 읽은 뒤 밝은 표정으로 밤참을 준비했다.

"그런데 아버지는 어떻게 되셨나요? 끝내 아키츠 씨가 안 오고 말았잖아요."

프라이팬에 연어를 굽고 공기에 밥을 퍼 담으며 나오코가 물었다. 여름에 아키츠 지사토를 나오코 내외와 정식 대면을 약속했으면서도 여태껏 미루어왔으며, 지사토 역시 근래에는 다이칸야마를 찾아온 적이 없었다.

"무슨 거북한 일이라도 있었어요?"

"아니다. 가을전람회에 대비한 제작 일로 줄곧 바쁘다보니 못 오는가 보구나."

이키는 엽차에 밥을 말아 먹으면서 아무렇지도 않은 듯이 대답했다.

"그런 일에 종사하는 분은 정말 큰일이에요. 아버지와 함께 사시게 되면 아키츠 씨도 도예일을 포기할 생각이신가요, 아니면……"

"그런 문제까지는 아직 의논해 보지 않았다."

"그것이 제일 중요한 문제잖아요. 결혼한 후에도 계속 그 일을 할 경우, 어떻게 가마에 넣고 꺼내는 일을 할 수 있겠어요? 무엇보다도 우선 가마가 있어야 할 테니, 맨션보다는 교외로 집을 옮기셔야 하고요."

"네 말을 듣고 보니 그렇구나."

"어머나, 어쩜. 두 분께서는 만나서 무슨 말씀들을 나누시나요? 결혼할 생각은 정말 있으신 거예요?"

"아무튼 서로 바쁘니까."

지사토와 만나 얘기할 때도 의식적으로 그런 화제를 피했던 자신을 깨닫고 얼른 입을 다물어버렸다.

"아버지, 오늘 밤은 여기서 주무시도록 하세요. 목욕물도 데워 놓았어요."

"그럼……"

바로 그때 도모아쓰가 돌아왔다.

"장인어른 오셨군요. 오랜만입니다."

도쿄상사의 사메지마 다쓰조를 꼭 닮은, 눈초리가 치켜올라간 눈에 웃음을 떠올리며 도모아쓰가 말했다.

"어서 오게나. 키를 가지고 제 집에 드나들다니 그런 일쯤이야 나오코를 시키는 게 좋지 않을까……"

"이건 요쓰야의 아버지에게서 물려받은 버릇이죠. 아버지는 예로부터 밤낮없이 뛰어다니시며 큰일을 해치우시는 분이라서 불면증이 된 어머니께서 늘 강짜를 부리시는 바람에 도둑고양이처럼 살금살금 드나드셨기 때문에 저도 그만……"

이키는 못마땅한 생각이 들었으나 나오코는 빙긋 웃으며,

"그렇다면 내일 새벽에 골프 치러 나가실 때 제발 조용히 좀 해주세요. 아버지가 오늘 밤은 여기서 주무실 테니까요."

하고 골프복을 준비하기 위해 2층으로 올라갔다. 발소리가 사라지자 도모아쓰는 이키의 옆자리로 옮겨 앉았다.

"장인어른, 여쭤보고 싶은 말이 있습니다만 부디 노여워 마시고 들어주십시오. 실은 요쓰야의 아버지가 장인어른 맨션에서 젊고 예쁜 미인을 이른 아침에 보셨다면서 대체 누구냐고 캐물으시는 게 아니겠습니까? 누굽니까, 그 미인이?"

아버지를 닮아 큰 체격을 바싹 들이대면서 물었다.

"뻔하지 않나, 아키츠 씨가……"

"아니, 아키츠 씨가 그렇게도 젊습니까?"

두 눈에 의혹의 빛이 어려 있었다.

"전에 나이를 말했을 텐데…… 아마 자네 아버지한테는 너무 젊게 보였던 모양이군."

"그렇다면 됐습니다만, 장인어른은 깅키상사의 차기 사장 물망에 올라 계시니 더 이상 스캔들로 비화하기 전에 아키츠 씨와의 관계를 한시바삐 매듭지으셔야 합니다. 남자의 세계에서는 무슨 일이든 간에 중상모략이 뒤따르게 마련이니까요."

도모아쓰는 말을 마치자 전화 앞으로 가더니 이내 수화기를 들고 다이얼을 돌렸다.

"아, 아버지, 지난번에 물으셨던 그 일 때문인데요. 그분은 틀림없이 장인어른의 약혼자랍니다. 네, 알았다구요? 딴사람이 아니냐구요…… 아무리 그렇다지만 장인어른이 사위에게 그런 거짓말을 하시겠어요. 아니, 왜 그렇게 실망하시는 겁니까?"

이키는 도모아쓰의 무신경한 통화에 은근히 울화가 치밀었다. 다른 한편으로는 다이칸야마의 맨션에서 지사토와 마주친 사메지마가 노골적으로 몇 살이냐고 물으면서 음탕한 눈빛으로 쳐다보던 일이 생각나서 불쾌했다.

"정말 끈덕지시군요. 아니 반드시 다른 여성이어야 할 필요라도 있습니까? 공연히 엉뚱한 망상 품고 쓸데없이 헛소문이나 퍼뜨리지 마십시오. 과히 보기 좋지는 않을 테니까요."

도모아쓰는 곧 전화를 끊었다. 이키는 목욕이나 할 셈으로 자리에서 일어났다.

목욕을 마친 이키는 나오코가 마련해 준 잠자리에 누웠다.

"아버지, 전에 엄마와 함께 주무시던 이 방에서 주무시는 것도 꽤 오랜만이죠? 그럼 편히 주무세요."

나오코는 불을 끄고 조용히 나갔다. 이키는 좀처럼 잠을 이룰 수가 없었다. 깅키상사의 오사카 섬유부에서 도쿄의 항공기부로 전근했을 당시에 얻어든 집이 바로 이 집이었다. 그로부터 16년이 지난 지금 부사장으로 올라섰지만, 상사원으로서 일해 온 갖가지 업무 가운데 후회스럽지 않은 것이라곤 거의 없으며, 회사를 위한다는 대의명분 아래, 해서는 안 될 일은 물론 남에게 해를 끼치는 짓도 한 터였다.

이키는 자기도 모르게 으스스함을 느꼈다.

그로부터 5일 뒤, 이키는 오사카 본사 사장실에서 다이몬과 마주 앉아 있었다.

이란석유개발의 부대조건인 LNG의 일본측 수입항 사카이의 냉동 탱크기지 건설 기공식에 오사카전력의 중역들과 함께 참석한 뒤 방금 회사로 돌아온 터였다.

"LNG 쪽은 이제 전망이 밝아졌지만, 석유가 언제 나오느냐 하는 것이 문제야. 5호 시추공의 최종결과는 언제쯤 나오겠는가?"

다이몬은 여송연 연기를 내뿜으며 여느 때와는 달리 사무적인 말투로 물었다.

"글쎄요, 그건……"

"이젠 기름의 유무가 거의 뚜렷해진데다가 지층까지 파내려가지 않았나?"

"그렇지 않습니다. 현재 6천 5백 피트 정도를 파고 있으니까 앞으로 2, 3주일 지나야 뭐라 말씀드릴 수가 있습니다."

이키는 다이몬의 가시 돋친 말투에 의혹을 품으면서 대답했다.

"2, 3주일이라, 잘 기억해 두지."

다이몬은 즉시 책상 위의 예정표를 당겨 붉은 볼펜으로 큼지막하게 표시했다.

"면화부장 이바라 군에 대한 얘긴데, 심한 노이로제로 신경과에 입원한 사실을 알고 있나?"

"네, 가네코 씨로부터 들었습니다만, 마음 아프다는 말밖에……"

"마치 남의 일을 말하듯 하는군. 혹시 무슨 짐작 가는 일이라도 없나?"

"무슨 말씀이신지요?"

"자네, 나 몰래 이바라 군을 도쿄 본사로 불러 사직원을 강요한 모양이더군. 이바라 군이 노이로제에 걸린 원인은 바로 그거야."

자신에겐 아무 잘못도 없다는 듯 모든 책임을 이키에게 뒤집어씌우려 했다.

"도대체 같은 분야도 아닌 터에 면화부장에게 지시를 내릴 권한이 자네한테 있나? 원면투기에 이의가 있다면 내게 얘기하면 될 게 아닌가?"

"사장님께 누차 드린 말씀이 있는데요. 설마 그런 적 없다고는 못하시겠지요."

이키는 다이몬을 똑바로 노려보았다. 그 눈빛에 압도당한 듯 다이몬은 눈을 끔벅거리면서도,

"그 말투가 뭔가? 배짱을 부리겠다 이건가?"

하고 노골적으로 감정을 드러내며 소리쳤다.

이키는 대답 대신 말했다.

"사장님이 원면투기에서 본 결손이 크다는 사실은 주거래은행에서도 이미 알고 있습니다. 그리고 저한테도 문의가 들어왔기 때문에 저는 사장님의 입장을 살리는 한편 우리 회사의 기업윤리를 지키고자

사장님과는 무관한 일이라고 잡아뗐습니다. 사실을 증명하기 위해서는 사장님 지시로 여전히 원면을 끌어안고 있는 이바라 군을 물러나게 하는 도리밖에 없다는 생각으로, 그런 의도를 이바라 군에게 통고했던 것뿐입니다. 그에게는 정말 안 된 일입니다만, 회사를 위해서는 달리 도리가 없다고 생각합니다.”

"자네, 정말 무서운 사람이군. 주거래은행에서 잔소리 좀 들었다고 연약한 이바라 군을 불러 사직원을 강요하다니, 자넨 피도 눈물도 없는가? 그게 바로 시베리아에서 배워온 수법인가?”

다이몬은 사정없이 쏘아붙였다.

"이바라 군에겐 앞으로 제 힘이 닿는 데까지 보상할 작정입니다.”

"보상? 뭘로 보상한단 말인가? 돈? 지위? 하지만 그 친구와 회사 관계자 사이에는 당분간 면회조차 안 된다고 의사가 말하더군. 그 정도로 신경이 쇠약해진 사람에게 앞으로 어떤 식으로 보상을 한단 말인가?”

"이바라 군은 책임감이 강한 인물입니다. 이번 상처가 회복되는 대로 새 기분으로 일할 수 있도록 해외지사에 적절히 배치할 생각입니다.”

이키는 잠시 말을 끊었다가 다시 입을 열었다.

"문제의 원면투기를 차장이 맡아 계속하고 있는 모양인데, 제발 하루빨리 정리해 주시기 바랍니다.”

정중한 말 속에 은근히 위압감이 어려 있었다.

"이젠 내게 책임을 떠맡길 셈인가?”

"한낱 면화부장의 노이로제 때문에 말씀드리는 게 아닙니다. 정 들어주시지 않는다면……"

이키는 다시 여기서 말을 끊었다.

"그래, 어쩔 셈인가?"

험악한 분위기였다. 이키는 잠시 망설이다가 결심한 듯 단호한 어조로 말했다.

"이사회에서 결의하게 될지도 모르겠습니다만, 그런 사태에 이르면 46억의 손실을 본 사실이 회사 내에 쫙 퍼질 테니, 사장님께 큰 영향이 미칠 것입니다."

크게 노한 다이몬의 얼굴이 새파래졌다.

"자네, 나를 협박하는 건가?"

"어째서 그렇게도 제 진심을 이해하려 하시지 않습니까? 오늘은 이만 물러갑니다만, 가네코 부사장과도 의논하셔서 하루빨리 용단을 내리시기를 거듭 부탁드립니다."

더 이상 얘기를 계속했다간 다이몬의 노여움을 고조시킬 것 같아 이키는 조용히 사장실에서 물러나왔다.

아키츠 지사토는 스웨터의 소매를 걷어붙인 채 공방의 콘크리트 바닥에서 도자기용 흙을 반죽하고 있었다. 벌써 자정이 지났는데도 지사토는 뽀얀 백토에 찰흙을 섞은 8킬로그램짜리 도토를 노를 젓듯 발과 허리를 움직이면서 땀에 뒤범벅이 된 채 이기고 또 이겼다. 남자라면 10킬로그램을 한꺼번에 반죽할 수 있으나, 여자로서는 8킬로그램이 고작이었다.

지사토는 백토 8에 찰흙 2의 비율로 반죽하는 동안 그 촉감을 통해 작품의 이미지를 더욱 뚜렷하게 떠올릴 수 있었다. 청자대접은 처음에 구상했던 것보다 훨씬 큰 지름 45센티미터짜리를 만들 생각이었다. 그렇게 하지 않으면 대접에 부조되는 청아한 물의 흐름이 은근히 밴 온화한 느낌을 살릴 수 없을 것 같아서였다.

금년을 마지막으로 장식하는 일본도예전에는, 스승 가노우 라이잔과 함께 가노우 문하를 대표하여 지사토가 출품할 예정이었다. 그래서 히에이 산에 들어간 오빠의 암자 밑에서 골짜기로 흘러 떨어지는 맑은 물 몇 줄기를 작품의 모티브로 택했다. 한 줄기 청아한 흐름을 제대로 표현할 수만 있다면 훌륭한 작품이 될 것임에 틀림없다.

갑자기 현관 벨이 울렸다. 지사토는 흙 개던 손을 멈추고 벽시계를 보았다. 12시 30분이 가까운 시각이었다. 저녁 무렵 오랜만에 이키로부터 전화가 걸려와 '지금 오사카에 출장 나왔는데 스케줄이 꽉 차 있어서 들를 수가 없다' 고 어딘가 풀죽은 목소리로 말했지만, 혹시 틈을 내어 찾아온 것인지도 모른다…… 지사토는 공방에서 안채 뜰을 지나 문밖을 내다보았다. 과연 이키가 별 하나 떠 있지 않은 어두컴컴한 하늘을 하염없이 올려다보고 서 있었다.

지사토는 얼른 문을 열었다.

"미안해, 이런 깊은 밤에……"

"현관은 잠겨 있으니 뒤채 공방으로 오시겠어요? 도자기 조각 투성이니 조심하세요."

지사토는 앞장서서 뒤채로 돌아가 공방 문을 열었다.

"여지껏 일을 하고 있었군."

불 켜진 공방과 흙투성이인 지사토를 보고 이키가 놀란 듯 말했다.

"네, 당신이 못 오신다기에 시작했는데 그만…… 11월까지는 전람회 출품 약속에 쫓겨 늘상 이런 식이에요. 이런 데라서 죄송하지만 거실로 들어가세요. 전 손 좀 씻고 올게요."

"아니, 일이 바쁘면 상관 말고 계속해요. 괜찮다면 나도 옆에서 구경하고 싶으니까."

얼마 전 가키노키사카의 집에 묵었을 때 딸 나오코가 재혼할 경우

가마는 어떻게 할 거냐고 묻던 일이 생각나 새삼스럽게 지사토를 바라보았다. 바지며 걷어붙인 스웨터 소매 밖으로 나온 팔이 온통 흙투성이였으나, 긴 머리를 뒤로 땋아묶은 얼굴은 땀에 젖은 채 생생하게 빛나고 있었다.

"온통 흙투성이예요. 어서 올라가세요."

지사토는 이키 앞으로 돌아 안채로 통하는 문을 잡아당겼다.

"원, 이런 데까지……"

이키는 손을 내밀어 귓볼 뒤에 붙은 하얀 흙을 떼어준 뒤, 지사토의 얼굴을 자기 앞으로 돌렸다. 이바라가 입원한 바람에 정신적으로 꽤 피곤해 있는데다 아직도 성과를 보지 못한 석유개발문제로 몹시 초조했으며, 이제는 완전히 우격다짐이 된 듯한 다이몬의 언사 등으로 맥이 풀려버린 이키의 마음에 훈훈한 정감이 되살아났다.

"여전히 날마다 바쁘시겠군요."

"음, 하지만 당신도 이렇게 늦도록…… 괜찮을까?"

"저야 좋아서 하는 일이니 상관없지만, 당신은……"

지사토는 그렇게 말하며 이키의 얼굴을 뚫어지게 응시했다.

"지난번 다이칸야마에서의 일 말인가?"

"그래요. 사메지마 씨는 상사원이 되기 위해 태어난 사람이란 말을 베니코 씨로부터 들은 적이 있는데, 그런 사람을 라이벌로 두고 정계공작을 벌이거나 함께 일까지 하신다니, 저는 그때 당신의 일 중 일부만 알게 되었는데도 사실 크게 놀랐어요."

"가슴 아픈 말이로군. 어떻게 그처럼 지저분한 세계 속에서 용케 살아가느냐라는 뜻인가?"

"그렇게까지는 생각지 않지만, 그런 세계 속에 있으면서도 강직하다고나 할까, 자결하신 저의 아버님이나 승적에 드신 오빠하고는 거리가 먼 분임에는 틀림없어요. 그런데 오늘 밤 주름진 얼굴을 보니 몹시 가슴 아프군요."

"그건 무슨 뜻이오?"

"제2의 인생으로 택하신 상사에서 부사장까지 되셨지만, 당신이 원하시는 그런 인생은 못 되지 않을까 싶어서요."

"그래? 당신도 그렇게 생각하고 있었군……"

이키는 지사토를 똑바로 쳐다보았다. 두 사람의 마음속에 맺힌 응어리가 풀리고 서로를 향한 절실함이 깊어졌다.

오로라

11월 하순, 뉴욕은 으스스하게 추웠다.

이키는 그저께부터 뉴욕에 출장 와 있었으나, 에비뉴의 아메리카 깅키상사 사무실에 모습을 보인 것은 오늘 아침이 처음이었다. 아침 8시 전이어서 간부사원들도 출근해 있지 않았고, 경비원만 이따금 왔다 갔다 할 뿐이다.

"부사장님은 그래도 기운이 좋으십니다. 어젯밤도 유나이티드 모터스와의 절충에 관해 야스카 군과 늦게까지 말씀을 나누셨지요?"

가이베 가나메가 사장용 응접실 문을 열며 말했다.

"절충방식은 포크사 때 한 번 경험했었기 때문에 별 문제 아냐. 다만 이번에는 실패할 수가 없으니까. 만일 실패하면 지요다자동차는 이제……"

이키는 뒷말을 삼키고 창가로 다가갔다. 맨해튼의 고층빌딩들이 초겨울의 아침 햇살을 받아 싸늘한 은빛을 떨치며 파노라마처럼 펼쳐졌다. 지난날 아메리카 깅키상사 사장으로 몇 번이나 마주 보던 이 맨해튼의 경관에, 이키는 또다시 도전하는 것처럼 시선을 모았다.

여러 가지로 세상의 이목을 끄는 이란석유개발의 그늘에 가려 회사내의 중역들에게조차 눈치 채이지 않고 있었으나, 지요다자동차를 외자에 기대 소생시키려는 노력은 포크사와의 제휴교섭이 실패한 뒤에도 담당자인 야스카 이사오가 시간을 들여서 유나이티드 모터스와 접촉하여 계속 강행해 왔다. 세계 최대의 기업인 유나이티드 모터스의 제휴상대로서 지요다자동차는 너무나 작아 기대했던 반응을 얻지 못한 채 4년이 흘렀는데, 갑자기 최고 간부끼리 회담할 의사가 있음을 표명해 와 이키가 급작스레 뉴욕으로 온 것이다. 연말까지 어떤 전망이 서지 않고서는 지요다자동차는 닛신자동차로 흡수합병 당할 사태에 이르러 있었던 것이다.

이키가 담배를 물자 옆에서 가이베가 불을 붙여주고 자기도 피워 물면서 말했다.

"석유 시추공을 하나 실패할 때마다 부사장님이 정계, 관계에 얼마나 신경을 쓰십니까? 게다가 자동차에서도 비밀작전으로 움직이지 않을 수 없어 이처럼 신경을 쓰고 계시는데, 다이몬 사장님은 팔자도 좋으시군요. 일흔이 넘어도 권력의 자리에 있고 싶은 모양이지요."

"아무려면 어떤가. 석유는 효도 군, 자동차는 자네가 단단히 맡아주고 있으니까 나도 3, 4년의 장기전을 견뎌낼 수 있는 걸세. 그런데 유나이티드 모터스에는 자네도 같이 가줘야겠네."

"예? 제가요? 갑자기 그런 중대한 일을 분부하시면…… 옷차림만 하더라도……"

가이베는 난처한 얼굴로 자신의 차림을 살펴보았다.

"그 정도의 단정한 감색 양복차림이라면 훌륭하네. 자네는 다음 기의 도쿄 본사 업무본부장 대리로서 동석해 줘야겠어."

이키의 말이 끝나자마자 가이베가,

"그럼, 부사장님도 드디어 사장님으로……"

흥분된 목소리로 말했을 때 야스카가 숨을 헐떡이며 들어왔다.

"호텔로 모시러 갔더니 프런트에서 사무실에 가 계시겠다고 쓰신 쪽지를 주기에 깜짝 놀랐습니다. 무슨 일이 있습니까?"

이키의 출장은 아메리카 깅키상사 사장 이외에는 비밀로 되어 있었기 때문에 근심스러운 듯이 물었다.

"아냐, 별일 아니네. 그냥 뉴욕에 온 후로 쭉 호텔 방에만 갇혀 있었기 때문에, 가이베 군이 아침 일찍 찾아와준 김에 아침 산책을 나왔다가 사무실까지 온 걸세."

"네? 아침 산책으로 사무실에 나오셨단 말씀입니까?"

야스카는 얼른 이해가 안 가는 듯이 되물었으나,

"아, 알겠습니다. 부사장님께선 유나이티드 모터스를 방문하기 전의 준비운동을 하러 오신 거군요. '유나이티드 모터스의 이익은 미국의 이익이다' 하고 장담하는 거대 기업을 한 방에 떨어뜨리기 위해서는, 이 45층에서 바라보는 조망이 확실히 투지를 불러일으켜 주니까요."

하고 보조개를 보이며 웃었다. '1백만 불짜리 미소'라고 미국인들로부터도 호감을 사고 있는 한없이 쾌활한 야스카는, 포크와의 제휴 실패로 좌절을 맛본 뒤로는 사람 됨됨이가 한층 더 성숙해져 있었다. 젊은 인재가 늠름하게 자라고 있는 데에 마음 든든함을 느끼며 이키는 유나이티드 모터스 빌딩 쪽으로 다시 한 번 시선을 돌렸다.

다운타운, 미들맨해튼, 그리고 이스트맨해튼으로 차차 도심이 북상해 가는 뉴욕에서 유나이티드 모터스는 5년 전에 센트럴파크 북쪽 끝 110번가에 본사 빌딩을 옮겨놓고 있었다.

로빈슨 회장과 약속한 시간보다 5분 전인 9시 25분 정각에 도착하자 이키는 가이베, 야스카와 함께 성조기와 회사기를 게양한 정문 현관의 계단을 올라가, 맨 위층인 23층으로 올라갔다. 포크사가 발생지인 디트로이트에서 한 발도 움직이지 않고, 모든 생산과 정책 지령이 기업주인 해리 포크 회장실로부터 나오고 있는 것에 비해, 유나이티드 모터스는 디트로이트에 본사 빌딩을 두면서도 일찍부터 뉴욕으로 진출했다. 또한 최고결의는 유나이티드 모터스에서 순수 배양되어 발탁된 20여 명의 엘리트 집단인 경영집행위원회와 재무위원회에 의하여 결정되며, 65세가 정년인 역대 회장의 태반은 회사에서 가까운 5번가 아파트에 살고 있었다. 그런 점에서도 창업주 경영의 색채가 짙은 포크와, 조직으로 움직이는 유나이티드 모터스와는 차이가 있으며, 3대 메이커라는 말 자체가 제3위였던 글렌슬러의 몰락으로 과거의 것이 되어가고 있었다.

　23층에서 엘리베이터를 내려 경비원의 검사를 받은 이키 일행은 곧 회장실로 안내되었다. 연간 매상고 315억 달러에 종업원 75만 명, 연간생산 8백만 대를 넘는 유나이티드 모터스의 회장실은 중후하나 장식은 의외로 간소했다.

　63세의 로빈슨 회장은 책상에서 일어나 이키 일행과 인사를 나눈 뒤 자리를 권했다.

　"자, 여러분 앉으십시오."

　집무책상에서 떨어진 회의용 테이블을 가리키고, 자신은 장방형의 ㄷ자 모양 좌석의 정면에 앉았다. 흰머리가 섞인 차분한 영국인 풍모의 해외담당 부사장과 제너럴 매니저가 파일을 들고 들어와 자신들을 소개했다. 두 사람 모두 야스카나 가이베와는 구면이어서 웃는 얼굴로 악수를 나누었는데, 수수한 감색 양복차림하며 은근한 태도하며, 비즈니스맨이라기보다는 오히려 유능한 관료 타입으로, 거기에서도

'조직의 유나이티드 모터스'의 분위기가 나오고 있었다.

로빈슨 회장은,

"당신네 깅키상사의 제안은 우리 회사의 대일전략에 있어 매우 흥미로운 것이긴 했으나, 오늘까지 정식으로 의사표시를 할 수 없었던 것은 우리 회사의 출자비율이 3분의 1 이하여야 한다고 주장하며 양보하지 않았기 때문에, 재무위원회가 그래가지고는 출자의 가치가 없다고 승인하지 않은 탓입니다. 지금도 그 방침에 변함은 없지만 그 점에 대한 지요다측의 의향은 어떠한지요?"

하고 대뜸 제휴의 핵심을 찌르는 출자비율에 대해 꺼냈다.

"지요다측의 생각도 여전히 변함은 없습니다만, 유나이티드 모터스가 제휴 시는 물론 장래에 가서도 결코 테이크 오버하지 않겠다는 것을 어떠한 형식으로든 분명히 해줄 용의만 있다면, 우리는 지요다자동차를 설득할 자신이 있습니다."

이키가 단호하게 대답했다.

"그 보증은 미국 연방통상위원회가 해줄 것입니다. 새로운 사업전개에서 우리가 항상 골치를 앓는 것은, 너무 거대하기 때문에 우리나라의 독점금지법에 어떻게 저촉되지 않게 하느냐 하는 점이지요."

로빈슨 회장은 눈썹 하나 까딱 않고 말했다. 이키도 잠시 대답이 막혔으나,

"그렇다면 우리는 유나이티드 모터스가 지요다를 인수하지 않는다고 확인해도 괜찮겠습니까?"

하고 거듭 다짐하듯이 말했다.

"우리 회사는 세계 각국에서 많은 것을 경험하여, 어떻게 하는 것이 그 나라의 이익이 되고 우리나라의 이익이 되는가를 잘 알고 있습니다. 따라서 일본에서도 '불청객'이 되지 않을 것을 확약합니다만, 3분

의 1의 출자비율은 확인하고 싶소. 3분의 1출자는 세계적으로 자본자유화가 진전되는 가운데서 마땅히 허용될 수 있는 비율이며 주체적으로 제휴의 성과를 올리는 최저의 수단입니다."

"3분의 1을 고집함으로써 어떤 효과를 생각하고 계십니까?"

이키가 따져 묻자 제너럴 매니저가 서류철을 펴고 설명을 시작했다.

"우리는 지난 3년 동안 우리 회사의 독자적인 조사, 혹은 당신들의 깅키 리포트에 의해 지요다자동차를 연구한 결과 아쓰키 공장은 한 달에 최저 4만 대를 생산하지 않고서는 채산수준에 오르지 않음에도 불구하고 현실정은 자기 회사 차종인 레베카와 닛신자동차의 위탁 생산으로 5천 대를 겨우 확보하고 있는데 지나지 않습니다. 따라서 우리 회사와의 제휴에 의하여 닛신이 위탁생산을 중지했을 경우의 아쓰키 공장의 괴멸적 타격을 방지하기 위해, 아쓰키 공장에서 해외에서 호평을 받는 소형 디젤 트럭을 생산하고, 그것을 전 세계 유나이티드 모터스의 판매망을 통해 수익을 올림으로써 재기할 수 있는 실력을 지니게 하려는 것입니다. 다음에는 소형 승용차의 공동개발, 생산, 판매인데, 우리 회사는 미국 정부의 에너지 절약법에 대응할 소형차의 생산거점으로서 아쓰키 공장을 생각하고 있으므로 지요다의 소형차 기술력을 기필코 도입하고 싶습니다."

그러자 야스카는 서슴없이 의문을 제기했다.

"우리의 정보로는 포크사도 1980년대의 세계전략으로서 도와자동차를 거점으로 한 소형차 생산에 돌입할 것을 계획하고 있어, 일본의 자동차업계를 전전긍긍케 하고 있습니다. 포크는 이미 4년 전에 일본에 상륙하고 있는데, 후발인 유나이티드 모터스와 지요다의 소형차가 대항할 수 있을 만한 승산이 있겠습니까?"

해외담당 부사장은,

"연료비 규제에 관한 정부의 정보는, 우리가 이미 5년 전부터 입수하여 전 세계의 자회사에 대해 부품의 규격통일, 호환성을 착착 진행시키고 있어, 지요다의 협력을 얻어 소형차 개발에 성공하면 그것과 동일한 설계에 의한 '월드카'를 대량생산할 체제를 갖추고 있는 중입니다. 그 구상을 원활하게 추진시켜 나가기 위해서는 3분의 1출자와 그에 걸맞는 중역의 파견이 이루어지지 않고서는 아무런 의미도 없습니다."

하고 주장했다. 유나이티드 모터스가 지요다와의 제휴에 갑자기 촉수를 뻗치기 시작한 것은 1980년대의 세계전략을 똑똑히 내다보았기 때문이다. 이키는 10년 단위로 일을 진행시키며 사업전개를 해나가는 유나이티드 모터스의 경영전략에 압도당하는 것을 느끼며 말했다.

"지금 하신 말씀, 귀국해서 지요다자동차에 전달하여 동의를 얻게 되면 서둘러 우리 회사를 포함한 3자회담을 열고자 합니다. 동시에 귀사와 지요다 사이에 제휴교섭의 합의가 이루어졌을 경우 로빈슨 회장께서 직접 일본으로 오셔서 정계와 재계에 미·일 경제교류의 일환으로서 이 제휴에 임한다는 것을 밝혀주셨으면 합니다."

"그건 중개자인 당신네들이 할 일이라고 생각하는데요."

"물론 우리 회사가 노력하겠습니다만, 대일 진출을 빠른 시기에 바라신다면 유나이티드 모터스는 일본인이 생각하고 있는 것 같은 탈취꾼이 아니라 좋은 이웃이라는 것을 발언으로 밝혀주셔야만 합니다. 80년대에 미·일 소형차의 전면전쟁이 예상된다면 더더욱 중요한 일입니다."

"좋소, 알았습니다."

로빈슨 회장은 쾌히 대답했다. 사토이와의 알력으로 우여곡절이 많았지만, 4년이나 걸려서 이제 겨우 유나이티드 모터스와 지요다의 자본제휴에 관한 기본적 합의가 이루어진 것이다.

　오쿠라호텔에서 열린 다이이치중공업의 창립 50주년 파티에 참석하고 있는 사토이는 한 손에 글라스를 들고 효도 싱이치로의 모습을 눈으로 쫓고 있었다.
　효도는 여전히 자기 쪽에서 적극적으로 말을 걸거나 붙임성 있게 담소하는 태도는 없었으나 자연적으로 사람들이 모여들어 종합상사 제3위의 상무다운 관록이 갖추어져 있었다.
　사토이는 그러한 효도를 보면서 젊은 실력파 상무이며 선배 중역들로부터 중견간부들에 이르기까지 폭넓게 신망을 모으고 있는 효도를 자신의 깅키상사 복귀를 앞두고 어떻게 해서든지 회유시켜 놓아야겠다고 마음먹었다.
　그렇다고 요정이라든가 클럽으로 불러내는 것은 부자연스러우니까 오늘의 파티 석상에서 자연스럽게 불러내는 것이 상책이라는 쓰노다의 귀띔이 있었던 것이다.
　사토이는 모여들었던 사람이 조금 줄어든 틈을 타서,
　"여, 효도 군 아닌가. 오랜만일세."
　하고 말을 붙였다.
　"네, 오랜만입니다. 점점 더 건강해 보이시니 정말 반갑습니다."
　효도는 정중하게 인사를 했다
　"자네한테 좀 부탁하고 싶은 것이 있는데, 어떻겠나? 저기 저 구석 의자에 가서……"
　사토이는 극히 자연스럽게 이끌어 효도와 나란히 앉았다.
　"이란의 석유개발로 고생이 매우 많은 모양인데, 그 뒤는 어떤가?"
　"여간 힘들지 않습니다. 석유의 신을 모신 이야히코 신사를 비롯하여 알라신까지 참배하고 다녔습니다만, 아직 아무런 영험이 없습니다. 뭐 여기까지 온 이상 하늘에 운을 맡기는 수밖에 없겠지요."

60억이나 땅속에 버리면서도 동요하는 기색이 없었다.

"굉장한 배짱이군. 상당한 돈을 잃었어도 뱃심은 여전하니."

"그렇지도 않습니다만 어차피 이게 마지막 시추공이고 만일의 경우에는 파면을 각오하고 있으니까요."

어디까지가 진담인지 종잡을 수 없는 말투로 대답했다.

"파면을 각오하고 있단 말인가. 하지만 자네에 대해선 다이몬 사장도 높이 평가하고 계시고 나 역시 동감이니까 일이 잘 안되더라도 자네에 한해서만은 파면이란 있을 수 없네. 무엇보다도 자네 말고는 석유에 대해 아는 중역이 없지 않나."

한껏 치켜세우듯이 말했지만 효도는 물탄 위스키를 비우고 다그치듯 물었다.

"한데, 제게 하실 말씀이란?"

"음, 다름이 아니라 우리 회사가 자카르타에서 폐수처리시설에 관한 상담이 있는데, 그쪽 정부 측에 안면이 통하는 후앙 공사의 후앙 사장을 소개해 줬으면 하네."

"그런 일이라면 문제없습니다. 언제든지 소개해 올리겠습니다."

"과연 자네답군. 거물 화교인 후앙 깐천 씨에게 단번에 소개를 해주겠다니. 솔직히 말해서 우리에겐 큰 도움이 되겠네. 이제부터 해외에서 사업을 확장시키려고 하고 있는 참이니까."

"사토이 씨가 가신 뒤로부터 다쿠보공업의 업적이 화제가 됐더군요."

"그런가. 자네처럼 부탁을 해도 듣기 좋은 말을 할 줄 모르는 사람이 그렇게 평가해 주니 기쁜 일일세. 어떤가, 조만간에 한잔하지 않겠나?"

교묘하게 유도하자 효도는,

"감사합니다. 그때는 푸짐하게 대접받겠습니다. 후앙 씨 건은 곧 자카르타에 연락해서 연락이 닿는 대로 전화를 드리겠습니다. 그럼 좀 바쁜 일이 있어서."

하고 인사한 뒤 파티장을 떠나갔다.

효도는 대기시켜 놓은 차에 오르자, 사토이의 묘하게 친숙한 태도와 어딘지 부하를 위로하는 듯한 오만함을 머리에 떠올리며 부자연스러움을 느꼈다.

사토이가 어째서 갑작스럽게 자기에게 접근을 꾀한 것일까. 이란의 석유개발을 탐지하기 위해서라고 해도, 다쿠보공업의 사장인 사토이에겐 아무 관련도 없는 일이었다. 무엇인가 사토이 주변에서 변동이 일어나고 있는 듯한 감은 잡혔지만, 그것이 무엇인지는 짐작이 되지 않았다.

회사로 돌아와 곧장 상무실로 올라가자 기다리고 있었다는 듯이 석유부장이 들어왔다.

"상무님, 사르베스탄에서 텔렉스가 들어와 있습니다. 좀전에 이란 석유개발의 계획부장도 이리로 와 있었습니다."

하며 극비 취급으로 된 텔렉스를 건네주었다. 로마자로 넉 자마다 한 자씩 주워서 읽는 암호문으로 되어 있었다.

심도 8170피트, 드릴링 브레이크 있음. 매드 가스 C1 70, C2 9.0, C3 2.5, C4 1.2. 커팅에 강한 형광반응 있음. 석유의 가능성 큼. 테스트 결과 추후 보고함.

드릴링 브레이크란, 지금까지 단단한 암반을 파고 있던 굴관이 부드러운 지층으로 푹푹 들어가는 현상으로, 유층에 접근하고 있다는 증거이다.

"상무님, 드디어 시작이군요."

"그렇지만 앞으로가 큰일이야. 현지와 연락을 긴밀히 하고 계속 들어올 극비전보도 주의해 주게."

"알겠습니다. 상무님도 저도 지금부터 회의에 참석해야 하니까, 이란석유개발의 계획부장에게 현지 연락을 부탁해 두겠습니다."

석유부장은 말을 마치고 먼저 방을 나갔다.

효도는 책상 위의 전화를 들고 부사장실의 번호를 돌렸다. 곧 비서가 나왔다.

"부사장님은 지금 해외출장 중이십니다."

"효도인데, 어디로 출장 가셨나?"

"미국입니다."

나흘 전에 이키와 이야기를 나누었을 때도 미국 출장에 관한 것은 전혀 듣지 못한 만큼 효도는 약간 이상한 생각으로 전화를 끊었다. 곧 에너지부 회의에 참석하기 위해 의자에서 일어났으나, 5호 시추공 일이 마음에 걸렸다. 어디서 시추를 중지하고 DST를 하느냐, 폭분한 뒤의 위험한 시추공인 만큼 DST를 하지 말고 최종 심도까지 파서 전기검층을 한 뒤, 케이싱을 박아 넣어 시유를 하느냐, 그것은 현지의 기술자가 결정할 일이었다.

막 나가려는데 이란석유개발의 계획부장이 허겁지겁 들어왔다

"현지에서 최종방침을 연락해 왔습니다."

하며 텔렉스를 내보였다.

검토결과 DST는 하지 않고 전기검층 실시 후 케이싱 테스트를 하고자 함.

효도는 일본석유공사로부터 파견 나와 있는 기술자인 계획부장의 의견을 구하듯이 그의 얼굴을 보았다. 계획부장은 크게 고개를 끄덕였다.
"좋아, 알았다는 답전을 쳐 주게. 테스트를 끝내고 기름이 나오기까지 며칠이나 걸리겠나?"
"시추를 중지한 뒤 점검을 하고 케이싱을 삽입하니까 4, 5일 뒤가 되겠지요."
"그래, 4, 5일이라……"
그 4, 5일이 효도에게는 평생을 두고 가장 길고 답답한 날같이 여겨졌다.

효도는 처음으로 사르베스탄 광구의 5호 시추공 트레일러하우스에서 하룻밤을 새웠다.
밝은 아직 어두컴컴했다. 서치라이트 불빛 속에서 아침 7시부터 시작하는 프로덕션 테스트를 위한 기재를 나르거나 계기류를 장치하는 소리와 사람 목소리가 떠들썩하게 나서, 마치 날이 밝음과 동시에 작전을 개시하는 전쟁터와도 같았다.
효도는 조급해지려는 심정을 억제하고 낡은 스프링침대 위에 큰 대자로 누워 있었다.
책상과 문서 넣는 캐비닛, 간이화장실, 침대 두 개가 전부인 실내로, 탐광부 차장인 우치다의 침대는 일찍부터 비어 있었으나 기술자가 아닌 효도는 여기서는 지휘관도 참모도 아니었다. 그러나 상사원으로서의 생명이 걸려 있는 것이다.

 과연 2천 5백 미터나 되는 지하에 정말 석유가 있어서 시유는 성공할 것인가? 효도는 몸을 뒤척였다. 벽에 요염한 미인 사진이 붙여져 있었으나 중대한 순간을 맞이하는 사나이의 눈에는 빛바랜 그림엽서나 다름없었다.

 문이 열리더니 침침한 불빛 속에서 누군가가 책상 위의 데이터를 들고 나가는 기척이 느껴졌다.

 "이봐, 아직 멀었나?"

 효도가 말을 건네자,

 "얼마 안 남았습니다. 세퍼레이터의 장치는 끝났으니까요."

 하고 텍사스 사투리의 영어로 대답하고 부리나케 나갔다.

 효도는 침대에 가만히 누워 있을 수가 없었다.

 그는 스포츠 셔츠를 입고, 커피를 한 모금 마시고는 밖으로 나갔다. 겨우 하늘이 밝아와 사막 저편을 붉게 물들기 시작했다. 효도는 성공을 기원하듯 아침 해를 보고는 기도를 드리고 현장 쪽으로 걸음을 옮겼다.

 그러자 이란인 작업원이,

 "파든, 서어."

 하고 라이터, 성냥, 담배가 들어 있는 골이 진 마분지 상자를 내밀었다. 효도는 호주머니에 손을 넣어, 어제 도쿄로부터 테헤란에 도착한 이후 그대로 주머니에 넣고 있었던 일본의 초밥집 성냥을 꺼내 마분지 상자 안에 넣었다.

 '프로덕션 테스트 중이므로 화기 엄금. 흡연기구 일체를 맡아두겠습니다'

 영어, 일본어, 페르시아어로 쓴 부전지가 각 트레일러하우스 앞에 붙어 있었다. 평소에는 철탑에서 떨어진 곳에서의 흡연은 눈감아주고 있었는데 오늘처럼 기름을 뽑아 올리는 테스트 날엔 자칫 잘못하면 화재와 결부될 위험이 있기 때문에 부전지뿐만 아니라 경비원을 세워 화기의 원인이 되는 것을 철저하게 보관하도록 안전을 기하고 있었던 것이다.

철탑 앞까지 오자, 오리온오일로부터 파견 나와 있는 탐사 매니저인 메일러가 점검 그래프를 들고 우치다와 무엇인가 이야기를 하고 있었다. 드릴링플로어(굴착 작업대)에서는 마이켈이 시유 전문인 프랑스의 플로어 패트롤 사의 테스트반 책임자와 의논을 끝내고 계단에서 내려오는 참이었다.

"어떤가, 마이켈. 잘될 것 같나?"

효도가 밑에서 말을 걸자,

"잘되고 뭐고 간에, 여기까지 온 이상 어떻게 해서든지 기름이 나오도록 해야지."

하고 털복숭이 팔을 흔들며 웃었다.

"상무님, 벌써 일어나셨군요. 테스트는 아직 먼 모양입니다."

테헤란에서 이란 가스공사를 상대로 LNG 프로젝트를 담당하고 있는 사오토메가 기술자처럼 헬멧 모습으로 다가왔다. 어젯저녁 테헤란으로부터 효도를 따라온 것이다.

"어떤 일이 일어날지 모르니까, 여차할 때는 무전기에 매달려서라도 도움이 되어줘야겠어."

"그건 저한테 맡겨주십시오. 그보다도 요즘의 석유채굴이란 철저하게 과학적으로 기계화돼 있어서, 성공만 하면 기름이 지상으로 치솟는 줄로만 아는 우리 같은 아마추어의 생각과는 전혀 다르군요."

사오토메는 시유장치를 가리켰다. 시추공에서 바람이 부는 쪽으로

5, 60미터 가량 떨어진 곳에 갱내에 장치한 화약을 폭발시키는 스위치며 유압측정기를 넣어둔 세퍼레이터가 설치되어 있다.

기름이 나올 때 지상에 그대로 원유가 치솟아 화재가 발행하지 않도록 갱구로부터 역시 바람이 불어가는 쪽으로 2백 미터 떨어진 시추공 점까지 지상에서 3미터 가량의 높이로 파이프라인이 부설되고, 그 끝에 버너가 부착되어 있는 것이다. 나온 기름은 즉시 불태워 버리는 것이었다.

술렁거리던 철탑 주변이 갑자기 조용해지며, 작업원들에게 철수명령이 전달되었다. 드디어 시유가 시작되었다. 철탑의 드릴링플로어에 마이켈의 부하인 드릴러만 남고 기술자도 작업원도 철탑을 멀찌감치 둘러섰다. 아침 해가 거침없이 솟아올라 긴박한 고요 가운데서 43미터 높이의 철탑이 하늘에 치솟듯이 거대해 보였다.

세퍼레이터를 둘러싸고 있는 시유 전문 테스트팀의 스태프가 책임자에게 준비완료를 알렸다. 5호 시추공의 내부는 말끔하게 쳐내어 케이싱으로 굳혀놓은 갱내에는 기름을 빨아올릴 튜빙 파이프가 내려지고, 다시 그 안에는 폭파를 하는 가느다란 쓰루 튜빙 퍼포레이터가 통하고 있었다.

"퍼포레이션(관통폭파)을 건다. 프로덕션 테스트 개시!"

책임자가 큰 소리로 말했다. 마이켈은 우치다, 메일러와 시선을 나누고는,

"OK!"

하고 힘차게 끄덕였다. 퍼포레이션의 스위치가 눌러졌다. 지하 8천 피트 밑에 장치된 폭약이 제대로 폭발했는지 어떤지는 당장 알 수 없다. 견딜 수 없을 정도의 긴장으로 효도는 남아 있는 3분의 1의 위가 뒤틀린 듯 쑤셨다.

2, 3초 뒤, 세퍼레이터의 계기가 폭파의 충격을 받은 듯 가느다랗게 흔들렸다.

"됐다!"

프랑스 책임자가 소리쳤다. 유층인 듯싶은 부분에서 폭파가 일어나면 케이싱과 주위의 시멘트를 뚫고 암석에 구멍이 뚫려 튜빙 파이프를 통해 가스나 기름이 치솟아 지상의 파이프라인을 통해 불길이 확 일어날 터였다.

갑자기 우르릉 소리와 함께 밝은 오렌지색 불꽃이 바로 옆에서 솟아나왔다.

"나왔다!"

이란인 작업원들 사이에서 함성이 일어났으나 마이켈을 비롯한 기술자들은 말이 없었다. 처음에 치솟는 검은 불길은 갱내의 기름이 쉽게 치솟도록 하기 위해 미리 넣어둔 경유의 불길이었다.

밝은 오렌지색 불길은 이윽고 원유가 타오르는 검붉은 색으로 변했다. 얼마 후 가스에 밀려 올라온 흙탕물이 세차게 뿜어 나왔으나 2, 3분 만에,

"퍼스트 플로잉은 여기까지!"

하는 테스트 팀의 책임자의 신호에 5호 시추공의 갱구는 밀폐되었다.

밀폐압력의 측정으로 들어간 것이다.

이윽고 세컨드 플로잉이 개시되었다. 이제부터가 진짜 시유였다.

효도는 마른침을 삼키며 파이프라인의 끝을 지켜보았다. 흙탕물이 치솟고 산산조각이 난 암석이 튀어 올라 흩어지더니 검붉은 불길이 5, 6미터 치솟았다. 그러나 그것은 이내 꺼지고 흙탕물이 간헐적으로 물총 물처럼 나올 뿐이었다.

30분, 60분, 90분 그리고 2백 분 이상 지났으나, 원유가 분출하여 타오르는 검붉은 불길은 끝내 나오지 않았다. 굴착 중에 그토록 양호한 유징이 인정되었고, 시추를 8천 5백 피트에서 중지한 뒤의 전기검층 결과도 극히 좋았었는데, 5호 시추공 역시 분출할 정도의 유층은 아니었던 것일까?

"틀렸나……"

효도는 쥐어짜는 듯한 목소리로 마이켈에게 물었다

"압력 상승이 약하고 분출된 기름도 제로에 가까워 드라이홀이거나 기름이 있어도 분출을 방해하는 갱정 장애가 있거나 둘 중 하나인데, 애시다이징(acidizing)을 해보겠어. 그래도 안 나오면 효도, 단념해 주게."

마이켈도 신음하듯 말하고 테스트 팀의 간부와 지질전문가인 메일러, 우치다 등과 다시 타협을 시작했다. 작업원들은 다시금 철탑 주위에서 바쁘게 움직이기 시작했다. 애시다이징이란 갱정 장애물을 제거하기 위한 염산 계통의 약물을 넣는 작업이었다.

"상무님, 저는 더 이상 보고 있을 수가 없습니다."

사오토메는 주먹을 움켜쥐었으나, 효도는 발길을 돌려 혼자서 사막을 걷기 시작했다. 아스마리 층과 그루프 층이 노출된 석유 광구 특유의 지층을 나타내고 있는 이 사르베스탄 광구에 미친 듯이 한 개 또 한 개 하면서 마침내 5호 시추공까지 왔는데, 결국은 단순한 사막에 지나지 않는 것일까.

끝없이 펼쳐지는 사막이 무정한 대지로 보였다.

3시간 뒤, 애시다이징이 완료된 현장은 다시금 정적으로 돌아갔다.

해는 중천에 걸려 있고 구름이 느릿느릿 이동했다.

"프로덕션 테스트 개시!"

마이켈의 목소리에는 비장함이 서려 있었다. 효도는 심장의 고동이 세차게 울려 혈관에서 피가 솟구쳐 나올 것만 같았다.

1초, 2초, 3초! 경유의 불길이 솟아나왔다. 아까 환성을 질렀던 작업원들도 이번에는 걱정스러운 듯이 지켜보고 있었다. 이윽고 밝은 오렌지색 불길이 검은 흙탕물로 바뀌고, 십여 미터 높이까지 뿜어 나와 사막을 적셨다.

"이건 상태가 좋아."

테스트 팀의 책임자가 말했다. 흙탕물이 이따금 끊기는가 싶으면 검붉은 불길이 뱀의 긴 혀처럼 뻗쳤다.

"이제 얼마 안 남았어. 효도, 이 소리를 들어봐."

파이프라인의 철관에 귀를 대고 있던 마이켈이 권했다. 그의 말대로 철관에 귀를 대니, 우르릉 꾸르륵 쾅쾅 하며 대지가 크게 숨을 들이쉬었다가 흙탕물과 암석의 장애물을 밀어젖히며 8천 피트 지하에서 기름이 쏟아져 나오려 하고 있었다.

기름은 있다! 차츰 높아지는 대지의 진동과도 같은 소리에 귀를 기울이자 파이프라인 끝에서 갑자기 우르릉! 하고 대음향이 울리는가 싶더니 2, 30미터의 거대한 불길이 작열하듯 솟구치며 검은 연기가 피어올랐다.

"나왔다! 기름이 나왔다!"

커다란 환희의 고함소리가 사막에 울려 퍼졌다.

"압력계의 바늘이 부러질 지경이다! 압력을 줄여라!"

테스트맨이 소리쳐 압력은 줄었으나 불길은 전혀 줄지 않았다. 1백 미터나 떨어져 있어도 그 열에 몸이 지글지글 탈 것만 같았다.

"굉장한 유전이다! 효도, 성공이다!"

마이켈은 미친 듯이 소리치며 파이프라인의 중간에서 가느다란 관을 우회시켜 채취한 원유를 빈 깡통에 담아 가지고 왔다. 끈적끈적한 검은 액체가 햇빛을 반사하여 초록빛을 뿌렸다. 효도는 저도 모르게 두 손을 푹 집어넣었다. 원유란 이처럼 뜨겁고 끈적끈적한 것인가! 이렇게 느낀 순간, 효도의 눈앞에 지하 8천 피트에 잠들어 있던 기름이 페르시안 블루의 하늘을 찌를 듯이 솟구쳐 오르는 광경이 펼쳐졌다.

도쿄에 '5호 시추공 분출'의 제1보가 날아든 것은, 경영회의가 열리고 있는 도중이었다.

평소와는 달리 회의중 몇 번이나 자리를 뜨던 이키가, 몇 번 만엔가 회의실로 돌아오자마자 다이몬에게 귀엣말을 하며 텔렉스를 보였다.

"뭐, 성공? 이란에서 석유가 나왔어!"

그때까지 소련 원면의 거래에 대한 실책을 혼자서 장황하게 변명하고 있었는데, 변명하면 할수록 서먹해지는 중역들의 반응에 당황하고 있던 다이몬은 구원이라도 받은 듯 텔렉스에 매달렸다.

"그래, 분출상태는 어떤가?"

"기름이 분출한 것은 한 시간쯤 전부터인데, 유층의 규모를 측정하기 위해 현재 분출하는 기름을 계속 연소시키면서 생산 테스트를 하고 있습니다만, 기세는 전혀 약화되지 않아 일산 2, 3만 배럴 이상임은 확실한 모양입니다."

이키가 흥분을 억제한 목소리로 말하자 도모토, 가네코 부사장을 비롯하여 회의 테이블을 둘러싸고 있던 중역들로부터 경악과 흥분의 소리가 일어났다.

"이키 부사장님, 축하합니다!"

와글와글하는 속에서 쩌렁쩌렁한 소리가 맨 먼저 이키에게로 왔다.

업무본부장 쓰노다였다.

"이제 마지막이라는 아슬아슬한 판국에 용케도 기름이 나와 줬군. 효도 군이 서둘러 이란으로 간 것은 이 때문이었군."

도모토 부사장의 말에 가네코도 끄덕이며,

"드디어 오랜 고생이 결실을 맺어 다행일세. 그 친구 성질로 보아 온몸에 기름칠을 하고 기뻐 날뛸 걸세."

하고 목숨을 걸고 석유개발에 도전한 효도의 심중을 헤아리는 것처럼 말했다.

"과연 중동이군요. 요즘 지상에서 일산 2, 3만 배럴의 유전이란 좀처럼 들어보지 못했습니다만, 채산성이 뚜렷해지려면 언제쯤이나 되야 합니까?"

재무담당의 무사시 전무는 흥분하면서도 재무담당답게 냉정하게 물었다. 이키는 고개를 끄덕였다.

"여러분, 무사시 전무가 지적했듯이 5호 시추공이 성공했다고 해서 무조건 기뻐할 수만은 없습니다. 채산성이 있는 생산 유전이냐 아니냐의 판단은 앞으로 평가정을 적어도 세 개는 더 파서 매장량을 확인해야만 됩니다."

"앞으로 세 개나 더 파야 한단 말인가. 그렇다면 아직 앞으로 1, 2년은 더 걸리겠구먼."

다이몬이 낙담한 듯이 말했을 때 이키의 비서과장인 하나와가 황급히 들어왔다.

"부사장님, 지금 수상 관저의 관방차관으로부터 전화가 왔는데 급히 이란 유전에 관해 보고를 하시랍니다."

"그래, 그럼 사장님과 함께 찾아뵙겠다고 전하게."

이키는 다이몬의 체면을 세우듯이 말했으나 중역들의 시선은 노골적으로 다이몬으로부터 이키에게 옮겨지고 있었다.

　얼마 후 수상 관저의 총리 집무실에서 다이몬과 이키는 사르베스탄 광구의 5호 시추공 분출을 보고했다.
　다부치 총리는 가죽을 씌운 큼직한 의자에 컴퓨터라고 이름난 머리를 기대고, 음, 음 하며 끄덕였다.
　"아무튼 경영회의 도중에 분출이라는 텔렉스가 들어와서, 즉시 보고차 달려왔기 때문에 아직 현지의 상세한 보고는 받지 못하고 있습니다. 기술자들도 앞으로 2, 3일은 유정에서 떠나지 못하기 때문에 나중에 확실한 자료가 들어오는 대로 보고드리겠으니, 조금만 더 시간 여유를 주시면……"
　다이몬이 섣불리 말꼬리를 잡히지 않도록 구체적인 숫자를 빼고 보고하자, 다부치 총리는 재빨리 말을 가로채고는,
　"그러나 파트너인 오리온한테서는 상세한 정보가 들어와 있겠지. 5호정을 팔 때 자원확보를 위해서라는 당신네의 국익을 취지로 하는 사명감을 높이 평가해서, 일단 출자중지결정을 내렸던 공사에 대해 한 개만 더 밀어주라고 종용한 것은 바로 내가 아니었소?"
　하고 공치사하듯 말했다. 다이몬이 그 기세에 입을 열려 하자 이키가 재빨리 말을 받았다.
　"정말 그때 총리께서 말씀해 주시지 않으셨다면 이 5호정은 성공하지 못했을 것입니다."
　"그런 말을 듣겠다는 게 아니오. 듣자니 유전 규모가 하루 산출량 2, 3만 배럴 이상이라고 하지 않소."
　이키는 그 빠른 정보에 혀를 내두르며, 다케나카 간지로부터의 정보일 것이라고 생각했으나 시치미를 떼고 말했다.

"기름의 비중, 유황분의 함량 등을 포함해서 정확한 것은 여러 데이터를 로스앤젤레스의 오리온 본사의 컴퓨터에 넣어 분석하기 전에는 말씀드릴 수 없습니다. 그리고 첫째 일산 2, 3만 배럴이라고는 하지만 5호정 하나만으로는 유전의 평가를 할 수 없으니까, 채산성이 맞느냐, 안 맞느냐 하는 것은 적어도 앞으로 세 개 정도 평가정을 더 파지 않고서는 모를 일입니다."

"앞으로 세 개나 더…… 무척이나 태평스러운 말이로군."

"굴착기간을 종전의 반으로 단축시키기 위해 철탑을 하나 더 늘려 두 개의 철탑으로 파서 될 수 있는 대로 빨리 매장량을 확인할까 합니다. 오래 끌면 이란측의 요구가 점점 늘어날 가능성도 크므로 총리께서 각별히 배려해 주셨으면 합니다."

"음, 각별한 배려를 말이지."

다부치는 흰자위가 많은 눈을 굴렸다. 그 눈은 여태껏 이와오, 사바시 두 총리에 의해 단단히 독점되어 온 일본의 석유이권에 파고들 기회를 쥐려는 생각으로 번들거리고 있었다. 이키는 마침내 석유를 캐냈다는 기쁨과 긍지가 더러운 손에 오염되는 느낌이 들었다.

"두 대의 철탑을 사용하게 되면 기술자, 작업원, 자재도 한꺼번에 두 배가 되므로 저희 회사는 곤경에 빠지게 됩니다. 그런 만큼 앞으로의 시굴에 있어서는 사우디아라비아의 중앙지구 수준으로 공사의 출자 비율을 70퍼센트로 해주셨으면 합니다."

이쓰비시상사가 손대고 있는 사우디아라비아 예를 들어 말하자 다이몬도,

"이 점만은 총리께서 판단하셔서 배려해 주시기를 바랍니다. 사르베스탄 광구의 기름은 중동 가운데서도 저유황이니까 공해규제가 엄격한 일본에서는 확실히 국가의 도움이 될 것으로 믿습니다."

하고 억지 국익론을 내세워 평가정 시굴 자금의 정부 원조를 증액해 달라고 간청했다.

총리실을 나온 다이몬과 이키는 비서관의 안내로 미로처럼 구불구불한 어두운 보도를 지나 관저의 뒷문으로 나와 대기시켜 놓은 차에 올랐다. 매스컴에 눈치 채이는 것은 시간문제겠지만, 확실한 유전 규모의 데이터가 들어오기까지는 매스컴과의 접촉을 가급적 피하고 싶었다.

차에 오르자 다이몬은 안도의 숨을 내쉬었다.

"자네, 다부치 총리와 무척 친숙해 보이던데, 내가 모르는 무슨 다른 접촉이라도 있는 건가?"

"아닙니다. 아시는 정도의 접촉밖에 없습니다."

뉴욕에 예치해 두었던 자금중 1천만 엔을 시바시로가네의 '공작어전'이라 불리는 다부치의 저택으로, 공작새의 사료상자에 담아 직접 갖다 준 일은 내색도 하지 않고 대답했다.

잇따라 일본석유공사, 통산성, 에너지청에의 인사를 마치고 마루노우치의 깅키상사로 돌아오자, 재빨리도 다케나카 간지와 '가마쿠라 사나이'로부터 전화가 걸려왔다. 몸이 화끈거리는 몇 시간 전의 기쁨은 식어버렸다. 그리고 하이에나처럼 떼지어오는 석유 이권배틀의 거무죽죽한 목소리를 대했다.

깅키상사의 홍보실은 보도 관계자들과 텔레비전 라이트의 빛으로 숨 막힐 듯한 열기로 가득 차 있었다.

다이몬은 얼굴을 벌겋게 상기시키고 땀을 흘리며 보도진의 질문에 대답하고 있었다. 앞줄의 석유담당 기자가,

"공사의 야마시타 총재와 기술담당인 다다라 이사 말로는 그 뒤 현

지에서 보내온 여러 데이터로 미루어 당초의 예상보다 클 것 같다고 했는데, 어느 정도 규모의 유전입니까?"

하고 묻자, 텔레비전 카메라가 돌며 다이몬의 옆얼굴을 잡았다.

"그건 아까부터 말씀드렸듯이 5호정 하나만 가지고서는 뭐라고 할 수가 없습니다. 우선 유전구조인가 아닌가, 유전이 될 수 있느냐 없느냐, 있다면 어느 정도의 구조인가 등등을 알기 위해서 몇 개 더 평가정을 파서 유층의 범위와 두께를 확인하지 않고서는……"

얼굴을 클로즈업시키기 위해 다가오는 카메라를 의식하고 다이몬은 평소의 관서지방 사투리의 말씨를 되도록 억제하고 대답했다. 다른 기자가 또 다른 질문을 했다.

"5호정의 유층은 처음에 8천 피트에서 8천 3백 피트로 예상했던 것이 시유결과 다시 2백 피트 가량 깊어져서 8천 5백 피트까지 됐다는 모양이더군요. 유전의 전체적인 규모를 확인하는 평가정의 굴착계획에 관해 공사와는 이미 협의가 시작되었다고 들었습니다만, 어느 위치에 파는 겁니까?"

"그것은…… 이키 군, 어떻게 됐지?"

자리를 같이한 이키에게 넌지시 물었다. 이키는 지금 발표하는 것을 망설이는 듯한 표정을 짓다가, 결심한 듯이 대답했다.

"다섯 개만에 겨우 성공시킨 유전인 만큼 유전구조를 확인하기 위해 굴착계획을 하루라도 속히 잡으려고 서두르고 있습니다만, 현지에 나가 있는 파트너인 오리온오일의 기술진, 그리고 이란석유공사와 절충중인 우리 회사 담당중역들도 아직 귀국하지 않았기 때문에 정식결정은 좀 늦어지리라 봅니다. 현재 오리온오일의 컴퓨터가 계산한 숫자에 의하면 5호정을 중심으로 6호정은 그보다 동남 9킬로, 7호정은 북동 1.9킬로, 8호정은 북쪽 4.8킬로입니다."

"호오, 그럼 사르베스탄 광구의 유망한 구조는 북서, 동남으로 발달되어 있어 처음으로 성공된 5호정은 유전구조의 거의 정상부인 셈이군요. 가령 그 세 개의 평가정이 5호정처럼 대분출을 한다고 가정한다면 매장량은 어느 정도나 됩니까?"

"어디까지나 컴퓨터의 추정입니다만, 구조의 추정규모, 5호정의 시유 데이터를 기준으로 산출해 낸 숫자에 의하면 10억 배럴 이상의 유전이 됩니다."

"네? 10억 배럴 이상이라고 하면, 요즘 좀처럼 발견할 수 없는 거대 유전이 아닙니까! 과연 중동이로군요. 동남아시아나 동해 주변과는 단위가 달라!"

석유담당 기자들은 활기를 띠기 시작했고 사회부 기자들도 흥분하면서 펜을 놀렸다. 다이몬은 그러한 보도진을 느긋하게 둘러보며,

"오랜 고난의 세월이었어요. 공사의 자금을 반을 쓰고 있다고는 하지만 중도에서 도쿄상사가 손을 떼는 바람에 오퍼레이터인 우리 회사로서는 자금이 바닥나느냐, 기름이 나오느냐, 매일이 불안과의 싸움이었으니까요"

하면서 뛰어난 연기자처럼 심중을 나타내며 말했다

"그렇군요. 자금 고갈과 기름 발견의 경쟁이었군요. 체험자가 아니고서는 나올 수 없는 말씀입니다만, 오늘까지 다이몬 사장을 떠받쳐온 정신적인 지주는 무엇입니까?"

"……음, 말로는 표현하기 어렵군요."

자기 자신이 도전한 일이 아니었던 만큼 중요한 대목의 설명에 당황한 듯이 말을 흐렸다. 기자는 이키에게로 질문의 화살을 돌렸다.

"그럼 이키 부사장님은 어떻습니까? 오리온, 이란 정부, 일본의 관청 등의 각기 속셈이 다른 입장의 톱을 좌우간 5호정까지 끌어온 최고

책임자인 만큼, 이번의 대발견은 한층 더한 감개가 있으시겠지요?"

"감개라고 할까, 이루지 않으면 안 될 사명감 같은 것을 겨우 이룰 수 있을 것 같다는 밝은 기분은 있습니다. 그러나 민간회사가 이같이 리스크가 큰 사업에 도전하려면 최고경영자의 용기가 없고서는 관철되지 않습니다."

"그럼 다이몬 사장께선 도중에 한 번도 철수를 말씀하시지 않으셨습니까?"

내막을 아는 듯이 석유기자가 비꼬는 투로 물었다.

"물론이지요. 다이몬 사장은 철수 따위는 단 한 번도 말씀하신 적이 없습니다. 그것이 사르베스탄 유전 발견의 견인력이 되었다 해도 과언은 아닙니다."

이키는 그럴듯하게 말을 마치고 기자회견을 끝냈다.

30개 가까운 의자가 어수선하게 남은 홍보실에서 다이몬은 임시로 마련한 정면의 테이블에서 일어나며 크게 만족한 듯이 이키에게 말을 걸었다.

"아주 대성황의 기자회견이었네. 진짜 지쳐버렸어."

"그런데 석유굴착 같은 전문적인 질문까지 나왔습니다만, 용케 대답해 주셔서 한시름 놓았습니다."

"뭘, 자네가 나를 많이 치켜세워 주었지. 민방은 6시 반, NHK는 7시부터 뉴스를 보낸다니까 함께 보세나."

"네, 그 전에 사장님, 잠깐 드릴 말씀이……"

"뭔가. 자네 말이라면 당분간 뭐든지 들어주겠네."

다이몬은 흐뭇하여 싱글거리던 얼굴로 끄덕였다.

"그러시다면 사장님 방에서."

홍보실에서 한 층 위의 사장실로 올라가자, 다이몬은 응접 소파에 앉아 여송연에 불을 붙여 깊숙이 들이마셨다.

"맛좋군. 내 일생에 최고로 맛있는 담배군."

실눈을 뜨며 말하고는 잠자코 있는 이키에게,

"얘기란 뭔가. 사양 말고 하게나."

하고 재촉했다. 이키는 차마 꺼내기가 어려운 듯이 여전히 잠자코 있었다.

"왜 그러나? 어지간히 대단한 얘기인 모양이군."

이키는 무방비의 다이몬을 잠시 응시하며 말을 꺼내려다 말고 입을 다물었다. 그러나 곧 마음을 다잡은 듯 정색을 하며 자세를 바로하고,

"사장님, 오늘의 깅키상사가 있는 것은 첫째로 다이몬 사장님의 힘에 의한 것이며, 또 오늘의 제가 있는 것도 역시 사장님 덕택입니다."

하고 충심으로 감사의 뜻을 전했다.

"새삼스럽게 뭔가 했더니, 그런 말인가. 자네라는 사람은 철두철미하게 예절이 바르군."

"사장님의 업적은 오래 전부터 회사 안팎에 널리 알려져 있고, 이란의 거대 유전으로 말미암아 더욱 요지부동의 것이 되었습니다. 이 영광을 길이 보존하시기 위해, 이 거대 유전의 발굴 성공을 마지막 무대로 삼아 용퇴하시기 바라는 바입니다.

"뭐, 뭐라고? 이키 군, 지금 뭐라고 했나?"

다이몬은 깜짝 놀라며 되물었다.

"대유전을 성공시킨 이 기회에 용퇴해 주십사고 부탁드렸습니다."

"뭐, 뭐라고…… 나를 보고 무슨 소리를 하고 있는 건가!"

다이몬의 얼굴이 경악과 굴욕으로 일그러졌다.

"깅키상사가 이를 계기로 더 큰 발전을 이룩하기 위해서는 신진대사를 필요로 합니다. 그리고 사장님으로서도 고난을 극복하여 이란의

석유개발이 성공한 이 기회에 깨끗이 물러나시는 것이 기업을 영원히 발전시키는 길인 줄 믿습니다. 부디 그 점을 현찰해 주시기 바라마지 않습니다."

감정을 죽인 조용한 목소리로 말했으나 여기까지 말을 하고 나자 이키는 눈을 내리깔았다.

"아까 기자회견에서 나를 그토록 추어올리며, 아직은 발표를 보류하기로 약속했던 매장량까지 공개하면서 화려하게 기자회견을 연출한 것도 다 이런 속셈에서 한 짓이었군! 자네라는 사람은……"

다이몬은 혀를 제대로 놀리지 못했다. 이키는 그러한 다이몬을 차마 바로 볼 수가 없어 눈을 내린깐 채 말이 없었다.

"자네 뱃속에는 애당초 석유에 손을 댈 때부터 그런 계획이 있었군. 입찰 때 일본공사에서 이탈하여 외톨박이가 된 것도, 4호정 폐갱의 시점에서 공사는 물론, 오리온까지 단념하려던 것을 기를 쓰고 설득시킨 것도 결국은 자기 자신의 사리사욕이 얽혀 있었기 때문이었어! 뭐가 국익이고 사명감인가!"

"사장님, 그것은……"

"닥쳐, 자네 본심은 이이 알았어. 아무리 세월이 흘러도 네놈의 몸에는 1센 5리(당시 징집영장의 우표값)로 소집한 인간을 대본영 명령이란 종이쪽지 한 장으로 몇 천, 몇 만 명을 죽이고도 태연할 수 있는 참모의 피가 흐르고 있는 거야. 라이벌인 사토이를 몰아내게 하고 이바라에게 사표를 쓰게 하여 내 계단을 깡그리 무너뜨린 줄 알고 있겠지만, 네놈 따위의 술책에는 안 넘어가!"

다이몬은 몸을 떨며 욕을 퍼부었다. 이키는 시선을 돌린 채 그 욕설을 꾹 참고 들었다. 그러나 이성을 잃은 다이몬은,

"시베리아 억류는 생각하는 것조차 싫다고 입으로는 말하지만, 그

런 식으로 일본군이 이용하던 대소작전용 백계 러시아인의 스파이를 팔아넘기고, 로스케를 멋대로 회유해서 자유스럽게 잘 지내고 있었을 게 뻔해. 너같은 놈은 내일부터 회사에 나오지도 말아!"

하고 시뻘게진 얼굴로 소리쳤다.

"무슨 말씀을 하셔도 좋습니다만, 저는 사장님께서 용퇴를 결의해 주시기를 기다릴 뿐입니다. 제가 어떤 심정으로 이런 말씀을 드리고 있는지 살피시고, 냉정하게 판단해 주십시오."

이키는 사장실에서 나왔다.

방으로 돌아오니, 석유가 나온 것을 축하하는 전화가 쉴 새 없이 걸려 왔으나, 모두 하나와에게 맡겼다.

다이몬에게 퇴진을 권한 것은, 면화투기에서 눈뜨고 볼 수 없는 노추를 드러냈을 때부터 마음으로 작정한 일이었으나, 현역사장에게 퇴진을 요구한다는 것은 이치를 떠나서라도 지극히 어려운 일이어서, 쉽사리 성사 될 수 있는 일은 아니었다. 그런 의미에서 이란의 석유가 성공한 것은 다행이었다.

효도의 5호정 시추 성공을 알리는 제1신 텔렉스를 받았을 때, 대유전 발견의 이 영광, 자기에게 주어진 이 힘을 놓치지 말고 회사개혁에 이용하고, 동시에 다이몬의 마지막 화려한 무대로 만들어주자고 결심했던 것이다.

그렇지만 다이몬의 심정은 짐작하고도 남음이 있을 만큼 상처를 입고 갈가리 찢겨졌을 것이다. 득의절정이던 기자회견에서 일변하여 퇴진에 대한 말을 꺼냈을 때의, 무슨 말인지도 알아듣지 못한 채 아직도 희색이 남아 있던 그 의아해 하던 얼굴, 그리고 분노와 굴욕으로 뒤범벅이 된 그 얼굴. 일찍이 삼고지례로 자기를 맞아주었던 다이몬에 대해 평생을 두고 씻을 수 없는 가책을 느꼈다.

그러나 다이몬이 비록 아무리 제정신이 아니었다고는 하지만, 11년 시베리아 억류생활까지 함부로 짓밟고 나선 것만은 용서할 수가 없었다. 그것은 인간으로서 보아서는 안 될 일, 해서는 안 될 일을 해버리고만 지옥의 생활이었으나, 정신만은 바르게 지켜왔다고 마음속으로 자부하고 있는 이키 자신의 영혼의 성역이었다.

내일부터 회사에 나오지도 말라고 매도당한 이상, 현역사장의 입장에 있는 다이몬의 강력한 힘으로 오히려 자신이 깅키상사를 떠나야만 할 사태가 되는지도 모른다. 그러나 다이몬에게 퇴진을 요구한 이상, 그것은 이미 각오한 바였다.

다이몬은 나락으로 떠밀려 떨어진 것 같은 심정이었다. 그러나 그 충격과 혼란에 항거하듯이 사장실에서 버티고 있었다.

"사장님, 시간이 되었습니다만······."

비서가 다이몬의 눈치를 살피듯이 말했다. 에너지청의 차관과 석유부장을 접대하는 연회가 있는 것이다.

"이키 군이 먼저 가 있으니까 나는 부득이한 일로 좀 늦는다고 저쪽에 실례가 되지 않도록 전해 주게. 그보다 사토이 군은 아직 안 왔나?"

"네, 아까부터 전화를 하고 있습니다만, 아직은 거래처에 나가 계셔서 연락이 닿는 대로 이리로 오시도록 전해 두었습니다."

그때 사토이가 들어왔다.

"사장님, 급히 부르셨다고요? 지금 차 안에서 석유분출의 라디오뉴스를 들었는데 대단하군요. 여기에 들어오기가 무섭게 열기를 느꼈습니다. 엘리베이터 안에서도 철강부 친구들이 파이프를 팔 얘기를 열에 들뜬 것처럼 하고 있었고, 여공들까지도 석유, 석유하고 야단법석이더군요. 그런데 사장님만 이런 시간에 혼자 방에 계시다니 어떻게 되신 겁니까? 한창 바쁘실 텐데 말씀이에요."

사토이는 의아스러운 듯이 말했다.

"바쁘고 뭐고 없네. 자네를 부르고 자네를 기다렸던 건 급한 일 때문이야. 그래서 이렇게 앉아 있는 것이고. 실은 석유 대분출의 기자회견이 끝난 뒤, 이키가 갑자기 나더러 이 기회에 퇴진할 것을 권했다네."

"예? 사장님께 퇴진을요?"

사토이는 깜짝 놀라며 되물었다.

"그렇다네. 이 대분출을 화려한 무대로 삼아 은퇴하는 것이 기업발전을 위하는 길이 된다고 하더군."

사토이는 아직도 믿어지지 않는다는 표정으로 말했다.

"이키 군이 정말 그렇게 말했습니까?"

"음, 이 자리에서 맞대놓고 분명히 말했네."

"어떻게 감히 그런 소리를…… 전대미문의 일입니다. 이건 일종의 쿠데타가 아닙니까?"

사토이의 안색이 변했다.

"그렇다네. 그야말로 모반이야."

"그는 틀림없이 이 날이 올 것을 벼르고 기다리고 있었던 겁니다. 석유만 성공하면 그 기세를 몰아 잽싸게 사장님의 목을 채 그 자리에 앉겠다, 만일 석유가 안 나온다 하더라도 결국 본전이라고 말입니다. 등골이 오싹해질 사내로군요."

"자네도 그렇게 생각하나? 무서운 놈일세. 나는 감쪽같이 속아넘어갔어. 그러나 나는 그런 군인 출신의 미숙한 놈에게 지진 않는다. 네 놈은 회사에 나올 것도 없다고 명령했지."

"그랬더니 그는 뭐라고 대답하던가요?"

"한 마디 대꾸도 없이 오로지 사장님의 장래, 사장님의 일신을 생각해서 이 기회에 용퇴를 권한다고 되풀이할 뿐이었어."

"다른 중역들의 동태는 어떻습니까?"

"모르겠네만, 경영회의 도중에 분출을 알리는 텔렉스가 들어왔기 때문에 모두들 일제히 이키에게 붙는 듯한 눈길을 돌린 것만은 틀림없어. 심지어 쓰노다는 맨 먼저 일어나 '부사장님, 축하합니다' 하며 알랑거리더군."

"호오, 사내의 업무전반을 통괄하는 입장에 있는 쓰노다가 맨 먼저 추종을 했단 말입니까?"

사토이는 사내의 흐름을 감지하듯이 말했다.

"그렇다네. 그자가 자네의 심복부하라니 정말 어처구니없는 일이야. 그따위 녀석에게 자네의 복귀에 앞장서도록 했던 걸 생각하면 나도 어지간히 멍텅구리였지 뭔가."

다이몬은 울화통이 치미는 듯이 말을 이었다.

"사토이 군, 자네를 급히 부른 건 다름이 아닐세. 자네는 지금부터 곧 우리의 대주주, 그리고 주거래은행을 비롯한 금융관계에 종전대로 돌아다니며 다이몬 지지의 보장을 받도록 해주게."

"이런 때에 소련 원면 투기의 46억이란 손해는 몹시 아프군요."

사토이는 중얼거리듯이 말하고는 팔짱을 낀 채 잠시 입을 다물었다.

"뭘 망설이고 있나. 이건 나를 위해서인 동시에 차기 사장인 자네를 위한 일일세."

그 말에 사토이는 얼굴을 번쩍 들며 말했다.

"사장님의 배려는 고맙습니다만, 지난번에 말씀하신 저의 복귀안은 없었던 것으로 해주십시오."

"뭐, 없었던 것으로…… 그렇다면 자넨 차기 사장을 이키에게 빼앗겨도 좋다는 건가? 단념하는 건 아직 이르네. 일본의 상법으로는 사장 스스로가 그만둔다고 하지 않는 한 아무도 그만두게 할 수는 없어. 사장인 한 중역의 생살여탈권은 내가 쥐고 있네. 자네와의 약속대로 이키를 파면시키고 반드시 받아들이겠네. 나는 사장일세. 자타가 공인하는 깅키상사 중흥의 시조인 사장일세."

고혈압인 다이몬의 얼굴이 붉어지며 혀가 꼬부라졌다.

"사장님, 부디 냉정하십시오. 저는 두 번 다시 어릿광대가 되고 싶지는 않습니다. 4년 전, 바로 이 방에서 사장님은 이키 쪽을 택하여 저를 부사장 자리에서 몰아내셨습니다. 지난번 사장님으로부터 저의 복귀에 대한 말씀을 들었을 때, 사실 복잡한 느낌이었습니다만, 인간의 얕은 소견으로 일단 잃은 깅키상사의 사장자리가 다시 제 손에 들어올지도 모른다는 집념을 불태웠습니다. 하지만 역시 저에게는 지금 사장님이 앉아 계시는 종합상사 3위인 깅키상사의 사장 자리엔 인연이 없었던 겁니다. 저는 지금처럼 다쿠보공업 사장으로서 누구 하나 꺼릴 것 없는 원맨 사장으로 살아가겠습니다."

사토이는 기분 나쁠 정도로 냉정하게 말했다.

"그럼 자넨 이 문제에서 손을 떼고 나더러 잘 처리하라는 말인가?"

"아닙니다. 사장님을 위해 할 수 있는 한 진력을 다하겠으니, 조금만 더 신중하시기 바랍니다."

그렇게 말하지만 이해에 민감한 사토이가 당장에 적극적으로 움직일 기색이 없는 것은 형세가 이롭지 못하다고 눈치 챘기 때문일 것이다. 다이몬은 비로소 벼랑 끝에 홀로 서 있는 느낌에 사로잡혔다.

다이산은행의 은행장 응접실은 천장이 높고, 수수한 벽포에 블랙의 정물화가 걸려 있었다. 창에는 섬세한 레이스 커튼이 길게 드리워져 있었으나, 창은 해가 비치지 않는 안뜰을 향해 있고 색유리가 끼워져 있기 때문에 불투명한 침침함이 감돌고 있었다.

이키는 앞으로 다마이 은행장과 이야기할 내용을 생각하니, 이미 화살은 시위에서 떠났다고 생각하면서도 마음이 무거워졌다.

문이 열리며, 학생시절부터 유도로 몸을 단련한 다마이 은행장이 모습을 보였다.

"여어, 축하합니다. 어디를 가나 이란의 석유 얘기뿐이라서, 깅키상사는 이걸로 인식이 확 달라졌어요. 다시 한 번 축하합니다."

"감사합니다. 아시리라 믿습니다만, 오늘 저녁 지요다자동차의 오마키 부사장이 유나이티드 모터스와의 자본제휴 제1차 회담을 위해 뉴욕으로 출발하십니다. 그쪽에서의 어레인지는 모두 우리 회사가 하고 있는데, 순조롭게 진행되리라 믿습니다."

"오마키 씨는 오후에 인사하러 오기로 돼 있는데, 이제 우리 은행의 두통거리였던 지요다자동차에도 밝은 전망이 보이기 시작해서 한시름 놓았습니다. 이것으로 당신을 깅키상사 사장으로 미는 대의명분도 갖추어질 테고 말입니다."

다마이 은행장은 만족스러운 듯이 말했으나, 이키는,

"실은 그 일에 관련해서 상의드리고 싶은 일이 있어서요."

하고 말머리를 꺼냈다

"뭡니까, 새삼스럽게."

"지난번 신키라쿠에서 연회가 있은 뒤, 은행장으로부터 말씀이 있으셨던 다이몬 사장에 관해서입니다만, 사실은 어제 기자회견이 있은 뒤 다이몬 사장에게 석유 성공을 계기로 삼아 용퇴해 주십사고 부탁을 드렸습니다."

"그래서 다이몬 씨의 생각은?"

다마이는 표정을 움직이지 않고 물었다.

"그럴 생각은 전혀 없는 듯했습니다."

"곤란한데요. 10년 단위의 석유개발이라는 거대프로젝트를 앞두고 중앙 재계와의 유대도 더욱더 필요해질 시기에, 여전히 투기꾼 근성을 가진 사람이 최고 경영직에 있어서야 어쩔 도리가 없어요. 이 이상 다이몬 체제가 계속된다면 주거래은행으로서 마음 놓을 수 없으니, 사르베스탄에서 파는 세 개의 평가정에 대한 융자문제에 곁들여 뭣하면 내가 얘기해 보도록 하지요."

말은 부드러웠으나, 냉철한 울림이 있었다.

"아닙니다. 다이몬 사장의 진퇴는 다이몬 사장 자신이 정하도록 제가 다시 잘 말씀드려서 결심을 하시도록 만들겠습니다."

이키의 말에는 다이몬을 생각하는 심정이 넘치고 있었다. 다마이 은행장은 말없이 고개를 끄덕였다

"그래, 그 뒤의 다이몬 씨의 처우는 어떻게 하실 작정이십니까?"

다이몬의 처우문제가 궁금하다는 듯 물었다.

"아무튼 우리 회사 중흥의 시조인 분이시니까, 거기에 충분히 보답하기 위해 최고 명예고문으로서 길이 그 이름을 남길 생각입니다만, 상담역으로서……"

"네? 상담역……"

다마이 은행장은 말을 끊었다가,

"아무리 뭣하지만 그건 너무 가혹하지 않습니까. 사장 다음에 회장이란 자리가 있으면서 단숨에 상담역으로 몰아버린다는 것은…… 꼭 그래야겠다면 대표권이 없는 명예회장이라든가, 보기 좋게 추대하는 방법도 있지 않습니까?"

하고 온당한 선을 권했다.

"은행장의 권고는 잘 알겠습니다만, 대표권이 있고 없고에 관계없이 여기서 다이몬 사장이 회장으로서 남으면 지금 여건에서 단숨에 개혁할 수 있는 힘이 반감되고 맙니다. 최고경영자로서의 능력이 쇠퇴하면 그 책임은 깨끗이 진다, 그렇게 함으로써만 다이몬 사장도 길이 이름을 남길 수 있을 줄 믿습니다."

"당신의 그 말은, 경영능력을 벌써 잃었으면서도 말릴 자가 없는 걸 기화로 섭정을 펴고 있는 세상의 많은 회장 족한테는 귀가 따가울 테고, 젊은 층의 경영진에게는 묵은 체증이 내려갈 말이 되겠지요. 그러나 이키 씨, 아무리 그만두게 하고 싶어도 그만두게 할 수 없는 것이 오늘날 일본의 기업풍토인데, 그걸 잘못 판단하면 반발이 커요. 하물며 당신은, 이렇게 말하면 실례지만, 다이몬 사장의 간청으로 중도에 입사한 사람이니까 말입니다."

"그 점은 각오하고 있습니다. 그러나 이 기회를 놓쳐서는 깅키상사의 백년지계는 세울 수 없습니다."

"무척 결의가 굳은 모양이군요. 나는 당신의 사심 없는 인품을 잘 알고 있어요. 하지만 세상 사람은 이해하지 못할 겁니다. 다른 중역들의 동향은 어떻습니까?"

"일동의 심정을 헤아리고서 한 일입니다. 그런 만큼 다음에 경영을 이어받을 중역들을 위해서도, 깨끗이 상담역으로 물러나 최고경영자의 진퇴 거취가 어떤 것인가를 다이몬 사장께서 보여주시기 바라는 것입니다."

"음……"

다마이 은행장은 고개를 끄덕이고 소파에서 일어나자 창가로 걸어가서 안뜰로 눈길을 돌렸다. 무엇을 생각하고 있는지는 모르겠으나 색유리를 통해 희끄무레한 빛이 냉철한 옆얼굴을 미묘한 윤곽으로 부각시켰다.

다마이 은행장은 잠시 후 이키 쪽으로 얼굴을 돌리고 말했다.

"다이몬 씨의 뜻을 받아 실제로 투기를 벌인 면화부장은 심한 노이로제로 지금 입원 중이라더군요."

"은행장께서 어떻게 거기까지……"

"그야 뭐 아무려면 어떻습니까. 단숨에 상담역 운운하는 건 그렇다 치고 여기서는 역시 내 나름대로 대주주나 혹은 다른 계통을 통해 다이몬 사장이 단념할 수 있도록 수단을 강구해 보겠습니다. 그것이 인화를 존중하는 일본 사회의 관습이니까요."

"그러나……"

"솔직히 말해서 나는 당신이 어떻게 정면으로 다이몬 사장에게 퇴진을 강요했을까 하고 탄복하고 있답니다. 아까도 말했듯이, 누구라도 본심은 그렇게 하고 싶어도 반대로 자기가 당할 것이 두려워 하지 못 하는 것이 현실이니까 말입니다. 아무리 다이몬 사장의 위령이 통하지 않는다 해도 막상 부닥치고 보면 이 이상은 당신이 위태로워집니다."

"배려는 고맙게 받아들이겠습니다만, 남달리 자부심이 강한 다이몬 사장이 제삼자로부터 그런 말을 듣는다는 것은 참기 어려운 일입니다. 만일 대주주나 거래처와의 관계에서 문제가 되었을 때에만 은행장님이 힘을 빌려주십시오."

"알겠습니다. 나는 당신을 밀어드리겠지만, 자칫 잘못하면 주군의 목을 치는 거나 다름없는 행위에 우리 은행이 가담했다는 인상은 주지 말기 바랍니다."

은행가다운 조심성으로 못을 박았다.

같은 날, 다이몬 이치조는 나고야에 가서 주료방적의 사장이었던 기토 간스케의 저택 다실에서 마주 앉아 있었다.

기토 간스케는 맨주먹으로 사업을 일으켜 나고야에서 으뜸가는 주료방적을 이룩하고 일찍이 다이몬과 용호상박의 사이라고 불렀던 투기꾼이었다. 1천 평의 대지에 나고야 성의 황금빛 기와를 본뜬 비슈 기와가 지붕에서 춤추고 있는 특이한 구조의 집이었으나, 5년 전에 사장자리를 아들에게 물려주고, 회사일이나 투기에서도 깨끗이 손을 떼고 유유자적의 생활로 들어가, 저택 안에 세운 다실을 '미노무시 암 (도롱이 벌레 암자)'이라 이름 짓고 있었다.

무늬 없는 철색 명주옷을 입은 기토는 오랜만에 찾아온 다이몬을 대접하기 위해 비장의 다기구를 준비하여 차를 끓이기 시작했다. 마쓰오류를 익혀 노련한 가운데서도 다른 유파에서는 볼 수 없는 선이 굵은 몸가짐이 보였다.

차가 다 끓여지자, 기토는 광택이 나는 검은 바탕의 큼직한 찻잔에 따라서 다이몬 쪽으로 내밀었다. 차 향기가 피어오르며 녹색 차에서 사뭇 따스한 빛이 감돌았다. 수신단구의 빈상인 기토가 어떻게 이처럼 훌륭한 솜씨의 다도를 익혔을까 싶어, 다이몬은 찻잔을 손에 들었을 때 압도되는 느낌이었다.

다도의 예법대로 세 모금 반으로 차를 모두 마시고 나자 다이몬은,

"당신의 차 맛은 각별하군요."

하며 찻잔을 돌려주었다. 기토는 잠자코 다이몬이 돌려준 찻잔에 다시 차를 따르면서,

"오늘은 중대한 얘기가 있는 모양이군."

하고 나직한 목소리로 말했다. 다이몬은 허를 찔려,

"음…… 그렇게 짐작되오?"

하고 끄덕였다.

"실은 나의 진퇴거취에 대한 문제로 좀……"

다이몬은 이렇게 말하고 뒷말을 흐렸다. 투기꾼으로서 함께 수라장을 헤쳐와 서로 속을 터놓고 지내는 사이이긴 했으나, 이미 현역을 물러난 기토 간스케에게 '진퇴거취'라는 말을 입에 올리기는 괴로웠다.

기토는 다이몬의 심중을 아는지 모르는지, 얼굴의 주름살 하나 까딱하지 않고 다시 차 끓일 준비를 시작했다.

"기토 씨, 난 이제 충분히 마셨소이다."

다이몬은 두 잔째를 마실 마음의 여유가 없었다.

"당신 것이 아니오. 내가 마실 거요. 그래, 어떻게 할 셈이오?"

"나도 사장자리 18년이 되니 언젠가는 후진에게 길을 양보해야겠지만, 진퇴는 아무와도 상의 않고 혼자 결정하고 내 뜻으로 후계자를 정하겠소. 그것이 흔해빠진 어제 오늘에 된 사장과는 달리 오늘의 깅키상사를 있게 한 나의 당연한 권한이라고 생각하는데 기토 씨는 어떻게 생각하시오?"

다이몬이 묻듯이 말하자, 기토는 진지한 얼굴로 반문했다.

"누가 당신더러 그만둬 달라는 사람이 있소?"

"음, 이키가 이번의 이란석유개발에서 성공한 걸 내세워 내게 맞대놓고 그러더군."

이렇게 대답한 순간, 기토의 흐르는 듯한 차 끓이던 동작이 멎으며 가느다란 눈이 반짝 빛났다.

"허어 그 자가 당신한테……"

"그래서 무슨 얼빠진 소리냐고 호통을 쳤지."

기세에 편승하듯이 다이몬이 말하자,

"이 승부는 당신한테 불리해."

하고 불쑥 기토가 말했다.

"어째서? 그야 틀림없이 이란에서 성공한 유전은 근래에 좀처럼 볼 수 없는 대유전이고, 성공하기까지 자금조달이며 정부원조를 받기 위해 직접 교섭하러 다닌 건 이키지만, 그 신용은 어디까지나 내가 부지런히 쌓아올린 깅키상사에 대한 거란 말이오. 그걸 마치 자기 공적처럼 착각하고 나에게 퇴진을 권하다니, 당치도 않아!"

"나는 석유의 공적이 누구에게 있네, 없네 하는 걸 말하고 있는 게 아니외다. 다만 당신한테 은혜를 입은 자가 누구의 힘도 빌지 않고 고양이 목에 방울 다는 일을 해낸 그 배짱만으로 승부는 났다 이런 말이외다. 일이 이쯤에 이르렀으면 당신도 부질없는 아집에 사로잡히지 말고 깨끗이 그만둬야 해요."

"기토 씨, 어떻게 그런 매정한 소리를 할 수 있소. 당신은 주쿄방적에서 물러났다고는 하지만 아들이 사장이고 동족회사니까 그처럼 시원스러운 말을 할 수가 있는 거요."

다이몬이 힐문하자 기토는 찻잔을 무릎 위에 놓고 말했다.

"아니, 동족회사라곤 해도 내가 맨주먹으로 일으켜 내 혼백이 깃든 회사에서 일절 손을 뗄 때는, 1주일이라고 말하고 싶지만 사실은 석 달을 두고 망설이고 또 망설였소. 하루 전날 밤 사장을 그만두겠다고 결심을 했는데도, 이튿날 아침이면 또 불현듯 미련이 고개를 들어 내가 생각해도 한심스럽더군요. 내 인생의 한창때라면 또 모르거니와, 저 마루후지상사를 상대하며 생사로 대투기전을 벌였다가 비참한 패배를 당한 때였으니까 말이오."

기토는 5년 전의 일을 더듬듯이 느릿느릿 말했다. 다이몬은 현재의 소련 원면 투기에 대한 생각이 떠올라 온몸에 식은땀이 났다.

"투기시장에 '1천 냥짜리 단념'이라는 말이 있잖소. 약세에 몰렸을 때 빨리 해결하는 것이 천금의 가치가 있는거요."

"즉 이 기회에 손해를 보고 이득을 취하라는 건가요?"

"글쎄, 그렇다고 할 수 있겠지요."

"그렇지만…… 창업주인 당신과 나와는 사장을 그만둔다는 뜻이 전혀 달라요. 당신은 현역에서 물러나 어떤 생활을 하든지 죽을 때까지 오와리 성의 늙은 성주겠지만, 내가 깅키상사의 사장을 그만두는 것은 내일부터 보통 인간이 된다는 것이외다."

"일흔이 넘어서 보통 인간이면 뭐가 나쁘다는 거요? 나처럼 소학교도 제대로 못 나온 인간도 사장을 그만두고는 차나 끓이는 한편, 이 집의 한구석에 투기도장을 열어 우리 집에 오는 젊은이들에게 내 나름의 투기 비법을 들려주며 여생을 즐기고 있소. 당신처럼 온 세계를 두루 돌아다니며 일류기업, 일류인간, 일류 비즈니스를 보아온 사람이 노추를 드러내며 직장에서 무덤으로 직행하는 어리석은 짓을 해선 안돼요."

직장에서 무덤으로 직행한다는 말이 다이몬의 가슴을 날카롭게 찔렀으나, 그 순간 저항감이 불쑥불쑥 고개를 쳐들었다. 창업주니까 여생을 즐길 수도 있겠지만, 자기에게 직장에서 무덤으로 가기까지의 여생을 윤택케 할 무엇이 남아 있단 말인가? 터놓고 지내는 사이라고는 하나 결국 기토와는 살고 있는 세계가 다르다. 그렇게 생각하자 기토를 찾아온 일에 대해 쓰디쓴 후회를 느꼈다.

"너무 오래 폐를 끼쳤군요. 밤에 연회가 있어서 이만 실례하겠소."

다이몬은 다실의 작은 문을 통해 밖으로 나왔다.

징검돌을 따라 넓은 정원으로 나오니, 녹음으로 둘러싸인 야고토의 둔덕에 있는 기토의 저택에서 나고야의 오피스가 멀리 굽어보였다.

"폐를 끼쳤소. 그럼 이만."

배웅 나온 기토 쪽을 돌아다보는 순간, 늙은 벚꽃나무에 매달려 있는 도롱이벌레가 다이몬의 눈에 들어왔다. 썰렁한 늦가을 바람에 불안스럽게 이리저리 대롱대롱 흔들리고 있었다.

……나는 도롱이벌레 따위는 되지 않는다. 기토 간스케 따위는 결국 나고야의 촌뜨기 재계인에 불과하다. 깅키상사 사장의 흉중을 알 까닭이 없어. 석유를 성공시킨 공적으로 찬란히 빛나고 있는 이키이긴 하나, 여기서 어떻게든지 목을 쳐버릴 방법을 강구하여 서둘러 착수해야겠다고 다이몬은 다짐했다.

저녁 무렵 이키는 러시아워인 고속도로를 지요다자동차의 오마키 부사장과 함께 하네다 공항으로 달리고 있었다.

"이거, 이키 씨의 배웅을 받는 꼴이 돼서 죄송합니다."

세계 최대의 기업인 미국 유나이티드 모터스와의 자본제휴를 위한 제1차 회담을 위해 뉴욕으로 출발하는 오마키는 몹시 미안한 듯이 말했다.

"아닙니다. 실례를 한 건 이쪽입니다. 오마키 씨한테 몇 번이나 연락을 받고서도 석유관계로 회의며 연회가 겹쳐서, 오늘 저녁도 당신과 이렇게 차 안에서 얘기한 뒤 곧 공사와의 타협자리에 되돌아가야 할 형편이라서 죄송합니다."

요즘 10분 간격의 하드 스케줄로 움직이고 있는 이키의 얼굴에는 피로한 빛이 역력하게 드러나 있었다.

"이란 석유 정말 축하드립니다. 신문마다 대대적으로 다뤘더군요. 덕택에 우리 회사의 유나이티드 모터스와의 제휴 움직임이 신문사에 눈치 채이지 않게 되었습니다. 아무튼 우리 회사처럼 닛신자동차에 당장에라도 먹힐 것 같은 입장에 있으면, 매스컴에 표면화되었다간 끝장입니다. 다이산은행의 은행장도 조금 안심하시는 것 같더군요."

"그래, 유나이티드 모터스와 제휴하여 월드카를 만든다는 것에 대한 회사 내의 의향은 굳어졌습니까?"

"솔직히 말씀드려서 월드카, 즉 미국, 유럽, 일본의 자회사끼리 부품의 호환성을 갖게 하여 동일한 설계에 의한 소형차를 1백만 대 이상의 규모로 대량생산하려는 유나이티드 모터스의 구상 아래서는, 지요다는 단순히 유나이티드 모터스의 세계전략의 일부로서 우수한 소형차의 기술과 질이 좋은 노동력을 이용당할 뿐이 아니냐는 의견이 있습니다. 그러나 최종적으로 지금 유나이티드 모터스와 자본제휴를 하면 지요다의 이름이 남지만, 이대로 국내 메이커인 닛신자동차에 흡수, 합병되면 지요다의 이름은 영원히 사라지고 만다는 것이 유나이티드 모터스와의 제휴에 나서게 만들었습니다. 물론 무라야마 사장은 교섭의 전권을 저에게 위임하고 있어, 로빈슨 회장 앞으로의 서신을 지참하고 있습니다."

오마키는 앞이 막혀 잘 나가지 않는 고속도로의 차 안에서 지요다자동차의 결의가 요지부동하다는 것을 밝혔다.

"그렇다면 안심입니다. 앞으로 우리 쪽의 교섭담당은 아메리카 깅키상사의 가이베를 도쿄 본사의 업무본부장으로 발탁하여 그를 톱으로 한 제휴팀을 짜겠습니다. 가이베는 아시다시피 제가 신임하는 사람이니까, 그의 의견이 곧 제 의견이라고 생각해 주십시오."

"그럼 이키 씨는?"

"제가 많은 것을 통괄한다는 것은 이제 무리니까, 대충 전망이 선 단계부터는 담당자에게 권한을 이양하기로 하겠습니다. 유나이티드 모터스는 창업주의 원맨 경영으로 움직이는 포크사와 달라, 모두 조직으로 움직이는 회사니까 대응하는 이쪽도 조직으로 대하는 것이 좋을 겁니다. 그리고 멀지 않아 비서과장인 하나와도 전에 포크와 교섭했을 때의 멤버니까, 그도 투입하겠습니다."

"네? 하나와 군까지…… 그는 당신의 심복부하로서 소중한 인재가 아닙니까?"

오마키는 놀라는 듯이 말했다.

"하지만 그도 비서과장을 하고 있는 것보다는 유나이티드 모터스를 상대로 한, 세기의 자본제휴를 해보고 싶을 겁니다."

"그렇지만 이키 씨, 갑자기 왜……"

의아스러운 듯이 되물었다.

"아니, 별일 아닙니다."

이키는 차창 밖으로 눈을 보내며 아무렇지도 않게 대답했다.

다이몬은 사장실에서 보이는 오사카 성을 지켜보고 있었다. 맑게 갠 날은 석루가 높고 호도 깊어 5층의 천수각이 우뚝 솟은 오사카 성은 패자의 집 바로 그것인데, 흐린 거울에는 적막한 그림자를 드리운다. 오늘 아침의 마이초신문에 면화투기에 대한 것을 폭로당한 다이몬의 가슴속은 눈 내린 오사카 성처럼 흐려 있었다.

깅키상사 면화투기에서 대손실
시세 예측 어긋나 46억 3천만 적자

경제면의 좌측 절반에 큼직하게 실린 기사는 모처럼 이란의 대유전을 성공시켜 좋은 이미지를 준 몸에다가 찬물을 끼얹는 격이었다.

인터폰이 울리더니, 비서가 다이산은행의 다마이 은행장으로부터 전화가 걸려왔음을 알렸다. 다이몬은 좋지 않은 예감이 들었다.

"다이몬 사장, 오늘 아침 마이초신문 기사, 그거 어떻게 된 겁니까?"

말씨는 공손했으나 은행가 특유의 에두르는 말투였다.

"아, 그 일이라면 틀림없이 면화투기는 했습니다만, 지금의 바닥시세로 손실을 산출한대서야 어디 되겠습니까?"

다이몬은 짐짓 가벼운 웃음으로 얼버무리듯이 말했다.

"하지만 들리는 말에 의하면 댁의 면화부장이 노이로제에 걸려 신경병동에 입원했다든가 해서, 사내는 그 소문으로 동요하고 있다고 하니 그게 문제가 아니겠습니까. 이달 평가정 굴착에 대한 융자의 건도 있고 해서 직접 얘기를 나누었으면 하니, 되도록 빨리 우리 은행으로 와주셨으면 합니다."

"도대체 면화투기와 석유의 건과 무슨 관계가 있는 겁니까?"

다이몬은 따지듯이 되물었으나,

"그 이야기는 우리 은행에 오셔서 하기로 하죠."

하고 정중하기는 하나 일방적 말투로 전화를 끊었다. 다마이 은행장의 고압적인 태도로 미루어, 혹시 이키가 다마이와 통해서 그러는 것이 아닐까 하는 의구심이 들었다.

지난번 나고야로 기토 간스케를 찾아갔을 때,

"이 승부는 당신한테 불리해요."

라고 하던 말이 뇌리를 스쳤다. 그러고 보니 사토이한테서도 그 뒤 아무런 소식이 없었다.

다이몬은 쓸쓸히 홀로 남겨진 채 드디어 자신의 진퇴를 결정해야만 할 때가 다가왔음을 느꼈다. 다이몬은 벽면 가득히 펼쳐진 깅키상사의 해외지사망으로 눈길을 돌렸다. 동판으로 만든 세계지도 위에 각국 각지에 있는 해외지사는 빨간 램프로, 출장소는 파란 램프로 표시되고 경도의 좌우에 현지시간이 적혀 있다. 사장으로 취임할 때, 세계시장을 제패할 기세로 만들어놓은 그 동판 지도에는 지금 남극과 북극 외엔 거의 모든 지역에 램프가 달려 있다. 그것은 깅키상사 중흥시조인 다이몬의 업적이었다.

이키는 오사카 본사에 도착하자 비서과에서 다이몬 사장이 방에 있다는 것을 확인하고는 사장실로 향했다. 비서는 아무런 예고도 없이 갑자기 오사카로 출장 온 이키를 의아한 얼굴로 맞았으나, 아무도 들여보내지 말라는 이키의 엄명에 따랐다.

이제부터 사장실로 가서 다이몬을 향해 용퇴의 결단을 촉구한다는 것은, 이키로서는 말할 수 없이 가슴아픈 일이었다. 아무리 기업을 위해서라고는 하나 자기를 채용하고 16년 동안이나 중용하여 오늘의 자기를 있게 해준 다이몬에 대해 거듭 용퇴를 강요한다는 것은 그야말로 배은망덕한 일이었다. 지난번 망설이면서도 그 말을 꺼낼 수 있었던 것은 이란의 석유 대분출이라는 힘을 빌었기 때문이었는데, 흥분이 가신 마당에 재차 말을 꺼내려 하니 주춤해져, '주군의 목을 치는 거나 다름없다'고 하던 다마이 은행장의 말이 가슴 한구석을 무겁게 짓눌렀다. 그러나 세상 사람이 뭐라고 하건, 다이몬 사장을 용퇴시킬 사람은 자기밖에 없다고 격려하며 사장실 문을 열었다.

다이몬은 동판 세계지도 앞에 서 있었다. 천장 가까이까지 닿는 커다란 동판이라고는 하나, 그 앞에 서 있는 다이몬은 평소보다 훨씬 작게 보여 이키는 마음이 아팠다.

"뭔가, 갑자기…… 이젠 회사에 나올 것 없다고 했을 텐데."

다이몬은 흘끔 돌아보고서 회전의자에 앉았다. 이키는 책상 앞에 서

서,

"사장님, 지난번에 부탁드린 건, 결단을 내리셨는지요? 그럭저럭 기말이라 주주총회도 다가오고 해서."

하고 마음을 굳게 다져먹고 말했다. 다이몬은 검버섯이 핀 뺨을 꿈틀 움직였으나,

"아, 그 일인가? 그 일이라면 자네한테 이러쿵저러쿵 말 들을 것도 없이 이미 결정했네. 나는 회장으로 물러나겠네. 물론 대표권이 있는 회장이지, 따라서 방이나 대우 등 일체 종전대로 일세."

하고 선수를 치듯이 말했다. 이키는 잠시 말문이 막혔으나, 곧 목소리를 가다듬어 말했다.

"사장님, 석유 분출을 화려한 무대로 삼아 깨끗이 상담역으로 물러나 주시기 바랍니다."

"뭐, 상담역? 자네 돌았나? 상담역이란 회사업무에서 일절 물러나는 거야……"

"알고 있습니다. 알면서 부탁드리는 것입니다. 실력을 가진 사람이라면 누구나가 집착할 권력의 자리를 버리고, 진용을 일신하여 1980년대의 기업발전을 위해서 깨끗이 상담역으로 물러나 주시기 바랍니다. 이런 결단은 다이몬 사장님이 아니고서는 아무도 흉내 낼 수 없는 일입니다."

견디기 어려운 감정의 복받침으로 목구멍에서 꾸륵꾸륵 소리가 날 것 같았으나, 이키는 간신히 참고 다이몬의 얼굴을 지켜보며 결단을 촉구했다. 다이몬의 두툼한 입술이 일그러졌다.

"헛헛헛, 역시 계략을 본업으로 삼아온 참모출신인 만큼 말도 기막히게 잘하는군. 1 대 1로는 형세가 불리하다고 보고, 매스컴의 폭력을 이용하여 면화투기의 기사를 쓰게 하고, 그것도 모자라서 다이산은행

의 다마이 은행장을 움직였지? 방금 은행장으로부터 전화가 걸려왔었네……"

"네? 다마이 은행장으로부터 무슨 일로……"

갑작스러운 그 기사는 어쩌면 은행 계통에서 흘러나갔는지도 모른다는 생각이 이키의 머리를 스치고 지나갔다

"일이 이 지경에 이르렀는데도 시치미를 뗄 작정인가? 주거래은행의 힘을 빌어 나를 잡으려 하다니, 철두철미한 모사꾼 같으니 너는……"

다이몬의 입에서 잇따라 이키를 매도하는 욕지거리가 나왔다. 이키는 인간으로서의 긍지까지 산산조각이 나는 느낌이었으나, 잠자코 참았다. 지금은 다이몬의 기분이 가라앉기를 기다리는 수밖에 없었으나 다이몬에게는 그것이 불손한 태도로 보인 모양이었다.

"그게 시베리아에서 돌아온 너를 구제해 준 내게 하는 짓인가? 총알이 날아오지 않는 데서 수천수만의 병사를 태연히 죽여 가며, 승리만 했던 참모 출신의 너 따위가 상사의 사장 노릇을 할 수 있다고 생각하나? 나처럼 피오줌을 싸면서 아수라장을 겪어 온 인간이기에 국제적인 상전에서 살아남을 수가 있었던 거야. 너 같은 자는 참모 노릇은 해먹어도 군사령관, 사장 노릇은 어림도 없어!"

다이몬은 자기 자신의 말에 흥분하여 온몸을 부들부들 떨었다. 목소리가 거칠어지며 말이 뚝 끊기는가 했더니, 책상 옆의 캐비닛 문을 열고 무엇인가를 찾듯이 뒤적였다. 이윽고 한 통의 봉서를 손에 든 그는,

"이걸 봐!"

하고 그것을 책상 위에 팽개쳤다. 누르스름하게 바랜 봉서의 겉에는 '부탁의 말씀'이라고 씌어 있었다. 16년 전 이키가 입사할 때 적은 것

이었다.

"그걸 소리내서 읽어 봐!"

다이몬이 다그치듯이 말했다.

"읽어볼 것도 없습니다."

"아니, 읽어 봐!"

다이몬이 봉투 속에서 편지지를 꺼내어 이키의 눈앞에 들이밀었다.

이키는 입술을 굳게 다물었다.

"좋아, 읽지 않겠다면 내가 읽지."

하고 다이몬은 편지지를 펼쳤다.

"저를 직접 면담하신 뒤 채용하지 않겠다는 수치는 주지 마시기 바랍니다…… 시베리아 억류 11년간 언론, 행동의 자유를 빼앗겼던 소생인 만큼, 당분간 언동의 자유를 속박하지 마시기를 부탁드립니다…… 주산, 부기는 물론, 상업지식은 전혀 없으며, 또 적합하지 않다는 것을 양해하시기 바랍니다……"

다이몬은 유난히 느릿느릿, 또박또박 읽었다. 그것은 제2의 인생을 그르치고 싶지 않다는 이키의 소신을 피력한 것이었다.

이키의 가슴속에, 오사카 스미노에의 시영주택에서 난카이 전차를 타고 난바역에서 내려, 거기서 버스로 갈아타고 깅키상사를 찾아와 한동안 기다린 끝에 겨우 이곳 사장실로 안내되었던 그날의 일이 생생하게 되살아났다.

"사장님……"

견디다 못해 이키가 말했다.

"자기는 직접 면담한 뒤 채용하지 않겠다는 치욕 운운하며 번거로운 조건을 붙인 주제에, 내 목과 치욕은 몹시도 간단하게 생각하는군. 그때 어떤 심정으로 이걸 썼는지, 자기 가슴에 대고 어디 한번 물어봐!"
 "사장님, 그 무렵의 사장님은 명실 공히 충실한 힘을 지니셔서, 제 눈에는 천군을 지휘하는 군사령관의 늠름한 모습 바로 그것이었습니다. 그러나 그로부터 세월이 흘러 나이 드신 사장님은, 당연한 일입니다만 쇠잔해지셨습니다. 이제는 언제 멋지게 퇴진하시느냐, 관서 재계에 길이 그 이름을 남기실 분인 만큼 진퇴의 거취가 중요합니다. 그러는 데는 이란 석유가 분출한 이 기회가 회사 안팎에 가장 좋은 시기라서 차마 드리기 어려운 말씀을 드리고 있는 것입니다."
 이키는 피를 토하는 느낌으로 말했다.
 "그렇다면 나에 대해서는 마땅히 대표권이 있는 회장으로 대우해야 하지 않은가. 상담역 따윈 나를 무시할 뿐만 아니라, 주군을 시해하는 행위나 진배없어!"
 "아닙니다. 바로 장래의 사장님 신상을 염려해서 드리는 말씀입니다. 깅키상사 중흥의 시조로서 훌륭한 공적을 남기신 사장님이신 만큼, 그 누구도 할 수 없는 일을 해주십사 하는 것입니다."
 그 말에는 다이몬도 말이 막히는 모양이었으나,
 "남의 일이라고 하기 좋은 말만 늘어놓는군. 설사 주거래은행이 뭐라고 하건 내가 이만큼 키운 회사야. 그렇게 쉽사리 물러서지 않아!"
 하고 더욱 엄한 태도로 말했다. 그러나 그 얼굴엔 동요의 빛이 역력했다.
 "사장님, 아무쪼록 용단을 내려주시기 바랍니다."
 이키는 저고리 안주머니에서 흰 용투를 꺼내어 책상 위에 놓았다. 겉봉엔 '사직원'이라고 적혀 있었다.
 다이몬의 안색이 변했다.
 "이키, 설마하니…… 진정인가…… "

이제껏 이키가 사장 자리를 빼앗으려고 그러는 줄로만 알았던 다이몬은 갑작스러운 일에 어리둥절해서 말했다.

"사장님, 부디 수리해 주십시오. 사장님이 용퇴하신 회사에 제가 남는다는 것은 있을 수 없는 일입니다. 같이 떠나게 해주십시오."

이키가 간곡한 목소리로 말했다.

"이키, 자넨 자신의 일신을 희생시키면서까지 내게 퇴진을 권하는 건가?"

다이몬은 신음하듯이 말하고는, 여전히 마음의 갈등에 시달리는 듯 침묵을 계속했다. 그러다 갑자기 다이몬의 몸이 휘청 흔들렸다.

"회사는 앞으로 어떻게 되는 건가?"

"조직입니다. 이제부터는 조직으로 움직이는 시대입니다. 다행히 조직은 돼 있습니다."

이키는 입사할 때, 다이몬으로부터 대본영 참모로서 지니고 있는 작전력과 조직력을 회사에 살려주기 바란다는 요청을 받았던 것이다.

"그런가, 앞으로는 조직이라······"

다이몬은 마침내 각오를 한 듯 낮게 중얼거렸다.

"사장님······"

이키의 눈에 참고 참았던 것이 반짝 빛났다.

그로부터 사흘 뒤, 도쿄 본사에서 긴급 이사회가 소집되었다.

무슨 일로 소집당하는지 알지 못한 채 모인 사람은 상무 이상의 중역 17명 가운데 12명이었고 이키를 위시하여 철강담당 도모토, 재무담당의 무사시, 업무담당의 쓰노다, 식량담당의 고나카 등이었다. 무슨 중대한 사실이 발표될 듯한 눈치에 회의장엔 긴장된 분위기가 감돌고 있었다.

"3시 반이 되었으니까. 개회를 하도록 할까요?"

업무담당인 쓰노다가 눈치를 살피듯이 다이몬 사장에게 물었을 때, 문이 열리며 효도가 바쁘게 들어왔다.

"늦어서 죄송합니다. 공사에서 오리온도 참석하는 회의라 빠져나올 수가 없어서 그만……"

효도는 절을 하고 자리에 앉았다. 5호 시추공 분출 후, 파트너인 오리온오일이며 일본, 이란 등 관계 관청과의 절충이 한층 더 바빠졌으나 대유전을 사나이의 집념으로 성공시킨 놀라운 활력이 전신에 넘쳐흐르고 있었다.

다이몬은 그러한 효도를 눈부신 듯이 바라보며 물었다.

"공사의 출자는 어떻게 됐나?"

"70퍼센트 출자가 승인되었습니다. 사르베스탄에서는 2대의 철탑을 차터하여 평가정의 6, 7호 시추공 굴착을 개시했기 때문에 잘 하면 내년 봄 일찍부터 유징을 볼 수 있을지도 모릅니다."

효도가 대답하자, 재무담당 무사시가 기쁨에 넘친 밝은 얼굴로 흥겹게 말했다.

"평가정도 성공되어 매장량이 확인되면, 그 뒤 상업적 가치가 있는 조업정의 자금조달은 가만히 있어도 수출은행의 융자로 해결될 것이고, 부족하다면 유럽의 금융시장에서 사채를 발행하는 방법도 있네. 유전의 규모가 크니까 사채를 살 상대는 얼마든지 있어."

지금까지 괴로운 자금조달을 해왔던 만큼 그로서는 더없이 기쁜 일이었을 것이다.

"그런데 긴급소집의 안건은 뭡니까?"

효도가 물었다.

아까부터 누구나가 궁금히 여기고 있던 일인만큼 모두 짜기라도 한 듯이 다이몬 쪽을 주목했다.

"다름 아니라 나는 이 기회에 퇴진하겠네."

다이몬이 선언하듯이 말한 순간, 일동은 반신반의하는 얼굴로 숨을 죽이고 다이몬의 다음 말을 기다렸다.

"일흔을 넘은 이후로 나는 후진에게 길을 양보하기 위해 퇴진의 시기를 생각하고 있었는데, 사운을 건 석유개발과 LNG 프로젝트의 성과를 보기까지는, 하고 개인감정을 누르며 오늘까지 끌어왔지. 그러나 그 중대사도 성공의 때를 맞았고, 자금면에서도 순조롭게 돌아갈 전망이 보이는 지금, 용퇴를 결심했네."

중역일동은 마침내 올 날이 왔다는 엄숙한 느낌으로 다이몬 사장의 용퇴를 받아들였다. 그러나 중역들 사이에 자기가 상상했던 만큼의 경악이나 술렁임이 없는 데에 다이몬은 맥이 빠져버렸다.

17년간 실력사장으로서 군림하며 중흥 시조가 된 자기의 용퇴선언에, 자기 귀를 의심하며 눈물을 흘릴 중역이 한둘쯤은 있어 마땅할 텐데, 이렇게 냉정할 수가 있단 말인가? 면종복배라는 말이 쓸쓸하게 뇌리를 스쳐갔다. 사표라는 칼날을 들이대며 홀로 자기에게 퇴진을 강요했던 이키 쪽이 차라리 마음이 통하는 듯이 여겨졌다.

다이몬이 사토이의 복귀에 앞장선 쓰노다를 분노에 찬 눈으로 노려보자 쓰노다는 얼굴을 경직시키며,

"최고경영자로서 절정기에 계신 때에 용퇴를 하시다니, 우리 범인으로서는 상상도 못할 일이라…… 어떻게 말씀드려야 좋을지…… 그러나 사장자리에서 물러나셔도 회장으로서 종전대로 저희들을 질타, 격려해 주실 것으로 믿습니다."

하고 떠듬거렸다.

"아냐, 나는 17년 동안이나 사장으로서 지휘를 해왔으니까, 퇴진을

결의한 이상 깨끗이 업무에서 손을 떼고 상담역으로 물러나겠네."

다이몬은 기력을 되찾고 억지로 담담하게 말했다.

"아니, 상담역으로요?"

중역들 사이에 비로소 경악의 소리가 들렸다.

"아무리 그렇다지만 단번에 상담역이라니요?"

도모토 부사장이 난처한 듯이 다이몬의 얼굴을 지켜보았다.

"나는 세상의 여느 사장들처럼, 사장자리에서 물러나고서도 회사에 미련을 두고 매달리는 짓은 하지 않겠네. 후진에게 길을 양보하기로 결정한 이상, 회사 일에 일일이 참견하지는 않겠네. 관서지방 재계나 석유업계를 위해 진력하며 좋아하는 골프나 즐길 생각일세."

이키 앞에서 드러냈던 추태는 추호도 보이지 않고 말하자, 섬유담당의 가네코는 눈물을 글썽이며,

"여느 사람으로서는 흉내 낼 수 없는 결단을 내리시다니, 과연 다이몬 사장님이십니다. 그러시다면 바로 면화투기도 정리하시는 것이……"

하고 말끝을 흐렸다.

이미 회사 안에 널리 알려진 일이었지만, 마이초 신문에서 46억 3천만 엔의 대손실이라고 폭로한 면화투기에 대한 말을 하자, 다이몬은 갑자기 언짢은 표정을 지었다.

"정리를 하느냐, 더 버티어 보느냐의 판단은 자네에게 맡기겠네."

이 마당에 이르러서도 끝까지 고집을 관철하려는 다이몬에게 중역들은 어이가 없었다.

입 밖에 내지는 않지만, 다이몬이 퇴진하는 최대 원인은 중역들의 비판을 무시하고 실패한 면화투기의 책임을 스스로가 진 것으로 받아들였기 때문이었다. 그러나 가네코는 다이몬의 심중을 헤아리듯 말했

다.

"그러시다면 이 건은 제가 틀림없이 맡겠습니다."

그러나 지금도 여전히 47, 8센트 전후를 왔다 갔다 하고 있는 면화 시세를 지탱할 자금은 벌써부터 바닥이 나, 내일이라도 정리하여 창고에 쌓인 소련 원면 등의 현물을 방적회사가 부르는 값에 매각하지 않으면 안 되었다.

"그러시다면, 저어 후계자는……"

쓰노다가 다이몬에게 아첨하듯이 말했다.

"오늘은 내가 이 시점부터 사장에서 상담역으로 물러난다는 심정을 여러분에게 알리는 것만으로 끝내고, 후계자는 다음에 중역들 전원이 모이는 경영회의에서 지명하겠네."

다이몬이 말하자 가네코는 온화한 표정으로,

"그렇지만 이키 씨 외에는 없지 않겠습니까?"

하고 이 자리에서의 지명을 촉구하듯이 말했다.

"아니, 나도 다이몬 사장님과 함께 물러나도록 하겠소."

이키의 말에 자리가 술렁거렸다.

효도가 말석에서,

"사장님은 면화투기의 책임을 애매하게 하시고, 이키 부사장님은 임기 도중에 물러나시는 등 도대체 무슨 일이 있었던 겁니까? 우리로서는 석연치 않습니다."

하고 이젠 더 이상 참을 수 없다는 듯이 말했다.

이키는 석고상처럼 표정을 움직이지 않고,

"별다른 일은 없네. 임기 중도에 매우 미안한 일이지만, 일신상의 일로 생각하는 바가 있어 회사를 물러나기로 했네."

"그렇지만 석유개발에 성공한 우리 회사가 무엇 때문에 이런 과격한 톱 인사를 단행해야 하는 겁니까?"

무사시도 단호한 어조로 말했다.

"성공한 지금이기 때문에 해야만 하는 걸세. 다행히 우리 회사 중역의 평균연령은 다른 회사보다 3, 4세 젊고 권한이양도 진행되고 있네. 이제부터는 한 사람의 뛰어난 능력보다 조직의 힘으로 깅키상사를 더욱 발전시켜 나가야 하네."

이키는 이렇게 말하고 한 사람 한 사람의 중역들 얼굴을 지켜보았다. 중역들은 다이몬을 퇴진시키기 위해 이키가 석유개발 성공의 영광을 자기 것으로 하지 않고 회사발전을 위해 스스로 희생했음을 알아차리고 말할 수 없는 감동을 느꼈다.

눈이 펑펑 내리는 교토 오하라의 산센원 뜰을, 이키와 아키츠 지사토는 본원 복도에 서서 지켜보고 있었다.

솔이키로 덮인 뜰에는 하얀 벨벳을 깐 것처럼 눈이 내려 쌓이고, 큼직한 단풍나무랑 암록색 삼목 가지도 하얀 옷을 입었으며, 그 너머에 호젓하게 서 있는 오죠고쿠라쿠 원의 지붕도 하얗게 눈을 쓰고 있있다.

소리 없이 춤추듯 내리던 눈은 때마침 부는 바람에 나부끼고, 나뭇가지에 쌓인 눈은 후두두후두두 소리를 내며 떨어졌다. 가까이에 히에이 영봉이 있어 얼어붙을 것만 같은 히에이의 산바람이 불어왔다.

지사토는 미치유키 코트(일본옷 위에 입는 코트)위에 걸친 모헤어 숄을 여미었고, 이키도 코트 깃을 세웠다. 이키는 깅키상사를 한 달 전인 12월 말로 그만두었다.

"추워? 서원에 들여보내 달라고 할까?"

"아네요, 오빠 일을 생각하면……"

지사토는 하얀 턱을 숄에 묻고 히에이 산을 올려다보았다. 히에이의 봉우리들은 사람을 쉽사리 접근시키지 않는 동산 같았다.

"모처럼 당신 오빠를 찾아왔는데, 호마공을 올리고 계셔서 그 뒷모습만 보았을 뿐 말도 건네보지 못했소만 그 모습은 오히려 숭고하게 보이더군."

이키는 몇 시간 전에 히에이 산에서 본 지사토의 오빠 아키츠 세이키, 법명 다이센인 겐조의 모습을 떠올렸다.

농산비구의 수행 가운데서도 지관업의 하나인 호마공은 가장 밀교적인 수행이라, 수행에 들어가기 전 7일간은 오곡과 소금을 끊고 단식 단수하고, 밤낮으로 호마목을 줄곧 태우는 초인적이라고 할 수행이었다.

이키는 깅키상사를 물러나 신변정리도 일단락되어서 엄동의 히에이 산으로 겐조를 찾아갔더니 무도사 골짜기의 암자에 그의 모습은 없고 총본당 가까이의 호마당에서 6, 70명의 남녀노소 신자들에게 둘러싸여 호마공을 올리고 있는 중이었다.

"지금까지 내가 알고 있는 겐조 씨는 전장에서 지휘하던 부하들의 넋을 달래고, 자기도 그 넋에 다가가기 위해 입산하여, 7년의 천일회 봉행에 이어 12년의 농산비구 수행을 몸소 닦는 것으로만 알고 있었소. 그러나 오늘 그 모습을 보고 겐조 스님은 이미 널리 인간구제의 길에 들어섰음을 느꼈소."

이키는 바로 몇 시간 전에 신자들이 겐조에게 매달리듯이 부동명왕의 진언을 외치던 소리가 호마당으로부터 히에이 산에 맑게 울려 퍼져, 산센원의 뜰에도 들려오는 것 같은 느낌이었다. 지사토는 꼼짝도 않고 우러르고 있던 봉우리로부터 이키 쪽으로 얼굴을 돌리며 말했다.

"거의 만나지 못한다고는 하지만 오라버니의 모습을 들려주셔서 고마워요. 더구나 이렇게 추운 날에 정말 용케도 찾아와 주셨어요."

그렇게 보아서 그런지 젖은 듯한 짙은 속눈썹을 내리깔았다.

후두두 하고 눈 떨어지는 소리가 났다.

"깅키상사를 그만두시고 앞으로 어떻게 하실 거예요?"

"실은 그 일 말인데, 다이몬 사장을 따라 퇴직한 나로서는 다시 회사에 다닐 생각은 없소."

"그럼 이제부터……"

"다니카와 씨가 돌아가신 뒤의 삭풍회 회장이라고나 할까, 그 모임을 돌보는 일을 맡기로 했소. 1천 5백 명의 회원과 함께 마이쓰루에 위령비를 세워, 시베리아의 황야에 잠들어 있는 유골을 모두 모으기까지 몇 년이 걸릴지는 모르지만 제3의 인생을 그 일에 바치고 싶소."

"그랬군요. 몇 달 전 한밤중에 제 공방에 오셨을 때의 눈치로 보아 언젠가는 그런 날이 오는 게 아닐까 생각했지만, 설마 이렇게 빨리 올 줄은……"

지사토는 놀란 듯이 말을 잇지 못했다.

"위령비 건립이며 유골을 모으는 동안에는 다니카와 씨가 생전에 하시던 대로 회보 발행이랑 회원의 병문안, 자제들의 장학금과 취직 알선 등으로 뛰어다니게 될 것 같소. 얼마 안 되지만 지금까지의 저축과 퇴직금으로 내 몸 하나쯤은 먹고 살 수 있을 것 같으니 말이오. 하지만 당신한테는……"

이키는 말끝을 잇지 못하고 눈꽃이 핀 듯이 내려쌓인 나뭇가지의 눈을 바라보았다.

"당신과는 뉴욕 이후로 5년 동안, 아무리 사업상 어쩔 수 없는 사정이 있었다고는 하나 하루하루 미루다가 결국 이런 꼴이 돼버려 미안하오. 인생의 한창때도 다 지나고, 경제적으로나 사회적으로나 맨몸이 되고 만 지금, 거듭 멋대로 굴려 했지만 여태까지의 일은 오늘로 끝내주었으면 좋겠소."

이키는 한참의 침묵 끝에 어렵지만 단단한 결심을 한 목소리로 입을 열었다. 춤추듯 내리던 눈이 어느덧 수북수북 쌓이기 시작했다.

"오늘 끝내다니요……"

지사토는 의아스러운 눈길을 돌렸다.

"지금 생각하니, 상사에 근무하는 동안 하다못해 한번쯤이라도 당신이 가고 싶은 나라로 함께 여행하며 원하는 것 한 가지라도 사줬어야 옳았소. 그걸 사업, 사업 하면서 밀고 나갔으니 무척이나 독선적이고 인정머리 없는 사내였소. 그런 나를 줄곧 기다리느라 소중한 시기를 잃었다고는 하나, 당신은 여자로서도 도예가로서도 이제부터요. 당신 오라버니처럼 끝까지 자기의 길을 관철해 주기 바라오."

이키는 한마디 한마디를 자기에게도 타이르듯이 말했다.

지사토는 숄에 얼굴을 묻은 채 이키의 말을 들었다. 이키가 말을 끝내자 지사토는 본전의 계단을 내려가, 거기 있는 나막신을 신고 혼자서 눈이 내리는 뜰로 걸음을 옮겼다. 이키는 그 뒷모습에 매혹되어 불러 세우고 싶은 충동에 사로잡혔으나,

"그럼 여기서."

하고 발길을 돌리려 했다.

그때 지사토가 말했다.

"이키 씨, 오라버니와 같은 길을 가라고 말씀 안 하셔도 제게는 그 길밖에 없어요."

이키는 저도 모르게 멈추어 섰다.

"이리로 내려오세요."

지사토는 하얀 손을 내밀었다. 수북수북 내리는 눈이 그 손바닥에 떨어졌다.

이키는 티 없는 눈동자에 마음이 풀린 듯 눈이 내리는 뜰로 내려섰다.

"모처럼 이렇게 산센원까지 왔으니까 오죠고쿠라쿠 원의 아미타불을 뵙고 가도록 해요."

"음, 하지만……"

"깅키상사의 부사장을 그만두셨다는 것과 저와의 일을 왜 그렇게 신경을 쓰세요. 이키 씨와 처음으로 아버지의 불공 때 만나 뵌 뒤 다케무라 선생님과 니시징의 숙부님을 모시고 이 산센원으로 왔을 때 제 마음에 들었던 것은, 시베리아에서 귀환하신 지 얼마 안 되어 11년 억류생활로 얼굴에 거무죽죽함이 남아 있던 이키 씨의 모습이었어요. 작년 연말 신문에서 다이몬 사장이 상담역으로 용퇴하시고 당신도 사장을 따라 사임하신 것을 알았을 때, 갑작스러워 놀랐지만 당신다운 훌륭한 처신이라고 생각했어요."

지사토는 곰곰 생각하며 말했다.

"그러나, 훌륭하기만 하면 뭘 하오. 당신을 아내로 맞을 수 없다면 별 수 없지."

"아니에요. 당신만 멋대로 사신 게 아니라, 저도 도예의 길만은 아무래도 단념할 수 없으니까 자신의 일 정도는 어떻게 해나갈 수 있어요. 당신은 당신의 일, 저는 제 일을 지금까지처럼 계속하면서 당신과 함께……"

지사토는 멈춰선 채 이키를 올려다보았다. 그러나 이키는 대답할 수가 없었다.

"제가 도예 일을 계속하는 게 싫으세요?"

"아니, 그렇지 않아. 실은 말하지 않으려 했지만 시베리아에 좀 다녀올까 해요."

"네? 시베리아에?"

"삭풍회를 떠맡는 이상, 하바로프스크, 치타, 이르쿠츠크 등지에 잠든 일본인 묘지를 참배하고 소련 당국과 유골 수집에 대한 얘기를 해보고 싶소. 물론 관광 비자로밖에 들어갈 수 없으니까 소련측에서 정한 극히 일부분의 묘지밖에는 참배할 수 없겠지만."

이키는 전부터 마음속으로 생각하고 있던 일을 이야기했다.

"하지만 당신은 소련측에서 주목하고 있는 사람인데 관광 비자 같은 걸로 가서서 만약 무슨 일이라도 생기면……"

지사토의 뺨이 굳어졌다.

"이제 맨몸인 나 같은 사람에게 소련측은 관심도 갖지 않을 테고, 만약의 일 같은 걸 생각하다가는 남은 제3의 인생을 시작할 수 없어요. 이해하기 바라오."

이키는 조용히 말했다.

"알겠어요. 언제 가시나요?"

"모레요."

"그렇게 빨리……"

말을 잇지 못한 채 지사토의 눈에서 눈물이 넘쳐흘렀다.

"괜찮아, 종전 30년이 지났소. 걱정하지 않아도 돼요."

"사명감을 지니고 가시는 당신은 그래도 되겠지만, 기다리는 저로서는 이제 영원히 못 돌아오시지나 않을까 하는 불안한 심정으로 가득해요. 저도 이런데, 당신이 억류 중에 부인이랑 나오코 양한테 마음을 쓰시고, 돌아가신 부인에 대해 아내의 자리는 오직 한 사람뿐이라는 생각을 관철해 오신 심정을 이제야 겨우 알겠어요."

지사토의 검은 머리 위로 하늘하늘 눈이 흩어졌다.
"자, 어서 법당 안으로 들어갑시다."
"네, 하지만 당신, 무사히 돌아오셔야 해요……"
"걱정 말아요. 아무 일도 일어나지 않을 테니까. 돌아오거든 다이칸야마의 맨션이나 따뜻하게 해놓구려."
"네, 그렇게 해놓겠어요."
지사토는 손가락 끝으로 눈물을 닦고, 이키에게 바싹 다가붙으며 눈 내리는 산센원의 하얀 벨벳 같은 뜰을 걸었다.

하네다 공항의 출발 라운지에 하바로프스크행 소련 국영항공인 에어로플로트의 출발이 악천후로 늦어진다는 안내방송이 흘러나왔다.
이키는 삭풍회 회원이나 유족들로부터 위탁받은 전우의 무덤 앞에 바칠 향이며 초, 가족사진 등으로 불룩한 여행백과 꽃다발을 들고 혼자 출발편을 기다렸다. 상사에 다니던 시절에는 부하가 모든 수속을 마쳐주어, 여권만 갖고 자동차로 공항에 가서 일등석에 앉기만 하면 되었으나, 지금은 혼자서 항공회사의 카운터까지 짐을 나르고, 비행기가 아무리 늦어져도 말벗조차 없이 출발을 묵묵히 기다려야만 했다. 가미모리나 미즈시마, 마루초 등이 전송나오겠다고 했으나 일이 있는 토요일이라서 굳이 사양했던 것이다.
대여섯 명의 비즈니스맨인 듯한 무리 속에서 얼굴이 가무잡잡한 키 큰 사나이가 다가왔다. 도쿄상사의 사메지마 다쓰조였다. 코트와 서류가방은 누가 들고 있는 모양으로 짙은 감색 양복 윗주머니에 팬아메리칸의 탑승권이 보이고 있었다.
"도모아쓰한테서 시베리아로 성묘하러 가신다는 말은 들었습니다만, 혼자서?"

"그렇소, 혼자입니다."

"허어, 상사원 시절에 소련에 가는 걸 철두철미하게 싫어하셨는데, 무슨 심경의 변화일까요. 회사를 그만두시는 순간 갑자기 죽은 전우 생각이라도 났다는 건가요?"

사메지마는 상어처럼 가늘게 치켜올라간 눈을 번뜩이며 탐색했다.

"나는 이제 당신과는 인연이 없는 사람이오. 여러분이 기다리시는 저리로……"

이키가 퉁명스럽게 거부했으나 사메지마는 마이동풍이었다.

"그건 그렇소. 다이몬 씨는 비록 늙었지만 과연 왕년의 명투기꾼이더군요. 요즘 같은 세상에 면화투기로 크게 다쳐 사내의 인심수습이 불가능해지자 잽싸게 이란의 석유 분출을 계기로 상담역으로 용퇴하다니…… 결국 그것으로 다이몬 사장의 이름은 더욱 높아지고, 마지막 사나이의 도박에 멋지게 이겼으니 대단해요."

속사정을 모르는 사메지마는 감탄하면서 말을 이었다.

"다이몬 사장의 '충격적인 용퇴'로 노인천국을 유유낙락 허용하고 있는 다른 기업들도 조금은 나아졌습니다. 점점 형편이 어려워지는 우리 회사도 여전히 뇌연하증인 회장과 상담역의 쓸모없는 '교용개비차' 때문에 애를 먹고 있지요."

"교용개비차라뇨?"

"아, 이키 씨, 모르시오? 교는 교제비, 즉 서명 하나로 먹고 마시는 돈, 용은 용돈, 즉 관혼상제 등의 서명이 통하지 않는 돈, 개는 회사 안의 개인실, 비는 비서, 차는 자동차 말이지요. 사장이 회장이나 상담역으로 물러나기를 싫어하는 건 권력에 대한 집착 같은 게 아니라 교용개비차가 탐나기 때문이지요."

화가 풀리지 않은 목소리로 말했다. 이키로서는 이제 듣기만 해도 지긋지긋한 세계였다. 다이몬이 일거에 상담역으로 용퇴한 일이 세상에서 높이 평가되고 있는 것이 그나마 구원이었다.

"앗!"

갑자기 사메지마는 괴성을 지르며 의자에서 일어나더니 가까이에 있는 텔레비전의 화면에 시선을 못 박았다. 무슨 일인가 하여 이키도 텔레비전으로 고개를 돌렸다. 홈드라마의 화면 아래 뉴스가 흘러나오고 있었다.

깅키상사, 세계 1위 기업인 유나이티드 모터스와 지요다자동차의 자본제휴에 성공, 이란 대유전 개발과 버금가는 프로젝트로서……

"이럴 수가, 이럴 수가……"

사메지마는 말을 잇지 못한 채 얼굴이 굳어졌다. 유나이티드 모터스와 지요다자동차의 제휴소식은 깅키상사를 12월에 물러나 계열회사로 나간 쓰노다를 대신해서 업무본부장 상무로 승격한 가이베 가나메로부터 낱낱이 듣고 있어, 언제 발표하느냐 하는 단계로 가고 있었던 것이다.

무표정하게 의자에 앉아 있을 뿐인 이키에게 사메지마는 얼굴빛을 획 바꾸며,

"이걸 획책한 것은 당신이겠군. 그런데 어째서 회사를 그만두고 시베리아에……"

하고 말하는데 에어로플로트의 탑승안내가 울려나왔다. 이키는 여행 백과 꽃다발을 들고,

"그럼 실례."

하고 의자에서 일어났다. 사메지마가 급하게 말을 주워섬겼다.

"언젠가는 이키 다다시의 심장을 갈가리 물어뜯을 것을 낙으로 삼고 있었는데, FX전이며, 석유며, 자동차며 이 사메지마의 이빨도 끝내 먹혀들지 않고 말았군요. 하지만 에어로플로트의 기내에선 어찌된 까닭인지 특별한 인물이 심장마비로 사망하는 기괴한 사건이 일어난다고 들었으니, 몸조심이나 하시구려. 흐홧, 흐홧."

분통이 터져 견딜 수 없다는 듯이 말하고는, 태연한 척 억지웃음을 흘리며 유나이티드 모터스와 지요다자동차의 제휴관계에 대한 정보를 얻기 위해서인지 주위 사람들을 헤치고 공중전화 쪽으로 달려갔다. 그것은 탯줄을 자른 그 시간부터 죽을 때까지 상사원으로 지낼 사나이의 모습이었다.

이키는 게이트로 들어가 비행기에 올랐다. 이 엄동에 일본과 시베리아의 비즈니스도 중단되었는지 승객은 손꼽을 정도밖에 없고 미국인 외에 일본인은 이키 혼자였다.

뒤쪽 창가 자리에 앉자 이키는 벨트를 했다. 이윽고 비행기는 활주로를 달려 도쿄의 상공을 크게 한 바퀴 돈 다음 동해로 향했다.

그 항로는 억류 1년 만에 극동군사재판의 소련측 증인으로서 고 아키츠중장, 다케무라 소장과 함께 포로의 몸으로 날오온 항로였다. 나라는 망해도 산하는 있다…… 비행기가 동해에 이르렀을 때, 남빛 천을 깔아놓은 듯 파도 잔잔한 바다, 녹색의 사도 섬, 야트막한 산들과 다정스레 굽이치던 강줄기…… 그 광경은 지금도 이키의 망막에 눌러붙어 있었다.

소련측 증인으로서 출정하기 전에 아키츠 중장은 자결을 했으나 이키는 다케무라 소장과 함께 참고 견디며 다시금 소련으로 끌려가, 이것이 조국과 영원한 이별인가 싶어 노토 앞바다에 떠 있는 집어등에 작별을 고했던 것이다.

그러나 다시금 돌아간 시베리아에는 살아서 귀환하기 위해 동포가 동포를 팔고 몰아세우는 시베리아 민주운동이 불길처럼 퍼져 처참한 나날이 계속되고 있었다. 굶주림과 추위와 중노동의, 죽음과 이웃한 수용소생활이기 때문이었다고는 하나 그것은 시베리아 억류자의 가장 불미스러운 치부였다.

어느덧 시간이 지나 아득한 저편에 소련 연해주의 해안선이 땅거미 속에 어스름하게 보였다.

비행기는 어둠속을 날았으나, 눈 아래에 하얀 땅이 펼쳐지기 시작했다. 약 1시간이 지나면 하바로프스크였다.

이키는 여행백에서 시베리아 지도를 꺼냈다. 거기에는 귀환자의 증언과 전문을 근거로 해서 만들어진 시베리아의 일본인 묘지가 적혀 있었다. 하바로프스크, 이르쿠츠크, 타이셋 등 광범위하게 흩어져 있는 묘지에는 자작나무의 묘표에 이름을 기록하는 것조차 허용되지 않아 무슨 뜻인지 모를 숫자가 적혀 있을 뿐이었다.

드디어 왔구나, 기다려다오…… 이키는 옆자리에 놓아둔 활짝 핀 백국화 꽃다발을 집어 들어 창에 대었다.

창백하게 얼어붙은 하얀 대지에 갑자기 수용소의 높은 망루가 떠오르면서 동장군이 휘몰아치는 극심한 추위 속을 5열 종대로 줄지은 일본군 포로가 작업을 하기 위해 영문을 출발하는 광경이 스쳤다.

'포로에게 알린다. 만약 줄에서 이탈한 자는 도망을 꾀한 것으로 인정하고 경고 없이 발포 사살한다. 야스나(알았나)?'

'야스나(알았다).'

그리고 죽음의 재 같은 가루눈이 내리는 속을 누더기로 몸을 감싼 행렬이 느릿느릿 지나간다.

이키의 뺨에 주르르 눈물이 흘러내렸다.

갑자기 어두운 북쪽 하늘 저편에 희미하게 한 가닥 빛이 무지개처럼 나타나 높아지더니 연두색 빛이 소용돌이치면서 노랑, 빨강, 파랑, 보라 등 일곱 빛깔이 커튼처럼 장대하게 흔들렸다. 일곱 빛깔은 시베리아의 무정한 하늘을 처절하리만큼 아름답게 채색했다.
'살아서 역사의 증인이 되라!'
아무리 가혹한 운명 아래에서도 끝까지 살아남으라고 당부하던 다니카와 대좌의 목소리가 오로라 속에서 또렷이 들려왔다.

끝

눈물젖은 우동 한그릇으로 체험하는 가난의 미학!

우동한그릇

정서가 메마른 시대,
감동에 목마른 시대의 필독서!

구리 료헤이 / 최영혁 옮김 / B6 양장본
140쪽 / 값 9,800원

가난에 찌든 시대를
살았던 어른과
가난을 모르고 살아온
신세대가 함께 읽어야 할
눈물과 감동의 이야기

이어령 전 문화부장관은
〈속·축소지향의 일본인〉에서
왜 〈우동 한그릇〉을 주제로
일본인의
의식구조를 파헤쳤을까?

법정 스님은
〈새들이 떠나간 숲은 적막하다〉에서
왜 이 책에 수록된 〈마지막 손님〉에
찬사를 아끼지 않았을까?

- 문광부 책읽기운동 추천도서!
- YWCA선정 우수도서!
- 각급 학교, 기업체 단체주문 쇄도!

청조사 서울특별시 성북구 안암동 4가 41-3번지 청조사빌딩 402호 | www.chungjosa.co.kr
Tel. (02)922.3931~5 | Fax. (02)926.7264 | chungjosa@hanmail.net